가장 사랑하는 존재

가장 사랑하는 존재
Mijn Lieve Gunsteling

뤼카스 레이네벌트 장편소설
Lucas Rijneveld

이진 옮김

✳
비채

일러두기

- 이 책은 저자 및 저작권사의 공식 인정을 받은 Michele Hutchison의 영어판 번역 및 네덜란드어판을 바탕으로 번역되었습니다.
- 성서 구절은 대한성서공회의 《개역개정 성경전서》를 토대로 표기하되 의미 전달을 위해 일부 예외를 두었습니다.
- 인명과 지명을 포함한 고유명사는 외래어표기법을 따르되 현지 발음을 고려해 일부 예외를 두었습니다.
- 모든 주는 옮긴이주입니다.

너에게

어쨌든 누군가에게 묶인다는 것, 마음을 들킨다는 것,
누군가의 안에 존재한다는 것, 그것은 나쁜 것이지만
그렇지 않은 것이 더 나쁠 수도.
언제나, 무슨 일이 있어도
나는 너를 생각한다, 가장 말도 안 되는 순간에조차
결코 널 생각하지 않은 적이 없다.
그건 분명 내가 널 사랑하기 때문이고
널 미워하는 자는 그가 누구든
나 또한 그를 미워하기 때문이다.
그러니 부디 날 알아주기를
내가 누구인지 알고 살아주기를.

안톤 코르테버흐, 〈우리 함께(시편 139)〉에서

2005년 여름

1

가장 사랑하는 존재, 솔직히 말할게, 발굽의 염증처럼 널 과도로 도려내야 했어, 발톱 사이 갈라진 틈을 벌려 분뇨와 흙이 떨어져 나가도록, 그래서 누구도 널 감염시키지 못하도록, 아니면 널 한 꺼풀 벗겨내고 전동 연마기로 다듬고 씻긴 다음 톱밥으로 문질러 말려야 했어, 사납던 그 여름에 말이야. 수의사가 되기 위해 수련하던 시절, 발굽 다듬는 법과 관상부* 질환, 제엽염, 발굽피부염(일명 털 난 발 사마귀)에 대해 배우던 시간, 그들이 했던 경고를 나는 어떻게 그토록 새카맣게 잊었을까, 귀가 아프도록 들었건만, 생살을 베지 않도록 조심하라고, 절대 **생살을 다치게 해선 안 된다고**, 그 얘길 듣고 또 들었건만, 아, 다 내 잘못이고 내가 부족한 탓이야! 사납던 그 여름, 너는 거꾸로 들어선 송아지처럼 타락한 내 욕망의 요람에 누워 있었

---

* 발굽의 맨 위쪽 털과 발굽이 맞닿는 띠 모양의 부위.

어, 나는 광기의 공모자였고 너를, 사랑스럽고 특별한 너를 욕
망하지 않는 법을 몰랐어, 김이 모락모락 나는 블라르콥 젖소
들 틈에 쭈그려 앉아 이제 막 깎은 잔디밭에 앉아 있는 너를
느낄수록, 배나무 아래 앉아 눈처럼 흰 기타의 목을 향해 몸을
숙이고 크랜베리스의 노래를 연습하는 너를 느낄수록, 나는
간절히 바랐어, 위 전위증이 발견되기를, 혹은 조직을 제거할
일이 생기기를 말이야, 그래야 네 곁에 좀 더 오래 머물 수 있
을 테니까, 그래야 네가 기타 줄을 잘못 퉁기거나 잔물결처럼
떨리는 천사 같은 목소리로 고음을 지를 때, 처음으로 돌아가
다시 시작하는 소리를 들을 수 있을 테니까, 그러다가 네가 잠
시 조용해질 때면 네 모습을 상상했어, 뺨이 발그레해져서 자
꾸만 얼굴로 흘러내리는 머리카락 한 움큼을 훅 부는 모습을,
아, 그 모습은 얼마나 아름다웠는지, 마치 민들레 홀씨를 부는
어린아이 같았지, 넌 탱크와 폭탄과 총과 전쟁을 노래했고, 나
는 무슨 일을 하든 너를, 오직 너만을 생각했어, 어깨까지 오
는 반투명 주황색 장갑을 끼고 가축용 윤활제를 바른 다음 다
목적 소의 질에 손을 넣을 때도 그랬고, 미끄러운 양막에 싸인
송아지의 발을 한 손으로 부드럽게 당기며 수축의 리듬에 맞
추어 어미 소의 축축한 옆구리를 다정하게 다독일 때도 그랬
어, 때로는 사뮈엘 베케트의 문장을 읊었지만 그걸 여기 옮기
진 않을게, 어차피 너와 블라르콥 젖소 외에는 아무도 이해 못
할 테니까, 나는 매번 더 간절히 바랐어, 내가 녹색 수의사 가
운을 입고 단추를 끝까지 채운 다음 일을 시작할 때 네가 내

주위를 맴돌아주기를 바랐고, 마르고 거친 농장 인부들에게 짓는 그 미소를 내게도 지어주길 바랐어, 점심시간이 되어 버터를 두껍게 발라 훈제 소시지를 끼운 샌드위치를 산처럼 쌓아놓으면 인부들이 식탁에 앉았고, 그럴 때면 네가 그들에게 미소를 지어주었지, 하지만 그들은 감히 네게 다가갈 엄두를 내지 못했어, 넌 그들이 대학에서 배운 적 없는 동물이었으니까, 넌 네 개의 위가 아닌 한 개의 위를 갖고 있었으니까, 좀처럼 채워지지 않는 단 하나의 위를, 나는 네가 어렸을 때부터 너를 알았어, 아주 속속들이 알았어, 넌 내 욕망의 대상이 되기엔 너무 어렸지만, 아버지처럼 가르치려들거나 훈계하기엔 너무 당돌하고 참을성이 없었지, 네 행동을 보면 알 수 있었어, 넌 부모의 권위에서 벗어나고 싶어했고 네가 자란 더휠스트 농장에서 벗어나고 싶어했어, 더휠스트라는 이름은 기독교 동화 작가인 W. G. 판더휠스트에게서 따왔는데, 네 아빠가 유일하게 아는 작가였어, 그의 책은 전부 다 읽었다지, 기분 좋은 날이면 너에게도 읽어주었는데 그래서 너는 종종 꿈을 꿨어, 동화에 나오는 설탕 빵이 되는 꿈, 사람들의 식욕을 자극해서 한 입 베어 먹고 싶어지는 그런 빵이 되는 꿈, 그래서 왕과 단것을 좋아하는 사람들과 개미에게서 설탕 바른 너의 몸을 지켜야 하는 꿈, 어쩌면 그때 너의 꿈을 진지하게 받아들여야 했을지도 모르겠다, 이 글을 쓰고 있는 지금에야 비로소 깨닫는 사실이지만 말이야, 물론 난 애초에 이런 글을 쓸 생각이 없었고, 너의 꿈이 아닌 너의 태도에 집중했어, 집에서뿐 아니라 그 옆의 축사에서도 네가 얼마나 벗어나고 싶어하는지에 집중했어, 축사 지붕에는 석면이 있었는데 네 아빠는 우리에게 암을 줄지 말지는 하나님이 결정하지 낡은 물결 모양 석면 지붕 따위가 결정하는 게 아니라고 했어, 너는 그분에게서 벗어나고 싶어했는데 벗어나고 싶어하면서도 하나님의 분노와 최후의 심판은 두려워했지, 그래서 가끔은 침대에서 이 구절을 중얼거렸어, 찬송가 118장의 한 구절, **이 모든 두려움에서 나를 구하소서.** 하지만 넌 무엇보다도 아빠에게서 벗어나고 싶어했어, 네 아빠는 자상하면서도 무척 엄격했고, 감정적이고 변덕스러운 사람이었는데, 넌 그를 떠나고 싶어하면서도 여전히 아꼈어, 마치 너희 농장의 성깔 사나운 황소 불리를 아꼈던 것처럼, 불리는 방금 사료를 먹었거나 방금 암소와 교미했을 때만 만질 수 있었지, 때로는 다른 농장에 녀석을 빌려주기도 했는데, 너희 가족은 그럴 때 받는 교미 비용을 주방 벽난로 선반의 유리 단지에 모아두었다가 그 돈으로 휴가를 갔어, 그래, 불리가 너희 가족의 제일란트 휴가 비용을 댔지, 네 아빠는 샌드위치 스프레드부터 도날드 덕 만화책 시리즈에 이르기까지 너에게 사준 모든 것을 두고 늘 이렇게 말했어, **불리에게 감사해야 해.** 네 아빠가 너의 작업복 지퍼를 올려주려 할 때마다, 서늘한 아침 공기에서 널 보호하기 위해서라기보다는 잠깐이라도 널 만져보기 위해 그럴 때마다, 네가 내는 반항적이고 부루퉁한 목소리에서 나는 어떻게든 네가 그 손길에서 벗어나려 애쓰고 있다는 걸 감지했어, 상처와 굳은살로 덮인 네 아빠의 거친 손안에 가두기에 그의 아이는 너무 빠른 속도로 자라고 있었지, 그럴 때면 나의 손을 내려다봤어, 너의 손을 꽉 잡을 수 있을 정도로 크고 강한 나의 손을, 전에도 아이들 손을 잡아본 적이 있지만 그건 좀 얘기가 달랐던 게, 그땐 그 아이들이 내 손을 잡은 거였거든, 그런데 이번엔 내가 너의 손을 잡고 싶었고 내가 너와 깍지 끼고 싶었어, 너는 가운뎃손가락에 무당벌레 장식이 달린 플라스틱 반지를 끼고 있었는데, 교정치과에서 머리에 고정하는 치아 교정기를 착용해야 한다는 얘길 듣고 슬퍼하는 널 달래기 위해 선물 상자에서 뭘 하나 고르라고 했을 때 네가 고른 반지였어, 네 손가락에는 살짝 헐거웠지, 나는 제자리에서 도는 병에 걸린 반추동물처럼, 몇 시간이고 너의 손바닥에 엄지손가락으로 원을 그렸을 거야. 커피를 마실 때면 네 아빠의 얘기를 건성으로 들었어, 네 아빠가 가축이나 들판과 도랑의 가뭄에 관한 얘기나, 미나리과 식물이 꺾어서 꽃병에 꽂을 수 없을 정도로 축 늘어지면 수확이 형편없다는 뜻이라는 얘기를 할 때면, 마치 믹 재거와 배우 륏허르 하우어르를 섞어놓은 것 같았는데, 그럴 때면 난 그냥 고개를 끄덕였어, 눈을 씻고 찾아봐도 농장 어디에도 꽃병은 한 개도 없었고, 집에 식물이나 꽃 한번 들여본 적 없는 사람들이 꼭 형편없는 수확을 걱정하지, 심지어 땅이 비옥하고 볕이 좋은 해에도 말이야, 또 네 아빠는 소가 단조로운 식단을 좋아하고 자기처럼 습관의 동물이라면서 가끔 소에게 쇼팽이나 비발디 같은 클래식 음악을 들려준다고 했어, 그러면 저녁에 나오는 우유 맛이 한결 부드럽고 고소하다고, 나는 적절한 때 얼굴을 구겨 웃음을 지어 보였지만, 사실 정작 내가 듣고 싶던 건 네 얘기였어, 소 얘기를 하는 방식으로, 소의 발정기와 변덕스러운 성질을 얘기하는 방식으로 네 얘기를 하고 싶었어, 풀밭을 보았더니 너와 네 오빠가 트램펄린에서 뛰며 누가 먼저 하늘에 닿을 수 있을지, 누가 먼저 예수를 간질일 수 있을지 내기를 하고 있더라, 넌 예수님을 죽도록 간지럽히고 싶다고 했어, 훗날 네가 말했지, 로마인들은 고문의 한 방식으로 사람을 간질였다고, 사람을 묶어놓고 염소가 발바닥을 오랫동안 핥게 했다고, 너는 트램펄린에서 점점 더 높이 뛰어올랐고 그럴 때면 너의 황금빛 머리카락이 섬세한 얼굴 주위에서 옥수수 줄기처럼 반짝이며 춤을 추었어, 너는 그 놀이에 금세 싫증을 내고는 채소밭의 반들거리는 상추와 리크 너머의 먼 곳을 바라보았지, 헷도르프 밖 어딘가에 기다리고 있을 삶을 갈망하면서 네 또래의 여느 아이들처럼 고향을 떠나고 싶어했어, 어떤 아이들은 군인이 되었다가 훗날 향수병에 걸려 헷도르프의 보호색으로 다시 숨어들지만, 넌 향수병 따위는 걸리지 않을 거라 확신했고, 너에게 필요한 건 전부 다 네 머릿속에 다 있다고 믿었지, 그땐 나도 몰랐어, 너에게 없던 건 오히려 집이었다는 걸, 비록 더휠스트 농장을 대들보 하나까지 속속들이 사랑한 너였지만 말이야, 집을 떠날 생각만으로도, 드문드문 흩어진 자갈을 피해 프리케베인세데이크 제방을 따라 자전거를 내달릴 생각만으로도, 아빠를 버리고 떠날 생각만으로도 너는 벌써 한숨이 나왔고, 그래서 다시 트램펄린 내기로 돌아갔어, 그래, 넌 작별 인사를 잘 못했어, **진짜 못해요**, 훗날 네가 말했지, 얼마 후 나도 알게 되었어, 토요일 아침 도살장으로 끌려갈 어린 수소를 선별하는데, 네가 침울한 표정으로 서서 녀석들을 끌어안고 귀 뒤를 긁어주며 내가 알아들을 수 없는 말을 속삭이더라고, 그때 비로소 네가 상실을 지니고 있다는 걸 알았어, 내가 너의 상실을 소염제로 가라앉힐 수 있었다면 좋았을 텐데, 내가 그 공허를 채워줄 수 있었다면 그편이 더 나았을지도, 비록 그땐 우리가 대화를 나누지 않았고, 긴 세월에 걸쳐 내가 방문할 때마다, 내가 젖소를 인공 수정하거나 검진할 때마다 넌 그저 날 지켜보기만 했지만 말이야, 너는 따뜻한 물이 담긴 양동이와 녹색 비누가 담긴 접시, 그리고 오래된 체크무늬 주방 수건을 내게 가져다주었어, 내가 피와 똥이 묻은 손을 닦을 수 있도록, 하지만 단 한 마디 말도 너의 아름다운 입술을 통과하지 않았어, 청설병에 걸린 동물의 점막을 검사하듯 촉진觸診해보고 싶던 그 입술을, 물론 너는 청설병에 걸리지 않았어, 너는 지극히 건강했고 믿을 수 없을 만큼 매혹적이었고, 그때 나는 알았어, 네가 원하는 방식으로 널 보아주는, 그러니까 열네 살짜리 어른으로 널 보아주는 네 인생의 첫 남자가 내가 되리란 걸, 열네 살 아이들은 나이보다 더 어른으로 대접받고 싶어하지, 하지만 넌 그걸 원하는 것에서 그치지 않고 실제로 그렇게 행동했어, 우아하고 성숙한 것에 가까운 너의 움직임 속에서 나는 숨겨진 아이의 모습을 보았고, 나는 바로 그런 순간의 널 가장 사랑했어, 너무 사랑해서 때로는 현기증이 날 정도로, 마치 페니실린 냄새를 너무 오래 맡았을 때처럼, 그런 아이의 모습은 네가 마당을 쏘다니며 혼잣말할 때나, 화창한 날 네 아빠와 오빠가 정원 호스로 너에게 물을 뿌려서 네가 어린애처럼 비명을 지를 때, 친구들과 함께 깔깔거리면서 햇볕에 그을린 다리로 큼직한 장화를 신고 지나갈 때 유독 선명해졌지, 그럴 때 너희는 온 세상을 다 가진 것처럼 굴었어, 마치 나무에서 떨어져 터져버린 배의 과즙을 빨아 먹는 말벌처럼, 너희는 말벌이었어, 너희는 강했고 천하무적이었어, 하지만 난 보았어, 여자애와 여자 사이의 중간 지대에서 몸부림치는 너를, 스포트라이트를 받지도 성공하지도 못하고 잊히는 것에 대한 너의 두려움을, 좁은 어깨에 베일처럼 드리워진 상실의 안개를, 어린 수소들이 떠나고 이글루 모양의 축사가 쥐 죽은 듯 고요해지면 너는 농장 뒤쪽의 키 큰 풀과 유채 사이로 난 제방 길을 걸었지, 그러다가 얼마 후 방수복을 입고 고압 세척기로 축사를 밀리미터 단위로 청소했어, 마치 너의 기억에서 수소의 존재 자체를 지워내듯이, 물론 나는 알고 있었어, 네가 제방 길에서 울었다는 걸, 그냥 알았어, 내가 널 주의 깊게 보기 시작한 건 초여름이었는데, 너의 열네 번째 생일이 지난 지 정확히 두 달 하고 십이 일 되는 날이었거든, 넌 건초에 등을 대고 누워 로알드 달의《우리의 챔피언 대니》를 들고 있었고 나는 축사 옆 수돗가에서 조심스럽게 쇠스랑을 헹구고 있었어, 네가 그곳이 안전하다고 생각한다는 걸, 네가 너

18

를 이해해주는 세계에 있다는 걸, 네가 영원히 그곳에 머물고 싶어한다는 걸 알았어, 때때로 네가 웃는 소리가 들렸어, 너는 납작하게 짓눌린 건초에 누워 있었는데, 그러다가 네가 떠나고 난 뒤에도 건초에는 네 몸의 형체가 그대로 남아 있었고, 나는 여전히 조금은 따뜻한 건초에 손을 얹고 영원토록 널 느끼고 싶다고 생각했어, 정말 그러고 싶었어, 하지만 네가 처음으로 내게 말을 건넨 날, 정확히 7월 7일에, 모든 게 달라졌지. 바로 그날부터 나는 가축을 검진하기 위해 매주 너희 농장을 방문하는 날을 기다리게 되었고 계량기 보관함 안쪽에 연필로 남은 날을 표시하기 시작했어, 남동풍이 우세했던 그 여름의 어느 날, 나는 착유실에서 라디오를 들으며 흘러나오는 노래를 대담하게 따라 부르고 있었어, 평상시엔 그렇게 흥얼거리는 일이 없었는데 그날따라 유독 마음이 가볍고 머리가 맑더라고, 그리고 그날따라 농장의 많은 것이 다행스럽게도 엉망이어서 좀 더 오래 머물 수 있었어, 절뚝거리는 소, 피부병에 걸렸거나 칼슘 결핍 증세를 보이는 소가 여러 마리였어, 난 네가 들어온 줄도 몰랐어, 그런데 어디선가 느닷없이 네 목소리가 들려오는 거야, 그 노래는 네가 가장 좋아하는 노래는 아니라고 말했어, 넌 냉각 탱크에 기대어 서 있었지, 라디오에서는 좋아하는 노래가 잘 안 나온다고, 그래서 좋아하는 노래는 부디 호수 건너의 시내 레코드 가게에서 직접 사서 들어야만 한다고, 그래도 그 노래가 드라마틱해서 좋다고 했어, 그 노래의 뮤직비디오에서 가수가 워릭 애비뉴 역 앞의 검은 택시 안에서 노래를 불렀는데, 마스카라가 번진 상태로 노래를 불렀다고, 물론 그 가수가 노래를 부를 때 노래 가사와 같은 심정은 아니었을 것이고 그 눈물은 가짜라고 했어, 진짜였다면 목이 메어서 부를 수 없었을 거라고, 그런데도 그 노래의 무언가가 너를 조금은 덜 외롭게 한다고, 비록 택시를 타본 적은 없지만 그래도 그렇다고 했어, 너는 또 얼굴을 살짝 붉히면서 말했어, 가끔은 관객이 꽉 찬 공연장에서 네가 그 노래를 부르는 상상을 하는데, 맨 앞줄엔 네가 아는 아주 중요한 사람들이 앉아 있고 그 사람들이 네 공연이 어마어마하다고, 심지어 숭고하다고 생각하는 상상을 한다고, 뮤직비디오와 똑같은 연출을 위해 인공눈물을 쓸 건데 즉석에서 울 수는 없기 때문이라고 했어, 죽은 사람들을 생각하면 울 수도 있겠지만 노래하면서 죽은 사람을 생각할 순 없다고, 그건 불가능하다고 했어, 자전거를 탈 땐 죽은 사람을 생각하기가 쉬운데, 눈물이 뺨을 타고 흘러내릴 때 그저 그들의 무덤을 향해 페달을 밟으면 된다고 했어, 그러고는 태연하게 내게서 돌아섰어, 마치 내게 말을 건 게 아무 의미도 없는 일이라는 듯이, 그래서 네가 실제로 내게 말을 걸었는지, 혹시 내가 꿈을 꾼 건 아닌지 의심이 들더라, 너는 돌아서면서 블라르콥 젖소의 등이라도 되는 듯 우유 탱크를 손으로 쓱 문질렀어, 그날 오후 내가 무슨 말이든 했다면 좋았겠지만, 무슨 말이든 할 용기가 있었다면 좋았겠지만, 나는 라디오에서 노래하던 그 가수처럼 목소리를 잃고는 너의 등에 대고 미소만 지었지, 그때 내가 들은 거라곤, 라디오 진행자가 올여름은 특히 북부 지방에 격정의 여름이 될 거라고 말한 것뿐이었어, 나는 **격정**이라는 단어의 의미를 그로부터 한참 뒤에야 제대로 알게 되었는데, 내 삶에 본격적으로 균열이 가기 시작한 게 바로 그때였는지, 너를 향한 나의 미친 욕망이 초유층이 떠서 누르스름한 우유가 담긴 양동이 틈에서 바로 그때 생성된 것인지, 아니면 그보다 더 일찍, 어린 시절의 기억 어딘가에서 균열이 발생한 것인지 궁금해지기 시작했어, 법원의 강요로 내가 마지못해 뒤적여야 했던 그 기억 말이야, 어쨌든 집에 도착했을 때 나는 라디오에서 나왔던 그 노래, '워릭 애비뉴Warwick Avenue'의 가사를 탐독했어, 가사를 워드 문서로 복사해놓고 너를 향한 나의 감정과 일치한다고 생각되는 부분에 밑줄을 그었어, 그다음엔 내가 자라면서 듣던 음악을 들었지, 패티 스미스, 롤링스톤스, 프랭크 재파, 루 리드, 그의 노래 '워크 온 더 와일드 사이드Walk on the Wild Side'가 한동안 보이콧당했다는 기사를 읽고 난 뒤에는 특히 루 리드를 들었고 결국 훗날 우리도 보이콧당하는 것 같은 기분을 느끼게 되었지, 그 노래들을 들으면서 네 생각을 안 할 수가 없었어, 가사를 분석하던 네 모습, 발끝을 까딱거리던 그 모습이 자꾸만 떠올랐거든, 한 달쯤 뒤였을까, 한쪽 젖이 부어오른, 아마도 여름 유방염을 앓는 듯한 암송아지를 검진하러 갔다가 또다시 건초 더미에서 책을 읽는 너를 보았어, 이번엔 '해리 포터' 시리즈 첫 권 《해리 포터와 마법사의 돌》이었는데, 열두 살 때 그 책을 도서관에서 대출해서 윈도우 95에 한 글자 한 글자 직접 입력했다고 했어, 책이 너무 좋아서 반납하고 싶지 않았는데 그렇다고 연체료를 물고 싶지도 않아서 그렇게 했다고, 나는 검은 테두리가 있는 조의 봉투에 가사를 담아서 너에게 건넸어, 그것 말고는 마땅한 봉투가 없었지, 아끼던 반려동물을 안락사시킨 주인에게 건네는 크림색 봉투였는데, 대개는 에밀리 디킨슨의 〈죽음 속의 기쁨〉이라는 시를 같이 넣어서 주었어, 밑줄 친 가사에 대해서는 아무 말도 하지 않았어, 언젠간 얘기할 날이 올 거라고 생각했거든, 관객석 맨 앞줄에 앉아 뿌듯함으로 환하게 빛나는 얼굴로 박수 치고 휘파람 불 때 말이야, 그때 나는 베케트의 한 구절을 읊겠지, 두 손을 동그랗게 만들어 입에 대고는 이렇게 외치겠지, **턱 밑까지 똥이 차올랐다면, 그저 노래하는 수밖에!** 그리고 생각할 거야, 저기 그 애가 있다고, 나의 불같은 어린 도망자, 나의 찬란한 생명체가!

2

커트 코베인은 죽었어. 이미 십일 년 전에 죽었지만 넌 겨우 한 시간 전에 그 사실을 알았지, '스멜스 라이크 틴 스피릿 Smells Like Teen Spirit'이라는 곡을 처음 들은 뒤에, 그래서 너는 디스크맨으로 그 노래를 반복해서 들었고 그가 약물 과다복용이나 총을 맞아 죽은 게 아니라, 유명세 과다복용으로 죽었다고 우겼어, 유명세는 사람으로 하여금 하늘을 날 수도 있다고 믿게 만드는데, 그러다가 자신에게 날개가 없다는 사실을 깨닫는 순간 하늘에서 곤두박질치는 거라고, 마치 만화영화 〈루니툰〉의 캐릭터처럼, 공중에 떠 있다는 걸 깨닫는 순간 곧바로 추락하는 거라고, 너는 또 말했지, 언젠가 네가 유명해지면, 진짜 유명해지면, 고향을 기억하겠다고, 사일리지 냄새, 암모니아 냄새, 소똥 냄새, 그리고 친구들을 결코 잊지 않겠다고, 하지만 넌 이미 알고 있었지, 네가 본질적인 무언가를 잃으리란 걸, 성공은 너를 본질적으로 바꾸어놓을 뿐 아니라 그와 동시에 무언가를, 이를테면 이미 네 안에 있던 끝없는 공허 같은 것을 영구화하거나 심지어 악화시킬 수도 있다는 걸, 하지만 난 그런 징후를 간과했어, 동물이 아프면, 혹은 스트레스 호르몬이 너무 많이 분비되면 바로 알아차리는 나인데 말이야, 왜냐하면 너의 회복 탄력성을 믿고 싶었거든, 너에게 절실히 필요했던 그 회복 탄력성을, 하지만 난 그냥 외면했어, 사 년 전 구제역 사태 때처럼, 농부에게 단지 바이러스일 뿐이고 곧 지나갈 거라고 말했던 그때처럼 말이야, 가축 전체를 살처분하는 건 생각조차 하기 싫었어, 왜냐하면 난 그걸 직접 본 적이 있거든, 아직 살아 있는 소와 양, 염소 들을 폐기물 수거 트럭에 몰아넣는 광경을, 녀석들이 트럭을 발로 차면서 버둥거렸지, 바로 그 주에 나는 흉막염이 도는 어느 축산 농가에 갔어, 점심시간에 가방에 넣어온 땅콩버터 샌드위치를 꺼내려고 집으로 들어갔지, 한 입이나 먹을 수 있을까 생각하는데 계단 꼭대기 난간에 매달려 있는 농부를 본 거야, 똥과 지푸라기가 끼어 있는 작업화 밑창이 먼저 보였고, 그다음엔 작업복이 보였고, 마지막으로 숨이 끊어진 그의 몸이 보였지, 나는 나를 보호하기 위해 눈을 감았고, 부디 그를 살릴 수 있기를, 내가 검은 피아트 밴을 몰고 농장으로 들어오던 순간으로 시간을 되감을 수 있기를, 그래서 그에게 둥글게 말할 수 있기를 바랐어, 베아트릭스 여왕이 우리라는 단어를 자주 쓰면서 둥글게 말하잖아, 난 그게 효과가 있다는 걸 알았거든, 너에게도 효과가 있던 것처럼, 하지만 그때 난 몰랐어, 가장 소중한 존재를 잃는다는 게 어떤 건지 몰랐고, 그 어떤 말로도 상실감을 위로할 수 없다는 것도 몰랐어, 그를 올가미에서 꺼내려고 노력이라도 해볼 수 있었을 텐데, 진흙 똥을 싸던 송아지들, 아픈 송아지들을 꼭 안고 녀석들의 눈을 들여다보면서 반추위가 잘 자라고 있는지 살펴볼 때처럼, 그래, 진흙 똥 싸는 송아지처럼 그를 안아줄 수도 있었을 텐데, 귀에 무언가 속삭일 수도 있었을 텐데, 레너드 코언의 저서에 나오는 한 구절, 이를테면, 우선 아무 일도 일어나지 않을 것이며, 조금 뒤에도, 아무 일도 일어나지 않을 것이다, 같은 것을 속삭였다면 그가 좋아했을 텐데, 물론 다 지금에야 떠오르는 생각이지만 말이야, 하지만 장담하건대 그 축산 농부는 내가 무슨 말을 했어도 이해하지 못했을 거고, 이해하고 싶지 않았을 거야, 사람이 자신의 진창에 너무 깊이 매몰되다 보면 진창 속으로 빨려 들어가는 수밖에 없거든, 아니, 나는 아무 말도 하지 않고 그저 그를 안아주었을 거야, 소의 몸에서 서서히 피가 빠져나가듯 무력감이 그의 몸에서 빠져나갈 때까지, 나의 피아트 짐칸에 함께 걸터앉았겠지, 종종 고객과 그렇게 나란히 앉아서 검진 결과를 설명하니까, 담배에 불을 붙여서 그를 위해 잡고 있으면 그의 갈라진 입술이 내 손끝에 닿았겠지, 그가 담배를 세게 빨아들이는 것을 느끼고 담배가 순간적으로 가늘어졌다가 다시 부풀어 오르는 것을 보았겠지, 마치 자신의 폐에 살처분으로 인한 죽음의 악취가 아닌 희망을 채워 넣고 싶다는 듯이, 어쩌면 밴의 뒷문을 닫고 그 음침한 공간에 그와 함께 앉아 있었을지도, 그러면 그 소리를 듣지 않아도 되었을 테니까, 철망 위로 털썩 쓰러지는 가축들 소리를, 그로부터 한참 뒤 메모리폼 매트리스를 깔아놓고 우리도 거기 앉아 있었지, 내가 너한테 미쳐서 타들어가던 시절에, 내 달콤하고 소중한 존재, 어쨌든 축산 농부와 나는 폐기물 수거 트럭이 농장을 빠져나가는 소리가 들릴 때까지 거기 앉아 있었을 거야, 마침내 모든 소리가 잦아들어서 우리 둘 다 그 일이 실제로 일어난 일이 맞는지, 혹시 우리가 상상한 건 아닌지 어리둥절해질 때까지, 마치 전쟁 영화를 보고 나서 실제로 참전한 것 같은 착각이 들고, 거리마다 병사가 매복해 있다가 튀어나와 **탕 탕** 날 쏠지도 모른다는 생각 때문에 머릿속에서 총성이 울려 퍼질 때처럼, 하지만 농부는 거기 매달려 있었고 무엇보다도 끔찍했던 건 결국 그를 난간에서 끌어 내린 사람들이 그의 가축을 살처분한 사람들이었다는 사실이었어, 난 아무것도 할 수 없었지, 그저 눅눅한 샌드위치를 손에 들고 멍하니 현관에 서 있었을 뿐, 대체 어떻게 그럴 수 있었는지 모르겠지만 샌드위치 세 개를 전부 다 먹었어, 평소에는 도시락통에 남겨두던 딱딱한 가장자리까지 전부 다, 평소에는 집에 가서 쓰레기통에 버리는 부분이었는데, 어린아이 같은 항의 표현이기도 했고 깨기 힘든 오랜 습관이기도 했어, 도시락 뚜껑에는 빛바랜 스티커가 붙어 있었는데, 짝짓기하는 두 마리 돼지의 그림과 '베이컨 제조중'이라는 문구가 적혀 있었지, 나는 그들이 농부의 몸에 검은 농업용 비닐을 덮는 장면을 지켜봤어, 신선함을 유지하기 위해 옥수수 사일리지를 덮는 비닐이었지, 열어놓은 정원 문으로 들어온 바람에 비닐이 펄럭이지 않도록 그의 팔 옆에 기다란 모래주머니 두 개를 눌러놓았어, 마치 농부가 죽은 게 확실하고 수거 트럭에 실려 가던 동물들처럼 아직 숨이 붙어 있지 않다는 걸 분명히 해두고 싶다는 듯이, 그날 이후로 땅콩버터를 볼 때마다 농부의 검푸른 얼굴이 떠올랐어, 불룩하게 튀어나온 그의 두 눈이, 나는 너 역시 그렇게 외면한 거야, 이번만큼은 정말 나 자신을 구원하고 싶었지만, 네 환상의 일부로 남고 싶었고 그러면서도 그 사실이 싫었어, 하지만 아, 나약한 나의 육체여, 너는 내 허리의 불꽃*이었어, 나 자신을 꺼버리지 않고 어떻게 그 불꽃을 끌수 있었겠어? 나는 네가 끝도 없이 떠들도록 내버려두었어, 넌 커트 코베인의 노래를 절망의 절규로 보았다면서, 온라인에서 그의 유서를 읽었는데 살고 싶지 않은 사람의 글치고는 너무 아름답고 너무 명쾌했다고 했어, 그는 문장을 가위표로 지워가며 썼는데 죽고 싶다는 소망 자체가 모든 것을 가위표 치는 하나의 방식이라는 사실을 잊은 것 같다고 했어, '틴 스피릿'은 미국의 데오드란트 브랜드인데, 깊은 절망에 빠진 사람은 종종 자기 냄새에 무관심하거나 혹은 지나치게 집착한다면서 이 한 구절에 모든 게 담겨 있다고 했어, 나는 내가 가장 잘하는 일에서조차 형편없어졌어. 바로 그 순간 네가 몸을 떨었어, 그게 노랫말 때문이었는지 아니면 새로 알게 된 뮤지션이 네 어

•   소설 《롤리타》의 첫 문장 중 일부.

27

린 삶에서 갑자기 사라져버렸기 때문인지, 아니면 마치 헷도르프의 무덤 파는 사람들이 도착한 것처럼 축사 뒤쪽에서 솟아올라 서서히 우리를 에워싸기 시작한 황혼 때문인지 알 수 없었어, 무덤 파는 사람들은 평상시에도 검은 옷을 입고 다녔는데 죽음은 결코 그들 곁을 떠나지 않았기에 그들 역시 결코 죽음에서 벗어날 수 없었지, 가끔 사랑하던 동물을 길가에 버려서 렌닥*에 수거를 맡기는 대신 사과나무 아래에 묻고 싶어 하는 사람이 있으면 내가 무덤 파는 사람을 불렀는데, 그 사람들은 지하수가 발목을 덮을 정도로 땅을 깊이 팠어, 그 모습을 보면서 나는 사르트르의 《구토》의 한 구절을 떠올렸어, 바로 이 순간, 이건 섬뜩한 일이다, 만약 내가 존재한다면, 그것은 내가 존재한다는 사실에 몸서리치기 때문이다. 내가 바로 그토록 열망하던 무無에서 나 자신을 끌어내는 자다. 존재에 대한 증오와 혐오가 나를 존재하게 한다, 나를 존재하게 하고, 나를 존재 속으로 밀어 넣는 방법은 너무도 많다. 그 심연의 가장자리에서 나는 몸을 떨었어, 그래, 나는 몸을 떨었고 나 자신의 존재에 대해, 죽음에 대해 생각하지 않을 수 없었지, 나는 이제 막 성경에 나오는 일곱에 일곱을 곱한 나이 마흔아홉이 되었고, 그 숫자가 완전함, 해방을 뜻한다는 걸 알고 있었어, 제자들이 성령을 받기 위해 기다려야 했던 날도 사십구 일이었지, 하지만 불길한 숫자이기도 했어, 시편 49편에는 이런 대목이 나와, 순간만을 위해 살고 자

---

* 유럽 여러 나라에서 운영되는 동물 사체 및 부산물 처리 기업.

신만을 위하는 자들의 끝은 이러하다. 죽음이 그들을 양 떼처럼 몰고 가니, 그들은 무덤의 목구멍으로 사라진다. 하지만 나는 나 자신을 위하고 싶지 않았고 오직 널 위하고 싶었어, 하늘이 내린 가장 특별한 존재, 내가 어떤 사막으로 들어설지 알지 못했지만, 너와 함께일 때 나는 온전히 살아 있었고, 너와 함께 있을 때 존재했으며, 모든 게 덜 끔찍했어, 나는 갑자기 구덩이 가장자리에 서서 미소를 머금고 무덤 파는 사람들의 벗겨진 머리를 바라볼 수 있었어, 왜냐하면 나는 해마다 꽃을 피우는 사과나무처럼 젊고 생기 넘쳤으니까, 사과나무 아래 죽은 자가 묻힌 뒤에도, 나는 너로 인해 계속 가지를 뻗고 자랄 수 있었으니까! 너는 커트라는 이름이 좋다고 했지, 마치 두고두고 먹으려고 조금씩 아껴 먹는 이국의 요리 이름처럼 들린다고, 언젠가 커트라는 이름을 가진 남자친구가 생기면 좋겠다고, 그러고는 네가 갑자기 슬픈 표정을 지었어, 마치 무언가를 깨달은 것처럼, 커트라는 이름을 가진 남자가 많지 않다는 사실보다 더 심오한 무언가를 깨달은 것처럼, 너는 이내 표정을 추스르더니 축사 문에 기댄 채로 말했어, 커트 코베인 외에도, 최근에 발견했는데 알고 보니 죽은 뮤지션이 있다고 했어, 존스, 헨드릭스, 조플린, 모리슨, 파프, 존슨, 하비. 그들의 음악이 그토록 훌륭하고 그토록 독특하게 뇌리에 남는 이유는 그들이 죽어서인 것 같다면서 마치 자신의 죽음을 예견해서 마지막 숨결까지 음악에 쏟아부은 것 같다고 했어, 너는 네가 하는 말이 어떤 의미인지 알고 있었어, 우리 둘 다 네가 하는 말이 어떤 의미인지 알고 있었지, 하지만 굳이 그 얘길 하진 않았어, 그날 저녁 더는 우리를 에워싸지 않고 어느 틈에 우리 안으로 스며든 황혼 얘기를 우리가 굳이 하지 않은 것처럼, 황혼은 너의 말을 점점 더 느려지게 했어, 너는 스물일곱 살에 세상을 떠난 뮤지션의 클럽인 27클럽에 대해 얘기했고 그들에게 무한한 관심을 보였어, 존스는 하트필드의 수영장에서 익사했고, 헨드릭스는 와인과 수면제를 함께 먹고 자신의 구토물에 질식해 죽었고, 모리슨은 심장마비로, 조플린과 파프는 헤로인 과다복용으로, 존슨은 독극물이 든 위스키를 마신 후에 죽었다는 글을 읽었다고 했어, 네가 가장 끔찍한 죽음이라고 생각한 레슬리 하비는 스톤 더 크로스와 공연하던 도중 접지되지 않은 마이크에 손을 댔다가 감전사했어, 결국 그거였어, 그 뮤지션들은 더는 지상에 연결되어 있지 않은 거였어, 명성에 대한 그들의 갈망이, 인정받고 싶다는 그들의 욕구가 결국 그들을 파멸로 이끌었어, 너는 말했지, 아이들에게 인정이라는 건 자장가 같은 거라고, 그 멜로디가 없으면 인생은 긍정의 시선을 찾아 헤매는 끝없는 방랑일 뿐이라고, 그 순간 나는 너의 눈 안쪽에서도 황혼을 보았고, 네가 자꾸만 어깨 너머로 농장을, 불 켜진 집을 흘금거리는 것을 보았어, 가봐야 한다고 네가 말했어, 이미 날이 어두워졌고 숙제도 해야 한다고, 너는 어깨를 으쓱하고는 **그럼 안녕**이라고 말했고 나는 차마 네게 말하지 못했어, 내 이름이 커트면 좋겠다고, 제발 커트라고 불러달라고.

3

소과 동물의 뱃속만큼이나 더웠던 어느 날 네가 말했어, 커트, 할 얘기가 있는데요, 뉴욕의 그 9월에요, 나 거기 있었어요. 처음엔 네가 정말 날 커트라고 불렀는지, 아니면 내가 상상한 건지 잘 몰랐어, 하지만 그냥 그렇게 불렀던 걸로 치자, 단도직입적으로, 진지하게 네가 그렇게 불렀다고 치자, 나는 송아지 축사 옆에 서 있었고 개봉한 분유 봉지를 너무 꽉 쥐는 바람에 하얀 가루가 구름처럼 훅 날렸는데, 그 순간 놀랍게도 이런 생각이 들더라, 그 어떤 로맨스 영화에서도 여름에 눈이 내린 적은 없다고, 그랬다간 영화를 본 사람들이 사기당한 기분을 느끼고 비디오 대여점에 가서 환불을 요구할 테니까, 사람들이 원하는 건 언젠가 자신에게도 일어날 법한 현실적인 사랑 얘기일 테니까, 나는 우리가 평범하지 않다는 걸, 독특하다는 걸 이미 알고 있었어, 비록 **독특하다**라는 단어가 발에 묻은 똥을 닦아줘도 짜증을 내는 황소만큼이나 못생긴 말이라고 생각하던 나였지만, 그땐 몰랐어, 나도 머지않아 도축될 가축처럼 증량중이었다는 걸, 너와 함께 있는 매 순간 나는 점점 더 나를 키워갔고 나의 무모한 열정은 점점 더 굶주린 한 마리 송아지가 되어갔어, 심지어 성질마저 괴팍한 송아지였지, 그러면서도 한편으로는 네가 날 커트라고 부르는 게 혼란스러웠어, 그 순간 너의 뇌리에 나는 얼마나 생생하게 살아 있었을까? 얼마 후엔 내가 너의 머릿속에서 도저히 떨쳐낼 수 없는 하나의 노래가 될 수 있을까? 혹시 새로운 무언가를 발견할 수 있으리라는 막연한 희망을 품고 네가 나를 반복해서 들어줄까? 그래서 나는 찬란함을 잃지 않을 수 있을까? 아니면 너는 그저 그 미친 여름을 견디게 해줄 무언가를, 널 위로하고 편안하게 해줄 무언가를 찾았다고 생각한 걸까? 아마도 너에게 나는, 내가 준 노래 가사에서 네가 미처 알아차리지 못한 밑줄 그은 가사였는지도, 아니면 네가 이해하지 못한 가사였는지도, 어쩌면 넌 끝내 날 알아차리지 못했는지도, 하지만 그 생각에 오래 머물 겨를이 없었어, 왜냐하면 네가 날 '커트'라고 불렀고, 네 목소리에 괴로움이 배어났고, 나의 장화는 눈 속에 파묻혀 있었고 나의 머리는 불타는 태양 속에 있었거든, 더없는 행복과 뜨거운 실망 사이에 말이야, 네가 말했어, 그날 거기 있었다고, 첫 번째 비행기가 트윈 타워에 충돌한 직후에 네가 그곳으로 날아갔다고, 유명해지고 싶어서 그렇게 상상한 게 아니라 실제로 날 수가 있는데, 하나님이 실수를 했거나 어쩌면 너의 숨겨진 재능인지도 모른다고, 그러더니 내게 물었지, 만약 네가 매일 밤 침대 가장자리에 서서 다음번 비행을 연습한다고 말하면 널 어떻게 생각할 거냐고, 네가 세계 최초의 비행하는 인간이고 오늘 같은 어느 날 두 번째로 하늘을 날겠다고 한다면, 이번엔 사료 저장고에서 날아오를 거라고 한다면, 그냥 훌쩍 날아올라서 농장을 지나고 사탕무밭과 밀밭을 지나고 말스트롬 강의 맑은 물 위를 지날 거라고 한다면, 어떻게 생각할 거냐고, 하지만 내가 명심해야 할 게 있다면서, 넌 돌아오지 않을 거라고, 영원히 날아가버려야만 특별한 거라고 했어, 그러지 않으면 그건 단지 서커스 묘기일 뿐이고 서커스 묘기란 금세 잊히는 거라고, 아니면, 비록 가능성은 희박하지만 철새가 되어서 돌아올 수도 있는데, 그렇게 되면 여름에 돌아올 거고 그러면 수확을 도울 수도 있을 거라고, 모두가 널 반길 거라고, 그래, 그게 좋겠다고 했어, 헷도르프 사람들은 네가 날아오르는 걸 보고 널 가리키면서 저 아이를 오랫동안 알았지만 날개를 숨기고 있는 줄은 몰랐다고, 어딘가 특별한 애라는 건 알았지만 이런 능력이 있을 줄 상상도 못 했다고 수군거릴 거라고 했어, 넌 그렇게 개혁교회를 지나 초등학교 위를 빙 돌고 나서 제방을 따라 남쪽으로 날아갈 건데, 그러면 네 아래 펼쳐진 모든 것이 작아질 거라고, 감자만큼, 아니, 그보다 더, 이를 테면 완두콩 정도로 작아질 거라고 했어. 어떻게 생각하냐고? 네가 그 모든 얘기를 얼마나 공들여서 하던지, 네가 혀로 탐욕스럽게 입술을 핥아서 네 얘기가 아주 관능적으로 들렸어, 넌 그 비극적인 9월의 어느 날 그곳으로 날아갔고, 하늘을 날면서 저 아래에서 울부짖는 사람들의 비명과 사이렌 소리를 들었고, 트윈 타워에서 쏟아져 나온 사무실 서류들이 평화의 비둘기로 변해 사방에 흩날렸고, 사람들이 창밖으로 몸을 던지는 광경을 보았다고 했어, 그들이 분유 포대처럼 쿵 하고 둔탁한 소리를 내며 땅에 떨어지는 소리를 들었고, 그다음엔 두 번째 비행기가 두 번째 타워에 충돌했는데 그 순간 빌딩으로 돌진한 게 과연 정말 비행기였는지, 너 자신은 아니었는지 궁금했다고 했어, 처음엔 너의 머리가, 그다음엔 가슴과 몸통 나머지 부분이, 그다음엔 발이 차례로 충돌한 게 아닌지 궁금했다고, 다 네 잘못이라고 했어, 나는 너의 눈에 차오르는 눈물을 보았고 속으로 생각했어, 세상에, 그때 넌 겨우 열 살이었잖아! 그래도 난 네가 계속 이야기하게 했어, 너는 비행기 한 대가 더휠스트 농장으로 돌진하는 상상을 한다고, 벽이 무너지고 유리창이 산산조각 나고, 비행기의 오른쪽 날개 밑에 깔려 누워 있는 네 아빠를 발견하는 상상을 한다고 했어, 정작 그들이 노린 건 너였는데, 그래서 어쩌면 네가 다 포기하고 큰 소리로 외쳐야 할지도 모른다고, 그날 내가 거기 있었어요, 내가 그 비행기였어요, 내가 뉴욕에 불을 질렀어요, 내가 온 세상을 울게 만들었어요, 이제 그만 자수해서 세상을 위로하고 싶어요. 그게 너의 진심인 것 같았지만, 그보다 더 분명했던 건, 네가 너의 이야기를 진심으로 믿고 있다는 거였어, 얼마나 쉽게 너의 아름다운 날개 이야기로 넘어가던지, 너는 너의 날개가 얼마나 찬란하고 아름다운지, 얼마나 힘이 넘치는지 얘기했고, 물에 젖지 않는 깃털에 대해서도 얘기했어, 축사 입구에 서서 너는 소름 끼칠 정도로 매혹적으로 팔을 움직였고, 네가 움직일 때마다 살갗 밑의 근육이 보였어, 난 소리치고 싶었어, 절대 날아가지 말라고, 내 말 들으라고, 절대 그러지 말라고. 하지만 난 그러지 못했고 대신 미지근한 물에 분말을 넣고 덩어리가 풀어질 때까지 미친 듯이 젓개로 저은 다음, 날아가는 법을 배우기 전에 먼저 착륙하는 법부터 배워야 한다고 말했어, 그리고 바로 알았지, 그게 잘못된 대답이고 완전히 꼰대 같은 말이었다는 걸, 내가 널 실망시켰어, 넌 다른 대답을 기대하고 있었을 텐데, 어쩌면 내가 너의 비행 계획을 응원해주길 바랐을 텐데, 9월의 참사를 너의 머릿속에서 조용히 몰아내주길 바랐을 텐데 말이야, 금속 젓개로 내 머리를 후려치고 싶더라, 왜냐하면 네가 날개를 힘없이 옆으로 떨어뜨렸으니까, 마치 또 한 대의 비행기처럼 너의 가슴을 관통한 공허의 냄새를 맡을 수 있을 것만 같았거든, 멀리서도 바이러스 감염으로 설사하는 송아지 냄새를 맡을 수 있는 것처럼 말이야, 사실 나야말로 너의 바이러스였지만 그때 네가 그걸 알 리가 없었지, 나는 애정에 굶주린 님프 같은 너의 몸을 끌어안고 싶었어, 왜냐하면 네가 원한 건 오직 누군가가 널 보아주는 것뿐이었고, 사람들이 손가락으로 가리키는 사람이 되는 거였으니까, 학교에서 아이들이 널 가리키는 것과는 다른 방식으로 말이야, 그러지 않고서야 사람들이 쳐다보게 하려고 그렇게 높이 날 필요가 없었겠지, 네가 이곳에 머물길 바라는 사람이 있으니 제발 여기 머물러달라고 말하고 싶었어, 왜냐하면, 네가 없으면 들판이 폭발할 테니까, 네가 없으면 말스트롬 강이 청록색 조류로 가득차거나 완전히 말라버릴 테니까, 그리고 수많은 철새가 남쪽으로 가는 그 힘겹고 먼 여정을 견디지 못하고 하늘에서 만나처럼 떨어질 테니까, 하지만 난 그런 말을 해서는 안 됐지, 너의 생각의 흐름에 휩쓸려선 안 됐고 그 끔찍한 고백에 동조해서도 안 됐어, 그래서 나는 사료 저장고에 올라선 너의 모습을 상상했어, 세상에, 상상만으로도 몸이 떨리더라! 그래서 난 계속 저어댔어, 분유는 이미 한참 전에 매끈하게 풀렸는데도, 그래서 결국 그 말을 하고야 말았어, **네가 날 수 있도록 내가 도와줄게.** 나는 마치 영화의 한 장면처럼 자리에서 벌떡 일어나 얼어붙은 채 그 자리에 서 있었어, 한 손에 젓개를 들고서 말이야, 돌바닥 위로 우유가 뚝뚝 떨어졌지, 사실 나는 네 머릿속 응어리를 저어서 녹이고 싶었지만, 넌 다시 양옆으로 넓게 벌리고 팔을 움직였어, 그림자 때문에 너는 진짜 날개 달린 짐승처럼 보였어, 너는 그 상태로 갑자기 농장 마당을 이리저리 뛰어다니면서 깔깔거리며 외쳤지, **난 까마귀야! 난 큰까마귀야! 난 왜가리야! 난 네가 가장 두려워하는 새야!** 그러다가 풀밭에 쓰러지더니 죽은 듯 가만히 누워 푸른 하늘을 보았어, 그리고 말했지, **난 어딘가 잘못됐어요, 아주 단단히 잘못됐어요,** 그리고 몇 초만에 다시 벌떡 일어났어, 나는 너의 영혼을 떠나는 새를 보았어, 넌 고개를 숙이고 축사로 걸어갔고, 거기서 긁개를 들더니 축사 바닥의 쇠 격자를 지그재그로 긁어서 분뇨를 격자 사이로 떨어뜨렸어, 나는 너에게 시선을 고정한 채 송아지들에게 분유를 먹였어, 널 내게로 유인하는 것 말고 내가 달리 무얼 할 수 있었을까, 나는 널 구할 생각이었어, 나의 사랑스러운 도망자, 무슨 일이 있어도 널 구할 생각이었어, 아마도 그 무렵 나의 악몽이 시작되었을 거야, 꿈에 넌 사료 저장고 꼭대기에 올라가 있었고 무덤 파는 사람들이 네 아래 있었어, 그 사람들이 손으로 햇빛을 가리며 널 올려다보았지, 뛰어봐야 확실히 알 거라고 그들이 말했어, 그리고 네가 거기서 뛰려는 찰나, 나는 식은땀을 흘리며 잠에서 깼어, 네가 괜찮은지 전화해서 확인하고 싶었지만 네 번호를 알게 된 건 그 이후였어, 넌 전화를 싫어한다면서 전화하지 말라고 했지, 특히 그 '꼬마 악어 슈나피' 벨 소리가 싫다고, 반 친구들 거의 모두가 그 벨 소리를 쓴다고 했어, 더구나 넌 전화를 끊는 게 유독 어려운데, 전화를 끊는 게 마치 혈연관계나 우정을 끊는 것처럼 느껴진다고 했어, 무언가를 끝내는 방법을 도무지 모르겠다고, 그래서 전화선에 문제가 있는 척하면서 이렇게 말한다고, **여보세요, 여보세요, 잘 안 들려요**. 그래, 넌 전화를 별로 좋아하지 않았고 내가 너의 번호를 알게 된 건 한참 뒤였어, 카밀리아와 나의 두 아들이 도시로 놀러 나갔을 때, 케일을 넣은 으깬 감자와 소시지, 그레이비소스가 든 즉석요리를 먹으면서, 나는 은구슬 같은 너의 목소리가 들릴 때까지 휴대전화 화면에 뜬 숫자를 한참 바라보았지, 그러던 어느 날 마침내 너와 통화를 하게 되었는데, 두어 차례 통화하고 나니 바로 알겠더라고, 네가 늘 똑같은 말로 전화를 받는다는 걸, **새의 음성사서함입니다. 쨱.** 너의 번호는 이미 외웠지만 그래도 혹시 몰라서 계량기 보관함의 검침 기록 밑에 적어두었어. 그해 여름, 나는 점점 더 자주 암송아지를 검진하러 너의 농장을 찾았고, 일과를 마치고 들판에서 땅안개가 거품처럼 피어오를 때, 네 아빠가 따라주는 지역 맥주에 붙잡혔지. 네 아빠의 온갖 농담과 자랑, 기후에 관한 소소한 지식을 들으며 나는 공손하게 웃었어. 네 아빠는 내가 자기와 함께 있어서 긴장을 풀고 편안해한다고 생각했겠지만, 그게 아니었어. 오직 너 때문이었어. 나의 소중한 생명체, 술을 마시면서 나는 너의 그 억눌린 삶으로, 너의 조그맣고 어두운 삶으로 스며들고 있던 거야. 하루가 저물면 빈 맥주병을 축사의 장화 정리대 옆에 가지런히 세워놓았어. 그 많은 병에 담긴 지역 맥주의 거품이 뱃속에서 멍청하게 출렁였지만, 한 가지만큼은 이미 분명히 알고 있었어. 내가 널 사랑한다는 것.

4

어쩌면 하나도 이상할 게 없는 일이었을지도, 어쩌면 끓는 듯 더웠던 그날 아침, 침대 매장에 들어간 건 지극히 평범한 일이었는지도. 나는 매장에서 가장 비싼 매트리스를 샀어, 쿨링 메모리폼 매트리스에 오리 깃털로 속을 채운 베개 두 개도 같이. 나는 매트리스를 피아트 짐칸으로 끌고 가서 안에 펼쳐놓은 다음 집에서 가져온 침낭을 그 위에 깔았는데, 침낭에는 'C'라는 이니셜이 수놓아져 있었지, 카밀리아의 침낭이었거든, 네가 눈치를 못 채도록 이니셜 부분이 문 쪽으로 향하게 했는데, 그 순간 퍼뜩 머리를 스친 생각은 내가 가진 여자는 내 발치에 있고, 내가 원하는 여자는 땀범벅인 내 머리 위 허공 어딘가에서 파닥거리고 있다는 거였어, 검둥오리처럼 부지런히 사랑의 둥지를 트는 내 모습을 혹시라도 누가 보진 않을까 해서 잠시 주위를 둘러보았지, 그러고는 너의 집으로 차를 몰았어, 차 짐칸에 실은 물건이 내 마음에 행복과 동시에 역겨움을 일으켰지만, 너를 본 순간 전부 다 사라져버렸고, 그 순간 알았어, 내가 하는 일이 옳다는 걸, 너와 난 피할 수 없는 운명이란 걸, 우리는 노래 속 브리지이고, 우리 주위의 모든 것, 모든 사람과 다르다는 걸. 네가 《제임스와 슈퍼 복숭아》를 손에 들고 장난스럽게 매트리스로 몸을 던지는 모습을 보았어, 넌 내게 여기서 자느냐고 물었고, 난 그렇다고, 난 늑대인간이라 근처 주차장 한구석에 차를 세워놓고 그 주에 마치 종기처럼 부어오른 달 아래서 자는 걸 좋아한다고 농담을 했어, 나중엔 그 말이 진담이 되었지, 나는 너와 가까이 있기 위해 점점 더 자주 그 근처에서 밤을 보냈고 조수석에 빈 맥도날드 용기가 쌓여갔거든, 굳어버린 마요네즈 튜브와 샌드위치 포장지, 주유소에서 산 콜라 캔과 함께, 물론 다른 농장이나 업체에 들르기도 했지만 일을 대충 해치웠어, 얼른 헷도르프로, 너에게로 달려가기 위해서, 네가 책을 머리 위로 높이 들고 누워 내 더러운 작업 바지에, 내 무릎에 발을 올려놓은 것도, 어쩌면 지극히 정상적인 일이었는지도 몰라, 나는 너의 발가락을 한 개씩 차례로 어루만졌지, 조그만 뼈들을 꽉 쥐어보면서 마치 말발굽의 관상부를 마사지하듯이, 간지러울 땐 네가 다리를 살짝 움츠렸고, 나는 네가 들고 있던 책을 빼앗아 풀밭에 내동댕이치고 너를 거칠게, 그러면서도 다정하게 내 무릎 위로 끌어당긴 다음, 수영을 한 뒤라 아직 젖어 있는 너의 머릿결에 얼굴을 파묻고 염소 냄새 속에서 희미하게 느껴지는 너의 냄새를 맡고 싶은 것을 참았어, 너의 냄새가 무슨 냄새였는지 말하기는 어려웠어, 말하려는 순간 실망스러운 표현만 떠오를 게 분명했으니까, 너에게선 그 누구의 냄새도 아닌 너의 냄새가 났어, 당연히 그랬겠지, 처음으로 너의 살결을 만졌을 때, 소의 보드라운 젖통과도 같은 너의 발가락을 내 손가락 사이에 살짝 끼워보면서 네가 건강한 동물인지 아닌지 확인하는 수의사처럼 뼈 구조를 살펴보는 척하고 있는데 네가 말했지, 팀 버튼의 영화 〈찰리와 초콜릿 공장〉을 적어도 열 번은 봤다고, 그런데도 윌리 윙카는 여전히 무섭다고, 괴짜라고, 그는 나쁜 아이들이 끔찍한 벌을 받게 했는데, 공장의 온갖 달콤한 것들로 아이들을 들뜨게 해놓고 정작 탐욕의 위험에서 아이들을 보호하지 않았다고 했어, 또 너는 과하게 욕심을 부리는 사람은 사실 결핍이 있는 사람이라면서, 영화에서 노래가 나오는 장면을 보면 항상 기분이 나빠져서 매번 빨리 감기 버튼을 누른다고 했어, 한때는 너도 언젠가 초콜릿 바에서 황금 티켓을 발견하게 될 거라 믿었고 그러면 네가 이 동네를 떠나도 다들 이해할 거라 생각했지만, 결국 아무것도 안 나왔다고 한숨 섞인 목소리로 말했지, 로알드 달이 죽었을 때 그와 함께 묻힌 건 HB 연필 한 상자, 그가 제일 좋아하던 프레스탯 초콜릿, 스누커* 큐대, 그리고 전기톱이었다고 했어, 그리고 《내 친구 꼬마 거인》의 주인공인 크고 친절한 거인의 발자국이 그가 묻힌 그레이트 미센든의 교회 묘지까지 이어져 있는데, 너도 언젠

---

* 영국식 당구의 한 종류.

간 그곳에 가보고 싶다고, 차가운 묘비에 드러누워서 당신이 내 목숨을 구했다고 그에게 속삭이고 싶다고 했어, 이유는 말하지 않겠지만 말이야, 그저 네가 마틸다의 힘과 찰리의 공손함을 둘 다 지녔다고 말할 거라 했어, 아홉 살 때 학교에서 본 〈마녀와 루크〉 때문에 며칠 밤잠을 못 잤는데, 선생님이 이 영화를 끝까지 볼 수 있는 아이는 영혼이 단단한 아이라고 해서 네가 손을 들어서 본 거였지만 그때 처음 알았다고 했어, 네 영혼이 단단하기는커녕 얼마나 여리고 무른지를, 로알드 달이 그 영화의 결말에 동의하지 않았다는 얘기를 들은 적도 있다고 했어, 원작인 《마녀를 잡아라》에서는 주인공 루크가 결국 쥐로 남았지만 영화에선 다시 사람으로 돌아오는 결말이었으니까, 그래서 로알드 달이 어느 극장에 직접 나타나서는 확성기를 들고 외쳤다고 했어, **여러분 들어가지 마세요! 이건 쥐덫입니다!** 너는 로알드 달이 교실 문 앞에 서서 사람은 영혼을 몇 번 잃어봐야 비로소 단단해진다고 말해주면 좋겠다고 했어, 로알드 달은 비행기 추락 사고를 당해서 머리뼈에 금이 갔는데, 너는 그게 그가 그토록 아름답게 글을 쓸 수 있는 이유임을 안다면서, 너에게도 그 비슷한 일이 일어났다고 확신했어, 처음 날았을 때 추락하진 않았지만 뭔가 묵직한 게 네 머리에 떨어져서 지금처럼 생각하게 된 거라면서, 어쩌면 트윈 타워에 충돌했기 때문일 수도 있다고 했어, 그리고 작가의 묘 앞에 서게 되면 《멋진 여우 씨》는 한 번도 읽어본 적 없다는 사실을 인정해야 할지도 모르겠다고, 여우를 별로 좋아하지 않기 때

문이라고, 제방의 비탈면에 묻어놓은 산란용 암탉의 사체를
파헤치질 않나, 정말이지 여우는 예의라곤 찾아볼 수 없는 족
속이라고 했어, 그런 동물에 관한 이야기는 읽고 싶지 않다고
너는 계속 얘기했고, 그동안 나는 널 보았어, 나의 어린 양, 네
몸을 따라 매트리스의 형체가 만들어지는 것을 보았어, 둘이
누울 수 있을 정도로 넓은 매트리스였지만 나는 감히 네 곁에
눕지 못했지, 아직은 눕지 못했어, 그때 네가 다시 나의 이름
을 다시 불렀어, 고양이가 편안할 때 그러는 것처럼 발가락으
로 내 허벅지를 살살 문지르면서, 넌 이렇게 말했어, **커트, 잘은
모르겠지만 난 가끔…… 다시는 정상으로 돌아가지 못할 것 같아요.**
너는 한숨을 쉬며 다시 책을 보았고, 나는 뭐가 다시 정상으로
돌아가지 못할 거라는 소린지 궁금했지만 묻지 않고 네가 다
시 말을 이어가길 기다렸어, 너는 헷도르프 끝자락에 있는 수
영장 얘기를 했어, 높은 다이빙대에서 뛰어내리며 자신과 친
구들, 특히 여자애들에게 잘 보이려 애쓰는 남자애들 얘기, 열
살 때 물속에서 어떤 남자애한테 키스를 받은 적이 있는데 그
게 좋았는지 싫었는지 잘 모르겠다고, 그 애가 돈을 안 가져와
서 나중에 하리보 개구리 젤리를 사달라고 하려고 키스했다
는 걸 나중에야 알게 되었는데, 그래서 그때부터 그 애를 '개
구리'라고 불렀다고 했어, 가끔은 그날을 떠올린다고, 염소 냄
새와 조금은 남자애의 맛이 섞여 있던 그날의 키스를, 그래서
내가 물었지, '개구리'를 생각하면 뭐가 떠오르냐고, 나는 너
의 발목을, 샌들이 햇빛을 가려 생긴 하얀 줄을 어루만지며 너

43

의 창백한 피부가 그을린 피부보다 훨씬 더 예쁘다는 걸 알았어, 마치 도자기로 만든 것처럼, 난 널 그렇게 보고 싶었어, 나만의 도자기 인형으로, 네가 한참 전에 독서를 멈추었다는 걸 알았고, 네 뺨이 붉게 물드는 걸 보았어, 네 뺨은 백신 접종을 마친 양을 표시할 때 사용하는 특수 펜으로 칠한 것처럼 붉었어, 너는 숨을 깊게 들이쉰 뒤 말했지, 새는 자꾸만 '개구리'를 죽인다고, 통째로 삼켜버린다고, 그러고 나면 네가 '개구리'가 되어버리는데 네가 할 수 있는 일이 아무것도 없다고, 너는 두 발을 나의 무릎에서 거두고 엎드려 눕더니 이렇게 말했어, **난 무엇보다도 나 자신을 생각해요.** 그게 대체 '개구리'와 무슨 상관이 있다는 건지 알 수 없었지만, 네가 말하고 싶지 않은 무언가를 내가 건드렸다는 건 알았지, 나는 어설픈 욕망을 품은 채 그렇게 거기 앉아 있을 수밖에 없었고, 어느 순간 내가 널 만지고 싶은 건지 갈가리 찢어놓고 싶은 건지조차 알 수 없게 되어버렸어, 어쩌면 둘 다 인지도, 맙소사, 그래, 난 둘 다를 원했어, 내 더러운 작업복 바지가 성기 주위에서 팽팽해졌고, 나는 수영장 물에 불어 여전히 쭈글쭈글한 네 발바닥을 만지고 싶었어, 네 머릿속에 들어 있는 로알드 달의 문장을 키스로 지우고 싶었고 그 자리를 나의 말로 채우고 싶었어, 하지만 갑자기 네가 아득히 멀게 느껴지더라, 더는 네가 나의 무리에 속하지 않은 것처럼, 그런데도 그 순간 나는 우리 사이가 순조로워서, 특히 매트리스를 들여놓아서 무척 기뻤어, 나의 차는 이제 우리 사랑의 안식처가 될 거였으니까, 나는 자동차 벽에 포스터를 붙였어, 너바나 포스터 한 장, 베아트릭스 여왕의 포스터 한 장, 베아트릭스 여왕은 작년 4월 헷도르프에 방문했는데, 넌 빌럼 알렉산더르 왕자의 옷깃에 꽃을 달아주는 역할을 맡았어, 네가 교회 앞에서 안절부절못하며 이 발에서 저 발로 체중을 옮기는 모습을 난 멀리서 지켜보았어, 넌 핀이 그의 양복을 뚫고 가슴에 꽂혀서 혹시 네가 오라녀나사우*의 왕자를 죽일까 봐 걱정했지, 너는 결국 조용히, 떨리는 손으로 꽃을 달았고, 나중에 그날에 관한 아주 근사한 글을 써서 학교 신문에 실었어, 카밀리아가 그 글을 읽고 내게 보여주었는데, 읽어보니 가슴이 뭉클하더라, 워드아트로 큼지막하게 쓴 제목 아래 이런 글이 있었어, **추워서 온몸이 얼얼하지만 곧 빌럼 알렉산더르 왕자를 만난다는 생각을 하면 마음이 따스해진다.** 그때 몰랐어, 그 어떤 생각도 네 마음을 따스하게 할 수는 없다는 걸, 그렇다고 생각하고 그렇게 글로 쓸 수는 있지만 실제로 네가 그렇게 느끼지는 않았다는 걸, 넌 왕자를 따스하게 해주고 싶었고 또 그로 인해 너도 따스해지고 싶었지만 따스함은 널 편안하게 하기는커녕 온갖 형태의 상실을, 네 안에 지니고 있던 애도를 일깨웠지, 너는 누군가를 사랑하는 바로 그 순간 사랑을 다 잃었고, 그건 너에게 너무도 견디기 힘든 일이었어, 너는 옷에 다는 꽃처럼 사랑이 말라버리게 내버려두거나 아니면 온 힘을 다해 시드는 것을 막아보려 했지만 어느 쪽이건 부질없긴

마찬가지였어, 그날 오후 네가 매트리스를 개시하고 나서, 나는 두 손을 머리 뒤로 깍지 끼우고 장화를 자동차 짐칸 가장자리에 벗어놓고 누워 포스터 속 여왕이 내게 말하는 상상을 했어, 여왕은 엄숙한 목소리로, 내가 너의 곁을, 나의 소중한 생명체의 곁을 떠나지 않았기 때문에 훈장을 수여한다고, 그리고 널 구한 공로로 메달을 수여한다고 말하는 상상이었지, 하늘을 나는 게 실제로 어떤 기분인지 너에게 보여줄 생각이었어, 간척지의 풍경을, 도랑 가장자리에 핀 미나리과 식물을 바라보면서 그런 생각을 했고, 짧은 순간이나마 내가 어렸을 때, 어쩌면 너의 나이였을 때 느꼈던 바로 그런 희열을 느꼈지, 원하는 건 뭐든 될 수 있을 것만 같던 그 시절, 실제로는 내가 원하지 않는 모든 것이 될 운명이었는데도, 그때 느꼈던 그런 기분을 느꼈어, 나는 널 고치고 싶었고 망가뜨리고 싶지 않았어, 하지만 난 항상 서툴렀어, 갑자기 내 머릿속에 어둠이 밀려왔는데, 이전과는 비교도 안 될 정도로 칠흑 같은 어둠이었어, 고름이 뚝뚝 떨어지는 달을 보았고 그 고름이 내 피아트의 문 위로 흘렀어, 어머니의 핸드페인팅 도자기 접시를 내가 주방 돌바닥에 떨어뜨려 산산조각 냈던 일이 떠올랐어, 그날 밤 나는 돼지 축사에서 자야 했지, 내가 저지른 죄와 찜통 같은 돼지 몸뚱이들과 함께 말이야, 그날 밤에 알았어, 귀여운 분홍 돼지들이 하늘을 볼 수 없다는 걸, 돼지는 하늘을 볼 수 있을 정도로 유연하지 않다는 걸, 그제야 하나님이 존재하지 않는다는 걸 확실히 알겠더라, 아니, 하나님은 존재하지 않았어,

다음 날 아침 어머니가 아침 먹으라며 돼지 축사에서 날 불러 냈을 때 그 얘길 했더니 어머니는 팬케이크에 포크를 더 깊숙 이 찔러 넣었어, 어머니는 자신의 악랄함을 숨기는 것에 실패 할 때마다 팬케이크를 만들어주었는데, 그건 화해의 팬케이크 였고 보통의 팬케이크보다 항상 더 맛있었어, 그걸 먹으면 속 이 더부룩했는데, 반죽을 분노로 휘저었기 때문이고 우유가 충 분히 들어가지 않았기 때문이었어, 하지만 나는 하나님에 대한 얘기를 전부 다 했고, 그다음엔 나선형 계단을 올라가 어머니 와 함께 내 침실 맞은편 어머니의 침실로 들어가야 했어, 거기 서 어머니는 앞치마와 단정한 긴 치마를 벗었어, 언제든 마음 을 바꿀 수도 있다는 듯 천천히, 하지만 어머니는 마음을 바꾸 지 않았지, 침대 가장자리에 앉아 다리를 벌리고는 내게 개처 럼 맨무릎으로 꿇으라고 명령했어, 나는 어머니를 기쁘게 하려 고, 어머니를 웃게 하려고 짖기까지 했어, 멍! 멍! 하지만 어머 니는 웃지 않았어, 어머니는 이상한 검은색 긴 스타킹을 신고 있었고 나의 입술과 혀에는 여전히 설탕이 남아 있었지만, 어 머니는 내가 아는 목소리가 아닌 거친 목소리로 말했어, **하나 님이 네 안으로 돌아올 때까지 멈추지 마.**

5

하늘이 내린 가장 특별한 존재, 난 멈출 수가 없었어, 계속 '개구리'를 생각했지. 상상 속에서 '개구리'를 접이식 수술대에 눕혀놓고 해부했어, 그래야만 네가 본 것을 나도 볼 수 있을 테니까, 하지만 배에 메스를 대는 순간 녀석이 펄쩍 뛰어올라 꺽꺽 울며 내 손가락 사이로 빠져나갔어, 인정해야겠다, 그 아이 때문에 질투가 나고 전투력이 상승한다는 걸, 아, 어느 순간 내가 자전거를 타고 킨더발라데버흐 길을 지나 수영장으로 향하는 널 미행하기 시작한 게 얼마나 멍청한 짓이었는지 나도 알고 있어, 너는 수영복과 타월, 파프리카 맛 감자칩 한 봉지를 짐칸에 스트랩으로 고정하고 달렸지, 네가 도착할 즈음 감자칩이 다 부서져서 아마 양이 더 많아 보였을 거야, 나는 천천히 차를 몰면서 상상했어, 네가 '개구리'에게 키스하는 상상, 내게 지옥 같던 건 키스 자체가 아니라 두 사람이 타액을 주고받을 때 내가 낄 자리가 없었다는 사실이었어, 네 마음이 온통 다른 사람으로 가득 차 있었으니까, 나는 널 소유하고 싶었고 넌 나의 것이어야 했어, 오직 나만의 것이어야 했어, 나는 때로 수영장 주차장에서 잠깐씩 졸았는데, 피곤한 나날 때문에, 그리고 추격전 때문에 녹초가 되었지, 그러다가 꿈속에서 대시보드에 앉아 있는 '개구리'를 보고는 화들짝 놀라 깨어나곤 했어, 나는 절대 널 가질 수 없다고, 널 가졌다고 생각할수록 점점 더 진실에서 멀어지는 거라고 녀석이 꺽꺽거렸지, 깜짝 놀라 깨어났는데 네가 이미 집으로 가버린 적도 있었어, 빨간 가젤 자전거가 다른 자전거 틈에 없었거든, 하지만 대부분 나는 일정한 거리를 두고 널 뒤쫓아갔어, 네가 핸들에 몸을 숙이고 바람을 가르며 도로의 흰 줄을 지그재그로 피하는 모습을 지켜봤지, 그러다가 우리가 농장에 동시에 도착하면, 넌 나를 보고 웃으며 **신기한 우연이네요**라고 말했고, 나는 **진짜 신기하네**라고 받아치고 네 얼굴을 살폈어, 입술이 더 붉어지진 않았는지, 더 두툼해지진 않았는지, 입에서 나비 떼가 나오진 않는지, 하지만 '개구리'를 만났냐고 묻진 못했지, 네 아빠를 돕고 나서 넌 곧장 방으로 올라가버렸고 그다음엔 너의 창문에서 크랜베리스의 노래가 흘러나왔는데, 불볕더위가 한창이었는데도 나는 몸을 떨었어, 밖으로 흘러나오던 그 구절 때문이었지, **이게 사실일 리 없어**, 난 생각했어, 아니라고, 이건 사실이라고, 네가 사랑을 찾았기 때문에 그 노래를 부른 건지, 아니면 사랑을 찾고 싶어서 그 노래를 부른 건지 알 수 없었지, 네 아빠가 하는 말을 들으려 애쓰며 블라르콥 젖소 틈에서 들판을 걸을 때 나는 그런 생각 때문에 초조했어, 네 아빠는 두더지가 너무 많다고 투덜거리면서 덫을 놓아야 한다고 계속 얘기했는데, 나는 잠시 그런 생각을 했어, 차라리 그 덫에 내가 걸렸으면 좋겠다고, 그래서 다 끝낼 수 있으면 좋겠다고, 덫으로 걸어 들어가서 네 아빠한테 말하는 거야, 내가 눈이 멀었다고, 너 때문에 눈이 멀었다고, 하지만 이제 서서히 빛이 보인다고, 하지만 그런 생각은 떠오른 것만큼 순식간에 증발하고 말았지, 왜냐하면 네가 들판에 나왔거든, 흰 퍼프소매 원피스를 처음 입고서 말이야, 하늘이 내린 가장 특별한 존재, 나는 흠모와 경외와 질투 사이에서 흔들렸어, 너는 약간 어색해하는 것 같았고 원피스를 입어도 여전히 너 자신인지 확신이 없어 보였지만, 나는 천을 꿰뚫고 널 볼 수 있었기 때문에 전혀 걱정하지 않았어, 내가 걱정한 건 오직 하나였어, 왜, 혹은 누굴 위해서 그 옷을 입은 걸까? 날 위해서일까? 아니면 '개구리'를 위해서일까? 너는 약간 수줍어하며 말했지, 식사가 준비됐다고, 감자는 너무 익었지만 고기는 괜찮은데 같이 먹겠냐고, 네 오빠가 친구네 집에서 저녁을 먹을 거라 음식이 넉넉하다고, 네가 아빠를 힐끗 보고 네 아빠가 고개를 끄덕였을 때, 나는 환호성을 지르고 싶었지만 실제로는 그저 고개만 끄덕였어, 고개를 끄덕이고는 바로 너에게서 돌아섰는데, 그게 얼마나 신사답지 못한 행동이었는지, 얼마나 건방진 행동이었는지 나중에야 알았어, 다 같이 식탁에 앉기 전에 넌 원피스를 벗고 몸에 맞지 않는 헐렁한 티셔츠에 배기 진을 입고 있었거든, 뒤에서 보면 누구도 네가 남자인지 여자인지 알 수 없었을 거야, 그래서 난 생각했어, 어쩌면 너도 둘 중 어느 쪽인지 잘 모르는 건 아닐까? 그렇지 않고서야 네가 '개구리'로 변했다는 게 대체 무슨 의미였겠어? 하지만 상관없었어, 내가 너에게 여자애와 남자애의 차이를 가르쳐줄 생각이었거든, 실습생들에게 소 해부도를 학습시킬 때처럼, 포인터로 짚어가며 각 부위의 명칭을 알려줄 생각이었거든, 네가 매트리스에 벌거벗고 누우면, 너의 팔뼈에서부터 꼬리뼈까지 하나하나 짚어가면서 말이야, 나는 뜨거운 감자와 송아지 커틀릿과 완두콩이 담긴 접시 위에서 고개를 저었어, 네가 옷을 벗고 내 맞은편에 앉아 있는 상상을 멈추기 위해서, 그리고 무심한 미소를 지으며 네게 물었지, 마치 나를 화나게 하는 대답 따위는 존재하지 않는다는 듯이, 아주 적당한 수준의 관심만을 담은 목소리로, 왜냐하면 난 네가 그것에 얼마나 민감한지, 진심 어린 관심에 얼마나 민감한지 알고 있었거든, 그래서 수영은 재미있었냐고 물었고 넌 행복한 듯 고개를 끄덕이고는 무게를 느끼지 않는 것이, 물속에서 헤엄치는 것이 얼마나 근사한지 얘기했어, 네가 여자애 중에서는 가장 빠르다면서, 평영할 땐 손이 반쯤 물 위로 나와야 한다고, 그래야 더 빠르다고 했어, 그러고는 무게가 없는 듯한 기분이 얼마나 좋은지 다시 한번 말했고 나는 그 말의 무게를 나중에야 깨달았어, 너의 체중이 너무 줄어서 손에 거의 잡히지도 않게 되었을 때 말이야, 네 얘길 듣고 있었지만 네 입술이 '개구리'의 입술과 맞닿는 장면이, 너의 작은 혀가 그의 혀 주위를 맴도는 장면이 자꾸만 떠올랐어, 나는 포크로 감자를 거칠게 으깼고 네가 뭔가 감추고 있다는 걸 알았어, 네가 자꾸만 아빠 쪽을 흘끔거렸거든, 네 아빠는 고개 한 번 안 들고 마치 금방이라도 누가 접시를 빼앗아가기라도 한다는 듯 음식을 입에 욱여넣었지, 그는 우리의 대화를 듣는 것 같지 않았고 애플 소스를 떠먹을 때마다 치아에 숟가락 부딪히는 소리를 냈어, 너는 그 소리 틈틈이 새로 알게 된 노래 얘기를 했어, 보니 타일러의 앨범 〈패스터 댄 더 스피드 오브 나이트〉에 실린 노래, '토털 이클립스 오브 더 하트Total Eclipse of the Heart'라는 곡인데, 그 노래를 듣는 걸 도저히 멈출 수가 없다고 신이 나서 말했어, 노래 제목처럼 '마음의 일식'이 일어나면 어떤 느낌일지 궁금하다고, 그 노래가 너무 좋고 진솔하다고 했지, 정말 그렇다고, 진정한 사랑은 언제나 어둠 속에 숨어 있고 때로는 네가 산산조각이 나는 기분이라고, 그러더니 갑자기 의자에 올라서는 거야, 그러고는 내가 포크를 내려놓고 온전히 너에게 집중할 때까지 기다렸어, 그렇게 너는 처음으로 무대에 섰어, 너는 기분이 좋았고 천하무적이 된 것 같았고 특별한 사람이 된 것 같았지, 네가 맑고 빛나는 목소리로 노래했어, **오늘 밤, 네가 꼭 필요해, 지금 이 순간 그 누구보다도 간절히, 네가 날 꼭 안아준다면, 우린 영원히 서로를 놓지 않을 거야.** 그때 난 확신했어, 네가 사랑에 빠졌다는 걸, 난 잘 모르겠더라, 기뻐서 하늘을 날아야 할지 아니면 너의 수영장 모험에 대해 캐물어야 할지, 넌 도로 자리에 앉더니 커틀릿 한 조각을 입에 넣었어,

너의 얼굴이 붉게 물들었고, 난 그게 나 때문인지 궁금했어, 제발 그렇다고, 그렇다고 말해줘, 나 때문이었다고, 아니면 '개구리' 때문이었어? 생각만 해도 역겨웠고, 나는 결국 말할 수밖에 없었어, 오는 길에 죽은 개구리를 얼마나 많이 봤는지를, 날이 더워서 타이어에 눌어붙은 것도 있어서 수의사 작업복 주머니에 달린 플라스틱 명찰을 떼어 긁어냈다고 했어, 네 얼굴에서 핏기가 가시는 걸 봤어, 너의 눈빛이 공허해지고 네가 포크로 완두콩을 툭툭 찌르기 시작했을 때, 그제야 나는 하던 얘기를 멈추고 이렇게 마무리했어, **개구리가 뛸 수 있는 높이는 저마다 달라.** 넌 더는 날 보지 않았고 심지어 내게 그 질문을 던진 뒤에도 날 보지 않아서, 너의 질문이 얼마나 의도적인 것이었는지는 알 수 없었지만, 어쨌건 내가 널 불편하게 만들고 난 뒤에 네가 나에게 이렇게 물었어, **커트, 내 방 보고 싶어요? 새의 둥지를 보고 싶어요?** 나는 바닐라 커스터드를 먹기 시작한 네 아빠를 보았고, 네 아빠는 깊은 생각에 잠겨 있어서 우리가 일어나 조용히 의자를 반듯하게 놓고 위층으로 올라가 네 침실로 들어가는 걸 알아차리지도 못했어, 아니면 우리 사이가 하나도 이상할 게 없다고 생각했거나, 나는 네가 수학책을 펼쳐놓은 책상 모서리에 어정쩡하게 걸터앉았지만, 마치 어린이 기쁨의 정원과도 같은 너의 방을 둘러보는 순간, 심장이 한 박자를 건너뛰었어, 바다색 파란 벽지에, 침대에 야간 경비처럼 일렬로 서 있는 인형들, 잃어버린 아이가 너에게 주었다는, 네가 태어난 해에 발행된 청소년 잡지 〈힛크란트〉 포스터도 있었어, 마돈나, 줄리아 로버츠, 존 스타모스, 그리고 벨기에 북부 지방 방언 플라망어로 노래하는 밴드 더크뢰너르스까지. 프랑크 에이르하르트의 시 한 편도 벽에 붙어 있었는데, 마지막 구절이 **바다는 아픔을 느끼지 않는**다였고, 책장에 꽂힌 책등에 기대어 세워놓은 사진 몇 장, 〈버트와 어니〉* 시디도 여럿 있었어, 사진 중 어느 것도 너의 모습을 제대로 담고 있지 않았는데, 열네 살 여자애들이 늘 그러듯이 너도 그게 뭔지도 모르고 유혹적인 포즈를 취하고 있었지, 그 아이들의 눈은 당신을 원한다고 말하지만, 사실 그보다는 용돈을 조금 더 받길 원하지, 숭배받길 원하지만 그러면서도 세상에서 자신을 지켜줄 누군가를 갈망하고, 자극적인 삶을 원하면서도 동시에 투명 인간이 되고 싶어하지, 나는 그 모든 걸 너에게서 보았어, 하지만 넌 화장한 인형 같은 네 친구들보다 조금 더 앞서 있었어, 넌 그 아이들과 달랐어, 넌 모든 걸 너무 깊이 생각해서 어느 시점부터는 나조차도 널 따라잡을 수 없을 지경이었지, 네가 물속 깊은 곳에 있어서 다가가기가 어려웠어, 너는 언젠가 유명해질 한 마리 새였고, 나의 먹잇감이었어, 갑자기 세상이 빙글빙글 돌기 시작했고 나는 속이 안 좋다고 중얼거리며 서둘러 일어섰지, 비틀거리며 계단을 내려와 자갈 깔린 진입로에 주차해둔 차로 가서, 제방 길을 따라 미친 듯이 차를 몰아 집으로 향했어, 속이 울렁거렸어, 예전에 축산 농부의 집에 갔

• 　미국 어린이 텔레비전 프로그램 〈세서미 스트리트〉에 등장하는 유명한 듀오 캐릭터.

을 때, 목을 맨 농부의 모습을 기억에서 지워버리려고 차를 빨리 몰았던 때처럼, 하지만 농부의 기억처럼 네 모습도 지울 수가 없더라, 나는 나를 조금 더 고문하기 위해 집에 돌아오자마자 서재에 가서 보니 타일러의 노래를 틀어놓고 울었어, 그래, 난 흐느껴 울었어, 너를 향한 끔찍하고도 괴물 같은 욕망 때문에 울었고, 어느새 너의 머릿속에 살고 있는 '개구리' 때문에 울었어, 물론 '개구리'가 거기 오래 머물지 못하리란 건 알고 있었고 '개구리'쯤이야 얼마든지 상대할 수 있었지만 말이야, '개구리'가 너에게 혀를 들이밀기 전에 내가 납작하게 뭉개버릴 수 있었지, 그날 저녁 나는 처음으로 나를 놓았어, 내 소중한 생명체, 나는 허겁지겁 청바지 단추를 풀고 흐르는 눈물을 거칠게 닦았어, 내가 졌다는 걸 알았어, 나의 육체는 너무도 나약했어! 타일러의 짙은 화장과 허스키한 목소리를 떠올리려 했지만 내 머릿속엔 오직 너뿐이었어, 흰 퍼프소매 원피스를 입고 들판에 서 있던 너, 나는 매트리스에 함께 누운 우리 모습을 상상했고, 널 구원하는 임무에 성공한 것을 치하하며 여왕이 나의 가슴에 훈장을 달아주는 장면이 짧게 스쳐 지나갔어, 그다음엔 다시 너, 너, 너에게로 돌아갔어!

6

마치 윌리 윙카의 황금 포장지처럼, 영화표가 뜨겁게 달궈져서 바지 주머니에 구멍을 뚫을 것만 같았어. 농장에서 벗어날 생각에 들뜬 너의 표정을 난 벌써 상상할 수 있었지, 비록 팀 버튼 영화가 아니라 그보다 훨씬 더 훌륭한, 스티븐 킹의 소설로 만든 〈그것〉이라는 영화의 표였지만 말이야, 팀 커리라는 배우가 나오는, 네가 태어나기도 전인 1990년 작품이었는데, 옆 동네 극장에서 상영중이었어, 성城이 많은데다 법학자였다는 어느 작가 때문에 유명해진 동네였지, 그 작가는 1621년에 성에 수감되었는데, 책 넣는 궤짝에 숨어 탈출한 인물이었어, 나는 그게 낭만적이라고 생각해본 적이 없었는데, 그가 그렇게 탈출하게 된 이유가 사랑하는 사람과 재회하기 위해서였다고 네가 말했을 때 비로소 낭만적이라는 생각이 들더라, 책더미로 위장하는 게 얼마나 위험하고 조마조마했겠냐고, 얼마나 그리웠으면 폐소공포마저 감수했겠냐고, 물론 상자에는 숨구멍이 뚫려 있었겠지만 **그래도** 도착할 때쯤엔 이미 죽은 상태일 수도 있고 심지어 발각될 수도 있다는 걸 알면서도 그 일을 감행한 거라고, 당시는 처벌이 혹독했던 시대라 상심해서 죽는 편이 처형대에서 목이 잘리는 것보단 나았을 거라 했지. 중세 시대에는 임무를 완수했다는 표시로 머리를 잘라 여왕에게 보낼 때도 있었는데, 만약 요즘에도 그런 일이 있다면 얼마나 끔찍하겠냐고, 여러 박물관에서 그 법학자이자 작가가 탈출용으로 사용했다는 본래의 궤짝을 보유하고 있다고 주장한다고, 1958년엔 그의 이름을 딴 비행기가 뉴욕으로 가는 도중 대서양에 추락해서 탑승자와 승무원 모두가 사망한 일도 있었다고 했어, 나는 네가 이 모든 일을 머릿속에서 그려보고 있다는 걸 알았어, 너의 상상력은 끝이 없어서 때론 네가 너 자신에게 겁을 줄 수도 있었지, 나는 너의 친한 친구 엘리아의 생일 파티에서 찍은 사진을 떠올렸어, 너는 성벽 가장자리에 서 있었는데, 친구들처럼 아름다운 공주로 꾸미는 대신 근사한 기사 복장을 하고 있었어, 그런 차림의 네 모습을 본건 그때가 처음이었어, 잘생긴 남자애처럼 꾸민 모습 말이야, 그리고 그날 오후 나는 영화표가 주머니에 정말로 커다란 구멍을 뚫을 것만 같아서 네 아빠에게 말했어, 카밀리아가 극장에 못 가게 되었는데, 혹시 네가 가고 싶을지 모르겠다고, 같이 갈 수 있으면 좋겠다고, 영화를 보는 게 너에게 좋은 자극이 될 수도 있을 것 같다고, 네 아빠와 나는 짐칸 문을 열어놓고 걸터앉아 목초지를 바라보며 얘길 나누고 있었어, 내가 올

해는 소들 상태가 좋다고, 그래, 소들이 아름답다고, 180번 소도 서서히 회복되는 중이라 걸음걸이가 좋아지고 있고, 송아지도 잘 자라고, 아픈 녀석이 많지 않다고 했어, 네 아빠를 조금 더 안심시키려고 담배 한 개비를 건넸고 그는 연기를 뿜으며 해 지기 전에만 돌아온다면 널 데려가도 좋다고 했어, 겉으론 침착한 척했지만 속으로는 기쁨의 비명을 지르고 싶었지, 휴식 시간에 네가 나에게 커피를 따라주고 분홍색 컵케이크를 건넬 때 그 소식을 전했어, 네가 〈그것〉도, 스티븐 킹도 들어본 적이 없다고 해서 나는 믿을 수 없다는 듯 너를 봤어, 세상에, 스티븐 킹을 모르는 사람이 있다고? 나는 네게 스티븐 킹의 책은 꼭 읽어봐야 한다고, 하지만 일단은 이 공포영화부터 보자고 했어, 네가 마음이 여리다는 걸 알았고 〈마녀와 루크〉 같은 어린이 영화마저 무서워한다는 걸 알았기에 네가 나한테 바짝 달라붙을 거라 생각했지, 며칠 밤을 잠도 못 자고, 처음으로 내게 전화를 걸어 이렇게 말하는 상상도 했어, **새가 무서워해요. 새가 잠을 못 자요.** 어쩌면 방에 들어갈 때마다 침대 밑과 옷장 안을 확인하거나 샤워할 땐 혹시 몰라 배수구에 수건을 덮어둘지도, 하지만 들판에 있던 그 순간에는 너와 함께 좀 더 긴 시간을 보낼 수 있다는 생각에 흐뭇했어, 소들의 눈 수백 개가 우릴 감시하는 농장에서 벗어나고 집착과 방임 사이를 오가는 네 아빠한테서도 벗어나서 말이야, 그런데 네가 물었어, '개구리'도 같이 앉아도 되냐고, 걔도 같이 갈 거라고, 너는 너희 둘이 그저 친구일 뿐이라고 최대한 무심하게 말했지만 나는 그 무심함 속에서 너의 희망을 감지했어, 나는 **물론 이지**라고 말했지만, 그 순간 입안이 쌉쌀해져서 그걸 없애려고 분홍색 컵케이크를 한 입 베어 물었다가 퍽퍽한 케이크가 목에 걸리고 말았어, 나는 기침을 하면서 아직 할 일이 남아 있다고 말하고는 돌아서서 착유실로 가서 차가운 우유 탱크에 머리를 기대고 실망감에 주먹을 꽉 쥐었지만, '개구리'와 너 사이에 앉으면 된다는 생각이 든 순간 겨우 추스를 수 있었지, 나는 저녁식사를 마치고 널 태우러 갔어, 넌 마치 하늘에서 내려온 천사처럼 흰 퍼프소매 원피스를 입고 길가에 서서 날 기다리고 있었는데, 그 모습이 얼마나 예쁘던지 경적을 울리고 싶은 충동을 겨우 참았어, 갑자기 영화를 보러 가고 싶은 마음이 싹 사라지더라, 그저 디스크맨 이어폰을 나누어 끼고 너와 함께 매트리스에 누워 있고 싶었어, 너는 네가 4월 20일에 태어나거나 죽은 사람들과 영혼이 통한다고 느끼는 이유를 설명하곤 했지, 가수 스티브 매리엇이나 히틀러 같은 사람들 말이야, '올 오어 나씽All or Nothing'을 틀어놓고는 네가 태어난 바로 그날 매리엇이 담배로 인한 화재로 에식스의 자택에서 사망했다면서, 그 노래에서 가장 좋은 대목은 이 부분이라고 했어, **나에게, 나에게, 나에게 우린 어린애가 아니야.** 아마도 그것이 마치 양막을 뒤집어쓴 송아지처럼 네가 완벽한 침묵 속에서 세상에 태어난 이유일 거라고 했어, 왜냐하면 이 세상 어딘가에서 누군가가 죽어가고 있었으니까, 때로 넌 히틀러와 대화를 나누었는데, 상상 속에서 두 사람의 생일이 같은 것을 축하하기 위해 그를 초대해 차를 마신다고 했어, 대화를 나누기 위해 프로이트도 초대했는데 네가 왜 프로이트를 떠올렸는지 나로서는 도무지 알 수 없었지만, 어쨌든 넌 히틀러에게 어떤 음악을 좋아하는지, 어떤 음악을 들으면 춤추고 싶은지 물었어, 처음부터 어려운 질문을 하진 않았고 어려운 질문은 나중에, 커피를 두 잔 마시고 주스로 입가심할 즈음에 했어, 시골 마을의 생일 파티는 대체로 그런 식이니까, 그제야 너는 그가 저지른 잔혹한 일에 대해 묻기 시작했어, **아돌프, 유대인이 미웠던 거예요? 아니면 그보다는 당신 자신이 미웠던 거예요?** 넌 프로이트에게 너와 히틀러의 차이점을 말해달라고 했어, 어떤 점이 그를 악한 사람으로 너를 선한 사람으로 만들었는지, 그리고 너도 히틀러처럼 될 가능성이 있는지 물었어, 그러면 프로이트가 아버지 같은 말투로 널 안심시켰는데, 그럴 때면 생일 파티에 프로이트가 와주어서 다행이라는 생각이 든다고 했어, 너는 현충일 이야기를 하면서, 그날은 어디에 있건 이 분간 묵념을 한다고 했어, 그렇게 하지 않으면 또 전쟁이 일어날까 봐 두렵다고, 묵념할 때 희생자를 생각하지만 히틀러도 생각하는데, 내면이 가장 어두운 사람에게도 한때는 빛이 있었기 때문이라고 했어, 그러고는 다시 스티브 매리엇 얘기로 마무리를 했는데, 그에겐 셰이머스라는 독일셰퍼드가 있었고, 핑크 플로이드가 그 개에 관한 곡을 썼는데 그 곡의 배경음으로 개 짖는 소리와 울음소리가 계속 들린다고 했어, 그 노래를 들을 때마다 셰이머스가 주인을 얼마나 애타게 그리워할지 생각한다고, 그 생각을 하면 슬퍼진다고, 걷잡을 수 없이 슬퍼진다고 했어, 사실 넌 생일 때마다 언제나 애도하는 마음을 갖게 되는데, 어른이 되고 싶으면서도 한편으로는 나이 먹는 걸 원치 않기 때문이라고, 결국 끊임없이 너 자신의 일부를 잃어야만 하기 때문이라고 했어, 너는 모든 세포는 칠 년 주기로 교체된다면서 그래서 우리가 한 인간을 완벽하게 이해할 수 없는 거라고도 했지, 하지만 네가 내 옆좌석에 앉아 안전띠를 맬 때, 우린 마치 밤 외출을 하는 두 어른 같았고, 나는 너의 모든 추함과 너의 모든 아름다움 속에서 너를 더 많이 알아가게 되리란 걸 알았어, 때론 기어 레버에 손을 얹다가 우연히 네 무릎에 손이 스치기도 했는데, 그제야 네 원피스 앞단이 살짝 곡선을 이루고 있다는 걸 알았어, 머지않아 넌 아름다운 여인이 되겠지, 분명히 그럴 거야, 네가 성장하는 모습을 지켜볼 수 있는 건 좋았지만 너무 빨리 성장하지 않기를 바랐어, 난 그 아이를 계속 보고 싶었거든, 행복한 아이인 너를, 네가 날 흥분시킨다는 그 장난 같은 사실을 꿰뚫어 보지 못하는 아이인 너를, 극장에서 나는 너와 '개구리' 사이에 앉아서 조그만 테이블 밑의 버튼을 계속 눌러댔어, 버튼만 누르면 어둠 속에서 여자가 나타나 뭐가 필요하시냐고 속삭이듯 묻는 걸 네가 좋아했지, 난 널위해 콜라를 계속 새로 주문했고, 순수하고 천진한 너는, 네가 공포에 떨 때 내가 팔로 너를 감싸도 전혀 거슬려하지 않았어, 그러다가 마침내 내가, 마치 기어 레버에 손을 얹듯 네 무릎에 손을 얹었는데, 우리의 기어를 3단으로 올릴 수 있을 것만 같더라, 나의 손은 점점 더 높이 올라갔고, 그러다가 손목이 원 피스 속으로 미끄러져 들어가 너의 몸에 닿았는데, 너는 몸은 빳빳하게 굳었지만 그러면서도 아무것도 하지 않았어, 일어나 지도 않았고 소리를 지르지도 않았고 '개구리'에게 도움을 청 하지도 않았고 그저 내 손이 거기 머물게 해주었지, 그래서 난 네가 그걸 원한다고 생각했어, 아니, 난 네가 그걸 원하기를 원했어, 손목에 닿은 속옷이 축축해지는 걸 느끼면서, 나는 그 걸 예스로 받아들였어, 잘못된 행동을 하고 있단 걸 알았고 내 가 내 욕망의 말머리성운에서 헤매고 있단 걸 알았지만 그래 도 참을 수가 없었어, 난 널 숭배했어, 나의 작은 챔피언, 나의 소중한 생명체, 네 몸이 굳는 건 춤추는 광대 페니와이즈가 메 인 주의 데리 마을에 나타나 조지를 살해했기 때문이라고 나 자신에게 되뇌었어, 집에 가는 길에 네가 유독 조용했던 것도, 네가 한 유일한 말이라고는 괴물의 존재를 믿지 않기만 하면 괴물을 없애버릴 수 있다는 점이 마음에 든다는 말뿐이던 것 도, 다 그것 때문이라고, 나는 내가 그 광대일까 봐 걱정됐어, 만약 네가 나의 존재를 믿지 않고 우리의 사랑을 믿지 않는다 면, 나도 서서히 사라질 것만 같았어, 나의 손이 너의 다리 사 이에 있던 건 얘기하지 않았고, 난 널 안심시키기 위해 '개구 리'가 착한 애라고 말하며 널 잠시 '개구리'의 품으로 밀었어, 네, 진짜 착해요라고 네가 건성으로 말했고 그 순간 나는 팝콘 으로 끈적해진 너의 손을 얼른 잡았는데 그때 네가 내 손을 얼 마나 꽉 잡던지 나도 깜짝 놀랐지, 나는 내 전화번호를 원하냐고 네게 물었고 무슨 일이 생기면 언제든 전화해도 된다고 했어, 나는 맥도날드 전단 뒷면 더블빅맥 사진 아래에 번호를 적었고 그날 밤 네가 이런 메시지를 보냈지, **광대의 창백한 얼굴 뒤엔 도움이 필요한 한 인간이 있을 뿐이에요.** 나는 답장하지 않았어, 적어도 바로는, 네가 날 그리워하길 바랐고 '개구리'를 잊길 바랐어, 잘생겼지만 버르장머리 없는 그 녀석, 네 옆에 못 앉았다고 심통이 나서 내 옆자리에 부루퉁해서 앉아 있던 그 녀석 말이야, 그 모자란 녀석은 널 가질 자격이 없었어, 널 해피밀처럼 대할 놈이야, 널 음미하지도 않고 해치워버리겠지, 제 배를 불리고 나서 널 지겨워하겠지, 나와는 달리. 영화가 끝나자 넌 극장 입구에서 그 녀석을 잠깐, 거의 수줍어하며 안았지, 십대 아이들이 하는 식으로, 하지만 널 제대로 꽉 끌어안아줄 사람은 오직 나뿐이었어, 너의 모든 걱정이 사라질 정도로 아주 꽉, 넌 그 아이를 안아주고 나서 갑자기 쏟아지기 시작한 소나기 사이로 마치 날아가듯 차 쪽으로 뛰었어, 너의 흰 원피스 윗부분이 젖어서 속살이 비쳤지만 넌 그걸 몰랐지, 나의 자기, 넌 조용했어, 머릿속에서 너무 많은 것이 휘몰아치고 있었으니까, 네 메시지를 받고 나서 나는 몇 시간이고 천장을 바라보았어, 카밀리아가 내 곁에 누워 있었지, 카밀리아는 갈수록 낯선 사람이 되어갔어, 카밀리아에게선 좀처럼 널 찾을 수 없었어, 너 같은 사람은 오직 한 사람뿐이었으니까, 그로부터 며칠 동안 나는 너의 집에 얼굴을 비치지 않았고, 내가 다시는 안 올 거라고 네가 믿게 만들었어, 다시 봤을 때 넌 달라져 있었어, 어쩌면 키가 조금 더 자란 것 같기도 했어, 극장 사건 이후 '개구리'는 엘리아와 사귀기 시작했는데, 넌 상관없다면서, 고린도전서의 한 구절을 인용했지, **모든 것을 참으며 모든 것을 믿으며 모든 것을 바라며 모든 것을 견디느니라.** 너와 '개구리'는 그런 사이가 아니었다고 했고, 그제야 나는 네가 비로소 날 제대로 보기 시작했다는 걸 알았어, 유방염에 걸린 블라르콥 젖소를 치료하고 있을 때 네가 전보다 더 자주 축사 주변을 맴돌았어, 너는 양동이와 비누 한 개를 들고 와서는, 내가 비누를 문질러 손을 씻는 모습을 숨죽이고 보았지, 나는 네가 그 비누가 되어서 내 손에 닿으면 좋겠다고 생각하고 있기를 바랐어, 비록 너의 침묵은 그리 길지 않았지만 말이야, 네가 다시 스티븐 킹 얘기를 시작했거든, 너는 도서관에서 그 책을 빌렸는데, 책을 내려놓고 싶어도 도저히 그럴 수가 없었다고 했어, 책 내용이 너무 끔찍하다면서 〈그것〉을 절대 잊을 수 없다고, 아직도 그 영화에 관한 악몽을 꾼다고, 내가 차에 짐을 실을 때 네가 따라왔고 뭔가 할 말이 있는 것 같았지만, 아마도 뭔가 사랑스러운 말을 하려는 것 같았지만, 너는 차마 입을 떼지 못했어, 나는 주위를 둘러보고 아무도 없는 것을 확인한 다음, 네 손을 잡아 짐칸 가장자리로 널 끌어당겼어, 내가 널 내 무릎에 앉혔고 넌 순순히 앉았지, 네가 두 팔로 날 끌어안으며 머리를 내 어깨에 기대었어, 그 누구도 내게 그런 식으로 안긴 적은 없었어, 마치 수영장에서 물속으로 가라앉을 때처럼 넌 그렇게 내 몸속으로 가라앉고 싶어하는 것 같았어, 아주 무겁게, 그 순간 난 생각했어, 네 말이 맞아, 모든 창백함 뒤에는 도움이 필요한 한 인간이 있어, 그리고 나는 널 꽉 끌어안았어, 세상에, 널 얼마나 꽉 끌어안았는지.

7

그 여름의 밤은 지옥 같았어. 놀란 산토끼처럼 나는 너와 목을 맨 축산 농부 사이를 뛰어다녔고, 한밤중에 땀에 젖은 채로 퍼뜩 깨어나 자명종 라디오의 정지 버튼을 미친 듯이 눌러댔지, 밝은 불빛이 어둠에 탄 부분들을 긁어냈어, 너무 오래 구운 식빵의 탄 부분을 긁어낼 때처럼, 암에 걸릴 확률이 조금은 줄어들까 해서 그렇게 하지만 글쎄, 아침 식탁에서 나는 점점 더 자주 이런 생각을 하게 되었어, 제발 암에 걸리게 해달라고, 매일 밤 이불 밑에서 몸을 비틀게 만드는 마음의 고통보다 차라리 그편이 나을 것 같았어, 나는 카밀리아를 깨우지 않으려 안간힘을 썼어, 카밀리아가 축축한 수건으로 내 이마의 땀을 찍어낼 때면 머릿속에 암 덩어리를 지닌 채 고래고래 소리를 질렀어, 수건 치우라고, 난 이미 끝장이라고, 난 가망이 없다고, 내가 원하는 건 오직 너뿐이었으니까, 그 사실이 날 더욱 구제 불능으로 만들었고, 나약한 육체에서 병이 더 빨리 퍼진다는 건 누구나 아는 사실이지, 세상에, 얼마나 나약하고 한심한 인간이었는지, 마치 총알 세례를 받고 은신처로 들어가 죽기를 기다리는 산토끼처럼 베개를 깨물며 누워 있었지, 상상해보려 했어, 네가 날 껴안고 언제까지나 당신의 귀여운 바보일 거라고, 놀이공원에서 뽑은 최고의 선물이 당신이라고, 가장 아끼는 인어공주 스웨터처럼 언제나 당신을 곁에 두겠다고 속삭이는 상상을, 너의 냄새를 떠올리려 애썼지만 탄 식빵 냄새만 났고 악몽의 썩은 내만 진동했어, 때로는 이불에서 조용히 빠져나와 발을 끌며 욕실로 걸어가 창가에 서서, 담배에 불을 붙이고는 방충망 사이로 연기를 내뿜었지, 아침에 카밀리아가 욕실에 들어갔을 때 담배 냄새가 나지 않도록, 더는 죽음이 두렵지 않다고 말하면 카밀리아는 이렇게 말하겠지, **애들을 생각해야지.** 카밀리아에게 말할 수 없겠지, 내 머릿속엔 오직 한 아이뿐이라고, 사실 카밀리아에게 무슨 얘기도 할 수가 없었어, 우리는 어쩌다 보니 같은 축사에 나란히 누워 있게 된 고집 센 황소가 되어버렸거든, 내가 떠올린 장면을 카밀리아는 결코 이해할 수 없겠지, 계단이 아닌 사료 저장고에 매달린 축산 농부의 모습을, 그의 몸뚱이는 바다 엉겅퀴처럼 푸르스름했고 마지막 숨이 덜그럭거리며 그의 입에서 새어 나왔어, 그 소리가 내 머릿속에서 메아리쳤고 나는 두 손으로 귀를 틀어막았어, 저격수에 의해 한구석으로 몰린 소 떼 울음소리가 배경음으로 들렸어, 그중 몇 마리는 여러 발을 맞고 나서야 쓰러졌고, 사료 저장고 뒤에서 기계식 집게가 반쯤 죽은 양의 다리를 집어 옮기고 있었어, 내가 가끔 연락하는 목사들 얼굴도 보였어, 깊은 슬픔 속에서 의지할 곳을 찾지 못한 농부를 위해 가끔은 내가 그들에게 연락했거든, 하지만 축산 농부에겐 내가 너무 늦었어, 내가 잠시 한눈을 팔았어, 내가 좀 더 일찍 시장기를 느꼈더라면, 좀 더 빨리 그가 어디 갔는지 살폈더라면, 그의 가축들이 살처분된 뒤에 현관에서 그를 마주쳤을지도, 그랬다면 그의 손을 잡고 이렇게 말했을지도, 비록 지금은 농장이 텅 빈 것 같아도 언젠가는 새 가축들 소리가 들릴 거라고, 여물통이 덜그럭거리는 소리가 들릴 거라고, 소의 등을 문지르는 초록색 솔이 회전하는 소리, 우유 탱크가 윙윙거리는 소리도 들릴 거라고, 물론 이 일을 결코 잊지 못할 테고 몇 주 동안은 새로 태어난 생명에게서도 죽음의 해골을 보고 심지어 어느 순간에는 하나님을 의심하고 나를 의심하게 되겠지만, 결국엔 이겨내고 더 강해져서 머지않아 아침에 축사로 걸어갈 때마다 장화가 납덩이처럼 느껴지지 않을 거라고, 리무쟁 암송아지와 헤리퍼드 암송아지를 바라보면서 다시금 눈을 반짝이며 말을 걸 수 있을 거라고, 신도들이 위로받고 경건한 마음으로 집으로 돌아가기를 바라는 마음에 설교하는 목사처럼 소에게 다시 말을 걸 수 있을 거라고, 하긴 다 부질없는 생각이지, 농부는 이미 떠났고 나의 악몽에서 농부는 여전히 거기 매달려 있었으니까, 마치 그가 총을 맞아서 몇몇 농부가 항의의 표시로 그를 사료 저장고에 매달아놓은 것처럼, 사체 체액이 뚝뚝 떨어지는 죽은 돼지를 농장 울타리 문 옆 나무에 매

달아놓은 것처럼, 축산업체는 나의 출입을 금했어, 나는 위로
자이자 동시에 살해자였지, 목사 여럿이 설교했어, 우리가 무
릎을 꿇어야 한다고, 네덜란드 전역에 퍼지고 있는 이 재앙은
하나님의 뜻이라고, 많은 농부가 자기방어에 나섰고 경찰, 수
의사, 사체 처리업자에게 돌을 던졌고 자신을 골리앗에게 돌
을 던지는 다윗으로 여겼지만, 나는 그들을 비난할 수 없었어,
사람들이 처음엔 자신을 방어하다가 나중에 무릎을 꿇는 건
자연스러운 일이니까, 나는 호레만 목사를 떠올렸어, 직접적
인 행동을 취하는 것을 지지하는 유일한 사람이었지, 왜냐하
면 목사 자신이 말을 사랑했거든, 그는 설교 시간에 종종 이렇
게 말했어, 동물이 고통받는 것을 막기 위해 우리가 나서야 한
다고, 이 참혹한 도덕적 해이와 맞서 싸워야 한다고, 그는 살
처분 명령이 자기파괴를 조장한다고 보았고 그의 말은 때로
는 옳은 것으로 판명되었지, 축산 농부의 경우처럼 말이야, 꿈
속에서 나는 사료 저장고에 매달려 있는 그를 보았고 너는, 너
는 그 꼭대기에, 섬뜩할 정도로 높은 그 꼭대기에 서 있었어,
그게 어리석은 짓이라는 걸, 날고 싶어하는 것 자체가 어리석
은 짓이라는 걸 나는 처음부터 알고 있었어, 결국 넌 돌바닥
에 추락하겠지, 내 사랑, 그대로 땅에 곤두박질치겠지, 나는
네가 아이처럼, 그러나 두려워하며 노래하는 소리를 들었어,
넌 잡을 수 있으면 잡아봐라고 노래하는 대신, 떠날 수 있으면 떠
나봐, 날 잡기엔 넌 겁이 너무 많아라고 노래했지, 난 외치고 싶
었어, 결코 널 떠나지 않겠다고, 하지만 그러면서도 한편으로

는 내가 거짓말하고 있다는 걸 알았어, 넌 바람막이 잠바를 입고 서서 내가 널 안심시켜주기를 기다리고 있었지만, 난 그 말을 할 수 없었어, 그때 네가 당돌하게 두 팔을 펼치는 거야, 그건 마지막 희망의 몸짓이자 최후통첩이었지만 내 입에서는 여전히 아무 말도 나오지 않았어, 비록 한동안이겠지만 내가 널 설득할 수 있다는 걸 알고 있었어, 아니, 나는 내 대사를 너무도 잘 알았고 그건 너무나 쉬웠어, 찬송가 300장에서 몇 구절을 가져오기만 하면 됐거든, 너도 아는 구절일 테니까, 나는 너를 떠나지 않으리, 저 높은 곳 좌우에서 나팔 소리 울려 퍼지는 그날까지, 수천 개의 목소리 우릴 감싸고 사람들이 아멘! 네! 하고 외치며 더는 부를 노래 남아 있지 않을 때, 비로소 주의 뜻 이루어지니, 말씀이 이루어지는 그날까지 나는 너를 떠나지 않으리. 그러면 너는 날개를 접고, 날고 싶다는 욕망으로부터 자유로워지고, 나는 기계식 집게로 널 사료 저장고 위에서 구할 수 있겠지, 하지만 난 아무 말도 하지 않았어, 아무 말도 할 수 없었어, 그래서 자다가 퍼뜩 눈이 떠질 때마다 레너드 코언의 '에인트 노 큐어 포 러브Ain't No Cure for Love'를 떠올렸고, 사랑은 불치병이라는 그 말이 얼마나 진실인지 생각했어. 그러다가 네가 저장고에서 뛰었고, 그때도 나는 여전히 네가 어떻게든 중력을 거스르기를, 뉴턴의 법칙을 거스르기를 바랐지만 넌 결국 땅에 곤두박질치고 말았어, 하지만 날 걱정하게 만든 건 그게 다가 아니었어, 왜냐하면 가장 최근에 꾼 꿈에, 자갈밭에 놓인 삐걱대는 정원 의자에 관객이 한 명 앉아 있었거든, 그 관객이 끔찍한 광경을 지켜보다가 박수를 치는 거야, 많은 사람이 한숨을 쉬거나 눈을 감을 만한 그 순간에, 그 관객은 바로 나의 어머니였어, 어머니는 워낙 엉뚱한 순간에 반응하고 정작 필요한 순간에는 침묵하는 재주가 있는 분이었지만 그 악몽에서는 그야말로 최악이었어, 어머니는 거기 앉아 있었고 그게 바로 내가 너에게 거짓말을 할 수 없던 이유였어, 어머니는 늘 말했거든, 거짓말하기만 해보라고, 감자칼로 혀를 잘라버리겠다고, 나는 감자 껍질 바구니에 놓인 나의 혀를 상상했고 그러면 곧바로 설탕 가루 맛이, 기름진 팬케이크 맛이 떠올랐어, 그래서 그럴 수가 없었어, 거짓말할 수 없었어, 사실을 말하면 그게 널 더 아프게 하리란 걸 알았기에, 사료 저장고에서 떨어지는 일보다 그게 널 더 아프게 하리란 걸 알았기에, 네가 떨어지도록 내버려두었어, 네가 비행기라고, 뉴욕에, 그 잠들지 않는 도시에 사죄한다고 외치며 떨어지도록 내버려두었어, 로리 앤더슨의 '리브 인 뉴욕Live in New York'의 한 구절을 인용했지, 루 리드의 연인이던 로리 앤더슨이 9·11 테러 열흘쯤 뒤에 녹음한 노래였어, 그때 축산 농부가 갑자기 눈을 번쩍 뜨더니 울기 시작하는 거야, 진짜 엉엉 울었어, 그가 내 소중한 사람을 위해 울었어, 산산이 부서져 망가진 채로 땅에 누워 있는 나의 소중한 생명체, 나의 추락한 천사를 위해.

8

　너는 분명히 알고 있었어, 네가 이상하다는 걸, 하지만 그 사실을 모를 정도로 이상하진 않았어, 왜냐하면 그런 사람이야말로 진짜 미친 사람이거든, 자기가 미쳤다는 사실조차 잊어버리는 사람들 말이야. 네가 특이하고 엉뚱하지만 그러면서도 아주 예의 바른 아이란 걸 너는 알고 있었어, 넌 말도 가려서 할 줄 알았고 여전히 날 아무개 씨라고 불렀지, 난 그 호칭이 싫었어, 왠지 거리감이 느껴졌거든, 네 인생에서 스쳐 지나가는 어떤 늙은 아저씨가 되고 싶지 않았어, 길을 가다 멈추어 너를 조금 오래 바라보았던 낯선 행인 중 한 명이고 싶지도 않았어, 나는 우리 둘이 하나로 타오르길 바랐는데 네가 날 아무개 씨라고 부르는 한 그건 불가능했고, 그래서 나는 그 호칭을 바꾸어보려 했지만 네가 예의 바른 아이인 게 걸림돌이 되었어, 그러면서도 넌 때때로 사람들에게 꽤 건방지게 굴었는데, 그건 네가 건방진 아이여서라기보다는 일종의 자기방어라는 걸 나는 알고 있었지, 그런 네 모습을 보면 고대 로마의 시인 호라티우스의 글이 떠올랐어, 오직 신만이 가장 낮은 자를 가장 높은 자로 만들 수 있으며, 거만한 자를 낮추고 겸손한 자를 들어 올릴 수 있다. 하지만 너는 빛이면서도 어둠이었고, 크면서도 작았으며, 일상의 대본에 신속하게 적응할 수 있었지, 너는 마치 전문 배우처럼 마을 사람들 사이를, 학교 친구들 사이를 유유히 거닐었고, 굳이 그들을 보지 않아도 어떻게 하면 너의 가장 좋은 모습을 보일 수 있는지, 그들이 너에게 무엇을 기대하는지 알았어, 너는 내게 이렇게 말했어, 커트, 때론 내가 어떤 사람인지는 중요하지 않아요, 그들이 내가 어떤 사람이길 원하는지가 중요하죠. 그래서 너는 착한 딸, 다정하고 재미있는 단짝 친구, 헷도르프 출신의 매력적인 소녀, 가장 사랑하는 존재, 재능 있는 뮤지션의 역할을 완벽하게 해냈어, 넌 그 방면에 아주 뛰어났어, 그 점은 인정할게, 넌 정말 대단했어, 하지만 그럼에도, 나는 종종 너의 연기에 가려진 심연을 보았어, 자동차 짐칸 가장자리에 걸터앉은 나의 무릎에 네가 앉았을 때, 너를 엄습하는 그 끝없는 공허를 보았어, 너는 내 안으로 기어들어 너를 채우고 싶어했고 점점 더 자주 허공을 응시했지, 나는 그제야 알았어, 너는 노래에 대해, 책과 영화에 대해 많은 이야기를 했지만, 정작 너 자신에 대해서는 거의 얘기하지 않았다는 걸, 네 오빠, 네 아빠와의 삶에 대해서는 거의 얘기하지 않았다는 걸, 너에게 우리 집을 보여주기로 한 날은 7월 23일이었어, 카밀리아는 스페인에 있는 언니를 만나러 갔고 아이들만 집에 있었거든, 큰아이가 너보다 두 살 많았는데, 그때만 해도 너와 그 아이 사이에 어떤 감정이 피어날 줄은 몰랐어, 내가 너에게 새 '개구리'를 접시에 담아주는 바람에, 그날 밤 내 아들이 널 집에 데려다주겠다고 했을 때 내가 내 아들을 질투하게 될 줄은 몰랐어, 전혀, 나는 막내아들의 생일이라며 널 유인했어, 냉장고에는 버터크림이 두툼하게 덮인 커다란 케이크가 있는데 우리 셋이 먹기엔 너무 크다고, 나는 장난스럽게 두 팔을 벌려 케이크가 얼마나 거대한지 보여주었고, 너는 소들의 악취에서 벗어날 수 있다는 생각만으로도 마음이 혹해서 기뻐하더니, 지금까지 네가 먹어본 것 중 가장 근사한 생일 케이크 얘길 하더라, 열두 살 생일날 먹은 케이크인데, 〈세서미 스트리트〉에 나오는 어니의 얼굴 모양이었다고, 눈과 머리는 감초의 줄무늬였고, 입은 초콜릿 잼이었고, 코는 분홍 마시멜로였다고, 너는 또 말했지, 그 케이크 이후 모든 게 달라졌다고, 어떻게 달라졌는지는 말하지 않았지만, 네 눈빛이 너무도 쓸쓸해져서 나는 무릎에 앉아 있던 널 더욱 세게 끌어안았어, 아, 네 입술이 내 입술에 닿는 그 감촉을 얼마나 느끼고 싶던지, 하지만 우리의 첫 키스는 그 이후에 찾아왔어, 그때도 넌 명령에 복종하는 역할을 연기하는 중이어서 대본의 오류를 감히 지적할 수 없었지, 나는 오류가 될 수밖에 없었고 내가 오류인 상황에 만족해야 했어, 하지만 그때만 해도 나의 작전을 생각하며 설레던 상태였고 그래서 널 마젠파트에 있는 우리 집으로 데려왔어, 나의 두 아들은 너의 시중을 들며 최대한 예의 바르게 행동하려고 노력했어, 나는 너의 관심을 독차지하려고 필사적으로 노력했건만 너는 자꾸만 나의 큰아들에게 이끌렸어, 네가 그 아이를 흘금거리는 것을 보았지, 그러다가 나와 나의 두 아들이 마룻바닥에서 레슬링을 하며 장난을 치기 시작했는데 한참이 지나서야 네가 조심스럽게 우리의 장난에 끼어들었어, 어느 순간 네가 내 위에 올라타더니 내 옆구리를 간지럽혔는데, 너의 눈동자를 계속 보다가 그때 처음 깨달았어, 너의 눈동자가 단순한 파란색이 아니란 걸, 마치 가시관 같은 초록색 테가 파란색 눈동자를 두르고 있다는 걸, 너희 셋과 거칠게 장난을 치다가 삼십 분 뒤 내가 숨이 차서 기진맥진한 상태로 바닥에 누워 있는데 잠시 비참한 기분이 들더라, 내가 너무 노인 같았어, 이제 케이크를 먹을 시간이라고 내가 말했지만, 사실 케이크를 먹을 시간이 아니라 너와 나 둘만의 시간이어야 했어, 갑자기 내가 식탁에 앉아 케이크를 내려다보는 거인이 된 기분이 들더라, 네가 깔깔거리며 학교에서의 무용담을 얘기하는데, 내가 낄 자리가 아니었고 네가 그 사실을 모를 리가 없었지, 어쩌면 더는 필요치 않은 부모처럼 내가 그만 빠져주길 바랐는지도, 하지만 바로 그 순간 네가 그 다정한 눈빛으로 날 바라보았고, 그 눈빛에 나는 다시 배가 고파졌어, 나는 용감하게 케이크의 휘핑 버터크림을 한 입 베어 먹었어, 마치 아르고스의 눈처럼 내 아들을 향한 너의 모든 시선을 좇으면서 말이야, 널 서재로 데려가고 싶었어, 식탁에서 그런 상상을 했어, 더는 카밀리아를 사랑하지 않지만 아이들이 엄마를 사랑하기 때문에 할 수 없이 함께 지낸다는 말을 너에게 흘리고 태연한 척하며 묻는 거야, 내 큰아들을 어떻게 생각하냐고, 둘 중 한 명만 무인도에 데려갈 수 있다면 누굴 선택하겠냐고, 그러면 넌 이렇게 말하겠지, 커트, 우리 지금 무인도에 있잖아요. 그러니까 난 선택할 필요가 없어요, 한 가지 다른 점이 있다면, 우리가 무인도에 있다는 걸 아는 사람이 우리뿐이라는 거죠. 그다음엔 책상 의자에 앉은 채로 널 무릎에 올려놓고 컴퓨터에 저장된 내 오래된 어릴 적 사진을 훑어보겠지, 넌 내가 하나도 변하지 않았다고, 잘생겼다고, 왕자님 같다고 할 거고, 너의 몸에 닿은 나의 몸은 점점 더 달아오르겠지만, 넌 그걸 눈치채지 못하거나 그게 어떤 의미인지 모를 테고, 그래서 난 널 더 사랑하게 되겠지, 너의 그 귀여운 무지를 사랑하게 되겠지, 하지만 우린 서재로 가지 않았고, 넷이 함께 영화를 봤어, 어떤 영화였는지는 기억나지 않아, 네가 큰아들 옆 소파에 앉았고 너희 둘은 잘 어울렸어, 아주 보란 듯이 잘 어울렸지, 너희가 깔깔거리며 웃는 모습을 지켜봤어, 정말 웃긴 영화였나 봐, 넌 원래 웃긴 영화를 좋아하지 않는데, 그건 네가 농담을 잘 이해하지 못해서이기도 하고, 이해하지 못할까 봐 걱정되어서이기도 했어. 주변 사람들 때문에 억지로 웃어야 한다는 부담을 느꼈지, 난 네가 내 아들의 입술을 흘깃대다가 아들이 웃으면 너도 따라 미소 짓는 걸 봤어, 저녁 먹을 시간이 되자 나는 널 데리고 헷도르프의 쇼핑센터에 감자튀김을 사러 갔는데, 차에서 너에게 말했어, 네가 내 위에 올라탔을 때 너무 좋았다고, 너의 반응을 초조하게 기다리고 있는데 네가 얼굴을 붉히더라, 세상에, 넌 얼굴을 붉혔다가 이내 평정을 되찾고는 네가 힘이 제일 세다고 했어, 나도 맞아, 네가 가장 **힘이** 세라고 말했지, 너는 티셔츠의 오른쪽 소매를 걷어 올리고 힘을 잔뜩 주어서 이두박근을 보여주었어, 우린 웃었고 나는 네가 이해하지 못한다는 걸 알았어, 신이 난 공주님처럼 네가 내 위에 올라갔을 때 내가 **얼마나 좋았는지**를, 하지만 너도 알게 되겠지, 나의 찬란한 생명체, 우리는 프리칸델* 두 개, 크로켓 두 개, 감자튀김 한 봉지에 마요네즈까지 산 다음 테헨란트 자연보호구역에 차를 세웠는데, 차에서 튀긴 기름 냄새가 진동했고 창문에는 김이 서렸어, 두 아들을 위해 반은 남겼지, 기름 냄새 속에서도 넌 나와 함께 있는 게 편안해 보였어, 너는 맨발을 대시보드에 올려놓았고 나는 감자튀김 두 개를 콧구멍에 꽂고 소처럼 음메 하고 울었어, 너는 비명을 지르며 웃었지, 네가 좀 이상한 애일 수는 있겠지만 나만큼 기괴하진 않을 거야, 기괴하지 않고서야 어떻게 감자튀김 따위로 어린애를 내 품으로 유인할 수 있겠어, 네가 용돈이 떨어졌다는 걸 알고 나중엔 충전식 선불 전화카드까지 주었지, 그래야만 네가 언제든 나한테 연락할 수 있었으니까, 넌 머뭇거리며 카드를 받았지만 그러면서도 좋아했어, 통화 시간은 십대 아이들에게 삶의 전부잖아, 그날 저녁 아들이 네 전화번호를 물어볼 줄은 몰랐어, 거절하면 의심을 살 게 뻔했기 때

---

* 고기를 다져 만든 긴 소시지 모양의 네덜란드식 튀김.

문에 알려줄 수밖에 없었지, 결국 네 전화카드의 절반은 나에게, 절반은 내 아들에게로 갔어, 세상에, 마치 혈육이 연적이 된 것 같더라, 감자튀김을 먹고 나서 남은 음식을 들고 집으로 돌아왔고, 넌 나의 두 아들과 컴퓨터 게임을 했어, 나는 갑자기 머리가 지끈거려서 너희를 두고 위층으로 올라가서 고통 속에서 가축들의 검사 보고서를 작성했어, 얼마 후 너의 조용한 발소리가 들렸고, 돌아보니 네가 계단 위에 서 있었어, 게임이 진짜 재밌었다면서 아들이 모페드*로 널 집까지 데려다준다는데 그래도 되냐고 물었지, **그러럼**, 내가 퉁명스럽게 대답했어, 내가 서운해한다는 걸 네가 눈치채길 바랐어, 네가 넘어지면 널 붙잡아줄 사람은 나뿐인데, 네가 또다시 날 소외시키고 있다는 걸 네가 알기를 바랐어, 나는 늘 네 곁에 있는 사람이니까, 넌 할 말을 찾았어, 바뀐 대본을 쫓아가려 애쓰는 배우처럼, 어떻게든 거절을 막아보려 애썼어, 나는 책상에 올려놓은 두 손에 머리를 파묻고는 이번엔 좀 더 부드럽게 말했어, 정말 괜찮다고, 우린 농장에서 또 보게 될 거라고, 넌 잠시 그 자리에 서 있다가 계단으로 사라졌고, 모페드의 엔진이 힘을 받는 소리가 들렸고, 나는 창밖을 내다보지 않을 수가 없었어, 골목을 달려 모퉁이를 도는 너를 보았어, 너는 내 아들의 가죽 재킷에 몸을 밀착하고 있었지, 한 팔로 그의 허리를 감고, 다른 한 팔을 날개처럼 뻗고서.

•   모터와 페달을 갖춘 자전거의 일종.

9

베이컨과 달걀을 담은 접시를 앞에 놓고 내 행동을 고쳐야 겠다는 생각에 휩싸였어, 아침식사를 하면서 나는 자제력을 끌어냈고 앞으로는 농장 송아지한테만 집중하겠다고 결심하기에 이르렀지, 그 아름답고 순한 생명체에게만, 녀석들이 내 손을 얼마나 게걸스럽게들 빨아대는지 손은 온통 침 범벅이 되고 말지, 나는 주방 창문으로 관목 숲을 바라보았어, 어스름한 새벽 햇살 속에서 반짝이고 있었지, 지난 일요일 호레만 목사가 했던 말을 떠올렸어, 하나님은 다만 길을 보여주실 뿐이고 천국은 우리가 직접 만들어가는 거라고, 나는 나의 욕망과 함께 매트리스를 내다 버려야겠다고 생각했고 그 결심을 실행에 옮기려는 찰나, 너에게서 메시지가 왔어, 프로이트가 이렇게 말했다고 했어, 현실에서 선의가 보상받지 못할 때 윤리는 한낱 공허한 설교일 뿐이다, 그 순간 나는 혹시 네가 날 꿰뚫어 본 건 아닌지, 내 선함의 이면에 숨겨진 괴물을 본 건 아닌지 걱정이 되더라, 네스호의 괴물에서 저지 데빌, 크라켄과 모스맨에 이르기까지, 으스스한 신화 속 괴물들은 결코 너에게 낯설지 않았지, 나의 손이 너의 다리 사이 골짜기로 더 깊이 파고들지 않았던 건, 널 지키고 싶어서가 아니라 감히 널 차지하고 싶어서라는 걸 네가 알아차린 건 아닌지, 내 차를 낭만적인 파라다이스로 꾸민 것도, 너바나와 베아트릭스 여왕의 포스터를 붙여놓은 것도 전부 다 널 안심시키기 위한 장치였다는 걸 알아차린 건 아닌지, 하지만 나는 또 알고 있었어, 지난 며칠 동안 너는 프로이트나 히틀러와 대화를 나누었고, 비록 세상 모든 것에 대해 아주 작은 부분까지 깊이 생각하는 너이지만 때로는 너 자신조차 이해하지 못하는 말을 중얼거린다는 걸, 게 무늬가 있는 비치 타월을 깔고 누워 혼자 중얼거리는 너를 본 적이 있어, 정신과 의사 프로이트가 돌아온 게 분명했지, 너는 프로이트에게 뉴욕에 대해, 그리고 너 자신에 대해 얘기하고 있었어, 하지만 걱정할 필요는 없었어, 왜냐하면 그 뒤에 새로운 메시지가 왔거든, **내가 보니라면, 나의 클라이드가 되어줄래요?** 나는 안도의 한숨을 내쉬었어, 네가 페이 더너웨이와 워런 비티가 나오는 그 영화를 봤다는 걸 바로 알 수 있었지, 그 영화를 보고 감명받았다는 것도, 너도 나처럼 가장 낭만적인 사랑을 갈구한다는 것도, 결국 총알로 벌집이 되는 그들의 결말도 우리에겐 전혀 문제가 되지 않았어, 오히려 근사했지, 정말 그랬어, 특히 두 사람이 벌집이 되기 직전, 여자를 마지막으로 바라보던 남자의 그 눈빛, 도로변에 웬 남자가 세워둔 차가 고장이 아니란 걸 깨닫는 순간, 그게 함정임을 깨닫는 순간, 그 짧은 시선 안에 두 사람이 함께 겪어온 모든 일이, 서로를 향한 모든 감정이 담겨 있었어, 이제 그들의 여정이 끝났다는 걸 두 사람은 알고 있었어, 1992년에 리메이크된 영화에서 그 눈빛을 재현하려 했지만, 그런 눈빛으로 서로를 바라볼 수 있는 사람은 오직 더너웨이와 비티뿐이었고, 그래서 사람들은 그 눈빛이 특별하다는 걸 알았어, 그건 보니와 클라이드의 사랑만큼이나 특별한 눈빛이었어, 그들처럼 서로를 파괴하면서도 서로를 온전하게 한 커플은 없었으니까, 두 사람은 큰 은행만 털고 다니면서 사진과 함께 보니가 직접 쓴 시를 언론에 보냈는데, 그래서 영웅이 되었어, 너는 〈길의 끝〉*을 수도 없이 읽었고 그럴 때면 영화 속에서 빗발치던 총소리를 들었지, 나의 클라이드가 되어주겠냐는 질문에는 웃는 이모티콘 두 개가 붙어 있었어, 내가 이모티콘 없는 메시지를 보내기라도 하면, 너는 내가 이모티콘이 있는 답장을 보낼 때까지 계속 메시지를 보냈어, 그래야 안심했지, 글자는 갈수록 그 위력을 잃었고, 너는 반드시 그림으로 표현된 걸 봐야만 직성이 풀렸어, 전부 다 이중으로 확인받아야만 했지, 그래서 나는 종종 **빨리 보고 싶어, 내 사랑:)**이라고 썼고, 그러면 넌 그게 진심이라는 걸 알았어, 나는 기분이 한껏 좋아져서 베이컨과 달걀을 허겁지겁 먹어치웠어, 그날 아침의 자제력 따위는 이미 저 뒤로

•　　영화 〈우리에게 내일은 없다〉에서 보니가 자기 죽음을 예감하며 쓴 시.

밀려나 있었지, 어쩌면 나는 빠져나갈 구멍 하나라도 만들어 두고 싶었는지도, 너 없이도 낙원을 만들 수 있다는 걸 확인하고 싶었는지도, 하지만 아, 그 낙원은 왜 그리 삭막하고 무미건조해 보이던지, 왜 그리 폭우처럼 어두워 보이던지, 나는 왜 정원의 관목 숲이나 내게 몸을 맡기고 기꺼이 진찰을 받는 가축을 돌보는 일로 만족할 수 없었을까, 나는 왜 세상에서 가장 다루기 힘든 존재인 너에게만 집중해야 했을까, 왜, 나의 소중한 생명체, 너 없는 낙원은 낙원이 아닌 도피처럼 느껴졌을까, 사실 너와 함께 있을 때 가장 많이 도망쳤는데도, 나는 나의 본모습으로부터 도망쳤고, 카밀리아에게서 도망쳤지, 수의사 가운을 걸치고 너에게 가려고 카밀리아에게 키스하고 집을 나서는데, 언제나처럼 현관에서 배웅하던 카밀리아가 느닷없이 묻는 거야, 혹시 바람피우냐고, 나는 등을 돌린 채로 잠시 멈추어 서서 가운의 단추를 천천히 채우고는, 반쯤 돌아서서 카밀리아를 바라보며 얼굴을 찌푸렸어, 누가 쓸데없는 말을 했을 때 짓는 표정이었지, 카밀리아는 최근에 내가 정신이 딴 데 팔려있는 것 같다고 했어, 집에 들어오는 시간도 점점 늦어지고, 더는 사랑을 나누지도 않는다고, 최근에 내가 속옷을 새로 샀더라고, 자기가 읽은 여성 잡지에서 남편이 **직접** 새 팬티를 사는 것이 외도의 징후라고 했다나? 나는 손사래를 치며 카밀리아의 의심을 날려버리고는 카밀리아를 끌어안고 양손으로 그녀의 엉덩이를 덤덤하게 움켜쥐었어, 그리고 그만 가봐야 한다고 말했지, 나도 같이 있고 싶지만 일이 나를 부르고 있다고, 나는 노련하게 대처했다고 생각하며 운전석에 앉았고, 라디오 음악에 맞추어서 휘파람까지 불었어, 대체 남자가 이유 없이 새 속옷을 사지는 않는다는 걸 그 여성 잡지는 어떻게 알았을까? 사실 너에게 가는 날에만 입으려고 트렁크 팬티를 몇 개 샀거든. 그와 함께 오늘 아침에 끌어냈던 자제력에 대해서는 너무 신경 쓰지 말자는 생각이 들었어, 그건 단지 들키는 것에 대한 두려움이었어, 갑자기 건설 현장의 조명이 나를 비추고, 누군가가 저 위에서 **저놈이야!** 하고 외칠 것 같은 두려움, 하지만 이미 내 마음은 다시 가벼워졌고, 나는 널 볼 생각에 설레어서 열린 창문으로 왼팔을 늘어뜨리고 '루징 마이 릴리전Losing My Religion'을 들으며 '상처받고 길 잃고 눈먼 바보, 바보처럼' 하고 큰 소리로 따라 불렀어, 그 노래가 이 상황에 너무도 적절했고, 크게 따라 부를 때 가사가 너무 근사하게 느껴졌지만, 내가 진짜 눈먼 바보가 된 듯한 기분이 든 건 더 휠스트 농장에 도착해서 주목 울타리 옆에 세워진 아들의 모페드를 보았을 때였어, 잔디밭에 앉아 있는 너희 둘을 보고 놀란 척하며 억지 미소를 지었지만, 입에선 험한 말이 맴돌았어, 아들의 귀싸대기를 갈겨 녀석의 머릿속에서 나의 경이로운 생명체를 지워버린 다음, 너에게 분노에 찬 목소리로 속삭이고 싶었어, 이럴 거면 대체 왜 나한테 클라이드가 되어달라고 한 거야? 너 그게 무슨 뜻인지 알기는 해? 범죄와 살인 외에 그 두 사람이 무얼 했는지 알기나 하냐고! 그 둘은 열정을 나누었어, 하늘이 내린 가장 특별한 존재, 마치 성찬식에서 목사가 빵을 나누듯 그 둘은 한 침대를 썼고 몸을 나누었다고, 그들은 육체적 친밀감 그 이상을 나누었어, 네가 날 얼마나 혼란스럽게 만드는지 모르겠어? 언젠가부터 난 아내를 거의 건드리지 않아, 오직 너만을 숭배하고 싶었거든, 오직 너만을, 그런데 지금 넌 내 아들 곁에 있고 이제 곧 건초 더미에 드러눕겠지, 너의 입을 파고드는 건 나의 혀가 아닌 내 아들의 혀겠지, 내가 축사에서 거칠게 소를 수정시킬 때, 나는 너희가 웃으며 비명을 지르는 소리를 듣겠지, 나는 네가 방으로 갈까 봐 두려웠어, 너를 생각할 때면 내가 늘 떠올리는, 어린이 기쁨의 정원 같은 그 방으로 말이야, 넌 그 방에 가서 장난감 인형에 둘러싸인 채 알몸으로 침대에 눕겠지, 하지만 난 용서할 수 있었어, 아니, 용서해야만 했어, 나는 너의 클라이드였고, 너의 커트였으니까, 하지만 그건 정말 더럽게 힘든 일이어서, 너의 방에서 그랬던 것처럼 구역질이 났는데, 이번엔 정도가 너무 심해서 축사 가장자리에 주저앉아 머리를 무릎 사이에 파묻고 장화 앞에 아침식사를 토해버렸어, 나의 자제력은 그렇게 축사 바닥의 쇠 격자 사이로 흘러 내려갔어, 두 번째 구토가 이어졌고 속을 다 비우고 나서야 구역질이 사라졌어, 나는 비틀거리며 일어나 정신 차리라고 나 자신에게 말했어, 너희 둘이 만나는 건 어쩔 수 없지만, 날 만나는 게 낫다는 걸 너에게 보여주자고, 나는 아무 일도 없던 것처럼 네 아빠에게로 갔고, 우리는 함께 송아지들 귀에 표식을 달았어, 송아지의 커다란 눈에 서린 두려움을 달래주면서 건초 더미에서 들려오는 웃음소리를 애써 외면했지, 웃음소리가 들리는 게 차라리 나았어, 정적이 흐르면 그건 키스한다는 뜻이었으니까, 키스의 정적은 세상에서 가장 아름다운 소리지만, 내가 키스를 받는 당사자일 때 얘기지 지금은 그저 끔찍할 뿐이었어, 어느 순간 나는 건초 더미 쪽에 가보기로 했는데, 내가 오는 소리를 너희가 듣도록 일부러 발을 질질 끌면서 걸었어, 너희 둘이 얼마나 밀착한 상태로 뒤엉켜 있는지 보고 싶진 않아서 헛기침을 하고 들어갔는데, 네가 재빨리 상체를 일으키며 옷매무새를 가다듬더니 순진한 표정으로 날 쳐다보더라, 내가 너에게 물었지, 테헨란트 자연보호구역에 나와 같이 가겠냐고, 거기 수달이 많다고 들었고 어쩌면 수영을 할 수 있을지도 모른다고, 너는 내 아들과 날 번갈아 보며 망설였지만 결국 그러겠다고 했고, 아들의 눈빛에서 질투를 보았지만 신경 쓰지 않았어, 나중에 아들에게 말했지, 둘이 너무 가까워지진 않았으면 좋겠다고, 그 애는 좀 특이하고 가끔 이상하다고, 물론 굳이 사귀겠다면 막진 않겠지만 상황을 제대로 알고 시작하면 좋겠다고, 처음의 열병이 지나가고 나면 엄청난 노력이 필요할 거라고, 그러면서 의미심장한 눈빛으로 아들을 바라보면서 너보다 나이 많은 여자애들은 어떠냐고 운을 띄웠어, 젠장, 난 얼마나 교활한 인간인지, 나는 아들에게 육체적으로 더 성숙한 여자애들도 있다고 말하고 윙크를 발사했고, 그게 무슨 뜻인지는 우리 둘 다 알고 있었어, 나는 아들에게 네가 아직 어리다고 말하고는 그래도 아들이 결정할 문제라고 했어, 네 삶이 순탄치 않았다는 말을 덧붙인 것도 같아, **순탄치 않았다.** 난 그 말을 좋아했어, 하지만 어쨌든 아들이 결정할 문제라고 했어, 그렇게 의심을 씨앗을 심어놓고 간사하게도 어떤 결정을 내리건 존중하겠다고 말했어, 나중에 테헨란트 자연보호구역에서 나는 오랫동안 네게 묻고 싶던 질문을 던졌지, 우리는 버드나무 숲 깊이 들어갔고, 수달은, 수달 따위는 잊어버렸어, 숲으로 들어가는 길에 나는 해부 실습에 대해, 족제빗과 동물의 나이를 아는 방법에 대해 얘기했어, 너의 얼굴에 두려움이 스쳤지만 그러면서도 너는 섬뜩한 얘기를 자세히 듣고 싶어했어, 나는 죽은 수달의 생식기 피막을 누르면 털 밑에 있던 크고 단단한 음경이 돌출되는데 그때 음경을 잘라낸다고, 음경 뼈가 길고 두꺼울수록 나이가 많은 거라고 설명했어, 너는 얼굴을 찌푸리면서 잘라낸 그 많은 음경은 어떻게 처리하냐고 물었어, 병에 담아서 절이냐고, 너는 그때 그 생각을 하면서 웃었지만, 나중엔 너의 근사한 어린이 침대에서 수달 생각에만 골몰했지, 피막에서 솟아오르는 음경, **크고 단단한**이라는 말, 너는 '개구리'로 변신할 수 있을 뿐 아니라 수달로도 변신할 수 있었지만, 내가 너에게 그 점에 대해 물을 때마다 얼굴을 붉히며 고개를 돌렸어, 나는 새가 내 아들을 잡아먹었는지, 아니면 네가 나의 아들로도 변신할 수 있는지 궁금했어, 하지만 난 알았어, 그랬다간 널 잃게 되리란 걸, 그리고 한편으로는 네가 나의 혈육으로 변신할 수 있는지까지는 알고 싶지 않다는 걸, 그날 나는 간식을 챙겨갔어, 복숭아, 바나나, 크림을 얹은 딸기. 마지막 것

은 너무 상투적이라 나조차도 날 비웃었어, 우리는 귀부인침
대풀과 늪금잔화 사이로 난 길을 걸어 행인들 눈에 띄지 않는
외진 장소를 찾았어, 내가 침낭의 지퍼를 내리고 풀밭에 펼쳤
고, 네가 그 위에 눕더니 요즘 날개가 아프다고 했지, 나는 네
가 자라고 있기 때문이라고 생각했어, 내가 널 자라게 하고 있
다고, 내가 너의 곁에 머문다면 아마 넌 더는 여기서 벗어나고
싶지 않을 거라고, 나는 너에게 딸기와 휘핑크림을 먹여주었
고 햇볕에 그을린 코에 장난스럽게 크림을 묻혔어, 그리고 네
게 말했지, 보니와 클라이드만 특별한 관계였던 게 아니라고,
커트 코베인과 코트니 러브도 그랬다고, 그들이 한 일은 서로
좋아하는 사람들에겐 정상적인 일이라고, 그리고 너에게 물었
어, 날 좋아하냐고, 네가 고개를 끄덕였고 나는 네 곁에 무릎
을 꿇고 앉았어, 크림 아래 내 아들의 키스가 남아 있다는 걸
알았지만 지금은 그런 생각은 하고 싶지 않았고, 그래서 이렇
게만 말했어, 서로 좋아하는 사람들은 키스한다고, 지금은 키
스할 시간이라고, 내가 농장에서 커피나 맥주를 마실 시간을
선포하는 것과 똑같다고 했어, 네가 생각에 잠기는 걸 보았어,
새가 걱정하는 걸 보았어, 그래서 말했지, **걱정하지 마, 키스하
는 사람들은 의심 따위 하지 않아**, 나는 너에게로 몸을 기울여 내
입술을 너의 입술에 포개었고, 그 순간 저항을 느꼈어, 구충
제를 분사하기 위해 암양의 입에 분사기를 넣고 노즐을 이빨
과 볼주머니 사이에 끼울 때 느껴지는 그런 저항이었어, 하지
만 넌 무기력했고, 나는 너의 입술 사이로 혀를 밀어 넣어 네

입안의 달콤함을 맛보았어, 나는 너의 날개를 어루만졌고 우리는 잠시 하늘로 날아올랐어, 그러다가 나의 몸이 너의 몸을 덮자 너는 움직일 수 없었고, 나는 네가 도망치고 싶어하지 않는다고 확신했어, 때때로 온갖 탈출 방법, 온갖 황당한 상상으로 너 자신을 미치게 하는 것뿐이라고, 우리가 하는 일을 네가 괜찮다고 느낄 수 있도록 때때로 몸싸움을 했는데, 넌 그걸 좋아했어, 나는 이 작은 접촉으로 촉발된 욕망이 온몸이 관통하며 불타오르는 걸 느꼈어, 넌 내 허리의 불꽃이었지, 나는 네가 학교와 율러와 엘리아에 대해 얘기하도록 내버려두었어, 너는 친구들과 학교가 달라지다 보니 점점 서로에게서 멀어지는 기분이라고 했지, 처음에는 책상과 책상 사이만큼 멀었는데 이제는 몇 개의 거리를 지나야 할 정도로 멀어졌다고, 거리는 늘 그 자리에 있지만 이제는 안주머니에 구겨 넣은 도로 지도가 되어버렸다고, 도로 지도는 모든 거리를 꼬불꼬불한 길로 바꾸어놓는다고, 모든 게 길어지면서 동시에 짧아진다고 했어, 너는 복숭아를 베어 물었고 즙이 입가에서 턱 밑으로 흘렀어, 나는 다시 나의 입술을 너의 입술로, 너의 끈적이는 입술로 가져갔지, 그리고 말했어, 이렇게 하면 사람과 사람이 가장 가까워지는 거라고, 너의 아름다운 미소는 귀가 먹먹할 정도였고 나는 너와 영원히 그 자리에 머물고 싶었어, 하지만 먹구름이 몰려들었고 천둥이 쳤어, 우리가 나란히 누워 있어서 천둥이 치는 것 같았어, 나는 베케트의 문장을 또 하나 속삭였고, 너는 높고 가느다란 목소리로, 아주 또렷하게 말했어, **베케**

트는 약간 맛이 갔어요. 웃지 않을 수 없었지, 내가 너를 벌떡 일으켜 세웠고 우리는 버드나무 사이를, 번개와 거센 빗줄기 사이를 달려 피아트로 갔어, 침낭을 머리 위에 펼쳐 들고서, 그리고 나는 차에 있던 푹 익은 바나나를 너에게 먹여주었고 너는 내 손에서 바나나를 받아 먹었어, 내 소중한 생명체, 넌 그걸 내 손에서 받아 먹었어!

10

얼마나 많이 생각했는지 첫 키스가 서서히 그 빛을 잃어가기 시작했고, 나는 탐욕스럽고도 게걸스럽게 다음 키스를 기다렸어. 하지만 어느 날 내가 풀밭에서 네 발끝을 살짝 장화로 건드렸을 때, 네 아빠의 눈에도 아무렇지 않게 보일 정도로 사소한 접촉이었는데도, 네가 고개를 들어 나를 보더니 힘없는 미소를 지어 보이고는 다시 경계하는 듯한 태도를 취하는 거야, 너의 입안이 얼마나 달콤했는지 기억하려고 그토록 필사적으로 노력했건만, 그 순간 키스의 추억은 씁쓸한 기억이 되고 말았지, 너는 보란 듯이 내 아들을 한 팔로 끌어안고는 내가 송아지를 치료하는 축사 옆을 지나갔어, 그 아이의 시시한 농담에도 필요 이상으로 요란하게 깔깔 웃더니, 위층의 어린이 기쁨의 정원으로 사라져버렸지, 나는 너희 둘 다 서로의 입술을 건드리는 것에서, 젖이 마른 암소들처럼 필사적으로 서로 몸을 비비는 것에서 더 나아가기를 주저하고 있다는 걸 알

앉어, 왜냐하면 너의 창 아래 서서 숨을 참고 있으면 침대가 삐걱거리는 소리가 들렸거든, 그 이상의 소리는 들리지 않았지만, 그것만으로도 질투심에 땀이 나기에 충분했어, 넌 소름 끼칠 정도로 촌스러운 싸구려 목걸이를 하고 있었는데, 하트 모양을 반으로 부러뜨려서 둘이 한쪽씩 나누어 갖는 거였지, 각자의 목걸이에는 서로의 이니셜이 새겨져 있었어, 하긴 너희 둘이 서로의 것이라는 걸 온 세상에 알리고 싶은 나이이긴 했지만, 우리에겐 그런 게 필요치 않았다는 걸 넌 몰랐어, 이니셜을 새긴 목걸이를 하지 않아도 우린 이미 서로의 것이고, 이미 하나였으며, 이미 서로를 걸치고 있다는 걸 말이야, 때로 네가 날 바라보는 걸 느꼈지만 내가 눈을 맞추면 네가 고개를 돌렸어, 어린 수소 보위가 축사에 죽은 채 쓰러져 있었을 때, 그제야 다시 너에게 다가가 널 만질 수 있었지, 너의 냉랭하고 도도한 태도가 갑자기 사라졌거든, 너는 생기 없는 소의 몸뚱이 옆에 무릎을 꿇고 앉아서 제비 떼가 날아가버릴 정도로 크게 울었어, 너의 온몸이 떨렸고, 내 아들이 낙심하고 풀 죽은 상태로 들판의 허수아비처럼 꼼짝도 하지 않고 네 곁에 서 있었지, 나는 이때다 싶어서 네 곁에 가만히 주저앉아 너의 등을 어루만졌어, 티셔츠 속 척추뼈가 손끝에 느껴졌어, 네가 진정될 때까지 등을 어루만졌어, 아들은 친구를 만나야 한다고 웅얼거리더니 겁쟁이처럼 모페드를 타고 내뺐고, 너는 내게 몸을 기대고 속삭였어, **새는 죽음을 죽도록 무서워해요.** 네가 왜 죽음을 두려워하는지 우리 둘 다 알았지만 말하진 않았지, 말할 필요를 못 느꼈어, 나는 시편 49편에 나오는 목자, 죽음의 목자였어, 왜냐하면 죽음의 소식을 세 번째로 전하고 있었으니까, 그때 너의 아빠는 텃밭을 갈아엎는 중이어서, 송아지 이글루 옆에서 내가 널 무릎에 앉히고 너의 몸을 살며시 흔들며 위로하는 걸 몰랐어, 보위는 짧지만 멋진 생을 살았고 넌 최선을 다해 그를 보살폈으며, 보위는 태어났을 때부터 발육 부진이었다고 말하고 있는 걸 몰랐어, 너의 고통을 덜어주려 애쓰면서도 한편으로는 삐걱거리는 침대가 되고 싶었지만 우린 아직 그 단계에 도달하지 못한 상태였어, 서로의 몸에서 슬픔을 떼어내는 단계, 서로의 몸속으로 사라져서 그 슬픔을 날려버릴 수 있는 단계, 내가 너의 아픔이 되고 너는 나의 아픔이 되는 단계, 혹은 키스로 그 아픔을 날려버릴 수 있는 단계 말이야, 너의 머리카락에는 키스할 수 있었지, 사일리지 냄새와 내 큰 아들의 애프터셰이브 향이 섞여 있더라, 나는 너에게 날개는 좀 어떤지 물었고, 너는 바로 전날 처음으로 방에서 날아다녔다고 말했어, 이륙도 순조로웠고 비행 역시 괜찮았지만, 착륙은 아직은 좀 더 연습해야 한다고, 하지만 과연 아빠에게 그런 짓을 할 수 있을지 잘 모르겠다고, 아빠를 진짜 떠나는 건 아직 자신이 없다고 했어, 너는 죽은 보위의 머리를 쓰다듬으면서 소들이 전부 살처분되던 날 얘기를 꺼냈어, 사체 처리업자들이 떠나고 나서, 쇠 격자에 잘린 소꼬리들이 널브러져 있었다고, 네 아빠는 새로운 소 떼가 도착할 때까지 입을 굳게 다물고 한마디도 하지 않았고, 아빠와 마지막으로 제대로 된 대화를 나눈 게 언제였는지 기억도 안 난다면서, 아빠가 들판에 놓아둔 소금 덩어리처럼 딱딱해졌다고 했어, 블라르콥 젖소들이 나트륨을 섭취하기 위해 핥는 소금 덩어리 말이야, 나는 축산 농부의 시퍼런 얼굴을 지우려고 눈을 깜빡였지만, 넌 이미 화제를 바꾸어서 엘리아는 이제 공식적으로 더는 너의 친구가 아니라면서 애가 너무 변했고 '개구리'와 프렌치 키스를 너무 많이 해서인지 상상력을 잃었다고 했어, 넌 일이 전부 다 꼬이고 뒤틀려서 미칠 것 같다고 하더니, 이번에는 아홉 살 때 엘리아의 죽은 고양이를 소환해보려 했던 일에 대해 재잘거렸는데, 그때 너희는 벽을 가리키면서 서로에게 말했어, 저기 있다! 사실 아무것도 보이지 않았지만 고양이가 보인다고 너무도 간절히 믿고 싶었고, 상상력을 잃는다는 건 너무도 안타까운 일이라면서, 너는 원하는 건 뭐든지 볼 수 있다고 했어, 지금도 가끔 벽을 스치는 그림자에서 고양이가 달려가는 걸 본다고, 그런데 그 그림자가 트윈 타워로 변한다고, 서서히 다가오는 비행기도 보이는데 그건 매일 밤 잠들기 전에 9·11 영상을 보기 때문이라고 했어, 이불을 덮고 가만히 누워 네 몸이 건물 속으로 파고들 때의 감각과, 팔다리에 전해지는 충격과, 용기를 불태워버리는 열기가 느껴지면 하나님께 기도했다고, 너의 기도가 죽은 고양이를 불러내는 것만큼이나 실현 불가능하다는 걸 알면서도 의무감에서, 안전을 위해 기도했다고 했어, 너는 또 말했지, 때로는 사람에게 가장 유익한 불빛이 불타는 건물에서 나오는 빛이라고, 그래서 아침이 되면 마치 천하무적이 된 듯 환하게 반짝이는 상태로 눈을 뜨게 되는데, 빛이 사라지기 시작하면 그 느낌도 함께 사라진다고 했어, 너는 황혼이 우리를 머뭇거리게 만들기 위해, 우리 안의 어둠과 하나가 되게 하기 위해 존재한다면서 내 무릎에 머리를 기대었고 나는 네 귓바퀴를 어루만지며 보위를 수레에 실어 도로변으로 데려가겠다고 했지, 너는 고개를 끄덕였고 우리는 그 몸에 방수포를 덮었어, 한 시간쯤 지났을 때 여름의 열기 속에서 손수레에 파리 떼가 꼬이기 시작했고 너는 손을 내저으며 파리를 쫓았어, 그때 너의 아빠가 쇠스랑을 들고 밭에서 나오더니, 카밀리아가 전화했다고 집에 가보라면서, 계량기 보관함이라나 뭐라나 하고 무심하게 웅얼거렸어, 하늘이 컴컴해지더라, 당분간은 내가 농장에 못 올 거라고 카밀리아가 말한 모양이야, 네 아빠가 어깨를 으쓱했고, 나는 식도가 타들어가는 듯한 기분으로 그 자리에 서 있었어, 카밀리아는 계량기 보관함 겹침 기록 밑에 적힌 번호를 보고 전화를 걸었고 전화가 새의 음성사서함으로 연결된다는 걸 알아냈어, 카밀리아는 별의별 상상을 다 했겠지만 그중 맞는 건 하나도 없었어, 너는 멀찌감치 떨어져서 그 얘기를 들었고 내가 짐을 싣는 동안 낙심한 표정으로 서 있었지, 나는 아마 오랫동안 못 볼 거라고, 물론 네가 내 아들을 만나러 온다면 마주칠 수도 있겠지만 지금처럼 만나지는 못할 거라고 했어, 그 순간 문득, 나는 네가 내 아들을 계속 만나길 바랐어, 그래야만 널 내 삶에 붙잡아둘 수 있으니까, 그때 네가 서글프게 그러나 연기하듯 말했어, 내가 아는 사람들은 결국 다 떠나요. 그게 나인 인치 네일스의 노래 가사라는 걸 너무도 잘 알고 있었지만, 밑줄 친 가사라면 이젠 지긋지긋했고 듣고 싶지 않았지만, 그러면서도 나는 널 다시 만나게 될 때까지 계속 그 노래를 들었어, 그날이 생각보다 빨리 올 줄 그땐 몰랐지, 농장에서뿐 아니라 고가도로 밑, 헷도르프로 들어오는 길, 그리고 내 수술실에서 널 보게 될 줄은, 내가 잠깐 품으로 널 끌어당겼을 때 네가 말했어, 나중에 유명해져도 절대 날 잊지 않겠다고, 난 네가 이미 유명하다고 말했어, 내 머릿속에서 너는 말도 안 될 정도로 저 높은 곳에 있다고, 팬의 숫자가 중요한 게 아니라 네가 아무리 거지 같은 노래를 만들어도 네 곁을 떠나지 않는 단 한 사람이 있는 게 중요하다고 했어, 변함없이 널 지지해주는 단 한 사람이 중요하다고, 그리고 네가 무얼 해냈는지가 중요하다고, 네 노래에 자부심을 가진다면 유명해질 수 있다고, 성공은 기대하지 않았을 때만 찾아오는 거라고, 너는 고개를 끄덕였지만 나는 알고 있었어, 너에겐 다른 사람의 눈에 비친 네 모습이 중요하다는 걸, 하긴 이미 너무 오랫동안 너 자신의 눈으로 널 보았으니까, 십사 년이라는 시간은 어린아이에게는 영원과도 같은 시간일 테니까, 너에게 너무도 키스하고 싶었지만, 아무것도 망가뜨려선 안 된다는 걸, 억지로 밀어붙여선 안 된다는 걸 알았어, 너는 주위를 힐끗 둘러보더니 얼굴을 붉히고는 언젠가 내가 수달을 해부할 때 구경해도 되냐고 물었어, 한번 보고 싶다고, 나는 고개를 끄덕이며 언제 볼 수 있는지 알려주겠다고 했어, 그리고 내 아들과 잘 되길 바란다고, 착한 애라고 희망적인 말투로 덧붙였지, 그 말에 넌 갑자기 실망한 것 같았어, 너 자신도 그 이유는 잘 몰랐겠지만, 아마도 그 순간이 이별처럼 느껴졌겠지, 이별은 널 우울하게 했지만 한편으로는 유명인이 되기 위한 여정에서 겪어야 하는 혹독한 시련처럼 느껴졌겠지, 엄지손가락으로 너의 턱을 살짝 들어 올렸어, 네가 날 볼 수밖에 없도록, 그리고 말했어, 바다는 아픔을 느끼지 않는다고, 너는 풀 죽은 미소를 지었고 너의 눈은 유리로 만든 것 같았어, 그리고 네가 대답했어, **바다가 아픔을 느끼지 않는 건 아무도 바다를 아프게 하지 않기 때문이에요.** 나는 무슨 말을 더 해야 할지 몰랐어, 내가 널 아프게 한다는 사실을 참을 수가 없었거든, 넌 마치 내가 그날 길가에 시체 두 구를 던지는 것 같았겠지, 가엾은 보위와 나의 시체를, 너는 어깨를 축 늘어뜨린 채 돌아섰어, 이별을 묘사하는 대본에서 요구하는 것처럼, 나는 네가 윗가지를 다듬은 버드나무 뒤로 사라질 때까지, 기타 소리가 들릴 때까지 계속 널 지켜보았어, 문에서 흘러나온 기타 소리가 들판에 울려 퍼졌는데, 무슨 곡인지는 알 수 없었지만 참 애잔하더라, 끔찍할 정도로 애잔하더라, 집으로 차를 모는데 땅이 흔들리는 것 같았어, 도로변 집에서 갑자기 눈과 입이 자라나고, 박공지붕은 눈썹이 되었지, 돌아가는 길 내내 그들이 성난 얼굴로 날 노려보는 것 같았어, 카밀리아는 소파에 앉아 분노에 찬 손길로 오렌지 껍질을 까고 있었는데, 오렌지 과즙이 블라우스에 튀었어, 카밀리아가 오렌지 조각을 식탁에 올려놓는 순간 초파리가 벌떼처럼 달려들었지, 우리는 죽음의 포식자들에게 둘러싸여 있었어, 머릿속엔 온통 네가 얼마나 날 살아 있게 만드는지에 관한 생각뿐이었지만, 나는 카밀리아에게 계량기 보관함의 숫자는 아무 의미도 없다고 말했어, 나는 가슴에서 거짓말을 쥐어 짜냈고 내 안에서 전류처럼 흐르는 감정에 대해서는 한마디도 하지 않았어, 그리고 이 말만 했어, 네가 애도의 행동을 보이는 새라고, 그리고 또 이렇게 말했지, 어떤 사람들은 고독이 너무 잘 어울려, 그 고독 속에서 자신을 아무도 봐주지 않는 추한 존재라고 여기지, 하지만 우린 그들을 쉽게 잊어, 그들이 매일 아침 먼지떨이 롤러로 옷을 문지르면서 덜 칙칙해 보이려고 애쓴다는 걸 잊는다고. 그리고 나는 네가 빛날 수 있도록 돕는 중이라고 말했어, 카밀리아가 자기 제자들에게 똑같은 일을 하고 있다는 걸, 그들 자신의 캔버스에서 빛나도록 돕고 있다는 걸 알고 있었거든, 그렇게 말하면 분위기가 조금 누그러져서 너와 내 아들 얘기를 하게 될 테니까, 너희 둘이 얼마나 사랑스럽고 얼마나 잘 어울리는지에 대해 얘기하게 될 테니까, 나는 걱정하는 척하며 말했어, 내가 지켜보는 중이라고, 그 힘이 뻗치는 녀석이 좀 빨리 가려는 것 같다고, 나는 오렌지 조각을 카밀리아의 입에 넣어주었어, 예전에 너에게 그랬던 것처럼, 다만 이번엔 카밀리아의 입술에 닿지 않도록 손을 더 빨리 뺐지, 그리고 다시 말했어, 네가 너무 외로운 아이라고, 내 말을 듣고 카밀리아가 갑자기 널 초대하자고 하더라, 네가 가장 좋아하는 요리를 해주겠대, 레몬과 세이지, 구운 호두, 파머잔 치즈, 파슬리, 크림 한 방울을 넣은 신선한 탈리아텔레 파스타를, 나는 카밀리아가 상처 입은 새들을 사랑한다는 걸 알았고 그래서 너의 현재 상태를 카밀리아에게 전한 거야, 마치 아픈 동물 상태를 보고하듯이, 날개 부러짐, 균형 감각 상실, 비행 의욕 저하.

11

이 얘기를 굳이 할 필요는 없겠지, 내 악몽에 대해 굳이 설명할 필요는 없을 거야, 하지만 해보려고 해, 어차피 언젠가는 해야 하니까, 혹시 이 얘길 듣고 내가 얼마나 괴로웠는지 알수도 있으니까, 존경하는 판사님들, 이보다 더 괴로운 일이 또 있을까요! 내 악몽을 털어놓는 가장 큰 이유는 바로 그거야, 행동을 변명하기 위해서도 아니고, 그토록 즐거워한 일을 내가 얼마나 후회하고 있는지 드러내기 위해서도 아니고, 너의 동정을 얻기 위해서도 아니야, 절대 그렇지 않아, 오히려 네가 날 증오하길 바라, 날 떠올릴 때 깊은 혐오감을 느끼길 바라, 그래도 그 일을 설명해보려고 해, 나를 더 잘 이해하기 위해서, 왜냐하면 나는 한 번도 나를 들여다볼 기회도 시간도 공간도 가져본 적이 없거든, 균열이 어디서 처음 시작됐는지 보고 싶었어, 그 균열은 첫 키스보다도, 사납던 그 여름보다도, 심지어 내가 널 처음 만난 그 순간보다도 먼저 이미 거기 있었어, 나는 또다시 한밤중에 퍼뜩 잠에서 깨어났어, 두려움에 휩싸인 채로, 식은땀을 흘리면서 말이야, 일어나 담배를 한 대 피우는 대신 누운 그대로 네가 침대 옆에 서 있는 환상에 빠져들었지, 너는 종종 그랬던 것처럼 파란색과 초록색이 섞인 오빠의 카디건을 입고 있었어, 너는 잠자리에 들기 전에 카디건을 책상 의자에 걸쳐두고는 카디건을 다시 보려고 자꾸만 침대맡 램프를 켰지, 다음 날 학교에 입고 가면 모두가 부러워할 거라고 생각하면서, 마치 모두가 같이 놀고 싶어하는 전학생이 된 것처럼 말이야, 꿈속에서 넌 열네 살이 아니라 세 살쯤 되었는데, 네가 내게 물었어, **죽었어요? 진짜 죽었어요?** 손수레를 끌고 바테르드라헤르스버흐 길을 걷는 내가 보였어, 보위를 실어 나를 때 썼던 수레였는데, 우리는 가로등 아래 망가진 채 누워 있던 남자애의 시신을 수레에 실었지, 네가 다시 물었어, 죽었냐고, 정말로 죽었냐고, 나는 손가락을 너의 입술에 얹고 고개를 저으며 말했지, 잠든 거라고, 깊이 잠든 거라고, 그러자 네가 물었어, **얼마나 오래 자는데요? 나 오빠하고 놀고 싶은데.** 그 잠이 너의 삶만큼 길 거라고는 차마 말할 수 없었어, 그래서 사람이 언제 깨어날지는 알 수 없다고 했어, 우리가 언제 깨어나고 언제 잠들지 어떻게 알겠냐고, 너는 이해하지 못한 채 손수레를 당겼지, 나는 너에게 화가 났어, 그 예쁜 카디건을 입고 몸을 움츠리는 너를 보고 너무 화가 났어, 너는 나를 따라 아본들란 대로를 지나 프리케베인세데이크 제방까지 터벅터벅 걸었어, 가는 길 내내 그 어린 남자애의 흠 잡을

100

데 없는 얼굴을 떠올렸지, 그 아이는 줄무늬 스웨터를 입고 있었고 금발을 단정하게 젤로 고정하고 가르마를 탔어, 마치 씨를 뿌리려고 괭이로 고랑을 낸 것처럼, 하지만 더는 그 아이에게서 아무것도 자라나지 않으리란 걸 나는 알고 있었어, 어느 순간 네가 날 따라오지 않았고 대신 내 어머니가 날 따라왔어, 어머니는 앞치마를 두르고 슈거 파우더가 담긴 양철통 바닥을 두드렸지, 그 바람에 길 전체가 하얗게 변했고 우린 서서히 눈 덮인 풍경 속으로 걸어 들어갔어, 날씨마저 점점 추워져서 손수레 안 시신과 함께 걷는 동안 날이 꽁꽁 얼어붙기 시작했지, 나는 이 소식을 어떻게 전할지 고민했어, 어머니는 슈거 파우더가 담긴 통을 들고 걸으면서 나한테 대화로 풀어야 할 일이 있다고 소리를 질렀지만, 어릴 때부터 나는 알고 있었어, 우리에게 풀어야 할 일 따윈 없다는 걸, 어머니는 내가 불행의 전조라고, 가는 곳마다 죽음을 몰고 다닌다고 소리쳤어, 눈물이 뺨을 타고 흘렀고 혀에서 짠맛이 났어, 어머니에게 용감하게 대들어보려고 돌아서니, 다시 네가 있는 거야, 넌 빨간 장화를 신고 슈거 파우더에 발자국을 찍으며 걸었는데, 활짝 웃는 얼굴로 눈이 온다고, 눈이 온다고 외쳤어, 너를 가슴에 꼭 끌어안고 싶었는데, 그건 네가 죽음의 소식을 듣고 난 뒤엔 널 안을 수 없으리란 걸 알았기 때문이었지, 그로부터 몇 년 뒤 내가 다시 너와 함께 있고 네가 내 목덜미에 머리를 기대기 전에는 말이야, 너는 계속 눈밭을 뛰어다니며 발자국을 남겼고 나는 옆에 있으라고 소리쳤지만 너는 자꾸만 저만치에 있는 웬 남자에게로 달려갔어, 처음엔 알아보지 못했지만 그가 가까이 다가왔을 때, 시퍼런 얼굴을 보는 순간 축산 농부라는 걸 알았어, 네가 그의 손을 잡고 손수레 가장자리로 몸을 숙이더니 남자애의 시신을 가리키며 지금 자고 있다고, 그래서 조용히 얘기해야 한다고 말했어, 농부가 고개를 끄덕였어, 농부는 꿰뚫는 듯한 눈빛으로 날 바라봤고, 우리 둘 다 자고 있다는 게 어떤 의미인지 알고 있었어, 눈 내리는 풍경이 서서히 아득해지더니 갑자기 피크닉 담요에 죽은 듯 누워 있는 네 모습이 보이는 거야, 그래서 내가 물었어, 너 무슨 짓을 한 거냐고, 내가 무슨 짓을 한 거냐고, 하지만 넌 그렇게 누워만 있었고 나는 혹시 내가 너를 깨물었는지, 너를 갈망하다 못해 네 살에 내 이를 파묻었는지, 나의 굶주림이 감당할 수 없을 정도가 되어서, 턱이 욱신거려서 그럴 수밖에 없었는지 알 수 없었어, 나는 손수레를 농장 출입문 앞에 세워두고는 죽음의 소식을 더듬더듬 전한 뒤 퍼뜩 잠에서 깼어, 마을 전체가 공포에 떨었어, 온 세상이 떨었어, 버드나무마저 고개를 숙이고는 도랑 옆에 비뚤게 서 있었지, 너의 모습이 또다시 눈앞에 나타났을 때 또 한 번 퍼뜩 잠에서 깨었고 이번에는 불안한 마음으로 침대에서 조용히 빠져나왔어, 그 환영들이 발톱으로 날 움켜잡아 밤의 지옥으로 끌고 갈 것만 같았지, 나는 욕실로 가지 않고 아래층으로, 차고로 내려갔어, 차고에서 피아트 범퍼를 어루만지며 검고 차가운 금속에 머리를 기대고 속삭였어, **그 아인 죽었어, 진짜 죽었어.**

12

소의 몸에 들어간 간흡충처럼 나는 천천히 너의 살갗 밑을 파고들었어, 더 좋게 표현할 방법이 없네, 난 기생충이었어. 이런 역겨운 생각을 하면서 자기연민에 휩싸인 채로, 이번에도 전화를 받지 않은 너에게 음성메시지를 남겼지, 삑 소리가 나는 순간 너에게 보여줄 근사한 수달이 한 마리 있다고, 정말 아름다운 수달이라고, 더에이우이허 솔다텐버흐 길에 있는 내 진료실로 오라고 말했어, 이상하게도 메시지를 남기는 순간 곧바로 기분이 조금 나아지더라, 그래, 심지어 약간 신이 났어, 마치 내가 해충인 동시에 방역업체인 것 같았어, 나는 가장 좋아하는 진청색 청바지에 어깨 근육이 드러나는 민소매 상의를 입었어, 나이치고는 괜찮은 몸이었고 비율도 괜찮았어, 가끔 거울을 보면서 네 눈엔 내가 어떻게 보일지 상상해보지만, 나의 이미지는 다소 모호할 거라는 생각이 들었는데, 왜냐하면 너는 너에 대해서건 다른 사람에 대해서건 좀처럼 어떤 확고한 이미지를 갖지 못하기 때문이었어, 너는 자주 거울을 보면서 아름다움과 추함의 양극단을 오락가락했어, 그렇게 오락가락하느라 하루의 시작이 더디었지, 머리 모양이 마음에 안 들기도 했고, 옷이 몸에 너무 꽉 끼거나 혹은 너무 헐렁하기도 했어, 때로 너는 거울에 대고 이렇게 말했어, **아무래도 오늘은 우리 잘 지내긴 텄다**, 그리고 나서 뚱한 표정으로 아래층으로 내려가면 네 아빠가 초콜릿 스프레드 샌드위치를 만들어주었지, 수년간 그랬던 것처럼, 비록 너는 더는 그 샌드위치를 원하지 않았지만 아빠에게 실망을 주고 싶지 않아서, 그의 일상을 깨뜨리고 싶지 않아서 그냥 먹었어, 네 아빠는 하루에 두 번 너에게 물었어, 농장 생활이 즐겁냐고, 그러면 너는 **아주 많이요**, 하고 대답했고 네 아빠는 흐뭇해하며 고개를 끄덕였어, 하지만 너에게 즐거움이란 말라비틀어진 비상식량 같은 것이 되어버린 지 오래였지, 초콜릿 샌드위치를 먹고 나서 집을 나서기 전에 너는 마지막으로 한 번 더 거울을 봤어, 넌 예쁘고 매혹적이며 욕망을 불러일으키는 사람이 되고 싶었고 반에서 인기 있는 여자애들처럼 되고 싶었어, 네가 걔들보다 훨씬 더 예쁘다고, 너는 내가 만난 가장 사랑스러운 사람이라고 내가 말해도, 그리고 그 말은 전부 다 진실인데도, 너에겐 별로 도움이 되지 않았어, 너는 매일 아침 가슴을 들여다봤어, 가슴에서 무언가가 자라나는 것을 한편으로는 두려워하면서도 한편으로는 바랐지, 가슴을 갖고 싶어서라기보다는 다른 여자애들은 이미 가슴이 있고 가슴이 있으면 존중을 받을 수 있고 남자애들 시선을 끌 수 있을 거라고 생각했거든, 그로부터 한참이 지난 뒤에야 언급할 만한 변화가 눈에 뜨였고, 너는 카밀리아에게 생애 첫 레이스 브래지어를 사러 같이 가달라고 했는데 그나마도 키친타월로 속을 채워야 했지, 하지만 그때 우린 아직 그 단계에 도달하지 못했고 그건 다행이었어, 왜냐하면 난 네 몸의 밋밋한 풍경이 좋았거든, 난 그런 생각을 하면서 거울을 보았고, 면도를 한 다음 아들이 쓰는 아르마니 애프터셰이브를 발랐어, 네가 그 향을 좋아했으니까, 신선한 베르가못, 재스민, 헬리안테뭄, 그린만다린 향이 섞인 그 향을, 넌 약속 시간보다 한 시간이나 늦게 자전거를 타고 내 진료실에 나타났는데, 나는 그때 걱정이 되어서 미치기 일보 직전이었어, 네가 사료 저장고에서 뛰어내렸거나, 내가 한낱 기생충에 불과하다는 사실을 깨달았다거나, 그 밖의 온갖 재앙을 상상하고 있었지, 내 민소매 상의의 겨드랑이 부분이 젖은 게 느껴졌어, 네가 한 번도 늦은 적이 없어서 더 이상했어, 사실 넌 항상 일찍 왔잖아, 넌 기다리는 걸, 끝도 없이 기다리는 걸 좋아했으니까, 그래야 네가 하려는 일이 아직 끝나지 않아서 여전히 갈망할 수 있었으니까, 하지만 이번에 넌 늦게 왔고 마침내 도착했을 땐 몽롱한 목소리로 히틀러와 또 대화를 나눴다고, 히틀러가 네 아빠의 의자에, 거실 한복판에 놓인 자주색 안락의자에 나타났다고 했어, 네 아빠는 늘 그 의자에 앉아 비발디의 〈사계〉를 들었지, 그 곡에는 천둥도 있고 기분 좋은 바람도 있었는데, 넌 가끔 그런 생각을 한다고 했어, 온 나라가

폭염에 시달리는 건 혹시 네 아빠가 아버지가 '여름'을 반복해서 틀어서는 아닐까, 삼 분 정도 지나면 바이올린이 미쳐 날뛰는데, 마치 악기들이 더위를 먹은 것 같다고, 그리고 또 넌 말했지, 히틀러가 제법 합리적인 말을 했다고, 물론 **합리적**이라는 말은 그런 사악한 선동꾼에게는 어울리지 않는 표현일지도 모르겠지만, 어쨌든 그의 말을 곱씹게 되더라고, 그 순간 나는 네가 히틀러에게서 무슨 말을 들었는지 알고 싶지 않았어, 네가 썩 잘 지내지 못한다는 걸, 네 상태가 악화되고 있다는 걸 알고 싶지 않았어, 아니, 그래서 고개를 돌리고 네게 비닐장갑을 건넸고 너는 머뭇거리며 그걸 받아 들고 말했지, **커트, 우리가 수달 고추를 자르면 수달이 우리한테 복수하지 않을까요?** 나는 수달은 죽었다고, 그래서 복수할 수 없다고 말했지만, 그 말을 하는 순간 곧바로 알았지, 너에겐 죽었다는 사실이 별 의미가 없다는 걸, 너는 산 자와 죽은 자를 구분하지 못했어, 네 아빠가 널 대하는 방식처럼 말이야, 네 아빠는 여전히 너에게서 잃어버린 아이를 보았고, 너는 수달이 복수를 하길 바랐어, 그렇다면 죽음은 끝이 아닌 게 될 테니까, 우리는 수술대로 갔고 수달은 등을 대고 똑바로 누워 있었어, 수달은 강렬한 인상의 거대한 짐승이었지, 학생들과 함께 족제빗과 동물을 연구하는 동료 의사에게서 수달을 받았어, 넌 다른 곳보다 훨씬 연한 빛깔 털로 뒤덮인 수달의 배를, 다섯 개의 물갈퀴 발가락이 달린 힘센 앞발을 보았지, 네가 몸을 숙이고 수달에게 속삭였어, **미리 고마워, 사랑하는 수달아, 너의 고추는 우리가 잘 간직할게**, 나는 메스를 들고 먼저 방법을 알려줄 테니 네가 직접 자르라고 말했어, 내가 수달의 아랫부분을 누르자 털에서 수달의 음경이 튀어나왔고, 그 순간 너는 꿀꺽 침을 삼키고는 천천히 혀로 입술을 핥았어, 자극적이거나 흥미로운 걸 볼 때마다 네가 늘 그렇게 한다는 걸 나중에야 알았지, 그런 행동이 널 열정적으로 만들었지만 그 열정이 정확히 어떤 의미인지 너는 알지 못했어, 내가 만져보고 싶으냐고 물었더니 네가 고개를 끄덕이고는, 분홍색 그것을 조심스럽게 만지작거리다가, 마치 아이가 사탕을 집어 들듯 조심스럽게 들었어, 빛으로 일렁이는 너를, 탐스럽게 빛나는 너를 보았어, 내 소중한 생명체, 나는 너에게 보여주기 위해 메스로 끝부분을 살짝 자른 다음 나머지를 네게 넘겼지, 나는 숨 쉬는 법을 몰랐어, 우리 둘 다 숨 쉬는 법을 몰랐어, 내가 저지른 실수는, 너의 욕망은 나의 욕망이 되었지만 그 반대는 아니었다는 걸, 그 둘은 엄연히 다르다는 걸 몰랐던 거였어, 그렇게 나는 너의 뒤에 서서 네 손을 내 손으로 감쌌고 우리는 함께 수달의 음경을 잘랐어, 나의 그것이 너의 엉덩이를, 너의 리넨 바지를 세게 눌렀고, 마침내 아이스크림콘 길이의 음경을 잘라낸 순간, 너는 전리품처럼 그걸 들어 보였지, 나는 이 수달이 얼마나 어린 수달인지 설명해주었어, 만약 성체였다면 음경 뼈가 두 배는 더 길고 굵었을 거라고, 너는 다시 한번 몸을 떨더니 그걸 집에 가져가도 되냐고 물었어, **제발요**, 하고 네가 말했어, **제발요**, 나는 잠시 당황했지만 그게 이상한 일이 아니라는 듯 행동했고 그걸로 뭘 할 건지는 묻지 않았어, 나는 그걸 랩으로 돌돌 말아 너에게 주고는 죽은 수달을 치우고 수술대를 소독했어, 장갑을 벗어 쓰레기통에 버리고 돌아서니 어느 틈에 네가 수술대에 누워 있었어, 너는 두 팔을 양옆에 바짝 붙이고 이렇게 말했어, **날 해부해줘요, 커트.** 이건 꿈이라고, 나는 생각했어, 분명히 내 병든 마음에서 이탈한 망상일 거라고, 하지만 재스민과 베르가못 향 사이에서 내 땀 냄새가 풍겼고 이건 분명 현실이었어, 네가 거기 누워 있었고 난 어쩔 줄을 몰랐고 네가 해부를 어떻게 이해하고 있는지도 몰랐어, 너는 눈을 감은 채 죽은 듯 누워 있었고 그래서 나는 조심스럽게 너의 맨 종아리에 키스했어, 그러자 네가 키득거리며 말했어, **아뇨, 날 해부하라고요.** 그제야 나는 이게 게임이란 걸 알았고 네 눈에 거슬리지 않게 이 게임을 수행해야 한다는 걸 알았어, 넌 여전히 순수함이 흘러넘쳤으니까, 나는 게임에 동조하며 깨끗한 수술용 메스를 꺼내 손잡이 끝부분으로 너의 맨다리를, 배를 쓸어내렸고 넌 작고 가냘픈 목소리로 네가 수달이라고, 네가 바로 그 수달이라고 했어, 메스가 너의 젖꼭지를 스치자, 셔츠 밑에서 너의 젖꼭지가 토끼 젖꼭지처럼 단단해졌지, 그다음엔 메스를 너의 다리 사이로 넣어서 리넨 바지를 살짝 눌렀고 너의 뺨이 붉어지는 걸 보았어, 너의 뺨이 너무도 화사하게 물들었어, 너의 혀가 다시 입술을 축였고 너의 가슴이 실제로 더 빠르게 오르락내리락하는 건지 아니면 내가 그렇게 상상하는 건지 알 수 없었어, 내가 계속 메스로 다리 사이를 누르자 네가 말했어, **아니, 아니,**

날 절개해야죠. 나는 너의 다리에 또다시 키스하고 싶었지만 갑자기 네가 눈을 번쩍 뜨더니 내 손에서 메스를 거칠게 낚아채서 허벅지를 푹 찌르고 세로로 그었어, 곧바로 피가 솟구쳤지, 그 순간 너의 눈빛은 내가 한 번도 본 적 없던 눈빛이었고, 나는 대체 이게 뭐 하는 짓이냐고 소리를 지르고 싶었지만 그 자리에 얼어붙은 채 널 바라볼 뿐이었어, 넌 이게 바로 네가 원하는 거라고, 네 몸이 절개되기를, 해부당하기를 원한다고 했어, 수달도 분명히 이런 기분이었을 거라고, 네 안에는 뭔가 숨겨져 있는데 그걸 꺼내야 한다고, 하지만 지금은 그걸 꺼낼 시간이 없다고, 너무 깊숙이 있어서 피가 너무 많이 날 거고, 한 시간 뒤에 율러와 수영장에 가야 하는데 수영장을 홍해로 만들 수는 없다고 했어, 그제야 내가 움직이기 시작했어, 나는 너의 손에서 조심스레 메스를 빼앗으며 물었어, 너 미쳤냐고, 왜 네 몸을 찔렀냐고, 하늘이 내린 가장 특별한 존재, 대체 왜 그랬냐고, 그러자 넌 고통 뒤에 햇살이 찾아온다면서 내가 해부 얘기를 들려준 뒤로 넌 '개구리'가 될 수 있으면서 동시에 수달도 될 수도 있다고 속삭였어, 나는 휴지로 지혈하며 상처를 단단히 오므린 다음 요오드로 소독하고 반창고를 붙였어, 상처를 봉합해야 했다는 걸, 우리의 첫 접촉이 곧바로 흉터를 남겼다는 걸 나중에야 알았지, 하지만 넌 처음 도착했을 때보다 한결 홀가분하고 행복해 보였어, 나중에 네가 말했지, 때로 너의 마음은 히틀러의 가장 무거운 탱크인 티거 2만큼 무거운데, 여기 와서 처음으로 가벼워진 기분이었다면서, 새로운 걸 발견했다고, 욕망과 고통이 빛이 될 수 있음을 발견했다고 했어, 나는 너에게 다신 그러지 말라고, 네가 온전한 상태로 있기를 원한다고 더듬거렸지만 공허한 말이었어, 왜냐하면 나의 안에서 나는 이미 널 산산조각 내고 있었으니까, 나는 너의 몸에 기생하는 간흡충 같았으니까, 너는 수술대 한쪽으로 두 다리를 늘어뜨리고 걸터앉아 이렇게 말했어, **가끔 너무 행복해지면요, 죽고 싶어져요, 이 행복이 잠깐일 뿐이란 걸 아니까요, 어느 때고 그 행복과 작별해야 한다는 걸 아니까요.** 나는 너의 무릎에 손을 얹었지만 무슨 말을 해야 할지 알 수 없었어, 나의 작은 동물, 그래서 두 마리 송아지의 머리를 잡듯 너의 양 무릎을 잡고 너의 입술에 키스했지, 이번엔 너도 허락했고 억지로 밀고 들어갈 필요가 없었어, 아니, 그럴 필요가 없었어, 네가 입을 열었고 나는 너의 윗니 하나가 비어 있는 걸 알았어, 네가 헤드기어 교정기를 끼고 잔다는 걸 알았지, 너의 모든 것이 똑바로 자라려 애쓰고 있었지만 네가 그걸 막고 있다는 걸, 이미 어긋나버린 네가 그걸 막고 있다는 걸 알았어, 너의 혀가 나의 혀를 눌렀지만 나는 너와 함께 있지 않았어, 전혀 그렇지 않았어, 내 눈에 보이는 것이라곤 네 살을 베는 너의 모습과 피뿐이었지, 나는 눈을 꼭 감았어, 거기서 멈춰야 했지만 그건 나중에야 알았어, 나는 조심스레 너의 다리를 벌리고 수술대에서 너를 내 쪽으로 끌어당겨 네 몸이 나의 성기에 닿게 했어, 나는 조심스럽게 움직였어, 네 반응을 살피기 위해 수시로 멈추어가면서, 머지않아 나의 움직임이 빨라졌고, 키스 사이사이 널 사랑한다고, 누군가를 이토록 사랑해본 적 없다고 속삭였어. 너는 아무 말도 하지 않았어. 어느 순간 반창고 사이로 피가 배어 나오기 시작했고 네가 창백해지며 힘없이 늘어지는 걸 느꼈어. 나는 더 힘주어서 널 끌어안았고 너는 고개를 앞으로 떨어뜨렸지만, 나는 팔다리를 격하게 움직이느라 네가 더는 수달 얘기를 하지 않는다는 것조차 알아차리지 못했어. 아니면 알아차리고 싶지 않았거나. 절정의 순간, 나는 네가 죽었다고 생각했어. 네가 죽었다고. 그리고 열정적으로 너에게 속삭였어. 오 나의 자기, 내가 널 해부하고 있어. 네가 원했던 대로 해부하고 있어. 내가 널 완전히 절개하고 있어.

13

음경 뼈는 너의 침대 밑에서 쪼그라들고 썩어갔어. 결국 네가 그곳에 숨겨둔 온갖 잡동사니 틈에서 딱딱하게 굳어버린 하나의 기념품이 되고 말았지. 초등학교 때 네가 훔친 물건들도 거기 있었는데, 그중에는 엘리아의 목걸이도 있었어. 바비 인형의 얼굴이 새겨진 은색 펜던트 목걸이. 너는 2학년 때, 하필 엘리아의 생일날에 그걸 훔쳤어. 다들 뒷마당에서 케이크를 먹고 있을 때였는데, 그 목걸이가 얼마나 예쁘게 반짝이던지 도저히 참을 수가 없었지. 쉬는 시간마다 선생님이 읽어주던 동화책도 있었어. 선생님은 책장을 넘길 때마다 손에 침을 묻히는 습관이 있었는데, 넌 그때부터 그 책의 한 페이지가 되고 싶었다고 했어. 선생님이 널 넘겨주기를, 지구상에서 가장 먼저 널 소리 내어 읽어주는 사람이 되어주기를, 널 읽고 또 읽어주기를 바랐어. 왜냐하면 너의 글과 줄거리는 항상 변했으니까. 하지만 네가 그 책을 가방에 슬쩍 집어넣었을 때 그런 일은 일어나지 않았어, 책을 읽어주는 아름다운 목소리도 가질 수 없었지, 아르헤온 공원 박물관으로 현장학습을 간 날 네가 챙겨온 토탄과 숯, 네가 좋아하는 애가 만진 껌 종이, 내가 충전한 선불카드 영수증, 네 오빠의 수집품에서 훔친 보라색 자수정도 있었어, 네 오빠는 그게 없어진 걸 알고 슬퍼했지만 네가 사실을 털어놓고 돌려줄 정도로 슬퍼하진 않았어, 옆집 흐라우에르담 씨의 헛간에서 훔친 가죽 칼집도 있었고, 죽어서 귀가 축 늘어진 토끼의 털이 조금 들어 있는 상자도 있었고, 누군가의 외투 주머니에서 슬쩍한 닌자 거북이 피규어도 있었고, 잃는 것이 두렵던 날에만 쓴 일기장도 있었어, 너의 일기는 매번 너무 오랜만이라 미안하다는 사과로 시작되었지, 사랑하는 일기야, 미안해, 글로 적기엔 너무 많은 일이 있었고, 그래서 차라리 아무것도 안 쓰는 편이 낫다고 생각했어, 어떤 일은 잉크로 옮겨 적을 때 비로소 진짜가 되고, 또 어떤 일은 너무 견디기 힘들어서 너의 페이지들을 구겨버리게 되거든. 훗날 너는 어딘가에 그런 글을 썼어, 진짜 일기장은 네 머릿속에 있는데 오직 그 일기장에만 휘갈기지 않고 깔끔하게 일기를 쓸 수 있다고, 법원 공무원들한테서 들은 말이야, 하지만 난 알고 있었어, 언젠가 현란한 필기체로, 막대와 꼬리를 길게 늘인 글씨체로, 나의 이름 커트가 그 일기장에 적히리란 걸, 일기장에 포스트잇을 붙이고 그 밑에만 너의 비밀을 털어놓으리란 걸, 침대 밑에는 너의 두 할머니를 그린 그림도 있었는데 두 분 다 네가 열한 살이 되기 전에 암으로 세상을 떠났지, 격려의 글이 담긴 학교

성적표도 있었는데 너는 여전히 그 글을 진심으로 믿었어, 침대 밑은 점점 더 잡동사니로 꽉 찼고 극장에서 〈그것〉을 본 뒤로는 더욱 그랬어, 네 오빠가 장난삼아 침대 밑으로 기어들어가 고양이 흉내를 낸 적이 있는데, 네 오빠가 나간 뒤에도 넌 한동안 야옹거리는 소리를 들었지, 그때 넌 생각했어, 침대 밑에 잡동사니가 많을수록 광대나 네 오빠가 들어가 숨어 있기가 어려울 거라고, 이제 음경 뼈까지 수집품에 추가되었고, 넌 가끔 침대맡 스탠드 불빛 아래 비닐 랩을 풀어보고는 더는 분홍색이 아니라 흰색인, 부패하기 시작한 남근을 보면서 몸서리 쳤지만, 그러면서도 한편으로는 음탕하게 혀로 입술을 핥기도 했어, 그렇게 너는 '개구리'가 되었다가 수달이 되었다가 하다가, 네가 훔치거나 주워 모은 모든 것 위에서 평화롭게 잠들었지, 넌 도둑이었어, 내 사랑, 하지만 난 개의치 않았어, 진부한 얘기 같겠지만 나의 심장이 다른 사람의 물건 틈에 있어도 상관없었어, 넌 아주 뛰어났어, 다른 사람의 심장을 훔치는 것에 말이야, 매번 너무도 주도면밀하게 사람의 심장을 훔쳐서 당사자는 한참이 지난 뒤에야 그 사실을 알았고 그땐 이미 늦었어, 넌 이미 그 사람 몸속으로 파고들었으니까, 내가 걱정한 건 너의 도벽이 아니라 네가 너무도 능숙하게 그 사실을 숨긴다는 거였어, 너의 것이 아닐수록, 혹은 너의 것이 될 수 없는 것일수록 너에겐 더 반짝였고, 너에게 나는 얼마나 환히 빛날지 궁금하더라, 혹시 네가 날 원하는 이유가 단지 내가 너의 것이 아니고 이미 다른 사람의 것이어서는 아닌지 궁금했어,

너의 비밀 창고에 대해 너는 끝도 없이 거짓말을 남발했고, 네가 찬란한 삶을 살고 있다는 환상에 점점 더 자주 빠져들었어, 그러다가 너 자신도 뭐가 진짜고 뭐가 가짜인지 모르는 지경이 되어버렸지, 너는 그날 사람들에게 철조망에 끼었다고 말하고는, 어쩌다가 그렇게 되었는지 섬뜩할 정도로 상세하게 설명했어, 사람들은 머지않아 듣지도 않았고 어쩌다 허벅지에 그런 상처가 생겼는지 아무도 궁금해하지 않았는데도, 결국 그 상처는 봉합해야 했지만 내 심장 언저리 상처에서는 여전히 피가 흘렀지, 그 피를 멎게 할 수 있는 사람은 너뿐이었어, 네가 수술대에서의 마지막 순간을 얼마나 기억하는지, 내가 한 말과 격정에 휩싸인 내 팔다리의 열정적인 움직임을 얼마나 기억하는지 알 수 없었지만, 해 질 무렵 만났을 때 우리 둘 다 그 일을 입에 올리지 않았어, 나는 아들을 내려주고 있었고, 너희 둘은 제방 뒤에서 돔형 텐트를 치고 캠핑을 할 계획이었지, 우리 가족은 배를 타고 프리슬란트에 갈 계획이 없었고 너도 제일란트에 갈 계획이 없었는데, 너희 둘은 휴가 기분을 내고 싶어서 캠핑을 생각해낸 거였어, 마른 소똥과 데이지꽃 사이에 순식간에 돔형 텐트가 설치되었어, 네 아빠는 마치네가 여덟 살이고 친구 집에서 첫 외박을 하는 것처럼 굴었지만, 카밀리아는 그보단 나아서 혹시 모른다며 콘돔을 사 왔어, 갈수록 아이들이 이른 나이에 잔다는 말을 덧붙이면서 말이야, 카밀리아가 아들에게 과일 향 듀렉스 콘돔 한 상자를 건넸을 때 얼마나 불쾌하고 역겹던지, 그 순간 나는 우리의 피크닉을, 네가 아무렇지 않게 내 손에서 바나나를 받아먹던 그 순간을 떠올렸어, 카밀리아는 아들에게 불필요한 정보를 소곤거렸어, 나는 언젠가 너와 율러가 비디오 대여점 옆 자판기에서 콘돔을 샀다는 걸 알고 있었어, 너희 둘은 장난스럽게 1유로짜리 동전을 넣고 도망쳤다가, 잠시 후 아무렇지 않은 척하며 돌아와서 콘돔을 꺼내 갔지, 그 후 너희는 율러의 방에서 콘돔을 당근에 씌웠는데, 아주 큼지막한 겨울 당근이었어, 너희 둘 다 양손이 윤활제 범벅이 되는 바람에 욕실에서 손을 씻어야 했지, 키득거리면서, 징그럽다면서 말이야, 그 뒤로 몇 시간 동안 손에서 공장 냄새가 나서 컨베이어 벨트 앞에서 종일 콘돔을 포장하는 사람이 떠올랐다고 했지, 그 사람들이 그 순간 어떤 상상을 할지 궁금했다고, 연인을 떠올릴지 아니면 저녁에 끓일 셀러리 수프를 생각할지, 혹은 단 한 번도 키스를 못 해봤거나 욕망조차 느껴본 적도 없는 사람이 그런 공장에서 일하고 있을지, 낯선 이의 욕망이나 열정을 포장하는 것이 얼마나 고통스러울지 생각했다고, 너는 그런 공장에서 일하는 것도 괜찮을 것 같았는데 그건 네 머릿속에서는 뭐든 결코 단조로워지는 법이 없고 그런 곳에서조차 상상의 날개를 펼칠 수 있기 때문이라고 했어, 너와 율러는 테디베어의 배를 가른 다음 솜을 조금 들어내고 만든 공간에 콘돔을 씌운 당근을 넣었어, 그날 밤 너는 속을 파낸 테디베어 때문에 울었지, 프로이트가 욕망이 이성을 이긴다고 했기 때문이었어, 테디베어를 절개했기 때문이 아니고 당근으로 네가 한 짓 때문이었어, 너는 당근을 테디베어의 몸속에 넣고 위로 아래로, 위로 아래로 움직였어, 율러 엄마의 다락방에서 발견한 섹스에 관한 책을 보고 방법을 알았거든, 당근은 테디베어 몸속을 계속 들락거렸어, 너희가 시들해질 때까지, 그다음엔 소파에 앉아 소금만 뿌린 감자칩과 무알코올 맥주 한 캔을 놓고 진짜 중요한 문제를 논의했어, 팝스타, 음악, 새로 나온 과자, 남자애들, 그리고 여자애들의 성장하는 신체 부위. 너희는 콘돔을 씌운 당근을 뒷마당 라일락 덤불과 관상용 수크령 사이에 묻었는데, 수크령은 페니세툼*속 식물이라 너는 이 언어 유희가 꽤나 적절하다고 생각했어, 너는 그토록 심취했던 일을 잊었어, 그렇게 열정적으로 테디베어의 몸을 가르고 찔러놓고도 그 일을 잊었어, 나는 아들의 손을 쳐서 콘돔을 떨어뜨리고 싶었고 내 아들이 나의 작은 챔피언, 너와 그 콘돔을 사용하는 것을 막고 싶었어, 그래서 제방 뒤에 초록색 돔형 텐트를 칠 때 너에게 그 애길 꺼냈지, 아들은 조금 떨어진 곳에서 나무에 오줌을 누고 있었는데, 속옷과 바지를 발목까지 내리고 있었어, 어렸을 때 늘 하던 식으로, 녀석의 하얀 엉덩이가 새파란 하늘과 선명한 대조를 이룰 때, 나는 잠시 피카소의 1937년작 〈게르니카〉를 떠올렸지, 하얀 황소와 말이 있는, 절망과 고통, 혼란이 가득한 그 그림을, 부정할 수 없었어, 네가 좋아하는 내 아들의 면면이, 아직은 냉소를 모르고, 아직은 온순하고 다정하고, 그러

---

* 남근 'penis'와 털 'seta'를 의미하는 라틴어에서 유래한 단어로, '남근 모양의 털 달린 식물'이라는 뜻을 갖고 있다.

면서도 제멋대로이고 당찬 내 아들의 면면이 나에겐 없다는 걸, 나는 네가 아직 어리다고, 샘날 정도로 어리다고, **그걸** 할 시간은 앞으로도 얼마든지 있다고 말했어, 그게 정말 네가 원하는 일인지 확신이 있어야 한다고, 유명해지는 것만큼이나 원하는 일인지 확신이 있어야 한다고, 그 와중에도 나는 아들의 창백한 엉덩이가 별이 가득한 하늘을 향한 채 성급하게 너를 몇 번 찌르는 상상을 하고야 말았지, 넌 그게 다라고 생각하겠지, 어쩌면 실망할 수도 있을 거야, 왜냐하면 그걸로는 아무것도 달라지는 게 없을 뿐 아니라 너 자신조차 달라지지 않을 테니까, 영화나 책에 나오는 장면과는 다를 테니까, 차라리 블라르콥 젖소들이 하는 방식에 가까울 테니까, 내가 텐트의 로프를 팽팽하게 당겨 땅에 텐트 말뚝으로 고정한 다음, 걸려서 넘어지지 않도록 조심하라고 했더니 네가 상냥한 미소를 지으며 이렇게 말했어, **자주 넘어져본 사람만이 제대로 서 있을 줄 아는 법이죠.** 그래서 나는 조심스럽게 물었어, 네가 원하는 게 뭐냐고, 정말 준비가 되었냐고, 너무 깊이 사랑에 빠진 나머지 다른 생각은 전혀 할 수 없는 거냐고, 그걸 하고 싶은 사람이 오직 그 애뿐이냐고, 그러자 네가 어깨를 으쓱하더니, 허먼 멜빌의 《모비 딕》을 읽고 있는데, 때로 사람은 자신이 두려워하는 것을 발견하기 위해 사냥을 떠나야 한다고 했고, 나는 그게 대체 내 질문과 무슨 상관이 있다는 건지 알 수 없었지, 너는 또 지금이 적절한 때인지 하나님에게 물었지만 하나님이 침묵했다면서, 침묵하는 하나님은 분노하는 하나님보다 더 나

쁘다고 했어, 오직 프로이트만이 생각에 잠긴 표정으로 자주
색 안락의자에 앉아 네 쪽으로 몸을 기울이더니, 나의 아들이
네가 낚아 올리고 싶은 고래냐고 물었다고 했어, 너는 바다낚
시의 세계에서 고래는 고래일 뿐이고, 고래가 아니어도 뭐든
잡히기만 하면 어부들은 그걸로 만족한다고 쏘아붙였다고 했
어, 나는 그 말을 지금이 아니면 영영 기회가 없을 수도 있다
는 너의 불안으로 해석했지, 너는 엘리아와 '개구리'가 이미
그 일을 치렀다는 소문을 들은 터였고, 그날 이후 엘리아에게
더 많은 추종자가 생기고 네가 보기엔 가슴도 더 커진 것 같더
라고 했어, 너는 남들과 똑같으면서도 다른 사람이 되고 싶어
했고, 이것은 너에게 반드시 도달해야만 하는 어떤 단계였어,
너희들의 용어로는 홈베이스였지. 너는 아직 1루에 있었고 해
본 거라고는 키스와 약간의 애무뿐이었어, 나는 좋다고, 그렇
다면 차라리 카밀리아가 사온 콘돔을 받는 편이 낫다고 생각
했어, 비디오 대여점 앞 자판기에서 콘돔을 뽑고는 이 돈으로
차라리 알 파치노가 나오는 좋은 영화를 한 편 보는 편이 낫지
않을까 고민하는 것보다는, 동네 사람들 입방아에 오르거나,
혹은 그보다 더 끔찍하게는 목사에게 들켜서 개혁교회에서 예
배를 마친 뒤 제방에서 목사가 네 아빠를 붙잡고 너의 부도덕
한 행동을 알리는 것보다는 이게 낫다고, 그랬다간 네 아빠가
나와 나의 불결함을 농장에서 추방할 테니까, 아직 어린애들
이라고 네 아빠는 말하겠지, 자기 아이가 매일 밤 수달의 음경
뼈를 보고 껄떡거리는 줄도 모르고 말이야, 너는 벌떡 일어나

더니 장화를 신은 발로 텐트 말뚝을 밟아서 땅에 더 깊숙이 박았어, 마치 텐트가 바람에 날아가지 않도록 단단히 고정하려는 것처럼, 너의 욕망을 끈으로 단단히 묶어두려는 것처럼, 그래서 텐트 말뚝과 너의 욕망이 텐트 말뚝 주머니와 네 머리의 어둠 속에서 썩지 않게 하려는 것처럼, 그러더니 네가 느닷없이, 거의 도발적으로 내게 물었어, **혹시 그 고래가 되고 싶거나 뭐 그런 거예요?** 나는 남은 텐트 줄과 망치를 손에 들고 서 있었고 눅눅한 저녁 공기가 폐에 스며드는 것을 느꼈지, 아들은 나무 꼭대기에 올라가서 **나는 왕이다!** 하고 외치고 있었어, 영화 〈타이타닉〉에 나오는 대사였는데 녀석은 늘 심오한 의미를 알지도 못하면서 허세에 찬 행동만 따라 했지, 하지만 넌 아들과는 정반대였어, 난 아무 말도 하지 않았어, 젠장, 뭐라고 대답해야 할지 몰라서 아무 말도 하지 않았어, 수달 사건 이후로는 모든 게 너무 버겁게 느껴졌고 너무 더럽혀진 것 같았어, 너는 먼 동네를 바라보다가 성경에 나오는 요나처럼 고래가 널 삼키면 정말 근사할 것 같다고 말했어, 너의 억지스러운 목소리를 듣고 그 말이 거짓말이란 걸 알았지, 넌 고래가 널 삼켰다가 먼 어딘가에, 헷도르프에서 아주 먼 어딘가에 널 뱉어주면 좋겠다고 했어, 그게 내 아들이 너의 고래가 될 예정이라는 뜻인지는 여전히 알 수 없었지, 너는 또 말했어, 황혼의 바다는 언제나 좋은 선택이라고, 《모비 딕》의 이스마엘도 그랬다고, 황혼의 빛 속에서 항해하며 삶을 살아가는 건 멋지다고, 배를 장만하기 전까지 너는 황혼의 바다를 선택할 수 없으니,

그때까지 물에 떠 있는 상태로 버티는 게 중요하다고 했어, 확신에 찬 목소리로 그렇게 말했지, 마치 지금 네가 무얼 하고 있고 어디로 가고 싶은지 너는 다 알고 있다는 듯이, 그러더니 이제 질문 세례가 끝났냐고 내게 다시 물었고, 다시 나를 아무개 씨라고 부르며 격식을 갖추어 말했어, 나는 여전히 텐트 고정용 줄과 멍청한 망치를 손에 든 채 어정쩡하게 서 있었고, 때마침 뒤에서 들려오는 아들의 발소리 때문에 나에게 네가 필요하다는 말을 미처 하지 못했어, 그게 바로 네가 듣고 싶어하는 말이었잖아, 누군가가 널 필요로 한다는 그 말, 내가 너의 고래가 되고 싶다는 그 말, 내가 너의 고래가 되게 해달라고 애원했어야 했어, 널 통째로 집어삼키고 절대로 놓아주고 싶지 않다고 말했어야 했어, 어쩌면 넌 전날 일에 대해 내가 뭔가 말해주길 바랐을지도, 하지만 다리를 놓기에 우린 너무 멀었고, 우리 사이엔 너무도 많은 소똥과 데이지 꽃이 있었지, 나는 단지 망치를 든 남자일 뿐이었고 너에게 사랑의 둥지를 만들어주는 남자일 뿐이었지, 그 둥지에서 널 숭배하고 싶은 사람이 바로 나인데도, 아들이 내 어깨를 두드리며 이제 그만 빠져달라는 신호를 보내서 나는 한 손을 들어 보이며 자리를 피해주었어, 나중에 돌아보니 너희 둘은 풀밭에 앉아 네 아빠의 캠핑용 버너로 오믈렛을 만들어보려 애쓰고 있더라, 집에 돌아온 나는 허겁지겁《모비 딕》을 펼쳤어, 하지만 어쩌다 한 번씩 나오는 주옥같은 구절을 제외하면 전혀 내 마음을 사로잡지 못했어, 문장도 느린 전개도 마음에 안 들었어, 그래도 계속 읽었어, 너희 둘이 텐트 안 매트리스에 나란히 누워 있는 모습을 상상하지 않기 위해서라도 계속 읽었어, 책장을 너무 거칠게 넘기다 보니 몇 장이 찢어졌는데, 그게 오히려 내 기분과 어울린다는 생각이 들더라, 막내 녀석까지 친구 집에서 자고 온다고 해서 집에는 우리 둘뿐이었고, 카밀리아도 너의 열정에 자극을 받았는지 사랑을 나누자고 했어, 하지만 나는 도저히 그럴 수가 없었어, 심지어 피크닉 담요 위의 너, 수술대 위의 너, 네가 수달을 해부하고 내가 네 뒤에서 서 있던 순간, 수달 음경을 꽉 움켜쥐던 너, 내가 힘없이 끌어안았을 때 너무도 아름답고 사랑스럽던 너를 떠올리려 해도 소용없었어, 그러다가 너의 다리에서 흐르던 피가 보였고, 흰 빵 같은 엉덩이를 드러내고 네 몸에 올라간 아들의 모습이 떠올랐어, 나는 도저히 안 되겠어서 카밀리아에게 당신 잘못이 아니라고, 진료실과 업무 스트레스 때문에 피곤하다고 말했어, 유방염에, 진드기열에, 별의별 병이 다 돌고 있다고 쓸데없는 말까지 보탰지, 그날 밤 나는 욕실에 몇 시간을 앉아 있었어, 방충망에 입술을 대고서, 그땐 몰랐어, 다음 날 아침 심통 난 아들을 태우러 갈 줄은, 가방 앞주머니에 사용하지 않은 콘돔이 그대로 들어 있을 줄은, 오, 나의 불같은 도망자, 나를 완전히 쥐고 흔드는 너!

14

케이트 부시의 마흔일곱 번째 생일날 너는 지독하게 아팠어. 에밀리 브론테의 《폭풍의 언덕》에서 영감을 받았다는 부시의 노래를 너는 무척 사랑했지, 내가 억지로 꾸역꾸역 읽던 그 책, 5페이지에서 주인공이 부지깽이로 양치기 개들을 쫓으면서 '네 발 달린 마귀들', 악령 들린 돼지 새끼들이라 불렀는데, 그 대목은 훗날 누가복음을 인용한 것으로 밝혀졌어, 넌 정말이지 그 노래를 엄청 좋아했는데, 나는 문득 1978년 네덜란드의 에프텔링 테마파크에서 텔레비전 생방송으로 케이트 부시가 유령의 성을 개장하던 일이 떠올랐어, 유령의 성에는 케이트 부시의 이름이 새겨진 가짜 묘비가 있었는데, 언젠가 널 그곳에 데려가겠다고 마음먹었지, 넌 케이트 부시가 다섯 번을 반복해 부르는 대목을 좋아했어, **히스클리프, 나야, 나 캐시, 내게 돌아와, 난 너무 추워, 너의 창으로 날 들여줘,** 너는 그 대목이 너무도 절망적이고 너무도 처절해서 좋다면서, 그토록 집으로 돌아오고 싶어하는 사람, 그토록 연인을 그리워하는 사람이 있다는 건 상상하기 어렵다고, 그의 간절함이 소름 끼칠 정도라고 했어, 초등학교 때 율러가 그 노래를 립싱크하면서 팔을 흔들며 교실을 휘젓고 다닌 뒤로 너는 그 노래를 더 좋아하게 되었지, 남자애들이 전부 다 숨죽이고 율러를 지켜보았고 노래가 끝난 뒤에 너무 오랫동안 박수가 이어져서 오히려 민망해질 지경이었는데, 넌 그런 박수야말로 최고의 박수라고 했어, 너무 민망하고 뻘쭘해져서 죽음 같은 침묵이 깃드는 그 순간이야말로 다음 곡을 시작할 때라고 말이야, 유명해지면 사람들이 널 위해 박수를 쳐주겠지만 때로 너는 디스크맨에 있는 노래를 듣고 그 노래를 네가 부른 척하고 네가 널 위해 박수를 쳤어, 그다음엔 신이 나서 춤을 추며 방을 돌아다녔는데, 너는 아무도 보지 않을 때에만, 상상 속 수백만 청중의 시선 속에서만 빙글빙글 돌 수 있었어, 나는 집에서 케이트 부시의 '워더링 하이츠Wuthering Heights'를 들으며 가사 몇 군데에 밑줄을 그었어, 네가 왜 그 노래를 좋아하는지 알겠더라, 난 '더 맨 위드 더 차일드 인 히스 아이스The Man with the Child in His Eyes'를 더 좋아했는데 날 위한 노래 같아서였어, 오후 1시쯤 농장에 도착한 나는 며칠째 계속되는 폭염에 송아지들이 탈수 증상을 보이지 않는지 살펴봤어, 밭에는 계속 물이 분사되었고 목초지마다 가축을 위해 물 채운 욕조를 두었지, 그곳에서 내가 마주친 유일한 사람은 그늘진 잔디밭에 앉아 있는 네 아빠였어, 몇 주째 빨지 않은 듯한 작업복 차림으로 정원 의자에 앉아서 스푼으로 키위를 떠먹고 있었지, 나는 그의 곁에 앉아 숟가락이 키위 과육을 파고드는 것을, 큼직한 손가락 사이로 흘러내리는 과즙을 보았어, 그다음엔 회전식 빨랫줄을 보았는데 너의 팬티가 네 아빠와 오빠의 속옷과 함께 걸려 있더라, 팬티 앞에 달린 리본을 보니 잠깐 웃음이 났어, 너무 어린 애 같았고 너무 귀여웠거든, 하지만 그 뒤엔 내가 요즘 점점 더 자주 떠올리는 골짜기가 있겠지, 네 아빠가 느닷없이 얘길 시작했어, 소들과 함께 있을 때 그러는 것처럼, **대체 뭔지 모르겠어요, 전염성 비기관염인지, 탄저병인지, 진드기열인지**. 나는 너에게 열이 있는지, 메스꺼운 증상이 있는지 혹은 설사를 하는지 물었는데, 네 아빠는 고개를 저으며 어깨를 으쓱할 뿐 더는 아무 말도 하지 않았어, 그래서 네 아빠가 축사에 가서 칸마다 청소를 하고 톱밥을 뿌리고 있을 때 몰래 집으로 들어가 위층 어린이 기쁨의 정원으로 갔어, 가만히 방문을 열어보니 네가 이불에 몸을 웅크리고 누워 있더라, 나라고, 커트라고 말하고는 침대 가장자리에 앉아 손으로 네 이마를 짚어보았더니 끔찍할 정도로 뜨거웠어, 너는 트윈 타워가 불타고 있어서 그렇다고, 그래서 이렇게 된 거라고 했어, 9월 11일에 네가 트윈 타워 건물에 충돌하고 나서 로어 맨해튼 상공을 날았는데, 그때 네가 저지른 짓을 보았다고, 너의 날개는 온통 잿빛 파편으로 뒤덮여 있었다고 했어, 너는 세서미 스트리트 이불 속에서 날개를 움직였어, 그때 들은 비명과 고함이 끔찍했다면서 〈뉴욕타임스〉에 실린 '추락하는 남자'라는 제목의 사진을 여러 번

보았는데, 사진에는 트윈 타워에서 뛰어내린 남자가 머리부터 거꾸로, 마치 조그만 플라스틱 병정처럼 곤두박질치는 모습이 담겨 있었다고 했어. 사진을 찍은 사람은 우리가 그 사진을 보면서 그 남자가 누구인지를 볼 게 아니라 그 사진을 바라보는 우리 자신은 누구인지 그리고 어떤 감정을 느끼는지 보아야 한다는 내용의 글을 썼지. 너는 그 사진을 너무 많이 들여다본 나머지 네가 그 추락하는 그 남자가 되어서 두 개의 빌딩이 푸딩처럼 녹아내리는 걸 봤다고 했어. 집으로 날아와서 샤워기 아래 서서 날개에 묻은 피와 먼지를 씻어냈는데 배수구가 붉게 물들었고 비행기의 잔해가 배수구에 끼어 있는 것도 보았다고 했어. 그러고 나서 잠옷 차림으로 아래층에 내려갔는데, 네 아빠가 거실 텔레비전 앞에 앉아 양손으로 머리를 감싼 채 이렇게 말했다고 했어. **이제 우린 망했어. 우린 다 망했어.** 너는 거실 한복판에서 몸을 떨며 서 있었고 뉴스 진행자의 목소리에서 좌절감이 배어나는 것을 느꼈어. 그래서 다 네 잘못이라고 소리치고 싶었지. 네가 세 살 때, 바테르드라헤르스버흐 길 근처에서 사고가 났을 때처럼 말이야. 그때의 상실은 여전히 네 머릿속 신경망 깊이 어딘가에서 울리고 있었어. 너는 트윈 타워가 그랬던 것처럼 사람들도 무너졌다가 전혀 다른 사람으로 일어설 수 있다는 걸 알았어. 네 아빠와 다른 생존자들은 이제 영원히 비계飛階에 둘러싸인 채로 살아가야 한다고. 너는 그날 죽은 사람 한 명만 잃은 게 아니라 훨씬 더 많은 걸 잃었다는 말을 하고 싶던 거였어. 그리고 나는 그 모든 사연을 알고 있었지, 알고 있었지만 말하지 않았어, 그리고 네가 커트, **나는 죽음을 부르는 아이예요,** 하고 말할 때 네 뺨이 젖는 것을 봤어, 너는 감정에 격해진 목소리로 네가 범죄자라고, 히틀러와 생일만 같은 게 하나라 하는 짓도 똑같다고 했어, 그리고 이제부터 너의 침실을 독수리 요새*라고 부르겠다고 했어, 그와 함께 잠시 너의 눈빛이 살아나는 듯 이글거렸고, 넌 다시 날 수 있게 된다면 반드시 보상하겠다고, 꼭 그러겠다고 중얼거렸어, **당연히 보상할 수 있을 거야,** 내가 말하며 너를 가만히 벽 쪽으로 밀고 네 옆에 누웠어, 이불 밑으로 들어갔는데 세상에 얼마나 덥던지, 이마에서 땀이 흘렀지만 개의치 않았어, 네 침대 시트가 축축해지겠지만 그것도 개의치 않았어, 유일하게 중요한 사실이 있다면 내가 네 옆에 누워 있다는 것, 그것뿐이었지, 죄책감을 느낀다는 너의 말을 통해 네가 얼마나 허약한 상태인지 알 수 있었어, 나는 네 엉덩이에 한 손을 얹었다가 천천히 아래로 내려갔어, 그때 네가 목이 마르다고, 너무 목이 마르다고 했고 나는 마실 것을 가져오겠다고 말하고 일어나 아래층으로 내려갔어, 부엌 식탁에는 네 오빠가 시리얼 그릇을 놓고 앉아 있었는데 네가 좀 어떠냐고 내게 묻더라고, 네 오빠는 딱 집어 말할 수는 없는 무언가를 찾는 듯한 눈빛으로 날 유심히 쳐다봤고 나는 **썩 좋지 않아**라고 대답했어, 네 오빠는 손가락으로 이마를 톡톡 두드리더니 시리얼을 떠먹는 틈

* 나치 정권의 공식 행사와 귀빈 접견을 위해 만들어진 히틀러의 별장.

틈이 내게 말했어, 간밤에 건초 다락에서 널 데려왔다면서, 네
가 다락문 앞에 서서 양팔을 움직이고 있더라는 거야, 연습중
이라고, 연습만이 완벽해지는 길이라고 하더라고, 그래서 널
데려와 침대에 눕히고는 아침이 될 때까지 네 방문에 등을 기
대고 앉아서 널 지켰는데, 밤이 그렇게 길다는 걸 처음 알았다
면서 눈을 비볐어, 그러고는 미친 사람은 오직 하나님만 고칠
수 있기 때문에 자기는 이제 그만 가서 목욕이나 해야겠다면
서 마태복음의 한 구절을 인용했어, 그 나라의 본 자손들은 바깥
어두운 데 쫓겨나 거기서 울며 이를 갈게 되리라. 마지막으로 네
오빠는 너의 나라가 썩 훌륭한 것 같진 않고 네가 제정신이 아
니라고 선포하더니, 다시 한번 이마를 툭 치고 시리얼로 돌아
갔어, 나는 그에게 좋은 오빠라고, 다정한 오빠라고 말했고 네
오빠는 무심히 고개를 끄덕였지, 나는 의료 장비 틈에서 젖병
을 찾아 주방에서 물을 가득 채웠어, 위층으로 올라가서 젖병
꼭지를 네 입술 사이에 밀어 넣었더니 넌 송아지보다 더 게걸
스럽게 물을 들이켰지, 나는 너에게 뉴욕에 보상할 수 있을 거
라고 속삭였어, 너의 생각을 부정하거나 망상을 걷어내려 하
거나, 네가 테러리스트가 아니고 9·11의 테러범은 이미 다 죽
었다는 말을 해봐야 소용없을 거고, 내가 네 말을 믿어야만 널
안심시킬 수 있었지, 우린 피크닉을 갔던 날처럼 다시 함께 있
었어, 비록 이번엔 입을 맞추지 않았지만, 나는 지글지글 끓는
어린이 기쁨의 정원에서 네 곁에 누워 손을 너의 팬티 가장자
리로 밀어 넣었어, 내 손바닥에 닿는 빨간 리본을 느끼는 것만

으로도 충분했어, 나의 천사, 팬티 천이 얼마나 얇은지, 너와 나 사이의 경계가 얼마나 종잇장처럼 얇은지 아는 것만으로도 충분했어, 머지않아 나는 널 완전히 소유하게 될 테니까, 너에게 아주 가까이 다가가서 네가 멀어지는 것도, 다시 돌아오는 것도 더는 걱정할 필요가 없어질 테니까, 나는 네가 날아들수 있는 열린 창문이 될 테니까, 그게 바로 내가 바라는 바였어, 우리는 나란히 누웠고 너는 '개구리'에 대해 웅얼거렸어, '개구리'는 서서 오줌을 눌 수 있는데 넌 항상 그게 멋지다고 생각했다고, 기분이 좋을 것 같다고, 만약 네가 다시 '개구리'가 된다면 오줌을 분사해서 트윈 타워의 불을 끌 거라고 했어, '개구리'였을 때 그것 말고 다른 생각도 했냐고 물었더니 너는 눈을 감고 고개를 저으면서 이렇게 말했어, **아뇨, 난 그냥 서서 오줌을 누고 싶어요.** 그리고 그 순간 네가 놓아버렸지, 처음엔 땀으로만 축축하던 시트가 흠뻑 젖는 것이 느껴졌고 오줌 냄새가 코를 찌르더니 오줌이 내 셔츠와 청바지로 스며들었어, 내가 말했어, **오줌을 눠, 내 사랑. 전부 다 쏟아내.** 너는 한숨을 쉬면서 다 쏟아냈어, 그리고 이게 네가 선택한 바다라면서, 넌 가볍게 항해할 수가 없는데 그건 너의 머리가 너무 무겁기 때문이라고, 그리고 자꾸만 보트를 놓친다고 했어, 그러더니 방안 모든 물건에 작별 인사를 했어, 매일 밤 잠들기 전에, 끝을 알 수 없는 잠의 소용돌이에 몸을 맡기기 전에 네가 치르는 의식인 게 분명했지, **안녕 책상, 안녕 램프, 안녕 소파, 안녕 독수리 요새.**

15

　새벽 2시 반, 나는 또 하나의 유령을 침대 밖으로 가만히 밀어낸 다음 현관에서 운동화를 신고 달리기 시작했어, 네, 저는 달렸답니다, 존경하는 판사님들! 불이 밝혀진 인적 없는 헷도르프 거리를 달렸고 간척지를 가로질렀고 율리아훅과 미넨에이트를 지났어, 쏜살같이 달아나는 산토끼들을 보았고 귀뚜라미와 개구리가 응원하는 소리를 들었어, 프리케베인세데이크 제방 길도 달리지 않을 수 없었고, 농장을 지나쳤어, 윗가지를 잘라 매듭이 생긴 버드나무들은 어둠 속에서 마치 무덤 파는 사람처럼 조용히, 그리고 경건하게 집을 둘러싸고 서 있었어, 마치 네가 언제고 열병에, 혹은 너 자신에 굴복할 수도 있다는 듯이, 나는 너희 집 전면부에 있는 너의 방을 올려다보면서 내가 꾼 꿈을 생각했고 네가 어떻게 반응할지 생각했어, 너는 프로이트의 말을 인용하면서 꿈은 대개 충족되지 않은 욕망이라고 하겠지, 그러면 나는 네가 틀렸다고, 프로이트가 틀렸다고,

물론 내가 한낮의 몽상을 억누른 건 사실이지만, 밤에 일어나는 일은 나의 욕망과는 아무 상관이 없고 설령 상관이 있어도 아주 조금밖엔 없다고 말하겠지, 나는 찌르는 듯한 옆구리 통증을 애써 외면하면서 발에 닿는 아스팔트를 느꼈어, 신선한 밤공기를 폐 깊숙이 들이마시니 몸이 좀 더 가벼워지고 머릿속이 좀 더 맑아졌어, 비록, 하늘이 내린 가장 특별한 존재, 내 의지와 상관없이 내게 들이닥친 이미지들을 피할 수는 없었지만 말이야, 훗날 법정에서도 그 이미지를 거론했지, 우리의 사랑에, 우리의 여름에 사건 번호가 부여된 이후에, 사건 번호 12번, 그 사람들 나한테 어떻게 그럴 수가 있어? 12라니! 그건 민수기의 소, 출애굽기의 보석, 예수의 제자들, 마태복음에 타오르는 천상의 군단을 상징하는 숫자였지만 나는, 나는 그중 단 하나도 갖지 못했는데 말이야, 하지만 그땐 그런 생각을 하지 못했지, 농장을 지날 때 내가 그토록 두려워하던 것이 지평선에서 모습을 드러내고 있었어, 달리면서 보니 이불에 누워 있을 때나 욕실 방충망 옆에 앉아서 볼 때보다 훨씬 덜 섬뜩했어, 그 순간 덴마크의 어느 미술관에서 본 아빌고르의 1800년 작품 〈악몽〉이 눈앞에 떠오르더라, 네 개의 기둥이 달린 침대에 나체의 여자 둘이 잠들어 있는데, 둘 중 앞쪽에 누운 여자의 배에 악몽이 앉아 있었어, 누워 있는 여자는 배 위에 앉아 있는 것에 굴복하듯 아름답게 몸을 축 늘어뜨리고 있었는데, 엘프의 귀를 가진 시커멓고 피둥피둥한 괴물은 커다란 그림자를 뒤쪽 벽에 드리우며 여자의 배에 올라타서는 번득이는 노란 눈으로 관람객을 노려보고 있었지, 그림의 왼쪽 위편에는 바나나 모양의 달이 떠 있었어, 그림을 찬찬히 살펴보면, 가장 무서운 건 괴물 자체가 아니라 여자의 젖가슴 사이에 놓인 꼬리라는 걸 알 수 있어, 수많은 미술 평론가들이 그 부분을 에로틱하다고 평했지만 나는 그 그림을 보면서 겨울에 털이 깎인 양처럼 벌벌 떨었고, 문득 악몽이 배나 가슴에서 일어나는 일로 묘사된다는걸 깨달았어, 깜짝 놀라 잠에서 깨어날 때면, 바로 그곳에서 섬뜩한 기운이 느껴지니까, 하지만 이젠 알아, 악몽이 머리로 파고들어서 사람의 생각을 그 피둥피둥한 몸으로 채우는 것은 그 이후의 일이라는 걸, 달리면서 나는 그 털북숭이 괴물을 떠올렸어, 그런데 그림 속 나체 여자는 더는 나체 여자가 아니었어, 그 여자가 너로 변했고 내가 네 배에 올라타고 있는 거야, 너의 몸이기에는 너무 큰, 아직은 너에게 맞지 않는 너의 몸 위에 말이야, 내가 악몽이었고 나의 꼬리가 아름답게 자란 너의 젖가슴 사이에 놓여 있었는데, 나는 널 그렇게 상상하는 걸 멈추고 싶었어, 난 네가 여자로 변하는 걸 결코 보고 싶지 않았거든, 아름다운 아이를 지키고 싶었어, 그래서 너의 사랑스러운 밋밋한 가슴에서 자란 풍만한 살을 보지 않으려고 집중했어, 그런데 이번에는 난간에 매달린 축산 농부의 시퍼런 얼굴이 눈앞에 나타나는 거야, 입안에 땅콩버터의 역겨운 맛이 번졌고 나는 검은 풀밭에 침을 퉤 뱉고 속도를 냈어, 채찍질당하는 말처럼 숨이 가빴지만, 그 장면들이 내 속도를 따라잡는 것 같았어, 나는 매달린 농부를 보았고, 여섯 살쯤 된 어린 남자애인 나를 보았어. 어머니의 검은 스타킹 위쪽에 키가 닿지 않는 남자애를. 어느 순간 축산 농부가 사라지더니 대신 나의 아버지가 나타났어. 아버지는 주방 식탁에 앉아 있었고 말쑥한 일요일 예배용 양복을 입고 있었어. 가끔 나는 아버지가 사실은 하나님의 형제인데, 내가 자랑하고 다닐까 봐 아무도 내게 말을 안 하는 거라고 생각했어. 왜냐하면 대부분의 아버지들은 그저 부들 풀이나 열심히 베는 농부들이고, 저녁이면 지쳐 돌아와 부들 이삭 몇 개를 등 뒤에 숨겼다가 보여주는 사람들이었거든. 고가도로 밑에서 담배처럼 부들 이삭에 불을 붙이면, 연기가 하늘로 피어오를 때 담배 피우는 것처럼 폼을 잡을 수도 있었어. 꿈속에서 아버지는 이렇게 말했어. **부활절이다. 아홉 개, 아니 열 개의 달걀을 숨겨놨어. 존재하지 않는 걸 찾을 수도 있고, 가진 것에 만족할 수도 있어.** 아버지가 사라지자 나는 가지 말라고, 제발 가지 말라고 외치고 싶었지만, 그럴 수가 없었어. 그 어떤 말도 할 수가 없었어. 집을 뒤지고 다니는 내 모습이 보였어. 뒷마당의 장식용 도자기 인형과 수풀 사이를 헤집고 다니고 돼지 축사까지 가서 아홉 개는 금방 찾았지만 마지막 한 개는 찾을 수 없었어. 나는 계속 찾았고 그러다가 부엌 바닥을 기어서 가로지르며 장식장 밑을 보았어. 내가 달아오르고 있다고, 점점 더 달아오르고 있다고 어머니가 말하는 소리가 들렸어. 나는 식탁 밑을 기었는데 그러다가 마침내 어머니의 다리 사이에서 마지막 달걀을 발견했고, 그 순간 아홉 개를 찾은 것으로 만족하지 않은 걸 후회했어, 내가 너무 욕심을 부렸던 거야, 어머니가 말했어, 만약 내가 그 달걀을 거기서 꺼내지 않으면 예수가 죽은 게 내 잘못이고 성령강림절에도 예수가 돌아오지 않을 것이고 예수가 십자가에 못 박힌 것도 내 잘못이란 걸 모두가 알게 될 거라고, 내가 손가락으로 물감이 벗겨진 부활절 달걀을 살살 꺼내려는 순간 달걀이 터지더니, 맹세하는데, 거기서 병아리가 나왔어, 귀엽고 복슬복슬한 병아리를 보니 저절로 미소가 지어졌어, 나는 보드라운 솜털을 쓰다듬으며 말했어, 비록 내가 욕심 많은 아이지만 세상이 끝날 때까지 널 사랑하겠노라고, 그런데 그 병아리가 갑자기 내 손에서 새파랗게 변하더니, 비틀거리다가 픽 쓰러지는 거야, 병아리는 어머니의 다리 사이에 죽은 채로 쓰러져 있었고, 나는 다시 어디론가 빨려 들어갔어, 나는 여전히 어린애였는데, 축산 농부가 손등 핏줄이 불거진 상태로 다시 내 앞에 나타났어, 소 울음소리와 도살꾼들이 총 쏘는 소리가 들렸고, 갑자기 네가 극장에 갈 때 입었던 흰 퍼프 소매 원피스를 입고 계단 꼭대기에 나타났어, 네가 나를 손가락으로 가리키면서 한 번도 들어본 적 없는 소리로 크게 웃어서 내 몸을 내려다보았더니, 벌거벗고 있는 거야, 완전히 벌거벗고 있었어, 수치심에 성기를 가리려고 두 손을 모으려 했지만 움직일 수 없었어, 다시 고개를 들었을 때, 또다시 날 가리키는 손이 보였어, 이번에는 네가 아니라 어머니였고 어머니는 나에게 그런 몸으로 여자를 사랑할 수 있을 것 같냐고, 그러기 전에 먼저 어머니한테 잘해야 한다고 했어, 그리고 전에

134

말했던 것처럼 하나님이 다시 내 몸에 들어올 때까지 멈추면 안 된다고 했어, 나는 하나님은 다시는 들어오지 못할 거라고, 이다음에 내가 크면 고양이 출입문까지 판자를 대고 못질해버리겠다고 말하고 싶었지만, 그게 거짓말이란걸 알았어, 나는 하나님이 더 절실해질 테니까, 하나님이 내 몸에 들어오면 나를 공허함에서, 무단 점유자에게서 지켜줄 테니까, 나는 아본들란 대로를 달려서 마젠파트로 향했고, 거기서 갑자기 병아리를 발견했어, 거대한 병아리였는데 일렬로 들어선 집들 뒤에서 커다란 주황색 부리로 풀을 쪼고 있었어, 내가 속도를 늦추고 병아리 쪽으로 다가가자 병아리가 날 보며 말했어, **집으로 돌아가, 커트, 집으로 돌아가.** 나는 눈을 깜빡이고 또 깜빡였어, 병아리가 사라질 때까지, 나중에 법원 공무원들은 말했지, 그 병아리가 내게 해결책을 제시한 거라고, 병아리가 나의 구원이었다고, 그 안에 부활이 담겨 있었다고, 하지만 부활 따위는 집어치우라고 해, 나는 죽도록 괴롭힘당하고 있었어, 나는 고문당하고 있었어, 그 검은 괴물이 다시 보였는데, 이번엔 너의 몸이 흠잡을 데 없이 아름다웠어, 그런데 그 몸이 삐걱거리고 갈라지기 시작했어, 내 무게를 못 이기고 너의 갈비뼈가 하나씩 부러지기 시작했고 나는 흐릿한 어둠 속에서 속삭였어, 미안하다고, 널 사랑하기 때문에 네 위에 앉아 있는 거라고, 결코 너의 악몽이 되고 싶지 않았다고, 그런데 이번에는 네가 들판에서 발레리나처럼 빙글빙글 돌면서 나에게 어지러우냐고 묻는 거야, 하지만 다른 사람이 도는 모습을 본다고 어지러워지진 않아, 기껏해야 가던 길에서 약간 벗어날 뿐이지, 자신이 돌아야만 어지럽다는 걸 넌 나중에 알았어, 아빌고르의 괴물은 내가 죽기 일보 직전 상태로 우리 집 현관문에 다다랐을 때 사라졌고, 나는 그제야 내 운동화에 피가 흥건하다는 걸 알았어, 나는 양말을 벗어서 고깃덩어리처럼 쓰레기통에 버렸어, 파리가 꼬이기 시작했고 내가 파리들에게 속삭였어, 꺼지라고, 꺼져버리라고, 잠시 후 나는 카밀리아의 목덜미에 입을 맞추며 깨웠고 내일부터는 바르게 처신하겠다고, 반드시 그러겠노라고 다짐했어, 나의 몸이 미친 듯이 카밀리아의 몸속을 파고들었어, 환상을 지우기 위해서, 카밀리아에게서 널 구현하기 위해서, 열두 번을 넣었어.

16

사랑스러운 자기, 너의 머릿속에서 트윈 타워가 타오를수록, 너에 대한 나의 사랑은 점점 더 불타올랐고 나의 육신은 점점 더 나약해졌어, 아, 점점 더 나약해지고 흐물거려서 삶은 소고기 양지 300그램에 불과했지, 그러나 한밤의 괴물과 나의 허술한 계획에도 불구하고, 나는 갈수록 너에 대한 소유권을 주장할 수 있었고 또 주장하고 싶었어, 아픈 아이가 들러붙듯이 너는 무기력한 몸을 내게 기대어왔고, 나는 너의 침대 위 인형 틈에 앉아 벽에 등을 기대고는 헤라르트 레버*의 음란한 소설을 소리 내어 읽어주었지, 나는 널 타락시키는 작업에 본격적으로 착수한 상태였어, 심지어 내가 선택한 책조차도 널 내 품에 안기 위한 수작이었으니까, 하지만 넌 열이 났고 네 마음은 오직 수영장에서 친구들과 어울리는 나의 아들

• 네덜란드 전후문학의 대표 작가. 동성애, 신앙, 욕망의 결합을 주제로 한 도발적인 작품을 주로 썼다.

에게 향하고 있다는 걸 알았어, 아들이 전날 가져온 과일 바구니는 여전히 건드리지 않은 상태로 너의 침대맡 협탁에 있었고, 사과 뒤에는 썩은 고기를 먹는 짐승들이 진을 치고는 나의 모든 움직임을 좇고 있었지, 집에서 큰아들이 너와 나눈 얘기를 전해주었는데, 학교 얘기, 심즈 게임 얘기, 긴 가뭄 끝에 내린 비 냄새 얘기를 나누었다고 했어, '페트리커petrichor'라 불리는 그 냄새를 누구나 사랑하는데, 과학자들은 그게 인류의 먼 조상이 비에 의존해 살았기 때문이라고 주장한다고 했어, 또 헷도르프에서 누가 누구에게 키스를 했는지도 얘기했는데, 아들은 네가 가끔 이상한 소리를 한다고 했어, 갈수록 할 얘기가 없어진다고, 널 식탁에 놓인 치즈에 비유하면서, 치즈를 얇게 벗겨내고 또 벗겨내다 보면 어느 순간 딱딱한 껍질만 남게 되는데, 너희 둘의 대화가 이미 그 껍질에 도달한 것 같다고, 하지만 카밀리아가 미소를 지으며 아들에게 말했지, 연인들은 몇 번이고 껍질에 도달하지만 매번 서로를 새 치즈 덩어리로 봐주어야 한다고, 상대의 새로운 면을 발견하기 위해 노력해야 한다고 했어, 그때 카밀리아가 날 바라보며 웃었는데, 카밀리아는 전날 밤 새로 태어난 기분을 느꼈기 때문이었지, 그제야 아들이 반쪽 하트 목걸이를 거의 하지 않는다는 걸 알았어, 그 목걸이는 종종 욕실 선반에 놓여 있었는데, 오늘 아침 몰래 목걸이를 목에 걸어보았어, 차가운 은이 살갗에 닿는 순간 비로소 연인들이 서로의 심장을 목에 걸고 싶어하는 이유를 이해할 수 있었지, 상대의 일부가 된다는 건 희망적인 일이었어, 왜냐하면 내 속에 나는 이미 너무 많았으니까, 목걸이는 나에게도 썩 잘 어울려서, 나는 너와 카밀리아가 눈치채지 못하도록 목걸이를 셔츠 아래 숨겼어, 너의 방에서 나는 헤라르트 레버의 소설에 나오는 폴러와 서술자의 격정적이고 깊은 사랑 얘기를 들려주었어, 두 사람은 나이 차가 많이 났는데도 그들의 사랑은 너무도 진실이자 현실이었지, 너는 내게 한 대목을 다시 읽어달라고 했는데, 폴러가 서술자의 무릎에 앉아 있고 서술자가 감각적이고 욕망에 찬 몸짓으로 폴러의 몸을 앞뒤로 흔드는 장면이었어, 나는 또박또박, 천천히, 그 대목을 읽었어, 넌 서술자가 폴러를 왜 그렇게 사랑한 거냐고 물었고 나는 대답했어, 때로는 사랑해선 안 되는 사람을, 적어도 그런 방식으로 사랑해선 안 되는 사람을 그렇게 사랑할 수도 있는 거라고, 사랑에는 경계가 없고 때로 두 사람 사이에서 그 누구도 이해할 수 없는 일이 일어나기도 하는 거라고, 하지만 중요한 건 당사자들이 그걸 이해하는 거라고, 때로는 심장이 4월의 풀밭에 처음 나와서 미친 듯이 펄쩍펄쩍 뛰는 소와 같다고 했어, 너는 서술자와 폴러는 함께해서는 안 된다면서, 아무도 이해해주지 않는 세상에서는 결코 살 수 없다고 했고, 나는 그건 사실이라고 서글픈 목소리로 말했지, 더는 책을 읽고 싶지 않았어, 아니, 흠잡을 데 없이 완벽해 보이는 서술자가 미웠고, 책을 집어 던지고 싶었고, 페이지를 찢어 변기에 흘려버리고 싶었어, 하지만 넌 다시 내게 무겁게 몸을 기대어오면서, 책을 계속 읽어달라고 다정하게 말했어, 마치 내가 마지막 남은 나무토막이라는 듯이, 네가 물에 떠 있으려면 나무토막을 붙잡아야 한다는 듯이, 나는 그 나무토막이 되고 싶었고 그래서 책을 계속 읽었어, 목이 타서 때때로 물을 한 모금씩 삼킬 때만, 혹은 러닝셔츠와 속옷 바람으로 앉아 있는 너의 다리를 흘금거릴 때만 멈추었지, 네가 침대에 오줌을 싸서 내가 널 씻겨준 일을 떠올렸어, 네 오빠와 아빠가 밭에 거름을 주고 있어서 분뇨 냄새가 창문을 통해 방으로 흘러들었지, 나는 트랙터 소리에 귀를 기울이면서 욕조에 물을 받은 다음, 한 덩어리로 딱딱하게 굳은 자주색 목욕 소금을 넣었어, 벽장 수건 밑에서 내가 찾아낸 거였는데, 삐뚤빼뚤한 글씨로 **어머니의 날**이라고 적혀 있었지, 나는 아무것도 묻지 않고 널 침대에서 안아서 욕조 가장자리에 앉힌 다음 러닝셔츠와 속옷을 벗겼고 너는 내가 하는 대로 가만히 있었어, 불평하기엔 너무 기운이 없었고 너무 아팠어, 너는 시험 삼아 잠수해보는 논병아리처럼 몸을 물에 담갔고, 나는 양손을 오므려 따듯한 물을 떠서 네 머리를 적셔 감기고 어깨와 등을 주물러주었지, 어느 농부가 육우를 어떻게 마사지하면 이상적인 마블링이 생기는지 가르쳐준 적이 있는데, 그 방식대로 했어, 나는 액스 샤워젤을 샤워 타월에 뿌렸어, 라벤더나 장미 향 샤워젤은 어디에도 없었고 잃어버린 아이가 쓰던 남성용 액스 샤워젤뿐이었거든, 너희 둘 다 그 아이의 냄새를 풍기고 싶어했어, 나는 너의 배와 가슴, 그리고 다리 사이까지 닦았어, 샤워 타월을 내던져버리고 싶은 마음이 굴뚝같았지만 너는 너무도 연약했어, 내 사랑, 믿을 수 없을 정도로 연약했어, 논병아리가 잠시 물 위를 떠다녔고 나는 사이먼 앤드 가펑클의 노래를 불러주었고, 네가 내 가성이 듣기 좋다고, 음정이 정확하다고 속삭였어, 너의 머리카락을 헹구는데, 네가 익사할 뻔한 적이 있다는 거야, 넌 언제나 물에 이끌렸지만 그러면서도 물이 두려웠다고, 아홉 살 때 수영장에서 커다란 직사각형 모양의 부력판 밑으로 헤엄쳐 들어갔는데 누군가 부력판을 계속 움직여서 네가 올라오지 못하게 했다고, 머리가 터질 것 같고 목구멍이 서서히 조여들고 볼이 터질 듯 부풀어 오르고 눈알이 튀어나올 것 같던 그 순간, 이제 죽는구나, 생각했다고, 가방에 젤리 한 봉지가 그대로 남아 있는데 죽는구나, 생각했다고 했어, 그땐 젤리가 남아 있다는 게 가장 끔찍한 대목이라고 생각했다고, 물론 아이를 하나 더 잃게 되었으니 네 아빠에게도 끔찍한 일이었겠지만 이상할 정도로 마음이 편안했다고 했어, 유명해진 네 모습, 커트 코베인보다 더 유명해진 네 모습을 상상할 때처럼 마음이 편안했다고, 죽음을 받아들이려는 찰나, 갑자기 부력판이 옆으로 밀려나면서 네가 수면 위로 솟아올라 기침하고 헐떡였다고, 그러고 나서 젤리를 먹었는데, 그걸 그렇게 맛있게 먹어보긴 처음이라고 했어, 새콤한 줄무늬 젤리는 그렇게 새콤할 수가 없었고, 분홍색 드라큘라 이빨 젤리는 그렇게 쫀득하고 달콤할 수가 없었고, 콜라병 젤리는 심지어 탄산이 들어 있는 것처럼 톡 쏘더라고, 나는 젤리 얘기를 할 때의 네 모습이 좋았어, 그 어느 때보다 밝고 생기가 넘쳤거든, 너는 그 뒤로 거의 곧바로 다시 수영하러 물에 들어가긴 했지만, 다시 잠수한 건 그로부터 한참 뒤였어, 때로 욕조에 누워 그때의 감각을 다시 느껴보려 했지만 물 위로 솟아오를 때의 그 희열을 느낄 순 없었는데, 왜냐하면 욕실은 이끼 같은 초록빛 타일이 있는 욕실일 뿐이었고 수영장처럼 환한 조명도 없기 때문이라고 했어, 그때 네가 느닷없이 이러는 거야, **커트, 날 물속으로 밀어줘요.** 널 해부하라고 말했을 때와 똑같은 말투였고 내가 그렇게 하지 않으면 네가 어떻게 나올지 알 수 없었기 때문에, 나는 널 뒤로 눕히고 이마에 손을 얹은 채 몇 초간 물속으로 밀었어, 창백한 네 얼굴이 더 창백해지는 걸 보고 있기가 섬뜩해서 손을 놓는 순간 네가 속삭였어, **더 오래, 더는 못 버틸 때까지.** 하마터면 널 죽일 수도 있었어, 나의 자기, 그랬다면 널 영원히 내 곁에 둘 수 있었겠지, 나는 네가 몸부림칠 때까지, 너의 두 손이 욕조 가장자리를 꽉 움켜쥘 때까지 너를 누르다가 기침하며 숨을 헐떡이는 널 끌어안았어, 그리고 널 욕조 가장자리에 다시 앉혀놓고 물기를 조금씩 닦아주었지, 너의 희열은 몸서리치는 수치심으로 바뀌었고, 넌 어깨를 잔뜩 움츠린 채 두 손을 무릎에 모으고 있었어, 그래서 내가 다시 노래를 부르기 시작했는데, 그게 효력이 있었어, 너는 너무 아파서 노래를 흥얼거릴 수조차 없었지만 내가 우리 둘을 대신해서 노래를 불렀어, 그리고 너에게 다시 그 음란한 소설을 읽어주었고 92페이지에서 고등학교 시절 처음 느꼈던 바로 그 감정을 다시 느꼈지, 그때와 똑같은 욕망을 느꼈어, 특히 이 구절에서, 아니, **나는 나의 갈퀴를 오직 그를**

괴롭히는 용도로만 쓴다, 왜냐하면 그는 당신의 것이기 때문이고, 나 또한 당신의 것이기 때문이다. 아, 갈퀴라는 단어의 그 맛깔스러 움이란, 짐승 같은 소년을 소유하고 싶어 부풀어 오른 서술자 의 그것, 바로 그것이 어린이 기쁨의 정원에 있었어, 네 아빠와 오빠는 트랙터로 밭을 누비고 우리는 샤워젤과 거름 냄새에 휩 싸이고 나는 너의 손을 잡아 내 사타구니에 올려놓았어, 처음 에 넌 무겁고 무기력하게 손을 그 자리에 두었지만, 이내 조심 스럽게 그 굴곡을 더듬었지, 마치 내가 너에게 준 선물이 과연 무얼까 궁금해하며 만져보다가 하트를 안고 있는 봉제 인형을 뺨에 대어보던 때처럼, 인형의 다리를 꼬집으면 그 하트에서 휘트니 휴스턴의 끔찍한 '아이 윌 올웨이스 러브 유I Will Always Love You'가 흘러나왔지, 그렇게 넌 나의 사타구니를, 나의 갈퀴 를 살짝 움켜쥐었고, 나는 글자들이 흐릿해져서 더는 책을 읽 을 수 없었어, 너는 수달을 자주 생각한다면서 털이 뻣뻣해지 고 음경 뼈에서 냄새가 나기 시작해서 차마 랩을 벗겨볼 엄두 가 안 난다고 했어, 그래서 털양말에 넣어서 침대 밑에 두었다 고, 더는 손에 닿을 일이 없도록 그렇게 했다고 했어, 훗날 그 게 법원에 증거물로 제출되었지, 저 한심하기 짝이 없는 공무 원들에게 말이야, 그러다가 네가 손을 거두었고, 실컷 논 아이 처럼 상기된 얼굴로 배가 고프다고 말했어, 마른 러스크 빵이 라면 먹을 수 있을 것 같다고, 그래, 마른 러스크 빵, 욕망에 휩 싸인 채 네 곁에 앉아 있던 나는 토라져서 너에게서 돌아앉고 싶었지만, 너의 눈에 깃든 혼란을 보았고 그래서 네 얼굴에서 머리카락을 쓸어내리며 괜찮다고, 너에겐 시간이 필요하다고 말했어, 무슨 뜻으로 그런 말을 했는지는 나도 모르겠지만 말이야, 왜냐하면, 내가 아무 조건 없이 널 원했다는 건 이미 증명하지 않았어? 하지만 넌 네 손톱만 바라보았고 우리는 잠시 아무 말도 하지 않았어, 그러다가 마침내 내가 축사에 마저 끝내야 할 일이 있다고 말하고, 일을 끝내면 집에 가야 하지만 내일 아침 다시 만나자고 하고, 알았지? 하고 물었을 때, 넌 고개를 끄덕이다가 저었어, 그리고 속삭였어, 가지 말라고, 지금 떠나면 영원히 떠나는 거라고, 나는 그 말에 담겨 있는 어둠을 감지했고 너는 다시 한번 말했어, 나 정말 떠나요, 알죠? 나 정말 떠난다고요. 네가 일어섰고, 비틀거리며 옷장으로 가더니 시위하듯 셔츠를 스포츠 가방에 욱여넣으며 큰 소리로 말했어, 난 여길 영원히 떠날 거예요, 다시는 돌아오지 않을 거예요, 다시는. 내가 뒤로 다가가 열이 나는 님프 같은 너의 몸을 끌어안을 때까지 너는 멈추지 않았어, 네가 이럴 수밖에 없다는 걸 나는 알고 있었어, 이런 식의 협박이 너에게 약간의 평화를 주었으니까, 너는 한 번이라도 잃어버린 아이가 되고 싶던 거야, 그런데도 나는 네가 듣고 싶은 말을 하지 않았어, 네가 영원히 떠난다면 난 못 살 것 같다는 그 말을, 네가 없는 세상은 움푹하게 찌그러진 당구공처럼 덜컥거리다 결국 멈추어버릴 거라는 그 말을, 난 아무 말도 하지 않았어, 나의 작은 도망자, 왜냐하면 네가 바로 움푹하게 찌그러진 그 부분이었으니까.

17

우리는 모든 기쁨의 장소 중 가장 큰 기쁨의 장소를 향해 이른 아침 출발했어, 비록 에프텔링 테마파크에서 내가 갈망한 아이는 오직 한 아이, 대책 없는 나의 심장이 갈비뼈 사이로 튀어 오르게 만드는 오직 한 아이뿐이었지만 말이야, 그날이 재앙으로 끝나리란 걸 아직은 알지 못했어, 나의 큰아들이 드림플라이트 다크라이드를 타다가 너와 헤어지고 요정의 숲 위를 지나는 케이블카에서 목걸이를 밖으로 던져버릴 줄이야, 너의 망가진 영혼이 숲의 정령들 사이로 떨어질 줄이야, 어쩌면 카밀리아와 내가 짐작했어야 했을지도, 아들이 집에서 더는 네 얘기를 하지 않았고, 놀이공원으로 가는 길 내내 조용하지만 예민한 상태로 팔을 자기 몸에 바짝 붙이고 앉아 있었거든, 난 오히려 좋았어, 너희가 차에서 애정 행각을 벌일까 봐 두려웠거든, 그랬다면 질투심에 운전대를 꽉 붙잡고 룸미러로 너희들의 젖은 키스를 흘금거리지 않으려 애써야 했겠지, 하지만 네가 테마파크의 노새 머핀*이 해마다 대략 21만 7000개의 동전을 배설하고, 롱넥**이 6만 1000번 목을 뻗고, 말하는 쓰레기통 홀러볼러 헤이스***가 테마파크 곳곳에 열두 개나 있다고 신이 나서 떠들 때, 내 아들은 거의 귀를 기울이지 않았어, 열두 개라니! 너희 둘이 뚱한 얼굴로 드림플라이트 다크라이드에서 비틀거리며 내렸을 때 나는 어떻게든 상황을 해결해보려 했고 너희 둘을 붙여두려 노력했지만, 소용없더라, 그렇게 하지 않으면 네가 내 삶에서 사라져버릴까 두려웠어, 그래서 솜사탕에 팬케이크에 감자 와플까지 억지로 먹이면서 말했지, 때로는 좀 따분해지더라도 견딜 줄 알아야 한다고, 진부하게 들리겠지만 사랑은 파이선 롤러코스터와 같다고, 오르막이 있으면 내리막이 있고 짜릿한 순간이 있으면 따분한 순간도 있는 법이라고, 하지만 소용없었어, 내 아들은 단호했고 이젠 널 사랑하지 않는다고 퉁명스럽게 말했어, 무슨 말로도 널 위로할 수 없었어, 그 어떤 말로도, 카밀리아가 한참을 널 안아주면서 안타까운 표정으로 날 바라보았고, 나는 나도 모르겠다는 의미로 어깨를 으쓱했지, 나는 유령의 성으로 널 유인해보려 했어, 케이트 부시의 가짜 무덤이 있는 곳 말이야, 하지만 넌 전혀 관심 없다고, 너무 한심하다면서, 죽지도 않은 사람의 가짜 무덤을 왜 보러 가냐고 했어, 그 뒤로 둘째 아들이

---

* 1940년대 후반 BBC에서 방영된 영국 어린이 텔레비전 프로그램의 노새 캐릭터.
** 그림 형제 동화 〈여섯 하인〉의 등장인물.
*** 네덜란드 동요와 우화에 등장하는 뚱보. 에프텔링 테마파크의 쓰레기통 마스코트.

필라폴타 매드하우스를 타다가 먹은 걸 토해버렸지, 아니, 그 날의 외출은 한마디로 재앙이었어, 그런데도 난 알 수 있었어, 앞으로 내가 널 더 소중히 여기게 되리란 걸, 왜냐하면 더는 네 마음을 둘로 쪼갤 필요가 없었으니까, 그리고 네가 위로할 수 없는 슬픔에 잠긴 건 부분적으로는 내 아들 때문이지만 누군가와 헤어질 때마다 되살아나는 상실의 감정이 널 더 힘들게 한다는 걸 알았어, 이별은 그 사고의 충격을 다시금 불러왔고, 그러면 네 마음속의 모든 것이 무너졌지, 그 고통은 여전히 너무도 생생해서 너는 그 어떤 말로도 표현할 수가 없었어, 하긴 넌 그때 알파벳도 몰랐으니 그럴 만도 하지, 내가 여전히 곁에 있다는 걸 네가 깨닫길 바랐어, 내 사랑! 돌아오는 차 안은 너무도 견디기 힘들더라, 내 아들과 넌 각자 반대쪽 창밖만 바라보았고, 둘째 녀석은 기념품 봉지에 팬케이크를 토했어, 네가 나지막이 흐느끼는 소리가 들렸고 눈 밑의 검은 마스카라 자국을 보니 네가 마치 '워릭 애비뉴'를 부르던 가수 같다는 생각이 들었어, 어쩌면 너의 머릿속에서도 그 노래가 흘러나오고 있을지도, 그래서 눈물이 펑펑 쏟아졌을지도, 아니면 네가 읽는 청소년 잡지에서 그렇게 울면 남자의 마음이 약해질 거라고 했을지도, 그래서 넌 그의 마음을 돌리기 위해 노래를 만들었고, 한때는 초등학교였지만 사용하지 않은 지 오래라 공연장으로 개조한 테스타멘트스트라트 거리의 옛 학교 건물에서 처음 공연할 때 그 노래를 불렀지, 너는 '하이드 익셉션'이라는 밴드와 함께 공연했는데, 율러, 엘리아, 그리고 네

147

오빠와 함께 네가 열한 살 때 만든 밴드였지, 아무리 아름답게 연주하고 노래해도 내 아들은 마음을 바꾸지 않았고 너는 내 아들 없이는 살 수 없다고 생각했어, 갈수록 날개가 근질거렸지, 그 재앙의 오후, 카밀리아와 아이들을 먼저 내려주고 널 집으로 데려다주는 길에 나는 주목나무 숲이 있는 들판 뒤쪽 로베르스테이흐 골목에 차를 세웠어, 그 후로도 나는 그곳에 종종 피아트를 세웠는데 인적이 없는 데다 주목나무들이 우리 사랑의 둥지를 가려주었거든, 나는 너와 함께 뒷좌석에 앉아 솜사탕 묻은 끈적한 너의 손을 잡았어, 나는 네가 내 가슴에 얼굴을 파묻고 울게 했고 나는 결코 너를 아프게 하지 않겠다고 말했어, 내 아들은 싸가지 없는 놈이라고, 넌 그보다 나은 대우를 받아야 한다고 했어, 네가 서서히 안정을 찾고 긴장을 푸는 것이 느껴졌어, 그리고 네가 말했지, 열병에서 회복된 뒤에 다시 새가 되었는데 아침에 눈을 뜨면 침대에 깃털이 떨어져 있다고, 깃털이 눈처럼 흰 올빼미의 깃털처럼 예쁘다고, 이제 너는 떠날 준비가 되었다면서 이번 여름이 헷도르프에서 보내는 마지막 여름인데 아빠와 오빠에게 어떻게 말할지가 고민이라고 했어, 오빠는 제비에 대해 워낙 잘 알고 있어서 제비가 남쪽으로 날아가는 걸 막지는 않겠지만, 아빠는 얘기가 좀 다르다면서, 아빠는 창고 의자에 털썩 주저앉아 고개를 떨구고 걷잡을 수 없이 흐느껴 울 텐데, 그러면 넌 아빠의 머리에 손을 얹고는 이건 어쩔 수 없는 일이라고 떠나야만 한다고 말할 거라 했어, 그러면 아빠가 하루에 한 번이라도 전화해줄 수 있냐고 물을 테고, 넌 미안하지만 전화는 좋아하지 않는다고, 하늘을 날면서 전화할 수는 없다고 말할 거라고 했어, 아빠 역시 또 한 번의 상실을 겪게 될 테고 너는 잠시나마 네가 그 잃어버린 아이가 된 것 같은 기분, 누군가 너 때문에 우는 그 기분을 느끼겠지만 그래도 네가 떠나는 걸 막을 수는 없다고 했어, 아니, 넌 떠날 거라고, 아빠의 못과 나사와 볼트와 함께 아빠를 두고 떠날 거라고 했어, 그러면 네 아빠는 희망을 놓지 않고 널 애타게 부를 텐데, 왜냐하면 네 아빠는 식탁이건 책장이건 뭐든 뚝딱 만들 수 있는 사람이라 너 정도는 쉽게 고칠 수 있을 거라고 생각하기 때문이라 했어, 하지만 네가 그 정도로 망가졌을 줄은 몰랐을 거라고, 나사들이 전부 다 녹슬었다는 걸 몰랐을 거라고, 네 아빠 너에게 또 물을 거라 했어, 그렇게 부실한데 대체 어떻게 날 수가 있냐고, 그러면 넌 웃으며 이렇게 말할 거라 했어, 난 늘 부실했다고, 늘 덜그럭거렸지만 깃털 외투가 그 소리를 다 삼켜버리는 바람에 아무도 듣지 못했던 거라고, 뒷좌석에 앉아 있을 때 나는 너의 몸에서 그 털을 모조리 뜯어내고 싶었어, 네가 벌거벗을 때까지, 너에게서 그 새를, 너의 온갖 환상을 몰아내고 싶었어, 하지만 너는 다시 오늘의 재앙으로 돌아왔고, 반쪽 하트 목걸이가 숲의 정령들 틈으로 떨어졌을 때 네 안의 무언가도 함께 떨어진 것 같다면서, 그게 무서운 트롤 가까이에 있다는 게 마음에 걸린다고 했어, 천일야화 보트 모험은 언제나 네가 가장 좋아하는 놀이기구였고 터널 입구에서 헤엄쳐 다가오는 악어는 너무도 진짜 같아서 매번 깜짝 놀라는데 이번에는 줄이 너무 길어서 그 악어를 못 봤다고, 사실 우리의 삶은 줄 서는 일로 가득하고 실제로 무언가를 타서 그 모든 기다림을 잊을 수 있는 시간은 너무 희귀하다고 했어, 나는 너의 귀를, 너의 목덜미를 살짝 깨물면서 나야말로 가장 위험한 악어라고 말했지, 미시시피 강의 악어라고, 모스크바 동물원에는 일흔한 살 먹은 악어가 있는데 이름이 새턴이고 1936년에 미국에서 태어나 베를린 동물원으로 이송되었는데, 2차 세계대전의 폭격에서도 살아남아서 히틀러의 개인 소유였다는 소문까지 돌았다고, 나는 그 얘기를 듣고 네가 유쾌해지길 바랐고 그래서 내가 악어라고 다시 한번 말했어, 널 잡아먹을 거라고, 나는 너에게 다시 키스했어, 슬프게 키스했어, 믿을 수 없을 정도로 슬프게.

18

네가 말했지, 커트, 히틀러가 그러는데, 내가 국민의 대표로서 한심하고 무능하대요, 내가 심부름꾼이고, 하인이고, 자전거 핸들을 놓쳐버린 배달부래요.

그래서 너의 국민이 누구냐고 물었고 너는 양팔을 빙 두르며 너의 자그마한 세계에 속해 있는 사람 모두를 가리켰는데 거긴 율러는 물론이고 엘리아도 있었어, 비록 지금은 하이드 익셉션이 모여서 밴드 연습할 때에만 엘리아를 만났지만 말이야, 그리고 '개구리'도 있었고, 목사도 있었고, 집사도 있었고, 너의 가족도 있었고, 마을 사람들 모두, 그리고 당연히 소 떼도 있었어, 넌 말했어, 위대해지고 싶으면 때론 다른 사람을 조그맣게 만들어야 한다고, 너도 그러고 싶진 않지만 머릿속에서 종종 그러게 된다면서, 네가 가장 특별한 사람이라고 상상한다고 했어, 그래서 네가 심부름꾼이 되었다면 그건 별로 좋은 징조가 아닌 것이, 다른 사람이 그 일을 맡아준다면 네가 얼마나 강해질지 알기 때문이라고 했지, 히틀러의 말에 따르면 사람은 자신의 행동을 후회해봐야 소용이 없고 이미 저지른 일은 돌이킬 수 없는데, 그게 바로 네가 훌륭한 대표자가 될 수 없는 이유라고 했어, 더구나 넌 마음도 너무 여리다면서 초등학교 때 네가 심부름꾼을 두었던 일을 떠올렸는데, 그 심부름꾼은 일종의 추종자였지만 독일군 제복은 입지 않았고 이름은 클리프였다고, 너보다 두 살이 어렸고 언젠가 네가 가톨릭 성당에서 한 번 본 뒤로 결코 잊을 수 없던 작은 천사 같았다고 했어, 그 천사는 강단 밑에 벌거벗은 채 대리석 고추를 드러내고 있었지만, 천사의 고추는 수달의 그것과는 달랐다고 했어, 그래서 넌 호레만 목사에게 제방 위 교회에도 그런 천사를 좀 두면 안 되냐고 묻고는 그러면 교회가 집처럼 아늑해질 것 같다고 얼른 덧붙였지, 목사는 천사가 벌거벗고 있는 건 오직 하나님의 눈을 위한 거라고 말했는데 넌 그 말이 무슨 뜻인지 이해할 수 없었어, 그래서 가끔 목사의 사택 창문을 바라보면서 생각했지, 매일 밤 목사가 하나님을 위해 옷을 벗은 다음 창문을 열고 하늘을 향해 알몸을 드러내는 건 아닐까, 어쨌든, 아니, 넌 그 천사를 잊은 적이 없었고 그 말을 하면서 혀로 입술을 핥았는데 그제야 난 네가 남자애들의 갈퀴에 얼마나 집착하는지 알게 되었지, 네가 왜 그러는지 알아낼 틈은 없었어, 너의 목소리가 점점 낮아지면서 동시에 날카로워졌거든, 마치 내게 말을 하면서 네 말이 무슨 뜻인지 깨닫는 것처럼 말이야, 클리프를 처음 본 건 크리스마스 연극에서 네가 양 역할을 맡앉을 때였다고 속삭였어, 너는 공연을 손꼽아 기다렸고 몇 주 동안 볼일을 볼 때마다 텍셀 양 울음소리를 연습했는데, 막상 그 순간이 되었을 때 마리아 역을 맡은 애가 양털 알레르기가 도지는 바람에, 너는 선생님들이 정성껏 만들어준 멋진 의상을 입고도 멀리서 출산 장면을 지켜보며 '매에' 하고 울 수밖에 없었지, 그리고 바로 그때 클리프를 본 거야, 클리프는 아기 예수 역할을 맡았는데 성당 천사처럼 환하고 아름답게 빛났어, 연극이 끝나자 넌 진짜 텍셀 양처럼 무릎으로 그의 구유 앞까지 기어가서는, 대부분의 양치기는 양의 무리에 끼고 싶어하지만 양치기가 되고 싶은 양도 있을 거라고, 우두머리가 되고 싶은 양도 있을 거라고 속삭였는데 너 자신도 그게 무슨 뜻인지도 모르고 한 말이었어, 너는 클리프에게 자전거를 타고 함께 집에 가겠냐고 물었어, 아이들에겐 뭐든 참 쉽다는 생각이 들더라, 클리프는 걸어서 왔지만 네 자전거 타이어가 너무 푹 꺼지지 않았다면 뒤에 타겠다고 했어, 너의 자전거 타이어만큼은 바위처럼 단단했는데, 사고 이후 네 아빠가 매일 아침 타이어를 눌러보고, 페달을 돌려보고, 안장을 눌러보고, 발전기 램프에 불이 들어오는지도 확인했거든, 그렇게 확인한 뒤에야 네 아빠는 너에게 손을 흔들고 축사로 사라졌어, 매일 아침 똑같이 했어, 네가 아무리 급해도, 하지만 그날 넌 전혀 급하지 않았어, 왜냐하면 넌 아기 예수를, 그 작은 천사를 집에 데려다주는 길이었고 그건 곧 길을 멀리 돌아가야 한다는 뜻이었거든, 그때부터 그게 너의 고정적인 일과가 되었어, 그

애를 집에 데려다주는 것 말이야, 너는 네 뒤에 앉아 있는 대리석 조각 때문에 축복받은 기분이 들었지, 그러다가 2000년 2월 4일, 사건이 터졌어, 넌 아직도 그날을 기억하고 있었는데, 그날이 바로 심즈가 출시된 날이었거든, 훗날 토니 모트가 쓴《죽기 전에 해야 하는 비디오 게임 1001가지1001 Video Games You Must Play Before You Die》에도 실린 게임이었지, 바로 그날 넌 가장 희귀한 포켓몬인 샤이닝 리자몽의 카드를 구했는데 그 카드에 이렇게 적혀 있었어, **그가 내뿜는 불꽃은 너무 뜨거워서 뭐든 닥치는 대로 녹여버린다.** 바로 그날 넌 심부름꾼을 잃었어, 피가 얼마나 났는지 끔찍했다고 했지, 너는 잠시 뜸을 들였고 나는 긴장한 상태로 그다음에 이어질 말을 기다렸어, 너는 머리카락 한 움큼을 뒤로 넘겼다가 도로 흘러내리게 하며 금발 장막 뒤로 다시 숨었지, 너는 숨을 크게 내쉬더니 말했어, 한순간의 어리석은 판단으로 네가 율러와 엘리아에게 아기 예수의 걸작을 보여주겠다고 말했다고, 네가 본 것 중 가장 아름다운 작품이고 네가 가진 그 어떤 장난감보다도 근사하고 그걸 능가하는 작품은 없다고 말했다고, 그래서 방과 후에 클리프와 함께 자전거 보관소 뒤쪽 숲으로 가서는 아기 예수에게 바지를 내려달라고 했어, 클리프는 너의 심부름꾼이었기 때문에 당연히 그렇게 했어, 심부름꾼이라면 시키는 건 뭐든 해야 하니까, 율러와 엘리아는 클리프의 고추를 보고 키득거렸지만 그게 다였어, 그 둘은 경솔하게도 걸작이 어디 있느냐고 물었고 너는 어이없어하며 이게 바로 걸작이라고 소리쳤어, 하지

154

만 그 둘은 실망하는 것 같았고 그래서 너는 즉석에서 다른 작전을 짰어, 노래가 떠오르듯 번쩍 떠오른 생각이었지, 하지만 지금 돌이켜 생각해보면, 이미 그때부터 너의 내면에 어둠이 도사리고 있었다는 사실이 드러난 셈이었어, 너의 히틀러 유전자 말이야, 왜냐하면 넌 갑자기 욕심이 생겼거든, 그래, 갑자기 욕심이 생겼어, 아기 예수가 네 앞에 서 있었고 네 머릿속엔 오직 한 가지 생각뿐이었어, **저 고추를 갖고 싶어, 저건 나한테 더 잘 어울려.** 그때부터 상황이 심각해졌다고 네가 속삭였지, 이 얘길 들으려면 비위가 강해야 한다고, 그만큼 심각했다고 했어, 왜냐하면 그 2월의 어느 날 오후, 넌 가방의 지퍼를 열어 필통을 꺼내고는 펜과 연필 틈에 있던 가위를 꺼냈거든, 넌 클리프에게 가위를 건넸고 클리프는 찬 바람을 맞으며 덜덜 떨고 서 있었어, 너는 클리프에게 갈퀴를 자르라고 했어, 너는 이미 나중에 욕실에서 초강력 본드로 그걸 네 몸에 붙이는 상상을 하고 있었지, 좀 있으면 너도 서서 오줌을 쌀 수 있겠다고 생각하고 그 순간을 흐뭇하게 상상했어, 아기 예수도 반대하지 않았어, 그 아인 네가 시키는 건 뭐든 했으니까, 클리프는 자신의 갈퀴를 금속 가위 날 사이에 넣었는데 다행히 날이 너무 무뎠어, 헷도르프의 칼 가는 사람이 신경쇠약이라 일을 쉬고 있어서라고 네가 설명했지, 그가 날카로운 물건을 만지는 것을 의사가 금했다고 했어, 다행히 율러가 나서서 클리프를 막긴 했지만 그게 네 인생의 첫 테러 공격이었다고 네가 말했어, 네 기억으로는 숲이 온통 핏빛으로 물들었다고, 라즈베리 색으로 변해버렸다고 했어, 하지만 그 사건 이후 너는 클리프를, 그 작은 천사를 집까지 태워다 줄 수 없었어, 학교에서 헷도르프로 바람을 가르며 달릴 때 너의 등에 기대던 그의 따스한 머리를 다시는 느낄 수 없었어, 선생님들은 널 걱정했지만 네 아빠에게 전화할 정도는 아니었지, 다들 알고 있었어, 그 어떤 슬픔도 자식을 잃은 슬픔과 비교할 수는 없다는 걸, 이유는 모르겠지만 넌 그때부터 네가 실제로 고추를 갖는 환상을 품기 시작했고, 내가 그걸로 무얼 했냐고 물었더니 넌 내가 뻔한 걸 묻는다는 듯한 표정으로 짜증스럽게 날 보며 말했어, 당연히 오줌을 누었다고, 그래서 내가 그것 말고 또 뭘 할 수 있는지 아느냐고 물었더니 네가 다시 물었어, **뭘 할 수 있는데요?** 난 언젠가 말해주겠다고, 아니면 직접 보여주겠다고 했어, 너는 마치 내가 신데렐라란 대로의 제과점에 가자고 한 것처럼 기뻐하며 고개를 끄덕였어, 넌 가끔 거기서 짭짤한 감초 사탕 가루를 사서 젖은 손가락으로 찍어 입에 넣었지, 그러다 보면 가루가 뭉쳤고 어느 순간 너의 혀는 갈색으로 변했어, 우리는 강변 목초지의 울타리 문에 앉았고 나는 블라르콤 젖소들을 바라보며 점심을 먹고 있었어, 내가 샌드위치를 너에게 내밀면 넌 욕심껏 한 입을 베어 먹었는데 넌 내가 먹여주는 걸 좋아했어, 나의 작은 바다새, 넌 내 손에서 받아먹는 것도 좋아했고 카밀리아가 손수 만든 엘더플라워 시럽을 넣은 물을 물통째로 마시는 것도 좋아했어, 우리는 저 멀리 아마밭과 농장을 바라보았고 나는 네가 이 모든 얘기를 내게 쏟아낸 게 어떤 의미인지 궁금했어, 넌 정말 너 자신이 히틀러만큼 악하다고 생각하는 걸까, 너의 시선이 잔디의 빛깔이 엷어진 부분에 머무는 걸 보았어, 며칠 전 돔 텐트를 쳤던 바로 그 자리였지, 그때 넌 고래에게 삼켜지고 싶다고 했고 그날 저녁 나는 《모비딕》의 책장을 뜯어 축사의 분뇨받이 트레이 바닥에 깔았어, 딱히 대답을 듣고 싶은 건 아니었지만, 너에게 아직도 내 아들 생각을 많이 하냐고 물었을 때 넌 가볍게 고개를 끄덕였어, 그리고 물었지, 만약 히틀러가 여자였다면 달랐을 것 같냐고, 만약 히틀러가 사랑에 빠졌다면 그렇게 악랄했을 것 같냐고, 왜냐하면 내 아들과 헤어지고 나서 넌 모두에게 화가 났다고 했거든, 교회의 대형 조명등을 켜고 끄는 일을 맡은 교회 집사에게조차 화가 났다고, 마치 그 집사가 널 어둠으로 내몬 것 같더라고, 네 머릿속 촛불을 꺼버린 것 같았다고, 그래서 내가 말했지, 히틀러는 사랑에 빠질 수 없었다고, 왜냐하면 히틀러는 자기 자신을 사랑하지 않았기 때문이라고, 그러자 네가 혼란스러운 표정으로 날 보며 말했어, 나도 날 사랑하지 않지만 그래서 오히려 사람을 더 사랑하게 되는걸요. 내겐 사랑이 엄청 많고 또 미움도 엄청 많아서 내 몸 밖으로 흘러넘쳐요. 뭐가 그렇게 미운지 묻진 않았어, 왜냐하면 그때만 해도 난 미움이라는 감정은 다 자란 몸으로만 품을 수 있다고 생각했고 너에겐 아직 성장 폭발이 일어날 부위가 있었으니까, 나는 다시 샌드위치를 내밀었고 네 입가에 마멀레이드가 잔뜩 묻었어, 나는 울타리 문에 손을 올려놓고 내 손 옆부분이 너의 손에 닿게 했는데,

네가 바로 손을 치우더라, 나는 잠시 네가 다시 열병에 걸리기를 바랐어, 그러면 또다시 세서미 스트리트 이불을 덮고 너와 함께 침대에 누울 수 있을 테니까, 나는 울타리 문에서 뛰어내려 블라르콥 젖소를 살펴보았어, 녀석들이 어떻게 걷는지, 절뚝이지는 않는지, 살이 빠지지 않았는지, 하지만 녀석들은 모두 건강해 보였고 나는 뿌듯한 기분이 들었어, 다시 울타리 문으로 돌아가려는데 네가 보이지 않는 거야, 널 찾으려고 목초지를 돌아다녔는데 색이 옅어진 풀밭에 누운 널 보았지, 텐트 자국이 내 피아트 짐칸에 깔아놓은 2인용 매트리스와 똑같은 크기였어, 넌 하늘을 보고 있었고 내가 뭐 하냐고 물었더니 네가 공포 영화 〈그것〉에 나오는 대사를 연기하듯 읊었지, 그들은 떠다녀, 조지. 떠다닌다고, 네가 이곳으로 내려오면, 너도 떠다니게 될 거야. 블라르콥 젖소가 네 주위로 모여들었고 나는 네 곁에 누울지 말지 망설였어, 흘끗 뒤를 보았지만 네 아빠나 오빠는 농장에 없는 것 같았어, 아마 집으로 들어가 그날 딴 콩을 데쳐서 냉동 봉지에 담고 있었겠지, 그래야 월요일마다 저녁 식사 때 콩을 먹을 수 있을 테니까, 네가 대사를 다시 한번 읊었어, 너도 떠다니게 될 거야. 나는 오직 네 곁에서 떠다니고 싶다는 생각뿐이었고 그래서 납작해진 풀밭 위 네 곁에 누웠어, 소들이 우리를 벽처럼 빙 두르고 서 있어서 밖에선 우리가 보이지 않았어, 우리는 엉겅퀴의 보랏빛이 감도는 파란 하늘을 바라보았고 나는 다시 한번 스티븐 킹의 말을 인용해서 답했어, 다른 사람이 되었을 때 용감해지기가 더 쉽다. 그 말에 네가 미소를 지었지, 넌 이런 게임을 좋아했어, 우리는 서로 바짝 붙어 누워 있었고 나는 풀 내음과 소들의 체취, 그리고 너의 냄새를 맡았어, 그때 네가 말했어, 네 살 때부터 갑자기 비뚤게 자라기 시작했다고, 그래서 운동을 하기 위해 매주 이웃 마을에 있는 어떤 여자에게 가야 했는데, 시간이 흐를수록 너는 태양을 향하기보다는 태양 반대 방향으로 자라는 게 확실해졌다고, 전반적으로는 얼추 반듯해지긴 했지만, 속은 전부 비틀어져 있다고, 학교 가방을 멜 땐 한쪽 어깨가 다른 쪽보다 쳐졌다는 걸 느끼기도 했다고, 너는 또 말했어, 어떤 사람은 장님으로 태어나지만 또 어떤 사람은 세상에 나오자마자 눈을 뜨는데, 그건 그렇게 하지 않으면 너무 많은 것을 놓친다는 걸 알기 때문이라고, 하지만 그걸 알아서 오히려 온갖 것을 놓치게 된다면서, 때로는 무지한 편이 더 낫다고 했어, 그래야 더 많이 볼 수 있다고, 그러더니 나는 어떻게 태어났냐고 물었어, 눈이 먼 상태로 무지하게 태어났냐고 아니면 눈을 뜨고 태어났냐고, 나는 어머니의 자궁에서 나왔다고 했어, 먹물처럼 시커먼 어머니의 자궁에서 나왔다고, 나는 **어머니의 자궁**이라는 말에 네가 움찔하는 걸 처음 보았어, 너의 낯빛이 창백해졌고 내가 괜찮냐고 물었더니 너는 그저 네, 네, 하고 대답하고는 화제를 다시 히틀러로 돌렸지, 요즘엔 히틀러가 프로이트보다 자주 창가 의자에 앉아 있는데, 왼쪽 다리를 오른쪽 다리에 올려놓고 널 빤히 본다면서, 그가 나치 문양이 새겨진 검은 부츠를 신었는데 밑창의 홈에 항상 진흙이 끼어 있다고 했어, 마치 숲을 가로질러 네 머릿속까지 걸어 들어온 것처럼, 너는 미국 대통령 조지 부시처럼 너의 국민을 잘 보살피고 싶다고 했어, 단지 조지 부시보다는 조금 더 양심적으로, 그러더니 부시가 어느 날 술을 끊고 종교에 귀의해서 지금은 가끔 무알코올 맥주만 마신다는 걸 아느냐고 물었어, 때로 인간은 삶을 살아가기 위해 무언가에 중독되어야 하는데, 그래서 너는 과자, 심즈 게임, 그리고 새에 중독되었다면서, 나는 뭐에 중독되었냐고 물었어, 나는 정확히 이렇게 대답했어, **난 너한테 중독됐어, 내 사랑스러운 자기**. 난 너의 반응을 살폈고 너는 코끝에 커다란 쇠파리 한 마리가 앉아서 코를 만지고는 **자기**라는 말이 마음에 든다고, 아름답다고 말하고는 정작 내가 한 말에 대한 답을 하진 않았어, 넌 쓸모없는 대통령이었어, 나의 어린 양, 하지만 상관없었어, 널 위해 내가 고른 단어를 네가 만족스러워하는 것 같았으니까, 네가 크게 숨을 들이쉴 때 나는 손가락을 네 입술에 대면서 이제 인용은 그만하라고, 진짜 하고 싶은 말을 하라고 했어, 너의 눈에 눈물이 차올랐지만 눈물이 흐르진 않았지, 넌 자주 외롭다고 했어, 머릿속에 가상의 청중이 늘 함께 있는데도 외롭다고, 때론 네가 땅속 깊이 파묻혀 있는 감자 같다고, 어둠 속에서만 자란다고, 때로 넌 스포트라이트를 갈망하지만, 그 빛이 너의 눈을 멀게 하리라는 것 또한 알고 있다고, 네가 얻고자 하는 명성은 땅속으로 더 깊이 파고들수록, 너 자신의 숨통을 조일수록 커진다는 것도 안다고 했어, 풀과 소의 냄새 틈에서 나는 네 두려움의 냄새를 맡았어, 그날 저녁 넌 처음으로 공연 무대에 섰고, 넌 찬란했어, 블루 큐라소를 마셔서 입술이 파랗게 물든 넌 눈부셨어, 블루 큐라소는 너와 율러, 엘리아를 위해 내가 몰래 주문한 너의 첫 번째 술이었는데 넌 그걸 조심스럽게 홀짝였지, 카밀리아와 나는 맨 앞줄에서서 누구보다도 힘차게 박수 쳤어, 민망해질 정도로 아주 오래, 네가 그걸 좋아한다는 걸 알고 있었으니까, 너는 웨터스의 '틴에이지 더트백Teenage Dirtbag'과 더 후의 '마이 제너레이션My Generation'을 불렀고, 그다음엔 너의 자작곡들을 불렀어, 밴드 멤버들이 점점 더 흐릿해지고 너는 마치 천상의 존재처럼 스포트라이트 속에 서 있었지, 너의 모든 기이함과 불안이 하나도 보이지 않았어, 그런데 그 순간 나는 네가 날 위해서 노래를 부르는 게 아니란 사실을 아프게 깨달았어, 넌 내 아들을 위해 노래를 부르고 있었어, 나는 한낱 궤양일 뿐이었어, 네 몸속의 궤양, 나는 카밀리아에게 담배 좀 피우고 오겠다고 더듬거리고는 속이 울렁거리는 상태로 사람들을 헤치고 밖으로 나왔어, 공연장 뒤쪽에서 네 공연은 거의 보지도 않고 다른 농부와 날씨 얘기를 나누던 네 아빠에게 인사말을 웅얼거리고는 공연장 밖으로 나와서 술 취한 십대 아이들 틈에 털썩 주저앉았어, 그들의 눈에 나는 단지 젊음을 느껴보고 싶은 노인네일 뿐이겠지, 사실 그게 내가 공연장에 온 이유였어, 어느 순간 그들의 시선이 곧 너의 시선이 되었고, 내 욕구와 욕망이 날더 어지럽게 만들었어, 무대 옆에서 소리치고 싶었어, 넌 나의 사랑스러운 자기라고, 하지만 너의 시선은 주로 같은 반 친구

161

들, 나의 아들, 그리고 네가 오랫동안 숨겨왔던 모습을 드러내는 순간 너에게 갑자기 관심을 보이기 시작한 농장 청년들을 향하고 있었어, 그들 모두가 입술이 파란 천상의 존재를 보았지만 너의 본모습을 나는 알았어, 네가 세상 모든 것에 얼마나 깊이 영향받는지, 너의 가냘픈 등 뒤에 어떤 바다가 펼쳐져 있는지, 관객들이 앙코르를 외쳤고 이런 순간이 올 줄 미리 알았던 너는 마지막을 위해 가장 좋은 곡을 아껴두었지, 네가 가장 좋아하는 노래 중 하나인 블링크-182의 '올 더 스몰 씽스All the Small Things'였어, 네가 높고 맑은 목소리로 노래하는 소리를 들었어, 그게 아니라고 말해줘요, 난 떠나지 않을 거예요, 불을 꺼줘요, 날 집으로 데려가줘요, 고개를 들어요, 내가 당신의 스릴이 되어줄게요, 밤은 계속될 거예요, 그대는 나의 작은 풍차. 후렴구에서는 모두가 춤을 추기 시작했어, 네 아빠만 빼고, 네 아빠는 공연 도중에 자전거를 타고 제방 길을 달려 집으로 돌아가버렸고 너의 첫 무대에 대한 소감을 끝내 말하지 않았지, 다음 날 아침 공연을 늦게까지 했냐고 물어본 게 다였어, 네 아빠에게 세상은 시간을 중심으로, 날씨를 중심으로, 동물과 식물, 잃어버린 아이를 중심으로 돌아갔고 널 중심으로 돌아가는 일은 별로 없었으니까, 마지막에 엄청난 박수를 받고 나서 너는 기쁨에 겨워 밖으로 달려 나왔고 네 아빠가 이미 떠났다는 사실을 깨닫고 아무렇지 않은 척했어, 너는 내 품에 안기며 이렇게 말했어, 내가 당신의 스릴이 되어줄게요. 그런데 나는 너를 너무 거칠게 밀어내고 말았어, 내 작업을 방해하는 송아지를 밀어낼 때처럼 너무 거칠게, 그럴 기분이 아니라는 듯이, 혹은 네 말이 너무 지나쳐서 누가 윗사람인지 보여주려는 듯이, 당황한 네가 내게 물었지, 왜 그러는 거냐고, 혹시 네가 뭘 잘못했냐고, 하지만 난 말할 수 없었어, 세상의 모든 잘못된 것이 너로 이루어져 있다고, 네가 바로 내 **허리의 불꽃**이라고, 그 불꽃이 너무도 고통스럽게 날 지지고 있다고, 네가 나의 알코올이고, 네가 나의 혈당 상승제라고, 나는 네가 내 아들이 아닌 나에 관한 노래를 부르길 바랐어, 비록 훗날에야 비로소 나의 바람이 이루어졌지만 말이야, 너는 내 이름과 우리의 사건 번호를 붙여서 첫 앨범의 이름을 〈커트12〉라고 지었지, 법원 공무원들은 굳은 표정으로 앉아 그 노래를 듣고 판결을 내렸고, 카밀리아와 나는 신문의 호들갑스러운 헤드라인을 통해 비로소 너의 기사를 읽을 수 있었어, 카밀리아는 신문을 바비큐 불에 던져버렸고 너에게 불이 붙는 바람에 고기가 전부 다 네 맛이 났지만 그건 한참 뒤의 일이었어, 우리는 아직 그곳에서 발정 난 밤 고양이처럼 서로를 마주 보고 서 있었고 네가 내게서 돌아섰어, 너는 블루 큐라소 때문에 어지러웠고, 네 가슴속 천하무적 때문에 어지러웠고, 온 세상이 네 발아래 펼쳐져 있어서 어지러웠어, 비록 동이 트는 순간 곧바로 어둠으로 돌아가리란 걸, 찌르레기의 무리 속으로 돌아가 그들 중 하나가 되리란 걸 알고 있었지만 말이야, 그때 카밀리아가 밖으로 나왔고, 두 사람은 세 번 축하의 키스를 나누었는데, 훗날 너는 그 키스를 유다의 키스라고 불렀지만 그 순간만큼은 행복해 보이고 들떠 있었어, 그 순간 아무래도 상관없다는 생각이 들더라, 내가 이렇게 여기 서 있는 게 뭐가 어때서, 마흔아홉 살이나 먹어서는, 존재의 권리를 외치는 거만하고 시끄러운 십대 아이들 틈에 서 있는 게 뭐가 어때서, 언젠가는 자기들의 삶이 따분하고 예측 가능해지리란 걸 알고 술이나 진탕 퍼마시는 아이들 틈에 서 있는 게 뭐가 어때서, 내가 이토록 널 사랑하는 게, 지독하게도 널 사랑하는 게 뭐가 어때서, **나의 작은 풍차**, 너와 난 서로의 것이었어. 나는 너의 귀에 속삭였어, 반은 취해서, 반은 진지하게, 절대 크지 말라고, 내 말 알아들었냐고, 절대 크지 말라고. 나는 너와 함께 다시 안으로 들어갔고 거기서 죽어라 춤을 추었어.

19

솔직히 인정할게, 너의 고추 사건 얘기를 듣고 내가 곤경에
처했다는 걸 알았어, 내 사랑스러운 자기. 왜냐하면, 글쎄, 난
어린 남자애의 뿔 가지에 대한 너의 걷잡을 수 없는 욕망을 정
말로 채워주고 싶었거든, 너의 눈에서 반짝이는 열정과 욕망
을 보고 싶고, 입술 위로 미끄러지는 빨간 혀를 보고 싶었어,
때론 네가 너의 어린이 침대에 누워 '개구리'나 수달로 변하
는 상상을 했는데, 그럴 때면 내 옷을 적시는 네 오줌의 온기
를 다시 한번 느꼈고 오줌 냄새도 맡을 수 있었어, 상상 속에
서 나는 너의 조준을 돕기 위해 방수 펜으로 변기에 웃는 돼지
얼굴을 그려놓았지, 나의 두 아들이 그걸 좋아했거든, 오줌으
로 돼지를 맞추려고 최선을 다했어, 상상 속에서 나는 돼지가
샤워를 해야 한다고 말하며 방향을 안정적으로 유지하기 위해
네 골반을 잡아주었어, 하지만 그보다 더 내가 원한 건 너에게
보여주는 거였어, 네가 느끼게 해주는 거였어, 서서 오줌 누는

것 말고 갈퀴로 또 무얼 할 수 있는지를, 물론 너는 이미 청소년 잡지와 엘리아와 '개구리' 덕분에 내가 짐작하는 것보다 그에 대해 훨씬 더 많이 알고 있었고, 그 문제에 관한 한 나는 지식과 경험을 혼동하고 있었지만 말이야, 그와 동시에 나의 미화된 욕망으로 널 끌어들인다고 생각하니 내키지 않았어, 그건 옷이 아직 준비가 안 된 상황에서 너에게 성장 폭발을 강요하는 셈이니까, 특히 그 어린애 같은 순진한 갈망으로 가득 찬 고추 사건 얘기를 들은 뒤로는 더더욱 그런 생각이 들더라, 그것 외에도 나의 음경에는 천사 같은 면모가 전혀 없었고 수달에서 잘라낸 크림색 뿔과도 전혀 달랐어, 그걸 무엇에 비유해야 할지 몰랐어, 떠오르는 것마다 조잡하고 흉측하게 들려서 혹시라도 내가 널 겁먹고 달아나게 한다면, 네 아빠가 샌드위치에 편육과 사과 시럽을 넣었을 때처럼 실망이나 혐오의 눈빛으로 그걸 보게 된다면, 난 도저히 못 견딜 것 같았거든. 넌 얇은 회색 편육에 들어 있는 내장이 그대로 보인다면서, 그걸 샤덴프로이데* 샌드위치라고 불렀지, 해부학 용어를 고수하기로 하자, 그 딱딱한 돌출부, 사슴의 뿔이 돋아난 이마뼈의 연결부위는 육경肉莖이라고 부르거든, 네가 나의 육경을 그런 식으로 보는 걸 원치 않았어, 아니, 나는 네가 감탄하길 원했어, 수달의 그 부위를 움켜쥘 때의 그 열정을 원했어, 너의 그 어린 손으로 육경을 잡아주길 원했어, 영화 〈그것〉을 질릴 때까

* schadenfreude, 남의 고통을 볼 때 느끼는 만족감을 뜻하는 독일 표현.

지 인용해도 상관없었어, 네가 뿔을 잡고 있는 동안만큼은 상관없었어, 어미 소가 새끼를 낳은 뒤에 어미 소의 젖을 짜려고 소의 젖꼭지를 쥘 때처럼 쥐여주기만 한다면, 그건 정말 너무나 흥미진진한 광경일 테니까, 와우! 상상만으로도 황홀했지, 하지만 난 거절이 두려웠어, 마치 거세처럼 느껴질 거절이 두려웠어, 문득 내가 전에도 이런 경험을 했다는 걸 알았어, 가상의 거세랄까, 성숙한 사슴을 거세하면 뿔이 떨어지고 그다음엔 기이하게 생긴 새로운 뿔이 마구잡이로 자라나는데, 그걸 **페뤼크 성장**perruque growth이라고 불러, 나는 페뤼크 성장을 한 머리를 가졌어, 열여섯 살에 거절을 경험한 뒤로 변태가 되었지, 나의 육체와 영혼은 너무도 타락한 상태였고, 나는 어머니를 살해하고 싶은지 숭배하고 싶은지조차 알 수 없는 지경에 이르렀어, 이게 나의 두 번째이자 마지막 거세로 가는 길일 수도 있겠지만, 아, 나는 살기를 품은 나의 뿔 가지에, 내 뿔이라는 야수에 무언가가 걸리기를 얼마나 갈망했던지, 너의 손이 내 뿔 가지를 감싸주기를 얼마나 간절히 원했던지, 하지만 네가 나를 아무개 씨 혹은 선생님이라고 부를 때마다, 널 사랑의 보금자리로 데려갈 용기가 잦아들었어, 네가 날 커트라고 부르는 드문 순간을 제외하면, 너에게 주입된 예의라는 끔찍한 개념이 우리 둘 사이에 바다를 만드는데 내가 어떻게 놀라운 갈퀴의 세계를 너에게 소개할 수 있겠어? 우리 둘만 있을 때나 하루 일을 마치고 욕망에 몸을 떨 때조차도, 나는 너에게 감히 키스할 엄두조차 내지 못했어, 농장에서 모퉁이를 돌자마자 나오는 주차장에 피아트를 세워놓고는 나의 손을 너의 손이라고 상상하면서 초콜릿 바 포장지에 미친 듯이 나 자신을 쏟아냈어, 그 뒤로 점점 더 자주 차에서 잠을 잤어, 카밀리아는 내가 일정이 있어서 독일에 간 걸로 알고 있었지, 내가 자꾸 독일에 가는 걸 카밀리아는 이상하게 여겼지만 내가 독일 소가 유독 까다롭다고 설명했더니 그건 웃긴다고 생각했어, 카밀리아가 웃긴다고 하는 한 걱정할 필요가 없었지, 그래서 매일 밤 맥도날드로 끼니를 때우며 허접한 생활을 했어, 더블빅테이스티와 감자튀김을 먹기 위해 시내 에바 공원으로 차를 몰았지, 포플러나무 아래 늘 가는 자리에 도착하면 이미 음식이 차가워져 있었지만 개의치 않았어, 감자튀김은 감자튀김일 뿐이고 중요한 건 최대한 너의 곁에 가까이 머무는 것이었으니까, 바람의 방향이 맞으면 너의 달콤한 향기를 맡을 수도 있었고 우리 둘이 같은 달을 바라볼 수 있었으니까, 하지만 날 아무개 씨로 대하는 게 갈수록 화가 났고, 그것 때문에 때론 널 퉁명스럽게 대하기도 했는데, 그래서인지 너는 미지근한 물이 든 양동이와 초록색 비누를 들고 머뭇거리며 내게 다가왔어, 뭔가 잘못되었을 때, 누군가가 널 다르게 대할 때, 넌 기가 막히게 눈치를 챘지, 내가 거리를 둘수록 넌 오히려 가까이 다가온다는 걸 깨달았어, 너는 내가 널 버릴까 봐 두려워했고, 그래서 다시 배우 놀이를 시작했고 나의 대본대로 움직였어, 너는 양동이 옆에 쪼그리고 앉아 내 더러운 손을 잡고 물에 담근 다음 초록색 비누를 내 손에 문질렀어, 그리고 티끌 하나

남지 않도록 내 손을 닦아주었지, 우리는 축사 한복판에 양동이를 놓고 쪼그려 앉아 있었는데 넌 아무 말도 하지 않았어, 그저 날 바라보면서 현기증 날 정도로 달콤한 미소를 지었을 뿐, 넌 내 손을 물에 담갔다 뺐다 하며 정성껏 닦은 다음, 마른 수건으로 손가락 하나하나의 물기를 닦았어. 네가 내 심술을 다 헹구어내자 작업복 안에서 나의 뿔 가지가 고동치는 게 느껴지더라, 우린 갓 태어난 송아지를 바라보고 있었는데 너는 어미 소와 딸 소의 끈끈한 유대가, 어미가 새끼를 핥아 양막을 제거하고 씻기는 그 자연스러움이 가끔 질투가 난다고 했어, 그리고 또 말했지, 지난번 여왕의 날에는 빌럼 알렉산더르 왕자와 베아트릭스 여왕이 부러웠다고, 한때 여왕이 네 엄마였으면 좋겠다고 생각한 적이 있다고, 내가 피아트 짐칸에 붙여놓은 여왕의 포스터를 보았을 때 그 생각이 다시 났다고 했어, 온 국민을 보살피는 여자라면 너 하나쯤은 더 돌볼 수 있을 것 같았다고, 넌 9·11 영상과 함께 1980년 대관식 영상도 종종 보았는데, 네 아빠가 녹화해둔 영상이었어, 네 아빠는 트윈 타워 테러 공격을 비롯해 뉴스에 나오는 온갖 희극과 비극을 다 녹화해두었지, 넌 베아트릭스 여왕이 위풍당당한 흰담비족제비 망토를 두르고 서 있는 장면을 여러 번 돌려보았어, **하나님**이라는 단어를 살짝 더듬으며 아름다운 대사를 읊던 그 순간을, 좀 더 발음하기 쉽도록 턱을 살짝 치켜들던 그 순간을, 덕분에 여왕은 하나님이 자신을 도울 거라는 확신은 딱히 없는 것 같은 인상을 주었고 그보다는 그 반대일 것 같았지, 오히려 여왕이 하나님을 도울 것 같았어, 그다음에 즉위 서약을 했는데, 넌 거울 앞에서 그 서약을 여러 번 연습했어, 어깨에 식탁보를 걸치고 이렇게 말했지, **여기서 맹세한 것을 반드시 이행하고 지키겠나이다, 하나님, 도와주소서.** 넌 또 말했어, 여왕의 날에 초등학교 바자회에서 형광색 바퀴가 달린 롤러스케이트를 터무니없이 싼 가격에 샀다고, 그래서 그걸 애지중지하며 광이 나도록 닦았지만 끝내 신지는 못했는데 혹시라도 흠집이 날까 봐 두려웠다고, 어렵게 얻은 행복에 균열이 갈까 봐 두려웠다고, 하지만 그러면서도 끈을 얼마나 꽉 조일 수 있는지는 계속 시험했는데 살갗에 자국이 남을 정도였다고, 하지만 넌 이미네가 가진 가장 소중한 것, 가장 아름다운 것을 잃는다는 게 어떤 기분인지 알고 있었고, 어느 때고 느닷없이 그런 일이 일어날 수 있다는 걸 알고 있었어, 1980년도 대관식 당시 일어났던 폭동 영상을 본 건 그로부터 한참 뒤였지, 그런 기쁜 날조차도 마치 스펀지케이크처럼, 위쪽은 사랑스럽고 매끄러운 아이싱으로 덮여 있는데 아래쪽은 흉측하게 수만 개의 구멍이 숭숭 뚫려 있는 케이크처럼 양면성이 있다는 걸 비로소 알게 된 거야, 너는 연막탄 뒤로 무단 점거자들이 암스테르담 벽마다 칠해놓은 흰색 구호를 보았고[*], 너 역시 항의의 의미로, 비록 무엇에 항의해야 하는지는 몰랐지만, 네 방을 점거자들 아지트처럼 꾸미기로 했지, 네 방에는 너 말고는 들어오는 사람

---

* 1980년도 네덜란드 베아트릭스 여왕의 즉위식 당시 주택난으로 빈 건물을 점거하며 살던 수천 명의 청년이 시위를 벌였다.

이 없어서 그러기가 쉬웠지, 덕분에 넌 그토록 갈망하던 자유를 얻은 기분이었고, 누구도 빼앗아 갈 수 없는 무언가를 갖게 된 것 같았어, 너는 마치 하나님을 믿는 것처럼 베아트릭스 여왕을 엄마로 삼고 믿기로 결심했는데, 줄에 매달린 도넛을 베어 먹는 모습과 보는 사람으로 하여금 저절로 따라서 손을 흔들게 만드는 친근하고 인간적인 손 인사까지 따라 했지, 사실 넌 손 흔드는 걸 싫어했고 손을 주머니에 넣고 싶었는데도 말이야, 그때부터 넌 여왕 폐하에게 너의 하루에 관한 긴 독백을 남겼어, 비닐로 싸서 발효시킨 건초 더미처럼 곰팡내 나는 하루도 있었지, 네 아빠와 오빠에 대한 얘기도 했는데, 잃어버린 아이에 관한 얘기는 거의 하지 않았어, 헷도르프에서 일어난 모든 일에 대해, 아니 그보다는 **일어나지 않은** 일에 대해 더 많이 얘기했어, 그편이 더 말하기 쉬웠고 대화를 확장하기가 쉬웠거든, 진실은 창백하고 하찮다고 넌 내게 말했어, 때로 진실은 너무 불안정하다고, 여왕이 걱정하는 건 원치 않는다고, 너무 걱정거리가 많은 여왕은 나라를 보살피거나 통치할 수 없기 때문이라고, 그런 여왕은 마치 처음 두 소절 외에는 아무도 기억 못 하는 네덜란드 국가의 가사처럼 비실거리다가 역사 속으로 사라져버릴 텐데, 넌 그런 운명으로부터 여왕을 구하고 싶었다고 했어, 너는 열정적으로 2차 세계대전 얘기를 하기도 했고 프로이트와 히틀러와 나눈 대화 얘길 하기도 했지만, 네가 학교에서 가장 우수한 학생이고 모든 과목에서 두각을 나타내는 천재라고 말하기도 했어, 선생님들이 널 탁구 트로피와 함께 진열장에 넣어두고 싶어할 정도로 다 잘해서 학교의 자랑이었다고, 넌 그렇게 허풍을 떨었어, 그때부터 넌 방벽지에 가느다란 연필로 너의 구호를 적기 시작했는데 아주 가까이 다가가서 보아야만 읽을 수 있었지, 나는 혼자이지만 외로움을 친구로 삼을 정도는 아니다, 나는 내 전장의 병사다, 나는 자유롭다, 그러나 해방된 건 아니다, 또 이렇게도 썼어, 내 기쁨은 생선과 같아서, 내가 욕심을 부릴 때마다 목에 가시가 걸린다, 넌 언젠가 베아트릭스 여왕이 널 찾아와 뒷짐을 지고는 너의 아지트를 천천히 둘러봤다고 상상했지, 그때 여왕이 지은 미소는 여왕의 날에 짓는 미소보다 훨씬 더 진실하고 사려 깊고, 어쩌면 사뭇 진지했다고, 어느 해 크리스마스 연설에서 나라의 앞날을 진심으로 염려하고 있다고 말할 때 짓던 그 미소처럼 진지했다고 했어, 여왕은 점거자들이 자신의 심장을 훔쳐간 건 아닌지 확인하기 위해 심장에 손을 얹곤 했는데, 그건 착한 사람의 마음에는 방이 수없이 많고 누구든 그 방에 살 수 있기 때문이라고 했어, 여왕은 벽에 쓴 구호를 읽으며 고개를 끄덕였다고, 고개를 아주 많이 끄덕였다고 했어, 그러다가 어느 순간 평화의 비둘기 같은 흰색 치마 정장 차림으로 네 침대 가장자리에 앉아서 옆자리를 두드리며 네게 앉으라고 했는데, 넌 당연히 주저 없이 앉았다고 신이 나서 말했지, 그 순간 넌 여왕의 향수 냄새를 맡았는데 캐러멜 향이 난다는 걸 알아차렸고, 너와 여왕은 인생과 학교와 남자애들 얘기를 나누었어, 때론 여왕이 한쪽 팔을 네 어깨에 두르기도 했는데, 네가 그 느낌에 익숙해질 무렵 여왕이 갑자기 자리에서 일어났어, 너는 어떻게든 마음을 돌려보려 애썼지만 소용없었어, 여왕은 국가의 의무가 부른다고 했어, 국민이 부르고 아이들이 부른다고, 그 순간 너의 방엔 정적이 감돌아서 고속도로의 소음까지 들렸는데, 약간의 상상력을 보태면 파도 소리처럼 들렸다고 했어, 넌 여왕에게 이렇게 말했어, **트릭스, 내가 당신의 의무예요. 내가 당신의 국민이고 내가 당신의 아이예요.** 그랬더니 여왕이 다정한 미소를 지으며 네 뺨을 살짝 꼬집고는, 어른들이 자주 쓰는 말투로 언젠간 너도 이해할 거라고 말했다고 했지, 물론 넌 이미 이해하고 있었지만 그러면서도 차라리 암흑에 머물고 싶던 거였어, 너의 눈에 슬픔이 깃들 때 여왕은 위풍당당한 흰담비족제비 망토를 걸치고 네 방을 떠났는데, 여왕은 떠나야만 하기 때문이라고, 여왕은 누구의 것도 아니고 국가의 것도 심지어 여왕 자신의 것도 아니기 때문이라고 했어, 너는 너의 구호들과 함께, 그 한심한 구호들과 함께 홀로 남겨졌다고 분노에 찬 목소리로 말했어, 오래도록 간직했지만 더는 맞지도 않는 광을 낸 롤러스케이트와 함께, 늘 그런 식이었다고, 영악한 목소리로 네가 말했어, **시간이 지나면 결국 모든 게 시들고 그 가치를 잃는 법이죠.** 지난 4월 왕자에게 꽃을 달아줄 때 너는 옷을 관통해서 핀으로 그의 영혼 한복판을 찔러버릴까 생각했는데 너는 그런 망상이 두려웠다고, 실제로 그가 죽어서 네가 그의 자리를 차지하게 될까 봐 두려웠고 그게 너의 두 번째 테러가 될까 봐 두려웠다고 했어, 나는 널 이해한다고 말하지 않았어,

너의 내면에서 미쳐 날뛰는 상실감을 안다고, 너의 근본이, 너의 목걸이와 왕관이 손상되었다는 걸 안다고 말하지 않았어, 과생장병에 걸린 덩이줄기 작물이 잘 자라지 못하고 토양 전체를 혹은 온실 전체를 감염시키는 것처럼 말이야, 네가 과생장병에만 걸린 게 아니라 장미의 성장에 문제를 일으키는 잎말이병에도 걸렸다는 걸 안다고, 너의 상실감이 점점 자라고 커져서 네 몸의 울타리보다도 높아지고 있다는 걸 안다고 말하지 않았어, 아니, 나는 축사에서 일어서서 뻣뻣한 다리를 죽편 다음 네게 일어나라고 말하고는 어미 없는 너의 몸을 꽉 끌어안았어.

20

몸에서 독소와 병균을 몰아내기 위해 점점 더 자주 운동화를 신었어. 미친 사람처럼 거리를 달렸지. 너의 살구색 피부를, 숨 막히게 가냘픈 어깨뼈를, 수영선수처럼 위쪽에서 조금 넓어지던 등을, 아직은 장난기 있고 오염되지 않은 너의 순수한 희열을 생각하려 애썼어, 넌 아직 어린애였어, 그건 확실해, 하지만 수영장에 널 몰래 따라갔을 때 남자애들이 주위에 있으면 네 자세가 달라진다는 걸 알았어, 등을 곧게 펴고 말뚝처럼 남자애들 곁에 서 있었지, 너는 말뚝이었고 너의 영역을 표시하고 싶어했어, 나는 남자애들의 갈퀴가 걱정됐어, 네가 욕망을 자극하는 매혹적인 몸짓으로 그 **귀여운 소년들** 주위를 뛰어다니는 이유가 그거라고 생각했거든, 내가 헤라르트 레버의 소설 《귀여운 소년들Lieve Jongens》을 읽어준 뒤로 넌 남자애들을 그렇게 불렀어, 난 네가 잘못된 남자애의 품에 안기지 않도록 경적을 울리고 싶은 것을 가까스로 참았지만, 아, 그 얼

175

마나 모호한 생각이었는지! 법원 공무원들이 기록하면서 키득거리는 소리가 들리는 것만 같네, 그 애가 **잘못된 남자애 품에** 안기는 걸 막고 싶었대, 본인은 **잘못된 남자**가 아니라는 건가, 하지만 여러분, 그건 사실이 아니에요! 난 나의 동기가 얼마나 불순한지 알았으니까요, 하지만 난 머저리 개자식이었고, 그래서 시끄럽고 제멋대로인 귀여운 소년들보다는 차라리 나와 함께 있는 편이 낫다고 생각했던 거야, 그래서 달렸어, 간척지를 가로지르고, 펌프장을 지나, 프리케베인세데이크 제방을 따라 더휠스트 농장까지 달려서 구제역 사태 이후 농장 마당에 들여놓은 소독조 옆에서 멈추었어, 정말이지 그 물에 몸을 씻고 싶었어, 내 몸을 완전히 소독하고 싶었어, 숨을 고르려고 양손으로 무릎을 짚는 순간 발바닥 물집이 터졌다는 걸 알았어, 이젠 카밀리아도 내가 산토끼들과 야간 전투를 치른다는 걸 알았지, 카밀리아는 아무 말도 하지 않고 그저 시트에 피를 묻히는 발에 약을 바르고 붕대를 감아주었어, 때로 카밀리아를 홱 밀치고 싶었어, 왜 이런 짓을 하냐고, 왜 괴물에게 붕대 감아주냐고 따지고 싶었어, 하지만 그랬다간 내가 뭐 때문에 괴로운지, 내가 치료하던 구더기에 파먹힌 암양처럼 뭐가 안에서부터 나를 갉아먹고 있는지 털어놓아야만 했겠지, 그 암양들은 종종 살지 못했어, 구더기가 내 장기를 서서히 파먹고 어느덧 영혼까지 갉아먹기 시작했으니 조만간 모든 걸 잃을 터였지만, 무엇보다도 널 잃게 되겠지, 나의 사냥은 결국 내가 가장 좋아하는 시, T. S. 엘리엇의 〈텅 빈 사람들〉의 한 구절로 끝나겠지, 시를 전부 다 외우고 있지만 우리 결말에는 마지막 행이 가장 어울렸어, 세상은 이렇게 **끝날 것이다. 굉음이 아닌 신음 속에서.** 나는 항상 내가 텅 비었다고 느꼈어, 네가 없으면 그땐 진짜 텅 비어버리겠지, 세상에, 난 흐느껴 울겠지, 네가 나의 빛이고 네가 나의 불이었으니까, 나는 다시 너의 침실 창문을 보았어, 새벽 1시였는데도 여전히 불이 밝혀져 있었어, 네가 R. L. 스타인의 '구스범스' 시리즈 몇 페이지를 읽는 상상을 했어, 끔찍하고 흉한 표지에 양각으로 제목을 새긴 그 책 말이야, 넌 그걸 읽다가 무서워서 몸을 떨며 침대 끝에 서서 팔을 벌리고 비행 연습을 했고, 몇 번 시도하다가 마침내 침대맡 스탠드의 불을 끄고 날개를 쉬었지, 너의 집 불이 다 꺼질 때까지 기다렸다가 안심하고 다시 달렸어, 폰델링언버흐 길과 테스타멘트스트라트 거리를 따라 달렸고, 자전거길과 고가도로 밑을 지나면서, 악몽의 유령을 보지 않으려고 우리 대화를 집요하게 되짚어보았어, 언젠가 넌 그런 말을 했지, 네가 처음 새가 된 건 그 사고 이후였다고, 선생님이 막스 펠트하위스의 《개구리와 작은 새 Kikker en het Vogeltje》를 너에게 주었을 때도 사고의 충격이 여전히 귓가에 생생했는데, 정작 네 아빠는 사고에 대해 너에게 한마디도 하지 않아서 넌 몇 주 동안 소파에 앉아 그 책만 붙들고 있었어, 내용은 하나도 이해하지 못했지만 그림은 아주 선명했는데, 그래서 가까스로 붙어 있는 젖니처럼 표지가 덜렁거릴 때까지 수도 없이 책장을 넘겼다고 했어, 책은 숲 가장자리에서 새 한 마리를 발견하는 개구리와 돼지의 이야기였어, 새는 등을 땅에 대고 다리를 하늘로 뻗은 채 누워 있었는데, 그것은 세상의 모든 새가 마지막에 취하는 자세였어, 개구리가 땅을 가리키며 돼지에게 말했지, 저 검은 새가 망가졌다고, 작동하지 않는다고, 넌 바로 그 대목이 잘못되었다고 했어, 마침내 네가 글을 읽을 줄 알게 되었을 때 그 대목이 잘못되었다는 걸 알고 너무 황당했다고, 왜 그런지 알아요? 네가 거칠게 물었고 내가 고개를 저었더니 속삭였어, 마치 비밀이라도 된다는 듯이, 죽은 건 망가질 수 없으니까요, 죽은 건 죽은 거고 그걸로 끝이에요. 망가져서 산산조각이 나는 건 남아 있는 사람들이에요. 네가 솔직했다면 화가 났다고 했겠지, 얼마나 화가 났는지 덜렁거리던 책 표지를 아예 뜯었다가 나중에 다시 테이프로 붙여놓았잖아, 그 책에 죽어야만 망가질 수 있다고 적혀 있어서 그렇게 화가 났던 거야, 망가진 채 살아가는 존재가 얼마나 많은데 말이야, 너 자신도 망가진 건지 아닌지는 모르겠지만 정상적으로 작동하고 있진 않다고 했어, 그 책은 또 죽음을 파란 하늘이라고 말하는데, 너에게 하늘은 살아 있는 것으로 가득 찬 곳이었어, 하늘을 가로지르는 제비와 까마귀와 까치와 솔개를 매일 보았으니까, 그러니 땅이야말로 마지막 숨결이었어, 떠돌이 고양이와 알을 낳던 암탉과 잃어버린 아이를 묻은 구덩이가 있는 곳, 하지만 제방 기슭에 구덩이를 파고 흙을 채우고 꽃을 덮어 애도할 수 없는 일도 있었지, 책 속 산토끼가 작은 새를 위해 바친 그런 기도, 이 새는 평생 아름답게 노래했으며 이제는 편안히 잠들었습니다와 같은 기도를 바칠 수 없는 일도 있었어, 너는 그 사람이 그립다고 말할 수도 없었어, 그 사람이 여전히 이곳에 있는데 어떻게 그리워하겠어? 그 사람이 여전히 너와 같은 땅을 걸어 다니고 있지만 널 그리워하지 않는데? **산다는 건 참 멋진 일이야!** 개구리가 그렇게 말하고 숨바꼭질하러 나가는데, 그게 가장 좋아하는 대목이라고 했지만 사실 그건 감동적인 대목이기도 했어, 왜냐하면 상실의 슬픔을 겪고 나서 숨바꼭질을 한다는 게 좋아 보였거든, 서로를 찾는 순간 상대방이 여전히 존재한다는 게 얼마나 소중한 건지 깨달았으니까, 한동안 서로를 만나지 못하면, 그렇게 한 사람이 사라져버리면, 찾아 헤매어도 찾을 수 없을 때의 싸늘한 기운을 느끼게 되거든, 누군가가 죽거나 떠났을 때, 누군가를 영영 잃었을 때, 우린 그 사람을 사방으로 찾아다니며 미쳐가지, 그제야 나는 깨달았어, 잃어버린 아이와 버리고 떠난 사람은 같지 않다는 걸, 넌 누군가를 죽음으로도 잃었고 삶으로도 잃었다는 걸, 하나는 너의 가슴을 아프게 했고 다른 하나는 비참할 정도로 널 무방비 상태로 만들었다는 걸, 그 일은 널 너무도 우울하게 했고 그래서 너는 너를 커다랗게 만들어야만 했어, 너는 또 이런 말도 했어, 새가 하늘을 향해 다리를 뻗고 있는 건 발톱 밑 굳은살을 하나님에게 보여주기 위해서인데, 그래야 그들이 얼마나 긴 시간을 하늘에서 보냈는지 하나님이 알 수 있다고, 막스 펠트하위스의 새는 소멸할 준비가 되어 있었고, 충분히 지저귀고 충분히 날았지만 많은 새가 그러지 못했다면서, 때로는 날아다닌 시간이 거의 없는 사람을 묻을 수밖에 없는데 그건 정말 끔찍하다고 했어. 하지만 넌 그 책을 읽은 뒤로 새가 되었어. 색깔을 바꿀 수 있는 새였지. 때론 깃털이 칠흑처럼 검은색이 되고 때론 회색이 되거나 눈처럼 흰색이 되었어. 너는 날아오를 수 있을 때까지 기다렸어. 비록 하나님이 너에게 얼마나 많은 비행 시간을 줄지, 얼마나 멀리 날아갈 수 있을지, 남쪽까지 닿을 수 있을지는 알 수 없었지만, 그래도 기다렸어. 너의 발바닥엔 굳은살이 제법 많아서 넌 가끔 그걸 걱정했지. 난 너에게 묻지 않았어. 네가 그리워하는 사람이 누구냐고, 누가 어떤 식으로 떠났길래 이렇게 열병 같은 꿈을 꾸고 떠나겠다고 협박하고 방문 옆에 거의 항상 이끼색 여행 가방을 챙겨놓냐고 묻지 않았어. 넌 가방을 들고 잃어버린 아이가 망가진 채로 누워 있던 그 가로등을 넘어서지 못했지. 대신 점점 더 자주 들판에 새처럼 등을 땅에 대고 누워 있었어. 너는 흐느끼면서 너무도 슬프고 너무도 쓸쓸한 목소리로 말했어. 난 **죽었어요, 완전히 죽었어요.** 나는 수의사 가방에서 스탠리 나이프를 꺼내 네 발의 굳은살을 살살 도려내고 싶었어. 아직은 떠날 때가 아니란 걸 알려주기 위해서. 하지만 넌 흐느끼며 내가 하나님이 아니라고 했지. 나는 맞다고, 나는 하나님이 아니라고. 하지만 하나님을 잘 안다고 우린 친구라고 거짓말했어. 하나님이 너의 비행시간을 몇 시간 더 늘려주라고 했다고, 정말 그렇게 말했다고 했어. 네가 떠나겠다고 협박할 때마다 내가 너를 붙잡았어. 네가 그걸 원했으니까. 누군가가 널 땅에 단단히 붙잡아서 네가 다른 사람을 들이받는 비행기가 되지 못하게 막아주기를 원했으니까, 왜냐하면 넌 이미 누군가가 널 들이받은 것 같은 기분이었거든, 그래서 네가 또다시 풀밭에 죽은 척하고 있을 때, 이제부터 내가 조종사가 되겠다고 했어, 비행기를 띄울지 말지는 조종사가 결정하는데, 이륙하기 전에 점검할 것이 좀 있다고, 프로펠러와 착륙 장치, 표지등 같은 것을 점검해야 한다고 했어, 너는 안도하더라, 심지어 미소까지 머금고 죽은 새인 척하기를 그만두더니 진지한 목소리로 말했지, 커트, 추후 공지가 있을 때까지 비행을 연기해야겠어요, 일단 하늘에 올라가면 제대로 판단하기가 어렵거든요. 그리고 너는 말을 이었어, 철새가 비행 도중 마음을 바꾸는 걸 본 적이 없는데, 그건 마음을 바꾸면 추락할 확률이 높아지기 때문이라고, 비행은 능력의 문제가 아니라 믿음의 문제이기 때문에 할 수 있다고 믿는 게 중요한데, 넌 할 수 있다고 믿는다고, 하지만 내 말이 맞다면서 정비를 하지 않고 이륙하는 건 어리석은 짓이라고 했어, 먼저 바람을 일으켜야 하는데 지금은 너무 고요해서 나뭇잎조차 흔들리지 않는다고, 나는 널 보았어, 지혜롭지만 환상 속에 사는 너란 생명체를, 기름띠에 갇힌 논병아리처럼 옴짝달싹 못 하는 너를, 주방 세제로 씻어보려 아무리 애를 써도 기름은 오히려 더 깊숙이 스며드는 것 같았지, 손만 더러워지고 시간만 낭비하는 일 같았어, 그래도 난 기다렸어, 네가 나의 노력에 사랑으로 답할 날을 기다렸어, 너에게 몸부림칠 힘이 있다는 건 오히려 네가 아직 강하다는 뜻이었으니까, 네가 내 품에 몸을 던지기엔 너의 생존 확률이 여전히 너무 높았어, 기름때에서 구조한 새를 치료하려면 일주일 정도 온실처럼 따스하고 환한 공간에 두고 스스로 천연 유분을 생성하게 해야 했기에, 나는 널 따스하게 해준 다음 놓아주었지, 네가 나 없이는 안 된다고, 조종사 없이는 안 된다고 느낄 수 있도록 말이야, 나는 그런 생각을 하면서 밤마다 달렸고 상상 속에서 끊임없이 너에게로 돌아갔어, 그리고 거리 세 개를 지나고 나서야 깨달았어, 누군가가 날 미행하고 있다는 걸, 《개구리와 작은 새》에 깊이 몰입하다 보니 그걸 알아차리기까지 시간이 걸렸어, 문득 발소리가 들리는 거야, 뜨거운 아스팔트를 두드리는 발소리는 점점 더 커졌어, 마침내 용기를 내어 뒤를 돌아보니 악몽에서 본 솜털 같은 병아리가 미친 듯이 날 쫓아오고 있었어, 내가 어깨 너머로 소리쳤지, 날 내버려두라고, 곧바로 바보가 된 기분이 들더라, 한밤중에 상상 속 병아리에게 고함을 지르다니, 훗날 법원 공무원들은 이 대목을 무척 좋아했지, 하지만 거대한 병아리가 나보다 빨랐어, 순식간에 날 따라잡더니 이렇게 말하는 거야, **집으로 돌아가, 커트, 집으로 돌아가.** 나는 병아리에게 여긴 어쩐 일이냐고, 왜 날 괴롭히냐고 물었어, 흰 운동화에서 피가 배어 나왔지만 개의치 않았어, 달리고 또 달리다가 결국 그날 밤의 유령과 부딪치고 말았지, 어머니가 앞치마를 두르고 내 침대 가장자리에 앉아 팬케이크를 돌돌 말고 있었는데, 그건 화해의 팬케이크였어, 찐득하고 숨이 턱 막히는 기름 냄새로 바로 알 수 있었지, 어머닌 미안하다고 내일은 잘해

보겠다고 하고는 내가 참 다루기 힘든 애라고 했어, 어머니는 팬케이크 끝부분을 내 입으로 밀어 넣었고 나는 아무 생각 없이 그걸 받아먹었어, 시럽이 잠옷 깃을 타고 목으로 흘러 들어오는 게 느껴졌어, 무슨 말이든 하고 싶었지만 입이 꽉 차 있었어, 갑자기 굵은 빗방울이 떨어지더니 내가 빗물에 완전히 잠겼어, 수영하듯 양팔을 저었지만 빗물이 너무 찐득하고 끈적거려서 앞으로 나아갈 수가 없었지, 폐에서 서서히 공기가 빠져나가고 양쪽 볼이 시럽으로 가득 찼어, 그때 축산 농부가 침대 맞은편에 나타나 나를 향해 시퍼런 손을 내밀며 웃었지만, 내 손가락이 닿으려 할 때마다 매번 손을 거두었어, 하긴 내가 그를 돕지 못했는데 그가 왜 날 돕겠어? 나는 시럽에 숨이 막혀 기침하면서 정신을 차렸어, 달리면서도 죽어라 기침했고, 어느 순간 내가 있는 곳이 어딘지 알 수 없었어, 거리가 낯설게 느껴지더라, 나는 원을 그리며 달리기 시작했고 머리가 빙글빙글 돌았고 그러다가 어느 순간 탈진했어, 하지만 포기하려는 순간, 놀이터 옆 풀밭에 쓰러지려는 순간, 노란 병아리가 일렬로 들어선 집 뒤에서 솟아오르는 걸 본 거야, 거기로 가야 한다는 걸 바로 알았지, 거긴 '텅 빈 사람'의 집이었고, 훗날 그 형편없는 법원 공무원들 말이 옳았다는 걸 인정하고 싶진 않았지만, 그 병아리는 실제로 부활을 상징하는 것 같았어, 왜냐하면 내가 바라지 않은 게 있다면 그게 바로 부활이었거든, 아니, 난 계속 살고 싶었어, 네 안에서, 오직 네 안에서.

21

비닐장갑을 낀 손을 암소의 후부로 밀어 넣을 때, 그날 저녁 그와 똑같은 열기를 다시 느끼게 될 줄은 몰랐어. 나는 블라르 콥 젖소의 발정과 아이의 발정을 혼동했고, 너에 대한 소유권을 주장하며 나의 불순물을 네 몸속에 남겨놓았고, 네가 어디에 있건 갑자기 너 자신을 잃을 수도 있다는 개념을 주입했어, 그 일은 너의 일기장 속에 **비밀!**이라고 적힌 노란 포스트잇 밑에 기록된 마지막 장면 중 하나가 되었지, 훗날 네 오빠가 너의 일기장을 훔쳐갔는데, 그건 우리가 함께한 시간이 그 뒤론 오직 너의 머릿속에만 남게 된다는 뜻이었어, 하지만 너의 머릿속도 침대 밑 공간처럼 잡동사니로 가득 차버려서 안전하진 않았고, 그 속에서 모든 게 곪아터지기 시작했지만, 나는 나약했어, 하늘이 내린 가장 특별한 존재, 나는 나를 멈추기엔 너무 나약했어, 그래서 카밀리아에게 같이 가자고 할 수밖에 없었는데, 그러면서도 속으로는 카밀리아가 못 가게 되길 은근히 바랐지, 카밀리아에게 우리와 함께 영화를 보러 가자고 했을 때 카밀리아가 꼿꼿이 모임에 가야 한다고 해서 마음이 놓였어, 카밀리아는 이미 너에게 너무 익숙해져서 더는 의심하지 않았거든, 카밀리아는 오히려 네가 그렇게 우리 집에서 자주 식사를 하는데도 네 아빠가 아무것도 묻지 않는다며 걱정했지, 어쨌든 카밀리아는 너에게서 주로 재능이 넘치는 날개 달린 외로운 생명체를 보았고, 네가 계속 날 수 있기를 바랐고 네가 빛날 수 있도록 돕고 싶어했어, 넌 카밀리아의 제자였고 카밀리아는 영화를 보러 가는 게 너에게 도움이 된다고 생각했지, 난 너와 함께 있는 시간을 기다렸어, 극장에서 어깨를 맞대고 앉아 내 무릎을 네 무릎에 밀착하고, 너에게 팝콘을 먹이고, 네가 그토록 좋아하는 사악할 정도로 달콤한 젤리빈을 먹여주는 시간을, 넌 초록색을 가장 좋아했고 분홍색은 곰팡이 핀 딸기 맛이라며 봉지에 남겨두었지, 난 그 모든 걸 알고 있었어, 그것 외에도 슬픈 장면이 나오면 네가 콧등을 찝는다는 것도 알았어, 왜냐하면 넌 영화가 형편없을 때만 울어야 한다고 생각했거든, 영화가 너무 늘어진다 싶으면, 혹은 따분해지거나 집중을 못 하면 다리를 떤다는 것도 알았어, 어두운 극장을 좋아하지만 약간 폐소공포를 느낀다는 것도, 그래서 넌 영화를 보면서 여러 번 비상구를 확인했어, 만약을 대비해서, 하지만 그날 저녁, 그토록 날마다 자제력을 연습하면서도 자동차 짐칸의 매트리스를 쓰레기장에 내다 버리지 않은 걸 뒤늦게 후회한 그날 저녁, 넌 한 번도 비상구를 확인하지 않았어. 라스 폰 트리에의 영화 〈도그빌〉에 완전히 빠져들었거든, 니콜 키드먼 주연의 그 영화 말이야, 넌 콜라 마시는 것조차 잊고 한 번도 뒤척이지 않고 생쥐처럼 조용히 앉아 있었어, 나중엔 한껏 들뜬 목소리로 그 영화가 얼마나 황당할 정도로 훌륭한 영화인지 얘기했지, 낯설게 만들기 효과, 배우들의 연기, 무엇보다도 분필로 그린 짖는 개에 대해, 너도 그런 개를 한 마리 갖고 싶다고 했고 그 영화가 사실은 네 이야기라고도 했어, 영화는 비밀을 간직한 여자의 이야기이고 주변 사람들은 여자에게서 무언가를 원하는데, 그러다가 점점 더 많은 것을 원하게 되는 이야기라고, 비록 네가 갱단 단원 둘에게 쫓기는 신세는 아니지만 그들은 두려움을 상징한다면서, 사람은 누구나 각자의 삶에서 검은 옷을 입은 갱단에게 쫓기고 있고, 너도 거기서 벗어나려 애를 쓰지만 너의 이야기는 좀 더 나은 결말로 끝나길 바란다고, 적어도 머리에 총알을 맞는 결말은 아니었으면 좋겠다고 했어, 그제야 나는 영화 각본에서 내가 누구인지 깨달았어, 나는 강간 장면에 나오는 그 남자였지, 네가 거의 언급하지 않았던 그 남자, 모든 게 너무나 분명했는데도 난 그걸 볼 수 없었어, 적어도 제대로는 볼 수 없었어, 왜냐하면 난 영화를 보는 내내 나의 자막만 생각했거든, 영화 자체보다는 차에서의 결말을 기대했어, 네가 배우들에 대해 쉴 새 없이 떠들고 있을 때, 내가 로베르스테이흐 골목 쪽으로 차를 몰고 있다는 걸 네가 알아차리지 못했을 때, 내가 주목나무 뒤에 차를 세우고 최대한 태연하게 짐칸에서 계속 얘기하자고 했을 때, 너는 배우처럼 대사를 외우며 뛰어내려 차를 빙 돌아 매트리스로 몸을 던졌어, 너는 니콜 키드먼이 좋은 쪽으로 예쁘다고 말했어, 인형 같거나 인조인간처럼 예쁜 게 아니라 매력적으로 예쁜데 그런 사람들이 많다고, 나는 베아트릭스 여왕 포스터를 등지고 네 곁에 누웠어, 이 구출 작전으로 훈장을 받을 거라고 기대하지 않았거든, 이건 구출 작전이라기보다는 타락 작전에 가까웠으니까, 넌 쉴 새 없이 떠들었고 그래서 내가 손으로 너의 입을 막았어, 그렇게 몇 초 정도 기다렸다가 손을 치우고는 내 입술로 거칠게 너의 입술을 눌렀어, 그리고 끔찍한 젤리빈 맛이 사라지고 너의 맛이 느껴질 때까지 키스했지, 그리고 물었어, **지금 넌 뭐야? 새야. '개구리'야, 아니면 수달이야?** 너는 어깨를 으쓱하더니 아무도 묻지 않을 때만 네가 누군지 알 수 있다고 했어, 모호한 대답이었지만 솔직히 상관없었어, 중요한 건 우리가 함께 누워 있다는 사실뿐이었으니까, 다만 입맞춤을 멈추는 건 위험했던 게, 멈추는 순간 네가 곧바로 방금 본 영화에 대한 끝없는 생각의 흐름 속으로 사라져버렸거든, 너는 라스 폰 트리에 '기회의 땅' 3부작 중 이제 막 개봉한 〈만덜레이〉도 너무 보고 싶다고 했고 나는 꼭 같이 가기로 약속했어, 나는 너의 비밀을 묻지 않았어, 갱단 단원들이 너에게 무얼 원했는지도 묻지 않았어, 오직 내가 너에게 무엇을 원하는지만 알고 있었고 그건 바로 네가 나의 나라에서 길을 잃는 거였지, 그래서 너의 입술에서 내려와 너의 티셔츠를 들춘 다음 너의 배에, 청바지 바로 위 맨살에 키스하며 사랑한

다고 속삭였어, 널 사랑한다고, 믿을 수 없을 정도로 사랑한다
고, 지금껏 누구도 네게 그런 말을 해준 적이 없다는 걸 나는
몰랐어, 하지만 넌 책과 영화에서 그런 장면을 보았고 그럴 때
어떻게 대답해야 하는지 알고 있었어, 그 말을 똑같이 해주지
않으면 상대방이 슬퍼한다는 걸 알았지, 그래서 넌 나에게 사
랑한다고 속삭였고, 내가 정말이냐고 물었더니 허먼 브루드의
노래 가사를 인용했어, 나 **자신을 사랑하듯 당신을 사랑해요, 다
른 사람은 필요 없어요.** 그게 진심이란 걸 알았어, 네가 너 자신
을 사랑하듯 날 사랑한다는 걸, 그리고 그 사랑은 끊임없이 변
한다는 걸, 사실 너는 너 자신을 **진정으로** 사랑하진 않았고 그
래서 나 역시 진정으로 사랑하진 않았지만, 그 순간 넌 행복했
고 행복할 때면 다 잘될 거라고 믿었어, 비록 너는 엉망진창이
었지만, 내 사랑, 그래도 나는 너의 대답이 만족스러웠어, 가
장 중요한 건 네가 그렇게 믿고 있다는 거였고 네가 날 사랑한
다고 생각한다는 거였으니까, 네가 그렇게 생각하면 그런 거
니까, 난 그걸 동의의 신호로, 너의 청바지 단추를, 꽃이 그려
진 은색 단추를 풀어도 된다는 신호로 받아들였어, 너의 내면
에 있는 어린아이를 볼 때마다 나는 감동했어, 나는 그 아이가
뛰어노는 걸 보고 싶었고 내 무릎에 앉히고 싶었고 더 나은 세
상으로 데려가고 싶었지만, 그러면서도 그 아이를 욕망하고
옷을 벗기고 싶었지, 아, 이 모순은 얼마나 역겨운 것인지, 내
게 너에게 말했어, 누군가를 사랑한다는 건 그 사람이 머리부
터 발끝까지 전부 다 만져주기를 바라는 거라고, 뼈까지 해부

되기를 원하는 거라고, 내가 널 해부해도 되느냐고 물었어, 넌 여긴 메스가 없지 않냐고 했지, 나는 네 팬티 리본 주위로 손가락을 빙글빙글 돌리면서 내 손을 메스라고 상상하라고 했고, 너는 생각에 잠긴 표정으로 고개를 끄덕였어, 나는 존재하기 위해 반드시 고통을 겪어야 하는 게 아니란 걸 너에게 보여주고 싶은 마음이 간절했어, 그래서 너의 팬티 속으로 손을 넣었고 네가 너무도 젖어 있어서 놀랐지, 오, 그 기쁨의 연못, 그 순간 너에게 고맙다고 속삭였더니 네가 **왜요?** 하고 물었고 난 미소를 지었지, 왜냐하면 넌 이해하지 못했으니까, 하지만 내가 이해하게 만들 거니까, 네가 경직과 이완을 오가며 갈팡질팡하는 모습을 지켜보았어, 내 사랑스러운 자기, 너는 불안해했고 두려워했지, 테헨란트 자연보호구역에서 사냥철이 시작될 때 침대에 누워 허공을 가르는 총소리를 들을 때처럼, 단지 작물의 피해를 최소화하기 위한 사냥이란 걸, 여우와 꿩과 기러기를 잡는 사냥이라는 걸 너는 알고 있었지만 그래도 구제역 때의 소들을 떠올리지 않을 수 없었지, 너는 침대에 누워 목사가 미끼 사냥을 할 거라고 짐작했어, 한 자리에 계속 숨어 있다가 짐승이 나타나면 조준해서 사다리나 플랫폼 위에서 쏘는 방식이었지, 표적을 맞추는 순간 총알이 땅에 박히도록 말이야, 너는 네가 사냥감이 된 것만 같았고, 사냥꾼이 얼마나 가까이에 있는지 가늠하려고 섬광과 총성이 몇 초 간격인지 세었어, 비록 널 잡으려는 밀렵꾼은 볼 수 없었지만, 어둠이 내리면 어디에서나 밀렵꾼을 볼 수 있었어, 넌 지리 시간에 교탁 앞으로 불려 나갔을 때처럼 불안해했어, 그럴 때면 단순한 질문에조차 대답할 수 없었고 머리가 빙글빙글 돌았지, 너는 마치 잘 보이는 곳에 세워놓은 사냥한 짐승의 박제처럼 양팔을 옆구리에 바짝 붙이고 서 있었는데, 반 친구가 네 겨드랑이에 잔털이 나기 시작한 걸 알아차렸지만 너는 그 털을 어떻게 해야 좋을지 알 수 없었고 여자애들이 키득거리면서 네가 그린치 같다고 놀렸기 때문이었지, 그린치는 크리스마스에 전기 면도기를 선물받고 모두에게 조롱당해서 결국 크리스마스를 증오하게 된 괴물이잖아, 바로 그런 두려움과 당혹감을 느끼며 내 곁에 누워 있는 너의 모습이 오히려 날 더 흥분시켰어, 네 눈에 눈물이 차오르는 걸 보았고 나는 손가락을 너의 몸 속에 깊이 넣으며 속삭였어, 난 **히틀러야**, 난 **프로이트야**. 그 말에 네가 무너졌지, 무너진 게 분명한 것이, 네가 낮게 신음하며 혀로 입술을 축이는 걸 보았거든, 네가 울음을 멈추고 속삭였어, 너는 '개구리'라고, 들판에서 가장 예쁜 개구리라고, 너는 높이 뛰어오를 수 있어서 헷도르프 너머에서 희미하게 반짝이는 약속의 땅을 보았다고 했어, 그리고 가끔 샤워할 때 서서 오줌을 누어서 발 위로 흐르게 하는데, 그 느낌이 좋다고, 그래서 내가 말했지, 넌 '개구리'가 맞고 지금 내가 널 해부하고 있다고, 먼저 물갈퀴 달린 발을 해부하고 나서 야들야들한 다리를 해부하고, 그다음엔 심장 옆을 조금 절개해서 너의 심장이 누구를 위해 무엇을 위해 뛰고 있는지 볼 거라고 했어, 그러자 너의 뺨이 붉게 물들었고 너는 점점 더 입술을 자주 축였어, 그러다가 네가 갑자기 두 다리를 꽉 오므리더니 내 손을 밀쳐내려 했어, 하지만 내가 더 강했지, 난 영화 속 그 남자였으니까, 너의 눈빛이, 마치 눈동자 속 오팔에 광을 낸 것처럼 점점 더 밝아졌고, 나는 너의 다리를 더 벌리고 '개구리'에 관한 말로 널 휘저었어, 그게 널 미치게 만들었지, 내 사랑스러운 아이, 너는 빛에 도달하지 않으려는 듯 저항했고 난 너무도 널 그곳에 데려가고 싶었어, 내가 너에게 속삭였어, 다음번에는 갈퀴가 있을 거라고, 비록 우린 연극을 보러 갈 거지만, 베케트의 새 번안 작품을 보러 갈 거지만, 세상엔 다양한 갈퀴가 존재하고 아기 예수의 갈퀴보다, 어린 천사의 갈퀴보다 더 크고 더 예쁜 갈퀴도 있는데 얼마든지 만질 수 있다고 했지, 그때 님프 같은 너의 몸이 움찔했어, 너무도 사랑스럽게, 너무도 놀랍도록 아름답게 움찔했어, 마치 피부 속에서 일어나는 지진처럼, 그때부터 나는 침묵을 걷어내기 위해 떠들기 시작했지, 네가 뿌리째 뽑혀버린 것도 보고 싶지 않았고 태어나서 처음으로 정신을 완전히 잃은 것도 보고 싶지 않았고 지진으로 너의 뼈에 금이 간 것도 보고 싶지 않았어, 아니, 보고 싶지 않았어, 그래서 베케트에 대해 얘기했어, 그의 유명한 연극 〈고도를 기다리며〉에 대해, 거기 나오는 인물에 대해, 나는 블라디미르와 에스트라곤, 그리고 럭키와 포조에 대해 얘기하면서 네가 에스트라곤과 가장 닮았다고 말했어, 에스트라곤은 늘 블라디미르를 떠나고 싶어하면서도 매번 마음을 바꾼다고, 사람이 가장 버림받은 기분이 드는 건 누군가가 실제로 떠났을

191

때가 아니라 떠나겠다고 위협할 때라고, 너무도 많은 사람들이 결코 오지 않을 누군가를, 너무 긴 시간, 너무 간절히 기다린다고, 그러면서 정작 그 시간에 지나가는 사람들은 보질 못한다고, 나는 네가 이 상황에서 너 자신을 보기를 바란다고 했어, 너도 고도 같은 누군가를 기다리고 있는 거라고, 버림받은 너의 상처를 전부 다 가져가줄 수 있는 누군가를, 문 뒤에 놓아둔 너의 여행 가방을 풀어 정리해주고 가방을 영원히 치워줄 어머니에 대한 환상을 품고 있는 거라고, 나는 네가 정신을 차릴 때까지 계속 떠들었어, 너의 얼굴이 더는 창백하지 않을 때까지, 네가 다시 재잘거릴 수 있을 때까지, 그러고는 너에게 주얼 에이컨스의 '더 버즈 앤 더 비스The Birds and the Bees'의 가사를 건네주었지, 그가 남긴 유일한 히트곡이었어, 빌보드 핫100 차트에서 2위까지 갔던 곡, 그 뒤로 낸 싱글 〈본 어루저〉에는 B면에 서스턴 해리스의 '리틀 비티 프리티 원Little Bitty Pretty One'이 있는데도 그만큼의 성공을 거두진 못했다고, 그러자 네가 신나서 외쳤어, 그 노래가 바로 로알드 달 원작의 영화 〈마틸다〉에 나오는데, 마틸다가 자신에게 신기한 능력이 있고 눈빛만으로 모든 걸 움직일 수 있다는 걸 깨닫는 장면에서 나온다면서 후렴을 부르기 시작했어, 너의 높고 떨리는 목소리가 너무도 순수해서 나는 머릿속으로 가사 몇 군데에 밑줄을 그었어, 얘기 하나 해줄까, 아주 오래전 일이야, 작고 예쁜 꼬마야, 난 네가 자라는 걸 지켜봤단다, 워 워 워 워. 나는 널 농장으로 데려다주었고 너는 피아트 문을 열다가 갑자기 머뭇거리며 뒤를 돌아보았어, 조금 전의 행복은 어느새 사라지고 너는 다시 뿌리 뽑힌 존재로 돌아가 있었어, 넌 기분이 이상하다고, 정말 기괴하고 이상하다고 말했고 나는 웃으며 아마 젤리 빈 때문일 거라고 했어, 하지만 넌 **아뇨, 그거 말고요, 알잖아요,** 하고 말했어, 나는 고개를 끄덕이면서 안다고, 하지만 누군가를 깊이 좋아하면 당연히 그런 기분이 드는 거라고 했어, 그러고는 날 무척 좋아하지 않느냐고 물었고, 너는 열정적으로 고개를 끄덕였어, 나는 네가 훌륭한 '개구리'가 될 거라고, 내가 도와주겠다고 했어, 난 너의 친구, 너의 커트라고, 그러자 너의 눈에 있던 불안이 사라졌어, 잠시나마 안심하는 것 같았지, **잘 가, '개구리', 곧 보자, 아주 곧.** 내가 말하고는 차를 돌렸고 네가 깡충거리며 뛰어보려 애쓰는 건 보지 못했어, 넌 뛰어보려 했지만 뛸 수 없었지, 예전처럼은.

22

　네가 흔들리고 있다는 건 갈수록 분명해졌어. 넌 남자애와 여자애 사이에서 흔들렸고 수영장에 있는 귀여운 소년들과 조그만 남자애의 뿔에 점점 더 집착하게 되었어, 종종 수영이 끝나면 넌 귀여운 소년들을 자전거 뒷자리에 태워 집까지 데려다주었는데, 히틀러가 옳았어, 넌 그렇게 배달부가 되었고, 나는 피아트를 타고 안전거리를 유지하며 부러움 섞인 시선으로 널 바라보았지, 팔 밑에 수건을 끼고 염소 냄새 나는 젖은 머리카락으로 수영장을 나서면서 네가 그들을 바라보는 눈빛을 보았어, 네가 그들 무리에 섞이기 위한 태도를 취하는 모습, 그들을 따라 하는 모습을 보았어, 너는 매번 남자애들이 배달부에게 팁을 주길 바랐고 그들의 갈퀴를 훔쳐볼 수 있기를 바랐어, 침대 밑에 숨겨둔 말라비틀어진 수달의 음경 뼈는 이미 잊은 지 오래였지, 그건 유치한 장난이었고 이제 넌 진짜를 원했어, 넌 남자애들의 갈퀴가 수달의 것보다 미학적으로 더 아름답다고 생각했는데, 언젠가 할머니가 사준 막대 모양의 기다란 사탕에 더 가까웠거든, 네가 입천장이 닳도록 빨아대던 그 사탕 말이야, 그래, 넌 진짜를 원했고 한번은 내게 이렇게 말했지, 동물 세계에서 가장 큰 음경을 가진 동물은 흰긴수염고래인데 음경이 자그마치 3.5미터에 달한다고, 육지 동물 중에서는 1.5미터인 코끼리의 것이 가장 크고, 따개비라는 갑각류는 수컷이면서 동시에 암컷인데, 자기 몸길이의 스물다섯 배나 되는 음경을 두 개나 갖고 있다고, 하지만 동물 세계에서 가장 매혹적인 음경은 단연 망토개코원숭이의 그것이었지, 녀석은 밝은 빨간색 음경을 갖고 있는데 때로는 앉아서 일부러 크고 매력적인 자신의 음경을 과시하며 그걸로 권력을 행사하기도 했어, 넌 이런 얘기에 완전히 매혹되었어, 따개비는 두 개나 갖고 있는데 너에겐 하나도 없는 게 불공평하다고 생각하면서도 말이야, 하지만 두 개를 갖게 되면 조준이 힘들 것 같다고도 했어, 그때부터 넌 남자애들의 갈퀴에 심하게 집착했어, 내가 커피 마시는 시간에 라파엘의 그림 몇 장을 보여주고 난 뒤에는 집착이 더 심해졌지. 그때 네 오빠와 아빠는 말스트롬 강 건너에서 건초 압축 작업을 하는 중이었어, 일기예보에서 소나기를 예고했던 터라 쉴 틈이 없었거든, 실제로 큰비가 쏟아질 것 같긴 했어, 먹구름이 하늘을 덮은 지 꽤 되긴 했지만 말이야, 이렇게 한 방울도 떨어지지 않다가 어느 순간 느닷없이 퍼붓겠지, 나는 너에게 라파엘의 〈카우퍼의 작은 성모〉를 보여주었어, 워싱턴의 어느 박물관에 있는 그림이었는데, 박물관은 9·11 당시 세 번째 비행기가 충돌해서 외벽이 무너진 펜타곤 근처에 있었어, 내가 박물관을 언급하는 순간 너도 그 생각을 하는 것 같았고 또다시 죄책감에 빠져드는 것 같았지만, 흔들거리는 정원 테이블 위, 달콤한 비스킷과 머그잔 사이에 펼쳐놓은 그 그림이 너의 시선을 사로잡았어, 마리아가 천사 같은 조그만 남자애를 안고 있었는데, 남자애가 통통한 팔로 마리아의 목을 끌어안았고 마리아의 한 손이 남자애의 맨엉덩이를 손으로 받치고 있었어, 너는 작품의 장엄함에 넋을 잃었어, 너는 카우퍼가 누구냐고, 그림 속 남자애는 몇 살쯤 됐냐고, 그 애의 꿈은 뭐였냐고 물었고, 나는 너의 흥분이 가라앉지 않도록 헛소리를 늘어놓았어, 그다음엔 〈성모와 아기〉를 보여주었는데 이번에는 아이를 정면에서 볼 수 있었고 그의 작은 갈퀴도 드러나 있었지. 물론 〈카우퍼의 큰 성모〉도 보여주었는데 넌 그 그림엔 별로 흥미를 보이지 않았어, 그림 속에서 아기 팔이 음경을 가려서 아무것도 볼 수 없었으니까, 그래, 넌 주로 〈카우퍼의 작은 성모〉의 남자애만 보았어, 아이의 조그만 엉덩이와 그의 고추를, 너는 정원 테이블 주위를 신이 나서 맴돌다가 다시 그림에 몸을 숙이고는 기쁨의 한숨을 내쉬었고, 마리아가 분명히 훌륭한 어머니였을 거라고 했어, 아이를 바라보는 애정 어린 표정을 보면 알 수 있다고, 그때 내가 가방에서 라파엘의 또 다른 그림을 꺼냈는데, 바로 푸토 그림이었어, 푸토는 조각과 회화에 등장하는 통통하고 벌거벗은 천사 같은 아이들을 칭하는 말이라고 설명했지, '아기 천사'라고도 불리는 아이들, 너는 또다시 정원 테이블 주위를 빙빙 돌면서 들뜬 목소리로 외쳤어, **나는 푸토야, 나는 푸토야!** 이게 바람직한 결과인지 아닌지 난 모르겠더라, 넌 너무 야위어서 푸토 같지 않았지만 새가 이렇게 미친 듯이 파닥거리는 모습을 본 적 없던 나는 그 뒤로 널 푸토라고 불렀어, 내가 그림을 치우는 순간 농장에서의 그 시간처럼 네 영혼에서 새가 사라져버렸고, 너는 네가 어딘가 잘못됐다고, 아주 단단히 잘못됐다고 말했어, 아, 그때 네가 얼마나 안쓰럽던지, 나의 사랑스러운 푸토, 나의 어여쁜 아기 천사, 카밀리아도 같은 말을 했었지, 며칠 전 카밀라가 널 교정 치과에 데려갔을 때였어, 네 아빠가 소 때문에 너무 바빠서 갈 수가 없었거든, 드디어 헤드기어 교정장치에서 벗어날 수 있게 된 너는 기뻐하기는커녕 집으로 돌아오는 길 내내 뒷좌석에서 울었어, 내 아들이 드림플라이트 다크라이드를 타다가 널 버렸을 때보다도 더 서럽게 울더라고 카밀리아가 그러더라, 넌 그 흉측한 교정기가 사라지게 되면 치과 의사도 함께 사라져버린다는 걸 알았던 거야, 그 의사는 다소 퉁명스럽고 친절하지도 않았지만, 어쨌건 그건 상실이었으니까, 카밀리아는 네가 그렇게까지 괴로워하는 건 정상이 아니라고, 너무 환상 속에 살아서 갈수록 진실을 분간하기 어려워한다고 했어, 하지만 난 그보다는 훨씬 더 널 이해했어, 네가 울었던 건 치과 의사 때문은 아니었어, 적어도 진짜 이유는 그게 아니었어, 그보다는 누군가가 떠날 때마다 사정없이 벌어지는 상실의 상처 때문이었어, 카밀리아가 너에게 언제든 의사에게 카드를 보낼 수 있다고 말했을 때 넌 비로소 진정할 수 있었지, 넌 카밀라의 말에 이렇게 대답했어, 치아 뒤 철심을 빼내서 다시 이가 삐뚤어지게 할 수도 있다고, 그런 생각을 하면서 오히려 신이 났어, 카밀리아에게 그 얘길 들었을 때, 나는 미트 로프의 노래 '아이 드 두 애니씽 포 러브I'd Do Anything for Love'를 떠올리지 않을 수 없었어, 네가 잃어버린 아이와 버리고 떠난 사람을 둘 다 잃은 바로 그해에 나온 노래라 너에겐 완벽했지, 그건 너에 관한 노래였어, 넌 사랑을 위해서라면 뭐든 했으니까, 어쩌면 난 미친 건지도, 미친 소리 같겠지만 그건 진실이야, 네가 날 구할 수 있단 걸 알아, 그 누구도 아닌 오직 너만이. 어쩌면 난 외로운가 봐, 내가 할 수 있는 일은 오직 그것뿐인가 봐, 내가 지킬 수 있는 꼭 한 가지 약속이 있어. 바퀴가 굴러가는 한, 불꽃이 타오르는 한, 기도가 이루어지는 한, 사랑을 위해 난 뭐든 할 수 있어, 넌 그걸 믿어야만 해. 넌 잘못된 데가 없다고 내가 널 안심시켰어, 거짓말이란 걸 알면서도 그렇게 말했어, 난 너에게 손을 내밀고는 우린 뉴욕에 속죄하러 갈 거라고 했어, 정말 갈 거라고, 지금 당장 가자고, 내가 조종사라고, 네가 내 손을 잡으며 미심쩍은 표정으로 날 쳐다보았지, 냉각 탱크 뒤에 있던 우유 양동이 두 개를 꺼내 제방 뒤 풀밭에 거꾸로 놓았더니, 네가 미심쩍은 표정으로 날 보았어, 나는 너의 손을 놓고 그 위에 올라서서, 네가 나와 똑같이 할 때까지 기다린 다음, 눈을 감고 두 팔을 뻗고 준비됐냐고, 날아오를 준비가 됐냐고 물었지, 속눈썹 사이로 슬쩍 너를 보았더니, 네가 수줍게 양팔을 벌리고 양동이에 올라서 있었고 너의 뺨은 젖어 있었어. 그 8월의 오후, 우리는 풀튼 스트리트로, 트윈 타워가 있는 곳으로 날아갔고, 나는 네가 죄책감을 느끼는 모든 것에 대한 너의 감정을 표현해보라고 했어, 네가 사과의 말을 웅얼거렸고 의도적으로 건물에 충돌했던 절대 아니었다고, 단지 경로를 이탈한 것뿐이었다고 말했어. 화가 날 땐 뭔가를 부수면 후련해진다는 생각을 한 적이 있긴 해도 결코 실제로 그럴 뜻은 없었다고, 그런데 모든 게 순조롭다고 생각한 순간, 내가 널 돕고 있다고 생각한 순간, 마침내 네가 높다란 죄책감에서 벗어나고 있다고 생각한 순간, 네가 뛰어내리더니 양동이를 걷어차며 소리를 질렀어. 다 필요 없다고, 네가 이런 거에 넘어갈 줄 알았다면 내가 바보라고 했어, 넌 정말로 날 수가 있는데, 넌 정말로 뉴욕에 가야 하는데 내가 네 말을 진지하게 받아주지 않는다면서, 난 쓸모없는 조종사이고 하늘을 나는 기분은 양동이에 올라선 것과는 전혀 다르다고 했어. 하늘에서 추락하는 몸뚱이를 가까이에서 본 적이 있냐고, 먼지와 잔해가 살갗에 닿는 느낌을 아냐고, 그러더니 네가 맨발로 달아나는 거야, 소똥을 피해 지그재그로, 나는 전속력으로 쫓아가 자두나무 밑에서 너의 손목을 거칠게 붙잡고는 미안하다고 말했어, **푸토, 미안해,** 우리는 몸싸움을 했고, 너는 이제 욕망에 미친 게 아니라 분노에 미쳐 있었어. 나는 네 안의 모든 걸 끌어냈어, 너의 이빨이 입술을 찢어 피가 흘렀어, 나는 너의 맨발을 장화로 걸어 풀밭에 넘어뜨린 다음,

네 몸에 올라타고는 너의 턱과 목, 입술을 사냥개처럼 핥았어. 그다음엔 손을 뻗어 낮게 매달린 자두를 하나 따서 쪼갠 다음 씨를 빼내며 말했지, 이건 악마의 열매라고, 이걸 먹으면 우리 둘 다 죽는다고, 반항하기 좋아하는 넌 자두를 빼앗더니 입안에 쑤셔 넣고 우적우적 씹었고 그 바람에 피가 자두즙과 섞였어, 그리고 네가 말했어, 난 악마야, 난 악마의 새야. 나는 과육과 함께 혀를 너의 입에 밀어 넣었고, 우리는 깨물고, 빨고, 키스하며 과일을 먹었어, 우리의 뺨과 입술이 끈적끈적해질 때까지, 네가 진정하고 분노가 잦아들고 울음을 터뜨릴 때까지, 네가 얼마나 크게 흐느껴 우는지 블라르콥 젖소들이 고개를 들고 쳐다보았지, 너는 이제 곧 네가 죽을 거라고 중얼거렸지만 겉으로 보아서는 죽을 것 같지 않았어, 나의 사랑스러운 자기, 나는 공허한 약속으로, 달콤한 말로, 언젠가 정말 유명해질 거라는 말로 널 달랬어, 넌 조지 부시보다도 더 유명해질 거라고, 사실 우린 지금 죽지 않겠지만 때로는 죽는다고 생각해보는 것도 좋다고, 그래야 더 잘 살 수 있는 거라고 했어, 하지만 넌 온통 슬픔뿐이었고 그래서 난 널 거기서 더 찢어서 열었어, 나는 네가 피어나게 해주겠다고 말하며 끈적한 내 손을 너의 바지 속으로 넣었지, 네가 아득해지는 것을 보았고, 너의 눈물이 말라가는 걸 보았어, 네가 이렇게 웅얼거렸어, 만약 날 떠나면, 난 구멍마다 말벌이 들끓는 자두가 될 거예요. 난 절대 멀리 떠나지 않겠다고 말했어. 풀밭에 떨어진 자두씨를 집어 너의 뜨거운 그곳 깊숙이 집어넣으면서, 너는 해마다 더 아름답게 피어날 거라고, 내년에도 우린 같은 자리에서 함께일 거라고, 이 나무 아래서 여름을 보내자고 말했어, 그땐 알지 못했지, 네 오빠가 훗날 너의 일기를 읽고 그 나무를 전기톱으로 베어버릴 줄은, 우리 머리 위로 폭우가 쏟아지고 하늘이 온통 비뚤어진 이빨로 가득 찬 입이 되어버릴 줄은.

23

　나는 그 여름과 내 기억의 책장을 끝없이 뒤적이며 내 삶
의 균열이 시작된 지점을 찾아보았어. 내 안의 무언가가 썩
고 발효해서 썩은 고기를 먹는 짐승들이 모여들기 시작한 순
간에 멈추었다가, 거기서 더 뒤로 넘겨 나의 병이 시작된 곳으
로, 아이에 대한 갈망의 첫 징후가 나타났던 곳으로, 그 장애
가 발현되었던 지점으로 가보았어. 예전엔 온갖 깃털 같은 생
각을 전부 몰아낼 수 있었는데 왜 너에게만은 그럴 수가 없었
을까. 내 사랑스러운 자기, 하늘이 내린 나의 푸토, 왜 나는 인
형뽑기 기계에서 가까스로 뽑은 커다란 테디베어를 팔에 끼고
마을 광장에 임시로 설치된 놀이기구들 사이를 너와 거닐었을
까. 테디베어가 나를 향해 음흉한 미소를 짓고 있어서 왠지 불
안했어. 왜 나는 거대한 빨간 사탕을 탐욕스럽게 핥으며 때때
로 이상하게 깡충깡충 뛰거나 펄쩍펄쩍 뛰는 아이와 돌아다
니는 걸까. 더는 천진난만한 아이가 뛰는 모습이 아니었고 내

가 그 천진난만함을 너의 뼈에서 발라냈지만, 사실 나야말로 가장 그걸 지켜주고 싶은 사람이었어, 하지만 너는 나의 손아귀에서 벗어나 내 심장의 갈망 속으로 들어왔고 그제야 난 깨달았어, 내가 어렸을 때 한 번도 아이처럼 뛰어본 적이 없다는 것을, 난 어른으로 태어났고 어른은 그렇게 뛰지 않잖아, 어른은 반듯하게 서서 한 걸음씩 걷잖아, 그러나 너와 함께 있을 때면, 내가 아끼는 가축인 너와 함께 있을 때면 난 뛰고 싶었어, 너와 함께 있으면 내가 어려진 기분이었고 내가 이 지경이 된 건 다 어머니 때문이라는 확신이 들었어, 어머니가 나에게 채워지지 않는 갈망을, 영원한 상처를 심어놓았고, 나는 그걸 너와 함께 치유하려 했던 거야, 그러면 싸늘했던 나의 어린 시절을 잊을 수 있을 것 같았지, 내 안에는 애정에 굶주린 아이가 있었어, 그 아이는 너무도 놀고 싶었어, 그저 너와 재미있게 놀고 싶었어, 다만 숨 막히는 나의 욕망이 걸림돌이었지, 너의 보드랍고 달콤한 체취를 맡을 때마다 나는 분별력의 끝자락으로, 황홀경으로 치달았으니, 내가 어떻게 널 거부할 수 있었겠어? 너는 언제나처럼 내 몸의 서쪽에서 서서 걸었는데, 넌 그게 맞다고 생각했어, 그래야 내가 가장 좋은 각도에서 널 볼 수 있다나, 하지만 난 바로 생각했지, 넌 어느 각도에서 보아도 아름답다고, 나는 테디베어의 털을 꽉 움켜쥐었어, 날씨가 찌는 듯이 더웠지, 이렇게 커다랗고 기괴한 봉제완구를 끌어안고 다니기엔 너무 더웠어, 하지만 네가 그걸 가리켰어, 곰이 너무 외로워 보인다면서 꼭 그걸 뽑아달라고 했어, 놀이공원에서 외로운 것보다 더 끔찍한 건 없다면서 여긴 따는 것과 잃는 것만 있을 뿐인데 그 곰은 이미 많은 걸 잃은 것 같다고, 너는 판매대와 놀이기구 사이를 걸으며 지난 몇 주 동안 네가 겪은 상실을 꼽아보기 시작했는데, 일단 폰차트레인 호수의 다리가 심하게 파손되었다는 뉴스로 시작했지, 미국의 10번 주간 고속도로에 있는 트윈스팬 다리 말이야, 너는 수십 대의 차가 심연으로 떨어지는 광경을 꿈속에서 보았다고 했어, 허리케인 카트리나 때문이었는데 부분적으로는 금속 피로 때문이기도 했어, 넌 그 말을 좋아했어, **금속 피로**라는 말, 너는 이곳에도 금속 피로에 시달리는 사람들이 있는데 그 사람들도 언제 무너질지 모른다고 했어, 그 뉴스를 본 뒤로 너는 항상 비상 망치를 가방에 넣고 다녔는데, 물에 빠지면 창문을 깨기 위해서라고 했어, 너에겐 차가 없는데도 말이야, 너는 또 허리케인 카트리나가 1928년 이래 가장 비대한 폭풍 아가씨였다는 말을 들었지, 미시시피 주 걸프포트를 완전히 파괴할 정도였으니까, 또 중국과 동남아시아에서 발생한 조류 독감이 서서히 전세계로 퍼져나가고 있었고, 프랑스 운동선수와 네덜란드 만화가가 죽었는데 네가 모르는 사람이었는데도 슬퍼했지, 런던에서 여러 건의 폭탄 테러가 있었는데, 하나는 러셀 광장 지하철역에서였고 또 하나는 이층 버스였는데 빨간색 트랜스버스 트라이던트 모델이었어, 너는 떨리는 목소리로 뉴스를 요약하고는 이번에는 너의 개인적인 상실을 나열하기 시작했는데, 너는 동전 게임기에서 동전을 다 잃었어, 동전을 떨어뜨리면 가장자리에 있던 플라스틱 토큰이 떨어져서 장난감을 살 수 있는 기계였는데, 사실 넌 동전이 떨어질 때 들리는 근사한 짤랑거리는 소리를 가장 좋아했지, 게다가 엘리아와의 내기에 서도 졌는데, 캐터필러*나 브레이크댄스**에서 가장 먼저 나 오는 괜찮은 남자애한테 키스하는 내기였지, 넌 브레이크댄스 쪽을 선택했어, 더 귀여운 소년들이 캐터필러보다는 그쪽에서 많이 나왔기 때문이었어, 캐터필러는 훨씬 더 느렸고, 그런 놀 이기구를 좋아하는 애들은 대체로 따분하고 폴로셔츠를 입었 으니까, 하지만 넌 그 자리에 그냥 우두커니 서 있었어, 브레 이크댄스에서 괜찮은 아이가 나올 때마다 네가 새로 변해서 그 아이를 잡아먹을까 봐 두려웠거든, 가끔 네가 상상 속에서 '개구리'를 집어삼켰던 것처럼 말이야, 그러면 사람들이 겁에 질려 널 손가락질하고 네가 한 짓을 수군거리겠지, 유령의 성 을 무서워하는 것처럼 널 무서워하겠지, 조심하지 않으면 구 석에 숨어 있던 무덤 파는 사람들이 달려들어서 산 채로 사람 을 파묻어버린다는 유령의 성 말이야, 그래서 넌 게임에서 졌 고 엘리아는 너에게 누군가의 지갑을 훔쳐서 범퍼카를 타라는 임무를 주었어, 네가 누군가의 귀중품을 훔치는 가장 좋은 방 법을 설명했을 때 난 감탄하며 널 봤어, 결국 중요한 건 상대 의 주의를 분산시키는 거라면서 네가 엉큼한 두 손을 허공에

•   원형 트랙을 따라 좌석이 회전하는 고전 놀이기구.

••   여러 좌석이 서로 다른 방향으로 동시에 회전하는 고속 스핀 놀이기구.

흔들었지, 네가 도둑이라는 사실을 잊고 있던 나는 그제야 네가 은밀하게 주위를 살피고 있었다는 걸 알았어, 너는 너의 상실에 대해 계속 얘기했는데, 그건 너에게 더 끔찍한 상실이 있었기 때문이었어, 잃어버렸지만 절대 찾을 수 없어서 네가 어쩔 줄 모르는 상실 말이야, 행운의 오리 게임이 있는 천막에 다다랐을 때 네가 목소리를 낮추었고 나는 널 위해 노란 플라스틱 오리를 낚아보려 애썼지, 넌 거기서 마치 무덤 파는 사람이 널 깜짝 놀라게 하기라도 한 듯 창백한 표정으로 그 얘길 했어, 그날 아침 일어났을 때 네가 다쳤다는 걸 알았다고, 새가 무언가에 부딪힌 게 분명하다고, 분명히 그런 것 같다고 했어, 왜냐하면 네 속옷에 피가 묻어 있었는데, 마치 축제의 색종이 조각 같은 세 개의 핏방울이었지만 축제 같은 기분은 하나도 안 들더라고 침울한 표정으로 말했어, 책에서 읽어서 그게 여자가 된다는 뜻이고, 성적으로 성숙해졌다는 뜻이고, 앞으로는 모든 게 달라진다는 걸 알고 있다고, 아빠가 잼을 만들 때 쓰는 잘 익은 자두처럼 이제 언제든 누군가가 널 딸 수 있게 된 거라고 했어, 하지만 너무 억울하다고, 이젠 네가 남자애의 갈퀴를 갖게 될 확률은 거의 없기 때문이라고 했어, 넌 귀여운 소년들이 갑자기 널 다르게 보기 시작했다면서, 거의 갈망하는 듯한 눈빛으로 보기 시작했지만 정작 네가 원하는 건 그들 중 한 명이 되는 거라고 했어, 네가 9·11 때 흐르게 했던 그 피를 이제 네가 흘리게 된 거라고도 했지, 나는 네쪽으로 몸을 기울이고 너의 환심을 사기 위해 미소를 짓고는 네 또래의 여자애들 모두가 때가 되면 피를 흘린다고 말했어, 잘 익었다고 해서 아무 때나 따도 된다는 뜻은 아니라고, 원하지 않으면 언제든 거절할 수 있다고, 반드시 **거절해야만** 한다고, 그렇게 나는 세기의 거짓말을 유포했어, 왜냐하면 내가 바로 자두를 따는 사람이고, 내가 바로 잼을 만드는 사람이란 걸 알고 있었거든, 나는 네가 피를 흘려도 넌 여전히 아이라고, 사랑스러운 나의 아이라고 했어, 내 사랑스러운 자기, 나는 아빠한테 얘기했냐고 물었고, 너는 네 아빠의 장보기 목록에, 버터와 진저브레드 사이에 이렇게 썼다고 했어, **도살당한 돼지처럼 피를 흘려요.** 네 아빠는 그 얘길 꺼내진 않았지만 알아듣긴 했지, 몇 시간 뒤 네 방문 앞에 생리대 한 팩이 놓여 있었고 커피를 마실 때 사과파이 한 조각이 곁들여졌거든, 넌 거의 먹지 않았고 창백하고 비참한 표정으로 정원 의자에 앉아 있었어, 사과파이가 왜 나왔는지 알았던 네 오빠가 히죽거렸고, 넌 다쳤는데, 그렇게 심하게 다쳤는데 사람들이 그걸 축하하는 게 이상하다고 했어, 책상에 놓인 생리대를 찬찬히 살펴보았더니, 생리대엔 너처럼 날개가 달려 있었고 라벤더 향이 나더라고 했어. 이제 어떻게 해야 하는지, 언제 어디서 변화가 일어나는지 왜 아무도 말해주지 않는지, 언제 다시 건강해질지 궁금하다고, 그게 전부 다 이번 주에 일어난 상실이었어, 네가 땅을 보며 말했어, **커트, 가장 큰 상실은 나 자신이에요, 난 완전 구제 불능이라고요, 마치 제 피부를 제대로 알기도 전에 허물을 벗은 뱀 같아요.** 주위에 동네 사람이 너무 많아서 너의 몸을 나에게 밀착시킬 수가 없었고 그래서 널 위로하기 위해 뻥튀기를 한 봉지 샀어, 너는 알록달록한 뻥튀기로 예쁜 입을 채우며 광장을 바라보았고, 난 네가 무슨 생각을 하는지 궁금했어, 하늘이 내린 가장 특별한 존재, 그런데 그때 네가 갑자기 학교에서 하듯 손을 드는 거야, 깜빡한 게 있다면서, 중요한 걸 깜빡했다면서, 일기장을 잃어버렸다고 했어, 그래, 침대 밑에 온갖 기념품과 징표 틈에 둔 일기장이 갑자기 사라졌다고, 그 말에 나는 정신이 아득해졌고 품에 안고 있던 곰 인형의 목을 조를 뻔했지, 일기장이 사라질 리가 있냐고, 분명히 어딘가에 있을 거라고 했더니, 네가 단호하게 고개를 저었어, 없어졌다고, 사라졌다고, 그래서 내가 물었어, 일기장에 무얼 썼냐고, 그랬더니 네가 말했어, **전부 다. 그리고 아무것도.** 내가 당황하자 네가 날 안심시키려 했어, 분명 어딘가에 있을 거라고, 어쩌면 침대 옆 서랍이나 매트리스 밑에 있을지도 모른다고, 난 그 말이 사실이 아니란 걸 알았지만 인정하고 싶진 않았어, 난 우리가 안전하다고 믿어야만 했고 너에겐 내가 목숨을 걸어서라도 지키고 싶은 기념품이라고 믿어야만 했어, 나는 널 데리고 범퍼카를 탔고, 아, 그 모든 폭력 속에서 네가 나를 얼마나 혼란스럽게 했는지, 나는 차가 충돌할 때마다 불안해하며 머리를 움켜쥐었는데, 넌 그게 우습다면서, 네 또래 아이들은 그러지 않고 머릿속에 보호해야 할 무언가가 있을 때만 그렇게 한다고 했어, 난 그 말에 대해 좀 생각해봐야 했지, 그런데 그때 네가 그때 그 질문을 한 거야, 맹세컨대, 네가 그 질문을 했어(사실입니다, 존경하는 판사님들), 언제 갈퀴를 사용할 거냐고, 그 순간 모든 두려움이 잦아들었어, 넌 한 손으론 커다란 사탕을 들고 핥으면서 다른 손으로는 핸들을 움켜잡고 미친 듯이 범퍼카를 몰았어, 폰차트레인 호수 위 무너진 다리는 이미 잊었다는 듯이, 너는 또 전날 일에 대해 사과했어, 그땐 너무 화가 났었다고, 하지만 내가 좋은 뜻으로 한 말이란 걸 안다고, 조종사는 대체로 좋은 뜻을 품는다고, 왜냐하면 조종사는 뭔가를 공중에 띄우고 싶어하는 사람이기 때문이라고 했어, 너는 또 전날 저녁에 프로이트와 긴 대화를 나눴다면서, 프로이트는 유치한 뱀 무늬가 있는 촌스러운 잠옷을 입고 침대 가장자리에 앉아 있었는데, 그때 네가 곧 뱀 허물을 벗게 되리란 걸 알았어야 했다면서, 프로이트의 결론은 결국 이거라고 했어, **사람이 건강한 상태를 유지하려면 사랑을 해야 해요, 사랑할 수 없을 때 병드는 거예요.** 프로이트가 말하는 사람이 널 의미하는지는 알 수 없었지만 어쨌든 넌 사랑을 배우고 싶은데 그건 병에 걸리고 싶지 않기 때문이라고 했어, 세상엔 두 가지 종류의 병이 있는데 긴 병과 짧은 병 두 가지라고, 하지만 둘 다 끝은 똑같고 결국 구덩이에서 끝난다고 했지, 진짜 갈퀴라면 분명히 널 치유할 수 있을 거라고, 그러면 더는 갈퀴를 갖고 싶지 않을 거라고, 이성의 목소리는 참을성이 없어서 그 말을 들어주어야만 비로소 멈춘다고, 그 목소리를 멈추기 위해서라도 한 번은 매혹의 대상에 빠져봐야 한다고 했어, 사실 난 그 반대라는 걸 알고 있었어, 내가 너에게 굴복할수록 나는 점점 더 엉망진창이 되어갔으니까, 그런데도 나의 욕구는 너무도 강했고, 마치 끝나지 않는 줄다리기 같았고, 나는 계속 나 자신에게 지고 있었어, 어느 순간 우리는 엘리아와 '개구리'의 범퍼카에 부딪쳤는데, 내가 무슨 꿍꿍이인지 다 안다는 듯 엘리아가 눈을 가늘게 뜨고 날 노려보아서 문득 내가 놀이터의 거인이 된 것 같은 기분이 들더라, 나는 범퍼카의 좌석에 몸을 웅크리며 대답했지, **언제든 말만 해, 내 사랑.** 그러자 넌 내일 정도가 괜찮을 것 같다고, 건초 더미를 다 거두어놓고 나서, 그렇다고, 내일이야 말로 갈퀴를 위한 완벽한 날이 될 것 같다고, 이젠 너도 열네 살이니 좀 더 진지한 일을 시도해볼 때가 됐다고 했어, 그러더니 네가 속삭였지, **사랑이 뭔지 알고 싶어요, 당신이 내게 보여줬으면 해요.** 네가 포리너의 노래를 인용하고 있다는 걸 나는 몰랐어, 넌 또다시 낭만적 환상에 빠져 있었고, 지난 한 주 동안 너무 많은 상실을 겪은 터였어, 나의 뺨이 붉게 물들었고 나는 네 질문의 의미를 네가 과연 알고는 있는지 궁금하더라, 그래서 내가 물었지, 사람들이 사랑을 나누는 걸 본 적이 있냐고, 너는 코웃음을 치며 현자처럼 말했어, 눈으로 보아야만 상상할 수 있는 건 아니라고, 가끔 보니와 클라이드가 친밀하게 끌어안는 모습을 떠올린다고, 그래서 그게 뭔지 정확히 안다고, 게다가 소들이 교미하는 걸 수도 없이 봤으니 식은 죽 먹기라고, 나는 지금도 가끔 그 말을 가끔 떠올려, **식은 죽 먹기.** 넌 그걸 생물학 시험으로, 해부 실습으로 여기고 있었어, 통과하면 존중받을 수 있는 어떤 것으로, 하지만 뿔 가지가 부풀어 오른 상태로 범퍼카에 앉아 있는 역겨운 인간인 내가 생각할 수 있는 건 오직 한 가지뿐이었어, 내가 행운아라는 사실, 내가 너의 행운아라는 사실, 끝도 없이 차를 충돌시키며 네가 우리 둘을 죽이려 해도, 너의 손이 더는 핸들을 잡고 있지 않아도 나는 상관없었어, 비록 사랑에 대한 나의 지식은 미천하지만, 나는 너에게 사랑을 가르쳐주고 싶었어.

24

한밤의 환영이 날 괴롭힌 건 그때가 처음이 아니었지만 내 마음이 그렇게 심란하긴 그때가 처음이었지. 때로 나는 잠에서 퍼뜩 깨어났는데, 그럴 때면 내가 창세기에 나오는 숫양이 된 기분이었어, 뿔이 덤불에 걸리는 바람에 아브라함의 아들 대신 제물로 바쳐진 양 말이야, 나는 재판의 평결이었고 죽음이었어, 때로는 내가 누워 있는 후텁지근한 침대가 제단처럼 느껴졌는데, 제단에 불이 붙어 있었어, 카밀리아와 나 사이에서 대형 화재가 일어나서 나는 카밀리아를 구하기는커녕 카밀리아에게 다가갈 수조차 없었지, 내가 할 수 있는 일이라고는 땀에 젖은 시트에서 빠져나와 아래층으로 내려가 운동화를 신는 것뿐이었어, 발뒤꿈치의 물집에서 흘러나온 피가 굳어서 운동화가 딱딱해졌어, 그날 밤 나는 뿔 달린 숫양에게서 도망치듯 달렸어, 나 자신에게서 도망치듯 달렸어, 너무도 불안정하고 불규칙하게 달렸고, 거의 토하기 직전까지 달렸어, 전날 밤에 먹은 라자냐가 올라왔는데, 카밀리아는 라자냐에 마늘을 잔뜩 넣었어, 내가 야간 달리기를 하면서 누군가를 만난다고 생각했거든, 틀림없이 그렇다고 생각했어, 카밀리아는 내가 갈수록 멋을 부린다면서, 자기는 늙어가는데 내가 젊어지는 것 같다는 거야, 내가 두 아들에게도 더 관대해졌고 집을 더 자주 더 오래 비우고 독일 일정도 더 많아졌다고, 사실 난 집에서 겨우 몇 마일 거리에서 더블빅테이스티 버거를 먹거나 미디엄 밀크셰이크를 마시던 것뿐인데 말이야, 옷 입는 취향도 바뀌었고 자길 만질 때 내가 눈을 감는데 그 이유를 모르겠다고 했어, 그래서 마늘을 여러 쪽 넣어서 항의를 표시한 거야, 내가 전부 다 먹는지, 먹고 나서 양치를 하는지 지켜봤던 거지, 그래서 나는 마늘 냄새가 밴 숨을 내쉬며 코닝얀스잔트 모래밭 쪽으로 달렸고 달리는 도중 눈이 내리기 시작했어, 미친 소리 같겠지만 그 8월 밤에 눈송이가 하늘에서 떨어지는 거야, 혀를 내밀어 맛을 보고 나서야 그게 슈거 파우더란 걸 알았어, 갑자기 내가 잃어버린 아이를 실은 손수레를 끌면서 바테르드라헤르스버흐 길을 걷고 있는 거야, 온 세상이 섬뜩하리만치 희었고 멀리 개혁교회의 첨탑이 보였고 어머니가 내 곁에서 걷고 있었어, 어머니는 장례식 정장 차림이었는데 어머니가 가장 좋아한 옷이었지, 어둠은 어머니에게 잘 어울렸어, 보고 싶지 않았지만 그래도 난 보았어, 잃어버린 아이의 얼굴을, 그 어린 목사를, 그의 몸이 자동차 범퍼에 부딪히는 소리를 듣고도 나는 계속 차를 몰았지, 계속 차를 몰고 가

다가 로터리에서 차를 돌려 피아트에서 지켜보다가 나중에
야 사람들을 도왔어, 떨리는 목소리로 내가 아는 애라고 말하
자 사람들이 공손히 옆으로 비켜섰고, 나는 그제야 숨이 끊어
진 아이의 몸에 가까이 다가갈 수 있었지, 나는 다른 사람들
이 하는 대로 했어, 말을 더듬었고, 뺑소니 운전자를 향해 욕
을 퍼부었고, 신에게 분노했지, 모두가 절망에 휩싸였지만 누
구도 나의 피아트에 눈길을 주지 않았어, 조금 떨어진 곳에 세
워둔 나의 피아트 범퍼에 피가 묻어 있었는데도 모두가 어린
목사만 바라보고 있었어, 머지않아 사이렌을 울리며 구급차가
도착했지만, 꿈속에서는 내가 손수레에 아이를 싣고 농장으로
향했어, 그런데 아이를 다시 한번 찬찬히 살펴보니, 그 아이가
아니라 너인 거야, 내 사랑스러운 자기, 네가 수레에 누워 있
었어, 눈을 감은 창백한 시체로, 나는 절망적인 심정으로 어머
닐 바라보면서 어떻게 이럴 수가 있냐고 울부짖었어, 그러자
어머니가 말했어, 내가 죽음의 사자라고, 언제나 죽음의 사자
일 거라고, 나의 집착이, 수의사용 소독제 냄새가 밴 두 손이
널 망가뜨렸다고, 나는 결코 그럴 뜻이 없었다고, 널 사랑했다
고 더듬거리며 말했어, 어머니는 잔인하게 비웃으면서 나는
그 누구도 사랑할 수 없는 인간이라고 했어, 내가 손대는 것마
다 전부 다 썩어 문드러질 거라고, 그러고는 습관처럼 슈거 파
우더가 담긴 통을 두드렸지, 바람이 불기 시작했고 날씨가 얼
음장처럼 차가워졌고 난 어머니에게 소리쳤어, 제발 눈을 내
리지 말라고, 하지만 난 막을 수 없었어, 왜냐하면 그해 12월

그날에는 실제로 눈이 왔거든, 잃어버린 아이가 크리스마스카드를 들고 학교에 가려고 길을 건너려 했던 바로 그날, 그날은 수요일이었어, 그래, 수요일 아침이었지. 충격의 여파는 온 마을을 뒤흔들었고 그 뒤로도 계속 이어졌어, 마치 말뚝 박는 기계가 계속 작동하는 것처럼, 나는 널 수레에 싣고 계속 걸었어, 나의 완벽한 푸토. 하지만 이번에는 농장으로 가지 않고, 아본들란 대로 묘지의 102번 무덤으로 향했어, 잃어버린 아이가 묻혀 있는 이인용 무덤으로, 무덤 옆에 공손히 서 있던 축산 농부가 이렇게 말했어, **먼저 온 사람이 먼저 묻히는 법.** 아직은 네 차례가 아니라고 말하고 싶었지만, 무덤 파는 사람이 널 수레에서 들어 땅에 내려놓았어, 어머니가 묵직한 손으로 나의 목을 어루만지면서 내가 자기 아들이라고, 자기 것이라고 했어, 하지만 난 알고 있었지, 어머니가 언제건 느닷없이 자기는 내 어머니가 아니라고 할 수도 있다는 것을, 유치원에서 누가 물을 때마다 늘 그렇게 대답한 것처럼, 그럴 때면 어머니는 단호하게 고개를 저었어, 어머닌 나를 낳은 것을, 뭐든 낳았다는 것 자체를 수치스러워했어, 그래서 나는 늘 안전거리를 유지하며 어머니 뒤에서 비틀거리며 운동장을 가로질러야 했지, 내 주위의 다른 엄마들이 아이에게 웃으며 오늘 하루가 어땠는지 묻고 지친 아이들 몸을 끌어안는 모습을 보면서, 나는 어머니의 검은 치마를, 그 먹구름을 따라갔어, 자전거 뒷자리에 앉아 안장을 잡고 자꾸만 자전거 바퀴에 끼는 치맛자락을 보았어, 어머니를 두 팔로 끌어안은 건 꼭 한 번뿐이었는데, 그때 어머니는 길 한복판에서 갑자기 자전거를 세운 다음 나를 내려놓고 이렇게 말했어, 너 **집에 가는 길 알지**. 나는 뒤도 안 돌아보고 자전거를 타고 멀어져 가는 어머니를 바라보았어, 자전거가 점점 더 멀어지더니 마침내 물새 한 마리, 가마우지 한 마리 크기로 줄어들었다가 다시 까만 스티로폼 알갱이 한 개로 줄어들었다가, 어느 순간 시야에서 완전히 사라져버렸지, 난 비참했어, 정말 비참했어! 집으로 돌아오는 길 내내 어머니가 자전거를 몰고 돌아와 사과할지도 모른다고 생각했지만 어머닌 그러지 않았어, 한 시간 뒤 비에 홀딱 젖어 집에 도착했을 때도 어머닌 아무 말도 하지 않았어, 마치 내가 자기를 거부했다는 듯 입을 꾹 다물고 있었지, 그때부터였어, 누구든 나에게서 마음이 돌아서면 미칠 듯 불안해진 것은, 마치 끝없는 소용돌이 속으로 추락하는 기분이었어, 그런데 이제 넌 102번이 붙은 이인용 무덤에 누워 있었고 꿈속에서 나는 구덩이로 뛰어들어서 너의 몸을 조심스럽게 흔들었어, 그때 축산 농부가 굵은 목소리로 이미 일어난 희생은 돌이킬 수 없다고 했고, 나는 말하고 싶었어, 네가 아니라 **내가** 제물이 되어야 한다고, 내 사랑, 네 잘못이 아니라고, 네 아버지의 무기력한 목소리가 들렸어, 내가 너의 아버지에게 잃어버린 아이 소식을 전했을 때 너는 욕조에서 놀고 있었고 버리고 떠난 사람은 무너졌지, 그녀가 떠나기 전에 너의 목욕물을 갈아주었는데, 찬물을 섞는 걸 잊는 바람에 넌 뜨거운 물에 데었어, 내 얘기가 너무 상투적으로 들린다는 거 알아, 꿈속에서 무덤 파는 사람들이 구덩이를 메우기 시작했고 결국 나도 흙으로 뒤덮였어, 나는 너와 함께 구덩이 밖으로 기어 나오려 했지만 아무도 날 보지 못했고 결국 나도 너와 함께 묻히고 말았어, 점점 어두워졌고 숨이 막히려는 그 순간, 내 이 사이로 흙이 파고드는 것을 느끼며 놀라서 퍼뜩 잠에서 깼어, 하지만 제방 길을 달릴 때도 가슴을 짓누르던 흙의 무게는 여전히 느껴졌어, 리번스의 그림이 떠오르더라, 리번스는 아브라함과 이삭이 서로 껴안은 채 두려움 서린 눈빛으로 하늘을 올려다보는 모습을 그렸지, 그들 옆에는 칼과 죽은 숫양이 있었어, 나는 하늘에 대고 속삭였어, 내가 그 숫양이 되겠노라고, 제발, 나를 제물로 삼아 달라고, 나는 다시 동네로 돌아왔어, 우리 집이 우두커니 서서 너무도 침착하게 날 내려다보고 있었어, 나는 현관 앞에 주저앉았고 미지근한 돌바닥에서 고통에 몸부림쳤어, 오, 맙소사, 나는 고통에 몸부림쳤어, 나의 뿔이 덤불에 걸렸고 나는 꼼짝도 할 수 없었어.

25

네 오빠가 고양이 흉내를 내며 또다시 네 침대 밑으로 기어서 들어갔어, 왜 그런 짓을 하는지 어떻게 그 밑으로 들어가는지 나로서는 알 수 없는 노릇이지만, 어쨌든 네 오빠는 네가 모아놓은 물건과 유물 사이에 몸을 욱여넣을 수가 있었고, 거기서 너의 일기장을 발견한 게 분명했어, 네 오빠는 야옹거리는 건 새카맣게 잊고 그대로 굳은 듯 그곳에 누워 너의 일기장을 밤새도록 읽고 또 읽었어, 너는 그런 줄도 모르고 침대맡 스탠드의 불빛 아래 침대 가장자리에 서서 비행 연습을 했지, 네 오빠는 내가 너에게 한 모든 말과 MSN으로 보낸 모든 메시지, 모든 웃는 얼굴, 모든 흉악한 만행을 낱낱이 읽었고 내가 너의 몸에 넣었던 자두씨까지 보았어, 나중에 네가 자두씨를 변기에서 건져서 일기장 한 페이지에 스카치테이프로 붙이고 그 옆에 자두를 딴 날짜를 적어놓았거든, 9시가 조금 넘어서 내가 매주 하는 검진을 하려고 너의 농장에 도착했을 때 네 오빠가 우편함 옆에 서 있더라, 이글거리는 눈빛으로, 끝이 두 갈래로 갈라진 쇠스랑을 들고서, 그 순간 나는 바로 알았어, 이게 나쁜 소식이라는 걸, 내 사랑스러운 자기, 알았고말고, 도로 나갈 수 있도록 차를 돌려놓고 조심스럽게 창문을 열었더니 네 오빠가 당장 꺼지지 않으면 죽여버리겠다는 거야, 그러면서 쇠스랑을 힘껏 움켜쥐어서 네 오빠의 손마디가 창백하게 변했어, 네 오빠는 쇠스랑을 들더니 손잡이 끝부분으로 돌바닥을 세게 내리쳤어, 그때 나는 거실 창가에 서 있는 널 보았어, 목석처럼 서 있었어, 여전히 잠옷 차림이었고 기계적으로 손을 흔들었어, 여왕의 날 베아트릭스 여왕이 손을 흔들 때처럼, 난 손을 흔들지 않았어, 이게 끝일 리 없었으니까, 이렇게 끝나는 건 너무 황당하니까, 나의 아름다운 푸토, 이렇게 한심하게, 이렇게 느닷없이 끝나는 영화는 본 적이 없어, 그래서 네 아빠를 찾아보았는데 네 아빤 보이지 않았어, 다시 돌아보았을 때 네 오빠의 얼굴은 분노로 일그러져 있었고, 비겁하게도 난 전부 다 별 뜻 없이 한 짓이라고, 정말이라고, 별 뜻 없었다고 말했어, 그러자 네 오빠가 쇠스랑으로 피아트의 측면을 세게 긁었고, 나는 빠른 속도로 프리케베인세데이크 제방을 따라 달려 집으로 갔어, 땀을 흘리면서 말이야, 집에 도착해서 광기에 휩싸인 카밀리아와 마주쳤는데, 카밀리아는 네 일기장의 일부가 담긴 메시지를 받았다면서 날 다그쳤어, 그 아이가 몇 살인지 아냐고, 내 딸뻘이라고, 내 딸일 수도 있었다고, 내가 한 짓이 소문이 나면 헷도르프 사람들 모두가 자

219

기 손 하나 간수하지 못한 수의사에 대해 수군거릴 거라고 했
어, 카밀리아는 분노에 찬 목소리로 내가 너와 사랑에 빠진 거
냐고 물었고, 내가 고개를 끄덕였더니 카밀리아가 조롱 섞인
웃음을 지었어, 그러면서 자기 이마를 손으로 두드렸는데, 나
는 카밀리아에게 말하고 싶었어, 나의 광기는 단지 머리에 국
한되지 않는다고, 사방에 퍼져 있다고, 온몸에 암처럼 퍼져 있
다고, 카밀리아는 우리 둘 사이에 정확히 무슨 일이 있었는지
알고 싶다고 했고 나는 키스 한 번 한 게 다였다고, 꼭 한 번뿐
이었다고 거짓말을 했어, 카밀리아가 혀까지 넣었냐고 물어서
내가 다시 고개를 끄덕였어, 그랬더니 우리 둘이 얼마나 제정
신이 아닌지, 얼마나 미쳤는지 아냐고 악을 쓰기 시작했어, 네
가 어린 창녀라고, 악마 같은 아이라고 했어, 나는 카밀리아를
달래기 위해 꼭 한 번뿐이었다고, 네가 내 고통의 모르핀이었
다고 말했어, 그랬더니 카밀리아가 소리를 질렀어, **무슨 고통!**
나는 카밀리아에게 내 어린 시절의 기억을, 내 악몽을 말할 수
없었어, 내가 자꾸만 터지는 물집이라고 말할 수 없었어, 그래
서 나는 카밀리아를 안으며 내가 바보라고, 다시는 그런 일 없
을 거라고 맹세했어, 너의 농장에는 동료를 보내겠다고, 다 내
잘못이고, 나의 어린 양, 네가 비난받을 일이 아니라고, 다시
는 널 보지 않겠다고, 그러니 여름방학이 끝나고 너의 반에 들
어가더라도 아무 일도 없던 것처럼 행동해달라고 했어, 나는
갈수록 낯설게만 느껴지는 카밀리아의 시큰둥하고 서글픈 몸
뚱이를, 조금씩 나에게서 멀어진 야만의 살덩이를 끌어안았

어, 가끔 들판에서 안아 들던 죽은 암양을 안듯 안았어, 그러자 카밀리아는 네 오빠와 의논해서 결정했다면서 네가 직접 네 아빠에게 말할 거래, 거짓말은 잡초보다 빨리 번져나가니까, 그래서 너와 네 아빠가 호스로 씻어낸 텅 빈 분뇨 구덩이에 서 있을 때, 너는 나와 키스했다고 네 아빠에게 말했어, 너와 네 오빠는 가끔 거기서 테니스를 쳤지, 네 아빠는 엄지손가락에 침을 묻혀 너의 입술을 거칠게 문질렀어, 마치 입가에 초콜릿 스프레드가 묻은 아이한테 하듯이, 넌 가만히 있었고 네 아빤 이렇게 말했어. **한 번의 키스로 너 자신을, 그리고 다른 사람을 배신해선 안 돼.** 넌 날 사랑했다고, 정말 사랑했다고, 다만 그 사랑에 키스가 포함되길 원했는지는 잘 모르겠다고 조그만 목소리로 말했어, 그랬더니 네 아빠가 소리를 질렀지, 그럴 리가 없다고, 네가 날 사랑할 리 없다고, 왜냐하면 난 악마이고 악마를 사랑하는 사람은 없기 때문이라고, 그건 곧 네가 악마의 앞잡이가 된다는 뜻인데, 넌 악마의 앞잡이가 아니라고, 그러더니 이번엔 양쪽 엄지손가락을 모두 사용해서 네 입술을 문질러 키스를 닦아냈지, 그리고 나서 네 아빠는 송아지 가격이 얼마나 될지 얘기하기 시작했고 그 일에 대해서는 더는 한마디도 하지 않았어, 두어 시간 뒤 나는 새의 음성사서함에 메시지를 남겼어, 나는 네게 운동화가 있냐고 물었고 이제 엔딩 크레딧이 올라갈 시간이라고, 마지막 장면이 나올 시간이라고 강하게 주장했어, 그리고 그날 저녁, 더휠스트 농장을 지나 네가 기다리고 있는 곳으로 달려갔지, 너는 잠옷을 입고 너에겐 너무 큰 네 오빠의 운동화를 신고 서 있었는데, 우스꽝스러운 조합이었지만 그러면서도 근사했고, 영화의 한 장면처럼 매혹적이었어, 우리는 미지근한 어둠 속을 함께 달렸어, 나는 흰 나비처럼 파닥거리며 밤을 달리는 너를 이따금 흘금거렸고, 그러다가 슬며시 너의 손을 잡았어, 너의 가느다란 손가락이 내 손가락과 뒤엉켰고 우리는 말을 아꼈어, 고가도로 아래, 헷도르프로 진입하는 도로에 다다를 때까지는, 머리 위로 트럭들이 요란하게 지나갈 때 땀에 젖은 너의 몸을 끌어안고 내가 말했어, 이젠 소를 보러 갈 수 없다고, 넌 슬퍼 보였어, 마치 네가 그 소라는 듯이, 마치 네가 매주 검진받는다는 듯이, 그래서 내가 말했어, 이제부터 우린 진짜 보니와 클라이드이고 밤에만 만날 수 있는데 비밀을 지킬 수 있겠냐고, 너는 비장하게 고개를 끄덕이고는 네가 흉곽 안에 너무도 많은 비밀을 숨겨두고 있어서 이제 거기에서 언덕 두 개가 솟아날 텐데, 그렇게 되면 비밀을 숨길 공간이 더 많아질 거라고 했어, 그래서 내가 말했지, 이 비밀은 너의 흉곽만 채우는 게 아니라 너의 온몸을 가득 채울 거라고, 그랬더니 네가 팔다리도 텅 비었다면서 걱정할 필요 없다고, 공간은 충분하다고 했어, 너에게 이런 비밀을 짊어지게 하는 게 아니었는데, 내 사랑, 하지만 한밤의 차들이 우리 머리 위에서 질주했고, 흰 잠옷에 너무 큰 운동화를 신은 너의 모습은 너무도 예뻤고, 나는 그 순간이 멈추지 않길 바랐어, 아니, 멈춰서는 안 되었지, 물론 네가 없어도 내 심장은 계속 뛰겠지만 그렇게 크게는, 그렇게 힘차게는 뛰지 않겠지, 더는 벅차오르지도 않겠지, 그저 살에 파묻히겠지, 그렇게 해서 나는 귀뚜라미와 개구리 틈에서 나의 운명을 너의 어린 손에 맡기게 되었어, 나는 네가 없으면 살아갈 이유가 없다고 했더니 네가 고개를 끄덕이면서, 이유가 사라지는 게 어떤 기분인지 안다고 했어, 너는 내게 몸을 밀착하더니 이렇게 말했어, 이유가 있어야만 존재할 수 있는 건 아니라고, 태어날 때부터 우리가 지니고 있던 힘이 바로 그 이유라고, 그 힘이 자궁에서 우리를 밀어냈고 숨을 쉬기 위해 헐떡이게 했다고, 세상 모든 게 무의미해질 때면 그걸 기억해야 한다고, 조그만 몸에 들어 있는 엄청난 지혜에 내가 미소를 지었어, 너무도 벅찬 기쁨을 느낀 나는 이제 넌 나의 것이라고 불쑥 내뱉고 말았어, 그땐 알지 못했어, 네가 늘 누군가의 소유였다는 걸, 너에게 필요했던 건 네가 너 자신의 소유가 되는 것이었단 걸, 넌 다른 사람의 소유가 되는 것을 좋아했고 그럴 때 비로소 꽉 채워진 기분을 느꼈지만, 사실 너의 내면은 서서히 좀먹히고 있었어, 어느 순간 너는 새가 누구인지, 어떤 상황에서 날개를 펼쳐야 하는지조차 알 수 없게 되어버렸지, 그때 네가 밑도 끝도 없이 내게 오줌을 누고 싶지 않냐고 물었고, 나는 고개를 저었어, **안타깝네요, 오줌을 누고 싶지 않다니,** 그 순간 너의 혀가 입술을 따라 미끄러졌고 그래서 나는 마음을 바꾸고 호들갑을 떨며 말했어, 사실은 엄청 오줌이 마렵다고, 그래, 말이 나와서 말인데 오줌이 마려워서 죽을 것 같았다고, 그러자 네가 웃으며 어린애 같은 목소리로 신이 나서 말했어,

그럼 우리가 그 문제를 해결해야 한다고, 나는 너의 손을 잡고 고가도로 옆 들판으로 가서 말했지, **갈퀴 시간**. 나의 맨종아리를 간질이는 아마밭 한복판 보름달 달빛 아래, 나는 지퍼를 내리고 반쯤 발기한 뿔 가지를 꺼냈고, 너는 마치 제과점의 진열대를 바라보듯, 유리 너머 진열대의 막대 캐러멜, 마시멜로, 두 가지 맛 롤리팝, UFO 사탕, 허바부바 껌 같은 온갖 종류의 제과가 담긴 용기를 보듯 그걸 보았어, 오줌 줄기가 나오기까지 한참이 걸렸지만 얼마 후 아마밭에 오줌이 뿌려졌고 나는 너에게 잡아보고 싶으냐고 물었어, 갈퀴를 조종해보고 싶으냐고, 그러자 너는 기다렸다는 듯 손가락 사이에 갈퀴를 끼우더니 신이 나서 외쳤어, **오줌을 싸고 있어요! 어둠의 가뭄을 몰아내고 있어요!** 밭에서 안개가 피어올랐고, 나는 그걸로 또 무얼 할 수 있는지는 보여주지 않았어, 나중에, 네가 여왕의 날 베아트릭스 여왕의 애정 어린 시선을 갈망하듯 그걸 갈망할 때, 그때 알려 줄 생각이었어, 난 그저 네 옆에 쪼그려 앉아 뒤에서 너의 잠옷을 들춘 다음 팬티를 벗겨 아마밭에 던져버렸고, 너에게 다리를 벌리고 서서 소변을 보라고 명령했어, 오줌 방울이 너의 다리를 타고 흘러내리는 걸 보았지, 너는 눈을 감았고 달을 향해 얼굴을 들었어, 나는 그 모습을 영원히 간직하고 싶어서 나의 뇌 회로 깊은 곳에 파일로 저장했어, 네가 다시 눈을 떴을 때 나는 럭키 스트라이크 담배에 불을 붙이고는 이 담배의 이름이 1848년 캘리포니아 골드러시 시절, 부유한 금광 노동자들이 **럭키 스트라이크!**(대박!) 하고 외치던 것에서 유래했다고 설명해주었어, 내가 담배를 내밀자, 네가 불안한 눈빛으로 날 보더니 조심스럽게 한 모금을 빨고는 바로 기침하기 시작했어, 너는 살짝 비틀거리면서 담배 맛이 좋다고 속삭이듯 말했지만 난 그게 거짓말이란 걸 알았어, 그런데도 넌 두 번째로 담배를 힘껏 빨았고 이번엔 처음보다 조금 나았지, 너는 하늘에 대고 연기를 뿜고는, 이러면 하나님이 연기와 냄새에 포위되냐고, 간접흡연은 암 발병률을 높인다던데 하나님도 암에 걸리냐고 물었어, 내가 말했지, 하나님은 항상 암에 걸려 있다고, 우리의 모든 병과 죄를 품고 있다고, 그래서 이런 건 전혀 새로운 일이 아니라고 했어, 하나님은 날마다 아프고 날마다 낫지만 어쨌든 매번 낫긴 한다고, 그건 내가 장담할 수 있다고 했어, 너는 안도하며 고개를 끄덕였고 우리는 네 팬티를 잊었어, 나중에 내가 그걸 찾아서 내 차 서랍에 운전면허증과 시리얼바와 함께 넣어두고는 가끔 꺼내서 거기다 코를 박았지, 오줌을 누고 나서 우리는 농장으로 달려갔어, 운동화에 오줌이 들어가서 찍찍거리는 소리가 났고 아스팔트에 젖은 발자국이 남았는데, 넌 그 느낌을 좋아했고 계속 뒤를 돌아보았어, 이제야 비로소 너 자신의 존재를 확인했다는 듯이, 젖은 발자국이 남을 때만 진짜로 존재한다는 듯이, 나는 얼굴을 붉히고 불안해하며 나의 뿔 가지를 어떻게 생각하냐고 물었어, 넌 어마무시하고 으리번쩍하다고 말했어, 클리프의 것과, 그 작은 천사의 것과 다르고 라파엘 그림에 나오는, 네가 카우퍼라고 부르던 남자애의 그것과도 전혀 달랐다고, 작은 고추들을 다 합친

것보다 더 크다고, 그리고 다시 한번 어마무시하고 으리번쩍하다고 말했어, 그게 로알드 달이 지어낸 말이란 걸 그땐 몰랐지만, 너의 목소리는 들떠 있었지, 나는 너의 집 정면에서 비켜나 있는 헛간 문 쪽으로 널 데려가서 길고도 느린 키스를 했어, 나는 베케트의 한 구절을 읊었고 그다음엔 아가서의 한 구절을 읊었어, 내 신부야 네 입술에서는 꿀방울이 떨어지고 네 혀 밑에는 꿀과 젖이 있고 네 의복의 향기는 레바논의 향기 같구나, 네가 아가서를 좋아한다는 걸 알고 있었지, 널 처음으로 욕망에 들끓게 한 게 바로 아가서였으니까, 넌 어린이 기쁨의 정원에서 누군가가 너에게 그 말을 해주는 상상을 했지, 너의 허벅지 사이로 손가락을 넣고 싶었지만 네가 다리를 꽉 오므리고 숙제가 있다고, 숙제가 너무 많다고 웅얼거렸어, 내가 지금은 한밤중이라고, 나의 아름다운 푸토, 그리고 지금은 여름방학이라고 말했더니, 새에겐 방학이 없다고, 남쪽으로 이주할 채비를 해야 한다고 했어, 나는 너그러운 미소를 지으며 너의 축축한 이마에 열정적으로 나의 입술을 누르고는, 제비꼬리나방처럼 네가 헛간 문밖으로 날아가도록 내버려두었어, 나의 숙제는 너였다는 걸 너는 알았을까, 내가 끊임없이 널 관찰하고 공부했다는 걸, 네가 한 말 전부를, 네가 한 행동 전부를, 네가 움직인 방식을 외웠다는 걸, 나에게 넌 궁극의 실험 대상이었고, 최고의 발표 주제였으며, 최고의 해부 실습이었고, 내가 가장 좋아하는 생명체였어.

26

나에게 쏟아지는 온갖 혐오, 온갖 비난에도 불구하고 나는 너를 계속 만났어. 널 만날 때마다 나의 욕망은 점점 더 맹렬하게 끓어올랐지, 어쩌면 너와 내가 그냥 친구로 지낼 수도 있을 거라는 헛된 희망에 매달려보기도 했는데, 그건 정말 진심이었어, 더는 너에게 악의에 찬 욕정의 전쟁을 선포하고 싶지 않았거든, 널 그저 온전하게 지켜주고 싶었어, 총탄으로 벌집을 만들고 싶지 않았어, 하지만 내 안엔 단 한 톨의 평화도 없었고 우정의 감정 따윈 없었지, 내가 나만의 군복을 입는 순간, 수의사의 가운을 걸치는 순간, 우리는 점점 더 만신창이가되어갔어, 존경하는 판사님들, 맹세컨대 더는 운명을 시험하고 싶지 않았습니다! 카밀리아도, 네 아빠와 오빠도 우리 사이를 알게 되어서 우리는 그들의 시선에 갇힌 발굽 달린 짐승과다름없는 신세였어, 그런데 어쩌자고 나는 그 어린 생명체를더럽혔는지, 그 오염되지 않은 유년의 순수를 더럽히고 만 건

지, 어쩌자고 아직 **주아 드 비브르**˚로 가득 차 있던 그 아이한테
그럴 수 있었는지, 설명할 수가 없네, 다만 이렇게는 말할 수
있겠다, 어릴 적부터 나는 아픈 것, 망가진 것, 언제 부서질지
모르는 것을 갖고 놀기를 좋아했다고, 그래서 통통하고 건강
하고 빛나는 동물보다 허약한 동물에게 더 관심이 갔어, 어릴
적에도 낡을 대로 낡은 자동차가, 부품이 떨어져 나간 자동차
가 더 좋았어, 너에게도 떨어져 나간 것이 너무도 많았지, 내
사랑스러운 자기, 넌 균형 감각 없는 줄타기 곡예사였고, 광활
한 하늘에서 점점 더 남쪽에서 멀어져 추운 나라로 가는 날개
달린 짐승이었어, 너는 푸토였고, 누군가 보아주길 바라는 아
이 조각상이었어, 너는 귀여운 소년의 몸을 갈망했지만 정작
너 자신의 몸을 갈망하는 게 어떤 건지는 알지 못했지, 너는
버리고 떠난 사람이 돌아오기를 마냥 기다렸어, 그 어느 밤보
다도 어둡던 어느 날 밤, 네가 불붙은 담배를 내 입에서 낚아
채더니 지직거리는 담배를 네 손바닥에 눌러 끈 순간, 나는 알
았어, 너도 가장자리까지 닳아 없어진 존재라는 걸, 네 살이
타들어가는 걸 보았어, 너는 담배꽁초가 부러질 때까지, 회색
재의 고리가 남을 때까지, 그리고 푸르스름한 물집이 솟아오
를 때까지 담배를 누르고 있었어, 그 순간 너의 눈에는 수달을
해부한 뒤 메스로 네 허벅지를 찔렀을 때와 똑같은 평온이 깃
들었지, 나는 네 손목을 잡고 몸을 떨었어, 화를 내야 할지, 울

•   Joie de vivre. 프랑스어로 '삶의 기쁨'이라는 뜻.

228

어야 할지, 소리를 질러야 할지, 속삭여야 할지, 네가 '개구리'이건 수달이건 새이건 너를 잡고 흔들어서 네 안의 모든 나사와 볼트가 제자리로 돌아가게 해야 할지 알 수 없었어, 그런데 넌 이제 막 무언가에서 벗어났다는 듯 한숨을 쉬었어, **이 상처는 절대 아물지 않아요, 이 상처가 나에게 일깨워줘요, 모든 담배가 불을 찾는 건 아니라는 걸, 모든 담배가 올바른 입을 찾는 건 아니라는 걸. 난 그런 담배예요, 바람이 너무 세서 매번 불이 꺼져버리는 그런 담배.** 나는 말하고 싶었어, 네가 말하는 올바른 입이 여기 네 앞에 있다고, 지금은 바람 한 점 없이 고요해서 너의 불은 절대 꺼지지 않을 거라고, 하지만 나는 알았어, 네가 찾던 건 그런 입이 아니었어, 배우에게 키스하는 입술도, 선망의 대상에게 키스하는 입술도 아닌 어머니의 입이었어, 너에게 다정한 말을 속삭여줄 입, 침대에서 다시 날아오르다 떨어졌을 때 너의 살갗을 꾹 눌러줄 입, 언젠가 율러의 엄마가 그랬던 것처럼 목에 박힌 벌침을 빨대로 빨아내고 독을 빨아줄 그런 입, 나는 너의 손에 새겨진 끔찍한 재의 고리를 보았고 그다음에 내가 한 짓은 한심했지만, 정말 한심했지만, 그래도 난 했어, 나는 새 담배에 불을 붙이고는 제대로 타오를 때까지 몇 모금을 빨고 나서 이를 악물고 예정된 고통을 견디며 담뱃불로 내 손등을 지졌어, 그러고는 말했지, 이제부터 우리는 외로운 담배들이라고, 서로 불을 붙여주어야만 타오를 수 있다고, 네가 무릎을 꿇더니, 두 살배기 아이처럼 내 다리를 양팔로 끌어안고는 나의 맨무릎에 뺨을 살며시 대었어, 그 방법밖엔 없었지,

넌 다른 사람의 피부밑으로 기어들고 싶다는 듯이, 그래야만 네 안에서 휘몰아치는 사냥 본능을 잠재울 수 있다는 듯이 날 꽉 끌어안았고, 낮 동안 장난스럽고 자유로웠던 것처럼 어둠에 대해서도 네가 똑같은 권위를 갖게 되기를 바랐지, 그러나 아무리 장작을 그러모아도, 너의 텅 빈 몸을 나의 불같고도 다정한 도발로 채우고, 학교 선생님과 너의 상상 속 청중으로 채워도, 그걸로는 충분치 않았어, 방심하는 순간 너는 곧바로 상처 입은 짐승으로 돌아갔고, 방심하는 순간 마법의 결합은 느닷없이 깨져버렸어, 너는 마지못해 몸을 일으키고는 맥없이 관객에게서 돌아서야 했지, 고개를 떨어뜨리고 어깨를 잔뜩 움츠린 채로, 너는 매번 똑같이 끔찍한 결론에 도달했어, 그들은 결코 네가 찾는 걸 줄 수 없다는 것, 영원한 결속이란 있을 수 없다는 것, 버리고 떠난 사람을 다른 사람에게서 찾는 것은 불가능하다는 것, 그래서 나는 욱신거리는 상처로 고통스러운 손을 너의 정수리에 얹었고 머리카락 사이로 너의 머리를 긁어주었어, 너는 커트 코베인의 유서에 대해 얘기했는데, 그 유서를 굵은 글씨로 인쇄해서 책상에 붙여놓았다고 했지, 유서의 내용은 이랬어, 우리 모두에게는 선함이 있다. 아마도 나는 사람들을 너무 사랑한 것 같다. 사람들을 너무 사랑하는 것이 날 더럽게 슬프게 만든다. 너는 여전히 내 다리를 붙잡은 상태로 그 말이 너무 아름답다고, 너무 진실이라고 했어, 너도 꼭 그런 기분이라고, 너도 사람들을 너무 사랑하는데 그건 곧 너 자신을 거의 사랑하지 않는다는 뜻이라고, 때로는 다른 사람과 하나가 되어서 순간의 행복을 맛보기도 하는데 다른 사람들은 너보다 더 따뜻한 털가죽을 갖고 있다고 했어, 수달과 하나가 된 뒤로는 끊임없이 먹이를 찾아 헤맨다면서, 여전히 공허를 채울 제대로 된 먹이를 찾고 있다고 했어, 그러더니 대부분의 수달이 도로에서 죽는다는 사실을 아냐고 물었지, 수달은 이미 오래전부터 네 안에 있었다고, 1989년 프리슬란트에서 마지막 수달이 차에 치여 죽어서 네덜란드에서 수달은 공식적으로 멸종했는데 십삼 년이 지나서야 새로운 수달이 방사되었다고, 너는 그사이에 태어났는데 너의 탄생은 뉴스가 되지 않았고 그때만 해도 너는 뉴스거리가 아니었기 때문이라고 했어, 그러던 어느 날 갑자기 깨달았는데, 네가 여덟 살이 되던 무렵의 어느 날 포대 자루에 담긴 상태로 프리케베인세데이크 제방 길 한복판에 누워 있었는데, 네 오빠가 초조해서 이리저리 뛰어다니며 언제 차가 올지 모른다고 소리쳤지만 너는 마치 도로에서 곧 죽을 짐승처럼, 차에 치인 수달처럼 누워 있었다고 했어, 넌 죽었다고 상상할 때 가장 기분이 좋았지, 넌 모든 기대를 내려놓고 아스팔트에 가만히 누워 수레국화 빛깔 하늘을 올려보았어, 선생님들도 보이지 않아서 완벽해야 한다는 강박에서 벗어날 수 있었고, 선생님들이 온갖 업무와 다른 아이들 때문에 너에게 시간을 할애하지 못할 때마다 네가 느낀 절망에서도 벗어날 수 있었지, 선생님들은 깡충거미처럼 여덟 개의 눈을 갖고 있지 않았으니까, 설령 여덟 개의 눈을 가졌다고 해도 너는 그 눈이 전부 다 너만 바라보기를 원했겠지, 심지어

231

그래야만 한다고 우겼겠지, 너는 도로에 죽어 있는 족제비를 긁어내듯 사람들이 삽으로 널 긁어내는 광경을 상상했다고 했지만, 네 오빠는 마치 교통 정리하는 경찰처럼 두 팔을 벌리고 네 앞에 서 있었고, 너는 첫 번째 차가 경적을 울리며 지나갈 때까지 버티다가 포대 자루를 접었어, 넌 수달이 감금 상태에서는 십일 년에서 십오 년까지 살지만 야생에서는 고작 삼사 년밖에 못 산다고 했어, 그건 너에겐 아직 일 년이 더 남았다는 뜻이었지, 그제야 난 알았어, 네가 감금되었다는 걸, 너를 최대한 오래 살려두려고 헷도르프가 너의 자유를 완전히 빼앗아버렸다는 걸, 너는 마침내 내 다리에서 손을 거두고 일어섰고 나는 너에게 말하지 않았어, 유명해지는 것도 일종의 감금이라고, 훗날 많은 이들이 너와 하나가 되길 원하겠지만 그걸 허락해선 안 된다고, 두 번째 앨범이 나온 뒤에 너를 잡으려는 사냥이 시작되었고, 너는 더 자주 포대 자루에 들어가게 되었지, 진짜 포대 자루가 아닌 상상 속 포대 자루였지만 말이야, 아무도 널 조건 없이 사랑하지 않았고 모든 것이 네가 이룬 성과에 바탕을 둔 것이었어, 사람들은 널 떠받들거나 떨어뜨렸어, 너무 자주 떠나겠다고 협박하다 보면 어느 순간 짐을 쌀 수밖에 없다고 네가 말했지, 믿을 만한 사람으로 보이기 위해서라도 그럴 수밖에 없다고, 그래서 내가 말했어, 누구나 문 앞에 여행 가방 하나 정도는 준비해놓고 있다고, 한곳에 머물기 위해서는 언젠가 떠날 수도 있다는 희망이 필요하다고, 그랬더니 만약 떠난다면 어디로 가고 싶으냐고 네가 물었고 나는 이렇게 말했어, 난 오직 너에게만 가고 싶어, 내 사랑스러운 자기, 네가 나의 여행 가방이고 네가 나의 **탈출구**야. 너는 고개를 끄덕이며 입술을 오므렸는데 그건 생각에 잠길 때면 네가 종종 하던 버릇이었어, 나는 이번엔 걸어오지 않고 피아트를 타고 와서 라디오를 켜놓고 문을 살짝 열어두었는데, 내 기억으로는 그 여름밤 라디오에서 우리에게 꼭 맞는 노래가 흘러나왔어, 마치 온 세상이 나의 열정을 중심으로 돌아가는 것만 같았지, 수의사와 하늘이 내린 가장 특별한 존재를 중심으로 돌아가는 것만 같았어, 휴가철이라 멍고 제리의 '인 더 서머타임In the Summertime'이 자주 나왔고 비치 보이스의 '서핑 유에스에이Surfin' USA'도 나왔어, 너는 율러처럼 애브릴 라빈의 스타일을 따라 했는데, 그때 처음으로 마스카라를 칠했어, 네 디스크맨에 들어 있는 애브릴 라빈의 최신 앨범 〈언더 마이 스킨〉에 대해서는 몇 시간이고 떠들 수 있었지만, 그래도 데뷔곡 '렛고Let Go'만큼 좋은 건 없다고 했어, 처음에 크게 히트를 치고 그 뒤로 그에 버금가는 반응을 얻지 못한 뮤지션은 답답할 거라면서, 처음에 재능을 다 소진해서 그렇다고 했지, 하지만 너에게도 똑같은 일이 일어났고 〈커트12〉만큼 좋은 앨범은 없었어, 비록 비평가들은 네 앨범이 나올 때마다 더 다층적이고 더 어두워졌다고 평했고 〈뉴욕타임스〉에는 이런 글이 실리기도 했지만 말이야, 그녀의 목소리에서는 그리움이 묻어난다. 전원의 삶에 대한 그리움, 그녀가 떠나온 삶에 대한 그리움이다. 그녀는 동창 중 유일하게 고향을 떠났고, 이제는 유일하게 고향에 돌아가고 싶어한다. 이 앨범은 어린 시절에 대한 그녀의 집착에 뿌리를 두고 있다. 그 마지막 문장이 오랫동안 나의 뇌리에 박혀 있었어, 가끔은 네가 그토록 벗어나고 싶어했던 고향에 그토록 집착하게 된 이유가 나인지 궁금했어, 내가 너에게서 무언가를, 너의 어린 시절을 훔친 건 아니었는지, 결코 되찾을 수 없는 어린 시절을 훔친 건 아니었는지, 네가 그 여자애를 고향에 두고 떠났고 그 여자애를 너무도 그리워했다는 걸 아무도 알지 못했어, 나조차도 알지 못했어. 한참이 지난 뒤에야, 머리 위에 다모클레스의 검*이 대롱거리는 어둠침침한 방에서 법원 공무원들과 마주 앉아 있을 때 비로소 알았지, 〈뉴욕타임스〉뿐 아니라 온갖 신문이 너의 위대함을 칭송했고 네가 존재할 권리를 굵은 글씨로, 절규하는 헤드라인으로 인쇄했어, 네 상상 속 프로이트처럼 그들이 널 분석했지, 하지만 지금 내 앞에 있는 넌 여전히 나의 어린 양이었고 화장품으로 가려도 여전히 내가 알아볼 수 있는 신성한 아이였어, 나는 무언가를 설명하고 싶을 때 희한하게 파닥거리던 너의 몸짓에, 사람을 이 초에서 삼 초 이상 바라보지 못하고 꼭 허공을 보던 너의 버릇에, 너의 온갖 사랑스러운 결함에 매혹되었어, 예를 들면 너는 참 열정적인 코 파기 선수였어, 그래, 넌 거의 광적으로 코를 팠지, 특히 긴장될 때나 생각을 한참 해야 할 때, 적절한 말을 찾지 못할 때, 작은 손가락을 깊숙이 밀어 넣고는 네가 찾는 게 걸려들 때까

---

*   고대 시칠리아의 폭군 디오니시우스와 신하 다모클레스의 일화에서 유래한 표현으로, 권력 뒤에 도사린 불안과 위기를 언제 떨어질지 모르는 칼에 비유한 말.

지 코를 팠는데, 사람들 앞에선 절대 그러지 않았어, 네 오빠와 아빠만 빼고, 하지만 내가 잠든 줄 알고 피아트 짐칸에서 코를 팠을 때, 내가 너의 손을 잡아 네 새끼손가락을 다정하게 내 입술 사이에 넣고는 초록색과 노란색 점액을 빨아 먹었지, 그랬더니 네가 진지하게 말했어, **이제 내 모든 생각이 선생님 몸 속에 있는 거예요.** 나는 네 생각은 안전하다고, 내가 목숨을 걸고 지키겠노라고, 그걸 도로 가져가려면 네가 날 먹어야 한다고 말했어, 어린애들이나 하는 짓이었지, 코를 파는 것 말이야, 그래서 네가 무심코 그런 짓을 할 때가 좋았어, 그럴 때면 넌 내가 닿을 수 없는 바다에 있는 것 같았거든, 코를 파는 동작과 입안의 찝찔한 맛이 널 진정시켰어, 넌 사람들이 코 파는 것을 그렇게 역겨워하고 못마땅해하는 게 이상하다고 했어, 너는 이집트의 파라오 투탕카멘이 자기 코를 후벼줄 사람을 따로 두었고 그 일의 대가로 소 세 마리와 숙식을 제공했다는 글을 읽었다면서, 직업치고는 좀 한심하지만 당시 그 정도면 보수가 나쁘지 않은 거라고 했어, 어쨌든 너의 새끼손가락은 애초에 그 깊고도 기묘한 쾌락의 구멍으로 사라지기 위해 만들어진 듯했고, 콧물은 네가 지닌 최고의 진미였어, 신이 너에게 공짜로 준 간식이랄까, **나만의 제과점이에요**라고 넌 가끔 농담처럼 말했지, 물론 캐러멜이나 민트 사탕이 훨씬 더 유혹적이었고 코 파는 일을 간절하게 기다리거나 하진 않았지만 말이야, 그건 갈망하거나 꿈꾸는 일은 아니었고 어쩌다 코를 파게 되면 좋아하던 것뿐이었으니까, 너는 히틀러와 무솔리니도

악명 높은 코 파기 선수였다는 걸 알고 있었고, 그래서 히틀러와 닮은 점이 하나 더 늘었다고 했어, 네 아빠는 그 버릇을 고쳐보려고 별짓을 다 했어, 그 짓을 멈추면 선물을 주겠다고 했고 실제로 바비 인형을 사주기도 했는데, 너는 두어 번 갖고 놀다가 바비를 차에 치이게 하더니, 채소밭 양파 사이에 묻어버렸지, 인형이 다시 꽃처럼 피어나길 바라는 마음으로 말이야. 그 뒤로는 다시 제방 뒤에 움막을 짓고는 네 오빠와 중세 사람인 척하며 놀았어, 넌 이상할 정도로 그 놀이를 좋아했는데 전쟁을 좋아해서 늘 전쟁을 재현했어, 넌 비행기 추락이 반드시 들어가야 한다고 매번 고집을 부렸어, 1933년형 보잉 247을 특히 좋아했는데 거긴 열 명이 탈 수 있었고, 1930년대의 경폭격기 더글러스 DB-8A/3N을 제외하면 그게 네가 가장 좋아하는 기종이었지, 하지만 선물을 받고 나서도 넌 여전히 코를 팠고 그래서 종일 오븐 장갑을 끼고 있어야 했는데, 잠깐은 효과가 있었지만 저녁에 장갑을 벗으면 미처 수확하지 못한 것을 수확하려는 듯 피가 날 때까지 코를 팠어, 장갑은 너무 불편했어, 그 한심한 장갑을 끼고는 아무것도 집을 수가 없었으니까, 마치 그날 하루가 오븐 접시이고 너무 뜨거워서 만질 수가 없는 것 같았어, 화장실에서 엉덩이를 닦을 수도 없고 말이야, 아니, 그런 식으로 사는 건 불가능했어, 식초나 테레빈유로 한참씩 손을 씻어야 하던 때도 잊어선 안 되겠지, 어쩌다 손가락이 입을 스치기만 해도 소름이 끼쳤지만, 결국엔 네가 그 역한 맛을 다 빨아서 없앴지, 마지막 방법이 가장 효

과가 있었는데, 그건 아빠가 없을 때만 코를 파는 거였어, 왜
냐하면 한번은 네 아빠가 절박한 마음에 헛간에서 스탠리 나
이프를 가져왔거든, 엄지손가락으로 밀면 은색 칼날이 손잡이
에서 튀어나왔어, 네 아빠는 한 번만 더 코를 파면 새끼손가락
을 잘라버리겠다고 했고 그 말은 효과가 있었어, 그 뒤로 너는
주로 네 방에서, 아니면 자전거를 탈 때만 평소처럼 코를 팔
수 있었어, 코를 파는 게 너에게 도움이 되었던 게, 코를 파면
넌 차분해지고 대답과 새로운 생각이 떠올랐거든, 너의 코는
보물 상자였고 결국 너의 걸작, 너의 첫 앨범으로 너를 이끌어
서 그 앨범에 '코 파기'라는 곡이 수록되었지, 나는 그 노래를
들을 때마다 내 입안에 있던 너의 손가락을 느끼지 않을 수 없
었고, 고통에 몸부림치며 널 그리워했어, 너는 네 안에 콧물로
이루어진 미니어처 풍경이 있다고 주장하기도 했어, 그것 말
고도 또 하나 묘기를 부릴 줄 알았는데, 너는 혀끝으로 코끝을
건드릴 수 있어서 소처럼 콧구멍의 콧물을 핥을 수도 있었어,
네가 놀이터에서 자주 뽐내던 장기여서 반 친구들은 그걸 구
경하려고 딱지 한 장씩을 내놓곤 했지, 가끔은 네가 코 파기에
너무 몰입한다는 생각이 들기도 했어, 내 사랑스러운 자기, 마
치 네가 학교에서 마이클 잭슨의 '스릴러' 뮤직비디오를 공연
할 때 너의 배역에 너무 몰입했던 것처럼, 그 뮤직비디오는 공
포영화 〈런던의 늑대 인간〉에서 영감을 받았고 빈센트 프라이
스의 독백이 담겨 있었지, 너는 전교 학생과 학부모 앞에서 공
연해야 했는데, 잭슨이 괴성과 함께 늑대 인간으로 변하면서

손이 늑대 앞발로 변하고 귀가 뾰족해지는 장면을 음악 선생님이 보여주었을 때 너무 무서웠다고 했어, 밤마다 무덤에서 기어 나오는 좀비 얼굴들이 보였다고, 음악 선생님이 세세한 동작과 표현해야 할 감정을 짚어주었는데, 좀비를 좀비답게 하는 건 창백한 얼굴이나 유령 같은 동작, 공허한 눈빛이 아니라 감정이라고, 그게 바로 공연의 힘이라고 선생님이 말했지, 어떤 감정을 어떤 표정으로 연기해야 하는지 넌 누구보다도 잘 알고 있었어, 왜냐하면 네 아빠와 버리고 떠난 사람 모두 가면을 쓴 마임 배우였으니까, 넌 좀비 역할을 맡았지만 사실 주인공인 어린 여자애 역할을 하고 싶었고, 여자애 역할보다 더 원한 건 잭슨 역할이었지, 왜냐하면 잭슨은 반짝이는 빨간 재킷을 입고 나왔는데 반 친구들 몇 명이 잭슨을 섹시하다고 생각했거든, 몇 주 동안 넌 죽어라 춤 연습을 했어, 매일 흰 분장을 한 상태로 집으로 돌아와 수건으로 닦아내고도 여전히 피부에 허연 자국이 남아서 평상시보다 더 창백한 몰골로 일상을 떠다녔어, 대사는 식은 죽 먹기라면서 한번에 다 외워버렸지만 춤 동작이 몸에 익지 않았어, 하나도 우아하지 않았고, 네가 춤을 어떻게 추고 있는지 그게 관객 눈에 어떻게 비칠지 지나치게 의식했지, 결국 강당에서 공연할 때 너의 팔다리는 너무 무거웠어, 마치 식탁보를 고정하는 자석을 팔다리에 매달아놓은 것처럼 말이야, 붉은 양배추밭에서 바람에 뻣뻣하게 흔들거리는 허수아비 같았지, 넌 그 허수아비를 '야피'라고 불렀는데, 네 아빠는 할 얘기가 궁해질 때마다 야피는 잘 있냐고 물었지, 너는 박자를 놓치고 살짝 겁에 질린 상태로 친구들을 보았어, 친구들은 공허한 좀비의 눈빛으로 음악에 맞추어 자유롭게 움직이고 있었어, 네가 그나마 가까스로 안무를 숙지할 수 있던 건 카밀리아가 방과 후에 같이 연습해준 덕이었는데, 카밀리아는 집에 와서 네가 배역에 너무 몰입한 나머지 운동장에서도 좀비처럼 걷는다고 하더라고, 네가 그 노래가 사랑에 관한 노래라는 걸 알고 너의 방에서 자신 있게 부를 수 있게 되었을 때, 그 노래에 담겨 있는 모든 감정, 모든 단어를 이해할 수 있게 되었을 때, 여전히 그 노래를 싫어했지만 그래도 네가 할 수 없을 거라 생각하던 일을 할 수 있게 되어서 노래에 대한 마음이 조금 풀리기 시작했을 때, 하필 그때 넌 병이 났어, 긴장 탓이었지, 너를 초조하게 하는 학교 행사가 있을 때마다 반복해서 일어나는 일이었어, 네가 기다리는 행사일 수도 있고 기다리지 않는 행사일 수도 있었는데, 넌 갑자기 배탈이 나서 도저히 학교에 갈 수 없는 상황이 되어버렸지, 하지만 네 아빠가 집에 있으라고 말하는 순간 한 시간도 안 되어서 멀쩡해졌어, 너는 언젠가 주연을 맡는 상상을 하면서 무대에서 빛나는 네 모습을 꿈꾸었지만 그러다가도 막상 너의 차례가 오고 공연할 시간이 되면 배탈이 나서 학교를 빠졌어, 하이드 익셉션과 함께 공연할 때만 빼고, 그때만큼은 넌 믿을 수 없을 정도로 강했어, 그때만큼은 넌 빛나는 천사였어, 넌 좀비 댄스 동작을 아직도 안 잊었다면서 그게 네 팔다리 어딘가에 숨겨져 있다고 했어, 사람들이 마이클 잭슨에 열광하는 건 이해할 수 없고 마이클 잭슨의 음악은 여전히 싫고 앞으로도 싫을 것 같은데, 그가 괴짜인 건 그렇다고 쳐도 어떻게 매콜리 컬킨이 그와 친구가 될 수 있는지 이해할 수 없다고 했어, 대체 〈나 홀로 집에〉의 배우가 마이클 잭슨의 어떤 면이 좋았던 건지 이해할 수 없다고, 왜냐하면 넌 컬킨은 멋지다고 생각했거든, 그가 마약중독자가 된 건 너무도 안타까운 일이었지만 그때도 넌 알고 있었지, 명성을 향한 갈망과 그 뒤에 찾아오는 숙취에 때로는 마취가 필요하단 걸, 네가 태어난 1991년도에 컬킨은 잭슨의 '블랙 오어 화이트Black or White' 뮤직비디오에 단역으로 출연했는데, 어린 컬킨이 기타 치는 흉내를 내며 신이 나서 뛰어다니던 모습이 너무 좋았다고 했어, 마지막에 입 모양으로 따라 부르던 랩도 좋았고 그나마 그게 잭슨에게 호감을 느낀 유일한 뮤직비디오였다고, 하지만 잭슨은 끝내 너의 마음을 사로잡지 못했고 너는 오직 네가 가장 좋아했던 배우를 보기 위해서만 그 뮤직비디오를 봤지, 〈나 홀로 집에 2: 뉴욕을 헤매다〉는 네가 남몰래 가장 좋아한 영화여서 매년 크리스마스마다 봤는데, 너 역시 뉴욕에서 길을 잃은 기분이 들어서였지, 비록 이유는 달랐지만 말이야, 영화 얘기가 나와서 말인데, 너는 언젠가 뉴욕 시티에 가면 '케빈처럼 살아보기' 투어를 할 거라고, 컬킨, 아니 케빈 맥캘리스터가 묵은 플라자 호텔에서 하룻밤을 보낼 거라고 했어, 일박에 2000달러는 족히 되겠지만, 네 계산으로는 젖소 두 마리 반의 값이겠지만, 그래도 할 거라고, 영화에 나오는 덩컨의 장난감 가게에도 들르고, 케빈이 비둘기 아줌마를 만난 센트럴파크의 갭스토 다리 밑도 걸어 볼 거라고 했어, 아일랜드 배우 브렌다 프리커가 비둘기 아줌마를 연기했는데 비둘기 아줌마는 참 좋은 사람 같다면서, 언젠가 만나게 되면 망가진 마음이 어떻게 되었는지, 그 마음을 다시 누군가에게 빌려주었는지 묻고 싶다 했어, 투어를 마치면 짙은 붉은색 벨벳 캐노피가 드리워진 네 개의 기둥 달린 침대에 누워 아이스크림 선데 열 개를 먹고 거품을 잔뜩 내서 목욕할 거라고 했어, 그리고 네가 재밌다고 생각한 부분에 대해서도 얘기했는데, 케빈이 호텔 매니저 헥터 씨를 속이려고 샤워 커튼 뒤에서 움직이던 공기 인형이 바로 영화 〈그것〉의 페니와이즈를 본떠 만들었다는 사실이었어, 너는 툭하면 〈나 홀로 집에〉의 대사를 인용했는데, 영화사상 가장 유명한 대사, 케빈이 본 흑백 갱스터영화에 나오는 그 대사였어, 너는 밑도 끝도 없이, 상황에 맞건 안 맞건, 차가운 미소를 지으며 이렇게 내뱉었지, 잔돈은 됐어, 이 드러운 새끼야. 나는 가끔 네가 너무 깊이 파고들다가 지하수에 닿지 않을까, 바닥을 치지 않을까 두려웠지만, 사실 사람에겐 바닥이랄 게 없지, 바닥을 쳤다 싶은 순간 바닥이 발밑에서 사라져버리고 언제나 거기서 더 깊이, 더 깊이 내려갈 수 있으니까, 아니면 네가 '코 파기'에서 노래한 대로일지도, 바닥은 땅이 아니야, 너의 코는 출구가 아니야, 앞으로도 늘 그럴 거야, 깊이라는 건 네가 만드는 것, 나는 파고 또 파지만 아무도 그걸 모르지, 내가 바로 그 구멍의 바닥이란 걸, 아무도 그걸 모르지, 나의 코피를 그저 코피로만 생각할 뿐. 그해 여름, 너는 코피를 자주 흘렸고 러시아 화가 빅토르 바스네초프의 그림 속 아이 같았지, 벤치에 앉은 어느 여인 곁에 손가락을 코 깊숙이 찔러 넣고 있는 그 아이 말이야, 네 모습이 꼭 그랬어, 나는 굳어진 핏덩어리를 봤고 잠깐 방심한 네가 혀끝으로 그 가장자리를 핥는 것도 봤어, 누가 너한테 딱지를 준다고 한 것도 아닌데 말이야, 우리가 키스할 때마다 너에게서 쇠 맛이 났어, 내가 너의 코 파기를 더 악화시켰고 너는 그렇게 너의 탈출구를 팠어, 나는 손수건이 아니었어, 너의 코피를 멎게 할 헝겊이 아니었어, 나는 콧속의 불순물이었고, 섬세한 코털에 난 상처였으며, 자꾸만 떨어져 나가는 딱지였어.

27

때론 내가 깨어 있는 건지 잠들어 있는 건지 알 수 없었어, 썩어 문드러진 생각에 몸서리치면서, 나는 피아트의 운전대에 앉아 내 두 손을 보았지, 마치 남의 손을 보듯이, 마치 나의 모든 것이 과거의 잔상이라는 듯이, 나는 손가락을 움직여 운전대를 두드렸어, 수의사 가운이 겨드랑이를 조였고 맨 위 단추가 목울대를 눌렀어, 그래서 가운을 확 열어젖히고 소매로 이마의 땀을 닦았어, 그리고 그제야 깨달았어, 이 도입부가 너무도 프루스트적이라는 걸, 아무래도 《스완네 집 쪽으로》*를 너무 많이 읽은 것 같아, 요 며칠 불을 끄고 돌아눕기 전에 그 책을 읽었거든, 프루스트를 읽으면 인생이 달라질 거라 말하는 사람들이 있어서 좀 솔깃했어, 반면 최후의 날을 위해 그 책을 아끼고 있다는 사람도 있었어, 하나님이 만민에게 영을 부어

---

* 프루스트의 연작소설 '잃어버린 시간을 찾아서' 1권.

주실 그날 말이야, 어쩌면 나는 이미 그 순간에 와 있는지도, 어느 때고 이제 곧 문 닫을 시간이라는 안내 방송이 나올지도, 야외 수영장에서 사람들이 순순히 수건을 말고 잔디에서 주스 잡을 치우는 시간처럼 말이야, 그래서 나는 프루스트를 읽기 시작했는데, 문체는 냉혹했고, 도무지 갈피를 잡을 수 없었으며, 쓰고자 한 내용의 가장무도회 같아서 절망 속에 잠들었지, '잃어버린 시간을 찾아서'는 여섯 권이 더 있다는 걸 알았거든, 그래, 프루스트가 날 녹초로 만들었어, 하지만 내가 가장 좋아하는 책을 읽을 땐 더 힘들었어, 《스완네 집 쪽으로》를 읽고 그다음에 읽은 책이었어, 읽으려고 실랑이할 필요가 없는 책, 눈 감고도 읽을 수 있는 책, 욕망을 채워줄 무언가를 찾으면서 맹렬히 책장을 넘길 수 있는 책, 내가 가장 좋아했던 책, 그 책은 바로 너였어, 내 사랑스러운 자기, 너는 늘 내가 읽고 싶던 책처럼 읽혔고, 나는 너라는 책을 영영 덮어야 할 그날이, 네가 내게 등을 돌릴 그날이 올까 봐 두려웠어, 그 책의 어떤 장면은 날 미치게 하고 황홀하게 했는데 그건 내 잘못이 아니었어, 나는 카밀리아의 숨소리에 귀를 기울이며 숨소리가 규칙적인지 확인했어, 카밀리아가 초조해하며 누워 있을 때와 아득히 멀어졌을 때를 나는 정확히 구분할 수 있었지, 카밀리아가 내 기척을 느끼지 못할 거라는 확신이 들면 그제야 침대에서 빠져나왔는데, 만약을 대비해서 프루스트 소설을 들고 나갔어, 그래야 혹시 카밀리아가 잠에서 깨어나 날 붙잡으면 책을 읽을 거라고 말할 수 있을 테니까, 나는 욕실로 가서 속옷을 발목까지 내리고 변기에 앉았어, 그리고 거기서부터 추락하기 시작했지, 추락하고 또 추락하다가 어느 순간 나의 입술이 방충망을 눌렀고, 너의 이름을 부르지 않으려고 안간힘을 썼어, 자제력을 잃지 않기 위해 비명을 삼켰어, 네가 아팠을 때, 어린이 기쁨의 정원에서 너와 내가 인형 사이에 함께 누워 있던 때를 떠올렸어, 나는 고열에 시달리는 쇠약해진 아이를 찌르는 상상을, 네가 나지막이 속삭이는 상상을 했어, **커트, 날 해부해줘요.** 너의 작은 몸이 내 품에서 힘없이 축 늘어질수록 뿔 가지를 잡은 나의 손은 더 거칠고 빠르게 움직였고 방충망 구멍에 넣은 혀에서 침이 더 많이 흘렀어, 나는 헐떡이지 않으려 애썼어, 미지근한 밤바람이 내 입술을 스쳤고, 방충망 밖에서 모기의 날개 맛이 나는 것 같더라, 나는 다른 손에 들고 있던 프루스트 소설을 엄지손가락으로 펼치고는 속으로 너의 이름을 불렀어, **푸토, 푸토, 푸토.** 그러고는 여름날 너의 피부색과도 같은 갈색 섞인 노란 페이지에 어설프게 정액을 쏟아냈어, 정확히 133쪽에, 마침 그 페이지에는 아마도 《스완네 집 쪽으로》에서 가장 희망적인 문장이 적혀 있었지, **너의 머리 위엔 언제나 푸른 하늘이 있기를, 나의 젊은 친구여, 지금의 나에게처럼 언젠가 때가 오더라도, 숲이 온통 검게 물들고 밤이 성큼 다가서는 그 순간이 오더라도, 지금의 나처럼 하늘을 올려다보고 너 자신을 위로할 수 있으리,** 그 대목을 읽으니 조금 더 읽고 싶어졌지, 마치 말의 입안을 살펴보듯이 이 연작소설을 좀 더 들여다보고 싶었어, 움츠러들고 싶지 않았어, 비록 이 페이지는 영원히 더럽혀져서 132쪽에 들러붙을 테고, 찢어발기지 않고는 분리할 수 없겠지만, 그래도 내가 만약 하늘을 본다면 하늘이 푸르리란 걸 알았고, 우리가 같은 하늘을 바라보고 있다는 생각에 행복했지, 카밀리아가 구워준 향신료를 넣은 진저브레드 한 조각을 차에서 베어 물며 그런 생각을 하고 있었어, 진저브레드가 씁쓸한 게 설탕이 부족해서인지 아니면 내가 카밀리아에게 거짓말을 하고 있어서인지는 알 수 없었어, 어쩌면 카밀리아는 쓴맛이 나길 원했는지도, 우리의 키스를 알고 나서 자기가 얼마나 깊은 슬픔을 느끼는지 내가 맛보길 원했는지도, 카밀리아는 머릿속에서 우리 생각을 떨쳐내지 못했고 툭하면 그 얘길 꺼냈어, 너는 네 이름을 안 부르고 그 아이라고 불렀는데, 그래서 더 비참한 기분이 들더라, 우리 머리에 뭐가 드리워져 있는지 그때는 몰랐어, 어느 시점 이후에는 아주 오랫동안 하늘이 파랗지 않으리라는 것도, 일기예보에서 장시간 지속되는 먹구름을, 짙은 회색 난층운을 예보하리란 것도 몰랐어, 어느 양 목장에 도착해서 차에서 내려 부제증腐蹄症과 목초 테타니에 걸린 암양 몇 마리를 살펴보고 구더기가 생긴 부위를 치료했어, 농부와 악수하는데 현기증이 나더라, 마치 꿈과 현실 사이 어딘가에서 떠도는 기분이었어, 들판에 웅크려 앉았는데 그늘에 헐떡이며 누워 있는 단제 동물 곁이었지, 뒤를 돌아 농부가 날 보고 있는지 확인한 다음, 털을 깎은 녀석의 뜨거운 몸에 머리를 기대었어, 나는 연인에게 말하듯 암양에게 속삭였어, 당연히 너에 대해, 우리에 대해 얘기했지, 미친 짓이었지만 암양은 이해하는 것 같았어, 나는 양털에 코를 파묻었고 얼굴에 기름이 묻는 걸 느꼈어, 나는 프루스트를 그만 읽기로 결심했어, 아무래도 프루스트가 제공하는 풍요로움을 받아들일 준비가 안 된 것 같더라고, 적어도 아직은, 나는 오직 너만 읽고 싶었고 그래서 양에게 너를 설명했고, 네가 날 얼마나 사랑하는지 과장할 수밖에 없었어, 네가 아침에 눈을 뜨는 이유는 오직 나뿐이라고 말해버렸지, 네가 얼마나 거칠게 아름다운지, 너의 입술이, 너의 턱이, 너의 콧구멍이, 사과의 검은 반점 같은 네 목의 점들이 얼마나 완벽한지 얘기했어, 너는 내가 가장 사랑하는 작물이자 나의 열매라고, 그땐 알지 못했어, 내가 커피를 마시며 쉴 때 그 암양이 죽으리란 걸, 떨리는 손으로 내가 그 사랑스러운 암양의 몸에 방수포를 덮게 되리란 걸, 암양이 구더기에게 파먹힌 건지, 아니면 나의 흉측한 비밀에 파먹힌 건지 궁금해하게 되리란 걸, 나는 처참한 기분으로 집으로 차를 몰았고 집에 오니 카밀리아가 유혹적인 목소리로 말하는 거야, 아이들이 수영장에 가서 집에 아무도 없다고, 날 위해 특별히 속옷을 새로 샀다고, 오, 카밀리아는 다시금 내 욕망의 대상이 되려고, 우리 둘 사이에서 잠자고 있는 그 아이를 잊으려고 필사적으로 노력했어, 하지만 난 죽은 암양 얘기를 하면서 너무 슬퍼서 사랑을 나눌 수 없다고 했어, 소파에서 카밀리아는 내 머리를 자기 무릎에 올려놓고 두 손으로 내 머리를 감싸고 쓰다듬었지만, 사실 카밀리아는 자신을 위로하는 거였어, 카밀리아는 속옷 세트를 옷장 맨 안쪽에 걸어

두었는데 어느 날 내가 그 팬티를 너에게 가져다주었지, 네가 말했거든, 여자애들이 전부 다 엉덩이 사이에 끈을 끼고 다닌다고, 네가 입는 리본 달린 팬티는 어느새 한물갔고 어쩌다 보니 네가 유행에 뒤처져 있더라고, 너는 영국에서 그러는 것처럼 팬티를 니커스라고 부르기 시작했는데, 네가 강당에서 버트와 어니가 그려진 도시락 통을 꺼내려고 가방 쪽으로 몸을 숙일 때마다, 반 아이들이 팬티 고무줄을 잡아당겨 고무줄이 피부에 탁! 하고 튀었고, 그러면 아이들은 너에게 물고기 잡는 그물처럼 거대한 팬티로 뭘 잡았냐고 놀렸지, 그래서 카밀리아의 빨간 팬티를 보고 너는 엄청 흥분했어, 너한텐 너무 커서 바지 위로 새 날개처럼 비죽이 올라오는 바람에 모두가 그 새를 보았거든, 날개가 부러진 짐승을, 갈망하는 청춘을 보았어, 네 아빠는 빨랫감에서 카밀리아의 팬티를 발견하고는 불에 던져버렸어, 넌 그 팬티를 헷도르프 근처 어느 동네에 있는 저가 의류 매장에서 샀다고 거짓말했어, 하나님이 부동산 중개인이라 집을 직접 관리한다고 소문난 동네였어, 네 아빠는 대체 누굴 보여주려고 그런 속옷을 입었냐고 물었어, 대체 누구한테 그렇게 사악한 모습을 보여주고 싶은 거냐고, 넌 그냥 너 자신을 위해 입은 거라고 소리를 지르고는 비행 연습을 더 열심히 했어, 천장에 부딪힐 정도로, 너의 눈은 모래와 눈물로 가득했지, 어떻게든 아이들과 어울리고 싶던 너의 모든 노력은 실패했고, 그게 네가 남들과 다르기 때문이라는 걸, 남들과 다르다는 건 결국 너의 구원인 동시에 파멸이라는 걸 아무도 이해하지 못했어, 넌 팬티에 불이 붙는 광경을 설명하면서 너무 속상했다고, 그 뒤로는 마시멜로 맛이 다르게 느껴졌다고, 너에겐 결코 주어진 적 없는 삶의 맛처럼 느껴졌다고 했어, 그게 어떤 삶인지 나는 묻지 않았어, 너는 이미 끈 팬티가 사실 얼마나 불편했는지에 관한 얘기로 넘어간 상태였거든, 엉덩이 사이에 줄을 끼고 다니려니 불편했다고, 하지만 이젠 아이들이 너의 큼직한 니커스를 보고 놀려도 그 니커스로 잡을 수 있는 온갖 물고기의 이름을 댄다고 했어, 양손으로 농어의 크기까지 보여주면서 말이야, 얼마 후 아이들은 흥미를 잃었지, 하지만 율러가 너에게 왜 아직 가슴이 없냐고 물었을 땐 걱정을 했어, 율러가 마치 아빠가 왜 우편물이 아직 안 왔냐고 물을 때처럼 물어봤거든, 넌 잠시 상상했지, 뽁뽁이로 포장된 상태로 너의 젖가슴이 우편함에 배송되는 상상을, 하지만 네 아빠가 광고 전단을 가로채듯 그것마저 가로챌 것 같았어, 네 아빠는 장난감 회사 '바르트 스밋'이야말로 악마가 부업으로 운영하는 회사라고 믿는 사람이었거든, 율러가 너희 반에서 유일하게 너만 아직도 가슴이 평평하다고 말해서 넌 하나님께 이유를 물었지만 늘 그렇듯이 하나님은 침묵을 지켰어, 네가 내게 속삭였어, 하나님도 농어와 똑같다고, 살을 발라내고 나면 생선이라고 할 만한 게 남아 있지 않은 농어와 똑같다고, 넌 하나님을 뼈만 남기고 발라냈어, 하나님께 그토록 많은 질문을 했건만, 단 한 번도 답을 듣지 못했어, 하나님을 굳게 믿었던 때와는 달랐지, 하지만 넌 포기하지 않았고 내게 이렇게 말했어, 아무래도 하나님의 무전기가 고장 나서 내 말을 듣지 못하는 것 같아요. 난 그 말이 너무 귀엽다고 생각했고 고개를 끄덕여서 너의 의혹을 확인해주었어, 그리고 때가 되면 분명히 뭔가 자랄 거라고 말했지, 너는 흡족한 표정으로 정면을 보았지만, 만약 선택할 수 있었다면 가슴보다는 남자애의 갈퀴를 가졌을 거라고 했어, 나는 상상 속에서는 원하는 건 뭐든 가질 수 있다고 했어, 그리고 얼마 후 나는 프루스트를 다시 책장에, 사드와 톨스토이 옆에 꽂아두었어, 내가 가장 좋아하는 책, 너라는 책만으로도 충분했거든, 네가 내 삶을 풍요롭게 했어, 너의 모든 페이지를 접어서 표시하고 싶었어, 활자가 찍힌 곳은 물론이고 여백마저도 소중했어, 너의 모든 부분을 기억하고 싶었어, 그리고 머지않아 나는 깨달았지,《스완네 집 쪽으로》가 없을 때 내가 더 잘 잔다는 걸, 카밀리아는 늘 책에 대해 캐물었어, 자기가 직접 읽어보기 전에 늘 그랬지, 카밀리아는 스릴러를 좋아하면서도 책을 시작하기 전에 결말부터 읽었어, 그렇게 하지 않으면 긴장감을 못 견뎠고 누가 누굴 죽였는지 미리 알아야만 직성이 풀렸어, 나는 프루스트의 소설을 읽는 건 고역이라고 했어, 그땐 알지 못했어, 카밀리아가 책장의 먼지를 털다가 그 책을 꺼내 뒤적이리란 걸, 그리고 결말을 찾다가 들러붙은 페이지를 발견하고 나름의 결론에 도달하게 되리란 걸, 카밀리아가 내게 물었어, 자위할 때 누굴 생각했냐고, 난 거짓말을 했어, 아이를 하나 더 낳으면 어떨까 생각했다고, 통통하고 끈적한 손으로 우리의 목에 매달릴 또 하나의 작고 보드라운 생명체를 낳으면 어떨까 생각했다고, 그러기엔 내 나이가 너무 많긴 하지만, 카밀리아가 늘 대가족을 원했다는 걸 알았고, 나의 고백이 카밀리아의 마음을 따스하게 하리란 것도, 카밀리아의 딱딱한 귀를 부드럽게 하고 우리 아이가 아닌 다른 아이를 잊게 하리란 것도 알았어, 그 순간부터 프루스트는 내 삶에서 새로운 의미를 갖게 되었지, 프루스트는 내게 이 삶에서의 도피를 의미했어, 바람에 덜그럭거리는 헐거운 커튼레일 같은 거짓말을 의미했어, 점점 더 밑으로 처져서 더 많은 빛과 더 많은 어둠을 집에 들여놓는 커튼레일 말이야, 어느 순간 나는 깨달았어, 내가 바로 그 덜그럭거리는 커튼레일이라는 걸, 이렇게 덜그럭거리다가 어느 순간 바닥으로 와르르 무너지겠지, 오, 나는 종종 생각했어, 차라리 확 무너져버려라, 그냥 다 놓아버려라.

28

버리고 떠난 사람이 손님방에 살고 있다는 소문이 돌았어,
약에 완전히 취한 상태로. 거기 누워서 하나님이 데려가기를
기다리고 있다고, 시편 300편에 나오는 나팔이 울리기를 기다
리고 있다고, 어떤 사람은 또 다른 얘길 했는데, 이게 좀 더 그
럴듯했지, 어디론가 떠난 거라고, 먼 곳으로 떠난 거라고, 노
르웨이 스타방에르라는 얘기도 있었고, 그보다 더 멀리 갔다
는 얘기도 있었어, 또 어떤 사람들은 그녀가 그저 결석한 것
뿐이라고 했어, 단지 결석일 뿐 그 이상은 아니라고, 나는 그
게 어떤 사람을 더는 볼 수 없을 때 쓸 수 있는 가장 좋은 표현
이라고 생각했어, 마치 사람들 머릿속에 '결석'과 '출석'으로
나누어진 현황판이 있어서 이름을 왼쪽 혹은 오른쪽으로 밀
어 상태를 표시할 수 있는 것처럼 말이야, 너의 왼쪽 명단에
는 많은 사람이 있었는데 열한 명의 조부모도 거기 있었지, 너
는 너의 조부모뿐 아니라 네 친구의 조부모까지 그곳으로 끌

어들여서 명예 조부모로 삼았어, 물론 버리고 떠난 사람도 거기 있었는데 명단 맨 꼭대기에 있었어, 구제역 파동 때의 소떼도 잊어선 안 되겠지, 아본틀란 대로에 살던 아빠 친구의 딸이 9·11이 일어나던 해 열다섯의 나이에 수막구균감염증으로 죽은 일도 있었는데, 너는 그 아이의 장례식을 여전히 기억하고 있었어, 잃어버린 아이 이후 네가 모든 장례식을 기억하게 되어서이기도 했지만, 그 장례식에서 사람들이 에릭 클랩턴의 노래 '티어스 인 헤븐Tears in Heaven'을 불렀는데, 그 노래를 처음 들었던 너는 그 뒤로 노래를 늘 마음에 간직했지, 특히 어디선가 읽은 글 때문이었는데, 1991년 수요일, 네가 태어나고 한 달쯤 지난 어느 날, 잠시 방심한 사이 에릭 클랩턴의 네 살 난 아들이 맨해튼 고층 건물 53층에서 떨어져 죽었다는 내용이었어, 바로 그날, 버리고 떠난 사람이 실수로 너를 나무 서랍장에서 떨어뜨렸는데, 너는 그 두 사건이 연관이 있다고 확신했어, 왜 한 명은 떨어지고도 살았는데 한 명은 떨어져서 죽었는지 너는 늘 궁금해했지, 물론 네가 그때 죽었더라면 그로부터 삼 년 뒤 잃어버린 아이 사건이 일어났을 테니까 너무 말이 안 되긴 했어, 아무도 믿지 않았을 테니까, 그래서 넌 그 사건 이후에도 계속 살았지만, 고층 건물에서 떨어지는 게 어떤 느낌인지는 알 것 같다고 했어, 그 사건이 뉴욕에서 일어났기 때문에 너에겐 더 큰 충격이었어, 다시 출석부로 돌아가서, 초등학교 선생님들도 출석부 왼쪽에 있었어, 존재하지만 너의 일상에서는 사라진 사람이었으니까, 선생님들은 오랫동안 너에게 가장 중요한 사람이었어, 책으로나마 헷도르프 밖의 세상을 가르쳐주었고, 널 무릎에 앉히고 머리카락을 귀 뒤로 넘겨주었으며, 네가 가장 기괴한 주제로 더듬거리며 발표해도 좋은 점수를 주었지, 나는 나의 선생님들을 잊은 지 오래였지만, 너는 너의 선생님들을 절대 놓아주지 않았고, 그래서 그들은 네 기억의 복도에 영원토록 서 있었어, 언제든 무대에 오를 준비를 하고서, 결석으로 표시된 사람에는 교정 치과 의사도 있었고, 수학 학습장애가 있는 아이들을 가르치는 특수교사도 있었고, 물리치료사도 있었어, 네가 비뚤게 자라는 것을 막아준 사람들, 네가 태양을 향해 자라고 있다고 믿고 널 놓아준 사람들, 멍청한 사람들이었지, 그들은 때를 노리는 맹견처럼 네 곁에 어둠이 도사리고 있을 때 널 놓아주었어, 자동차 관련 사업을 하던 반 친구의 아빠도 있었는데, 그는 어느 날 뒷마당에서 권총으로 자기 머리를 쏘았어, 너는 운동장에서 기다리고 있는 그를 종종 보았는데, 그가 늘 너에게 다정한 미소를 짓고 손을 흔들어주어서 그 사람을 너의 상실 목록에 넣었어, 그는 방전된 자신의 삶에 어떻게든 다시 시동을 걸어보려 애쓰고 있었지만 좀처럼 겉으로 드러내지 않았어, 너는 가끔 용돈을 다 털어서 1991년형 짙은 초록색 볼보 960을 사는 상상도 했어, 물론 운전도 할 줄도 모르면서 말이야, 메르세데스 벤츠를 사는 상상도 했는데, 재니스 조플린이 부른 동명의 노래를 좋아했기 때문이었어, 죽기 전에 마지막으로 녹음한 히트곡이었지, 넌 조플린이 죽은 건 그 노래에서 하나님에게 메르세데스 벤츠 한 대 아니면 컬러텔레비전 한 대, 혹은 시내에서의 하룻밤을 달라고 부탁했기 때문이라고 생각했어, 하나님은 천성이 물질적인 분이 아니었으니까, 아마도 조플린은 결국 낙담했을 거고 낙담한 사람들은 마치 연료 없는 자동차와 같았지, 그 사람들은 언덕길에서 절대 시동을 걸지 못하니까 결국 볼보 960을 사야 한다고, 총성이 울리기 전으로 시간을 되돌려서 네가 친구의 아빠에게 그 차를 사주고 기운을 북돋아주고 싶다고 했어, 그를 기쁘게 해주고 싶다고, 그러면 계속 살고 싶을지도 모른다고, 이런 것 외에도 너는 많은 것을 잃어버린 마을에 살고 있었어, 1953년 대홍수 때 프리케베인세데이크 제방이 무너져서 수색대가 결석 처리된 사람들을 찾아 나선 적도 있었어, 그 외에도 헷도르프를 무겁게 짓누르는 하나의 상실이 있었는데, 그 사건이 아늑하던 마을 분위기를 바꾸어놓았지, 1984년 여름, 로스앤젤레스 올림픽 개막식 무렵, 베네덴페일스테이흐 골목 출신의 열아홉 살 여자애가 실종된 거야, 아직도 어느 집 창문에는 그 애의 얼굴이 담긴 누렇게 바랜 포스터가 붙어 있었어, 마을 토박이이건 외지 사람이건 모두가 그 슬픔을 가슴에 품고 살았는데, 단지 미스터리와 상실감 때문은 아니었어, 그보다는 두려움, 두려움이 더 컸지, 7월의 어느 날 누군가에게 끌려가 다시는 햇빛을 보지 못할 수도 있다는 두려움이었어, 특히 헷도르프의 여자애들은 칠흑 같은 질식감을 안고 살았고, 한동안은 마을 사람 모두가 용의자였어, 심지어 호레만 목사가 예배 도중 범인에게 자수하라고, 마을이 고통에서 벗어나게 해달라고 호소할 지경이었어, 그로부터 한참 뒤, 사납던 그 여름으로부터 이 년이 지난 어느 날, 페터르 R. 더프리스*가 사건을 다시 꺼내 헷도르프를 찾아왔어, 주유소 근처에서 카메라 팀과 함께 그를 만나던 네 모습이 떠오르네, 더프리스는 남색 셔츠 차림이었는데, 그 모습이 널 한편으로는 안심시켰고 한편으론 두렵게 했지, 베네덴페일스테이흐 골목은 프리케베인세데이크 제방과 맞닿아 있어서 너는 14번지를 자전거로 지나칠 때마다 몸서리를 쳤어, 마치 해 질 녘에 널 괴롭히는 모든 환영과 마을에 떠도는 모든 이야기를 네가 페달을 밟아 네 안에 주입하는 것 같았지, 한 가지 분명한 사실은, 헷도르프에서 사건의 내막에 대해 소위 좀 안다는 사람들은 범인이 교회 신도 중 한 명이었을 거라고 짐작했고, 바로 그런 이유로 마을의 모든 어린 사람들은 언제든 납치될 수 있다는 두려움을 품고 살았어, 여자애로 산다는 건 결코 안전한 게 아니라는 메시지가 전달된 셈이었지, 그 외에 다른 결석자도 있었어, 잃어버린 아이의 무덤에서 다섯 번째 무덤에 어느 여자애가 묻혀 있었는데, 테헨란트 자연보호구역에서 수영하려고 보트에서 뛰어내렸다가 보트 프로펠러에 휘말려 죽은 애였어, 넌 잃어버린 아이의 무덤을 찾을 때마다 그 아이의 무덤을 지나쳤는데, 발밑에서 자갈이 달가닥거릴 때 묘비에 적힌 글을 읽곤 했지, 넌 왜 무덤가에 군

• 네덜란드의 탐사 보도 기자이자 범죄 전문 기자. 2021년 총상을 입고 사망했다.

이 자갈을 까는지 이해할 수 없다고 했지, 자갈 달그락거리는 소리가 정적을 더 끔찍하게 만들었으니까, 그래, 사라진 사람들로 가득한 마을이었지만, 너의 가장 큰 상실은 자동차 딜러도, 아빠 친구의 딸도, 교정치과 의사도 아니었어, 너의 가장 큰 상실은 버리고 떠난 사람이었어, 저 멀리, 노르웨이 스타방에르까지 가버린 사람, 네가 거의 세 살이 되었을 때 일어났던 그 사고 이후 널 떠나버린 그 사람, 그때 버려진 것이 너에게 얼마나 큰 충격이었는지 나는 알고 있었어, 그게 어떻게 네 안에서 종기처럼 곪아가는지도, 너에 대한 나의 사랑이 내 안에서 종기처럼 곪아가는 것과 똑같았어, 물론 그 둘을 비교해선 안 되겠지, 나는 언제든 메스로 그걸 도려낼 수 있지만 넌 평생 안고 살아야 하니까, 내가 너에게서 도망치려는 순간 넌 필사적으로 날개를 퍼덕였어, 마치 날개를 지탱하는 바람을 더는 느낄 수 없다는 듯이, 너는 내 몸에서 바람이 있는 쪽에, 내가 말할 때 내쉬는 숨의 상승 기류에 머물렀고, 그럴 때면 너는 남쪽으로 가는 행로를 잊은 듯했어, 오, 그건 너무도 엄청난 결석이었어, 너는 종종 지리 교과서에서 노르웨이를 찾아보았고, 달의 풍경과도 같은 암석 지대 글로페달수라에 관해 읽고 난 뒤로는 버리고 떠난 사람이 그 바위틈 어딘가에 있을 거라고 확신했어, 넌 스타방에르에서 살거나 살았던 유명인을 네가 전혀 모른다며 속상해하기도 했지, 네가 그곳의 유명인을 알았다면 버리고 떠난 사람이 혼자가 아니란 걸 알고 마음이 놓였을 테니까, 페터르 R. 더프리스가 잠시 헷도르프에 관심을 가졌을 때 안심했던 것처럼 말이야, 더프리스는 팔을 걷어붙이고 실종자를 전부 추적하려 했지만 결국 아무도 찾아내지 못했고 아무것도 발견하지 못했어, 그래서 너는 눈이 빠지도록 노르웨이 지도를 들여다보았어, 새로 장만한 볼보 960에 스노타이어를 끼운 다음 노르웨이를 달리며 둘러보는 상상을 하면서도, 어쩌면 그녀가 이미 그 항구를 떴을지도 모른다고 생각했어, 그럴 때면 넌 그녀가 런던 남동쪽 벡슬리히스로 갔길 바랐지, 거기 케이트 부시가 살고 있었거든, 너는 그 둘이 이웃이기를, 그래서 매일 우유를 넣은 영국식 홍차를 함께 마시기를, 일상을 얘기하며 차에 숏브레드 비스킷을 적셔 먹기를 바랐지, 네가 바란 건 그거였어, 두 사람이 차가 식는 줄도 모르고 일상을 얘기하는 것, 케이트 부시가 〈하운즈 오브 러브〉 앨범에 수록된 '클라우드버싱Cloudbursing'이나 '러닝 업 댓힐Running Up That Hill'을 불러주는 것, 둘 다 적절한 곡이었는데, 왜냐하면 부시의 노래는 대부분 상실에 관한 노래였거든, 너는 두 사람이 푹신한 꽃무늬 카펫이 깔린 전형적인 영국식 저택에 나란히 앉아 몇 시간이고 BBC 방송을 보는 상상을 했어, 너는 가끔 헷도르프에 할 일이 이렇게 많은데 하나님이 과연 런던까지 지켜보고 계실지 궁금했고, 나는 가끔 왼쪽 명단이 워낙 빼곡하다 보니 네가 오른쪽 명단을 잊은 건 아닌지 궁금했어, 살아 있는 사람보다 죽은 사람이나 결석한 사람을 대하는 법을 더 빨리 터득하다 보니, 오른쪽 명단은 너에게 덜 중요해진 건 아닌지, 아, 그러고 보니 클리프가 있었네, 그 작은 천사, 그리고 네가 영농 잡지에서 찾은 펜팔 친구도 있었지, 너는 그 친구에게 편지를 엄청 많이 썼는데, 온갖 거짓말로 묵직해지다 보니 우표가 많이 들었어, 너는 네가 뉴욕에 살고 있고, 고층 빌딩에서 떨어졌는데도 살아남았고, 매일 센트럴파크를 거닐고, 〈나 홀로 집에 2〉에 나오는 비둘기 아줌마도 만났고, 카네기홀도 자주 간다고도 했어, 프랭크 재파, 빌리 홀리데이, 자크 브렐이 공연했던 그 콘서트홀 말이야, 그리고 5번가와 브로드웨이를 몇 시간이고 돌아다니며 녹음하고 싶은 노래를 구상한다면서, 뉴욕에서의 삶은 거대하다고, 맥도날드의 햄버거처럼 거대하다고 했어, 알 파치노와 함께 에스프레소를 마신 적도 있는데, 알 파치노는 친절한 사람이라고, 정말 친절한 사람이라고, 〈스카페이스〉에선 씨발을 이백 번이나 했지만 너와 함께 있을 땐 한 번도 안 했다고 했어, 알 파치노는 〈대부〉에서 입은 그 양복을 입고 있었는데 알 파치노와 함께 센트럴파크까지, 콜럼버스 동상과 이상한 나라의 앨리스 동상까지 걸었다고 했어, 앨리스가 버섯 위에 앉아 있고 고양이와 토끼와 모자 장수가 있는 그 동상 말이야, 청동 동상이었는데 매일 수백 명의 아이가 올라타는 바람에 아이들의 끈적한 손자국으로 반들거린다고 했어, 그리고 네가 루이스 캐럴의 시 〈재버워키〉를 좋아한다고, 동상의 원형 받침대에 그 시가 새겨져 있었는데, 내용은 잘 이해가 안 가지만 운율이 좋다고 했어, 그렇게 너는 잠들지 않는 도시에 대한 온갖 얘기를 펜팔 친구에게 썼지만, 너의 진짜 삶 얘기는, 아빠와 오빠와 소들 얘기는, 너 자신과 새에 관한 얘기는 거의 쓰지 않았어, 그러다 보니 편지가 점점 뜸해졌고 해마다 보내던 학교 사진도 어느 순간 보내지 않게 되었지, 펜팔 친구는 그렇게 차츰 흐릿해졌고, 넌 생일 카드나 크리스마스카드 같은 형식적인 인사만 하게 되었어, 그러다가 어느 순간 연락이 아예 끊겨버렸지, 나는 율러와 엘리아, '개구리'가 있는 오른쪽 명단을 생각하지 않을 수 없었어, 프로이트나 히틀러 같은 너의 상상 속 친구들도 한 자리씩 차지하고 있는 그 명단, 네가 히틀러와 어떤 지점에서 연결되는지는 이해할 수 있었어, 적어도 두 사람은 자란 환경이 비슷했고 생일도 같았고 둘 다 너무도 많은 걸 잃었으니까, 하지만 정신분석의 창시자가 너의 예쁜 머릿속에서 뭘 하고 있는 건지는 도무지 이해가 안 갔어, 대체 어디서 그 사람을 끌어온 건지 모르겠지만 엄청난 공간을 차지하고 있어서, 내가 그 공간을 빼앗고 싶었어, 나는 출석자 명단 맨 꼭대기에 내 이름을 올리고 싶었어, 영원히 출석하고 싶었고, 옆으로 밀리지 않는 이름 카드를 갖고 싶었어.

29

그날은 부분적으로 흐리다가 어느 순간 구름이 하늘을 완전히 뒤덮더니 9.2밀리미터의 비가 내렸어. 마지막 작별 인사를 위해 나는 우량계가 가득 차기를, 아니 차라리 넘치기를 바랐어. 너에게 작별을 고할 때 내 마음속에 쏟아지는 비처럼 하늘에서도 비가 쏟아지길 바랐어. 하지만 아직은 그럴 수 없었어. 아직은. 그래서 난 안절부절못하며 널 쫓아갔어. 수영장에서부터 프리케베인세데이크 제방 길 중간 지점까지 말이야. 네가 누구와 같이 갔는지, 누구와 수영복 차림으로 수영장 밖에서 개구리 젤리를 나누어 먹었는지 나는 다 알고 있었어. 이해할 수 없는 유치한 농담에 네가 깔깔거리며 웃는 것도 다 봤어. 더휠스트 농장에 가까워질수록, 너는 간척지를 지나는 길을 더 휘청거리며 걸었고 하얀 빗금 사이로 더 위태롭게 움직였어. 넌 형편없는 배달부였어, 내 사랑. 네가 나의 것이라고 주장할수록 너는 귀여운 소년들을 점점 더 많이 실어 나르는 것 같았지, 네 욕심은 도무지 끝을 몰랐어, 너는 여전히 팁을 바랐지만 전처럼 절박하진 않았어, 이젠 그게 어떻게 생겼는지 알았으니까, 더 위험한 뿔 가지도 보았으니까, 비록 아직은 천사의 조그만 갈퀴를, 창백한 크림색 뿔을 더 좋아했지만, 너의 갈망이 성장 곡선을 타고 점점 더 높이 올라가리란 것도 알았어, 물론 너에겐 의심은 있었지, 그래, 의심도 있었어, 율러의 엄마가 정원 일을 하다가 콘돔을 씌운 당근을 발견하고는 너희 둘을 추궁했어, 늘 그랬듯이 방과 후에 너희를 위해 신선한 오렌지를 짜서 주스를 만들어줄 때였어, 매주 금요일 저녁 넌 그 집에서 채소를 곁들인 닭고기와 감자 크로켓을 먹었는데, 닭 다리의 흐물거리는 껍질은 역겨웠지만 그 집의 화목한 분위기를 만끽할 수 있었지, 어쨌든 너희들은 심문당했고 율러의 엄마는 네가 다락방에 있던 성교육 책에서 이미 읽어서 알고 있는 내용을 너희에게 설명했어, 늘 건성으로 듣는 너는 그 얘기도 건성으로 들었어, 너는 한쪽 발은 현실에 다른 한쪽 발은 어두운 환상의 세계에 두고 있었으니까, 넌 다 듣고 싶어 하면서도 이내 딴생각에 빠졌는데, 그러다가 어느 순간 네가 갑자기 불쑥 말해버린 거야, 포근하고 화기애애한 분위기에 휩쓸려서 말이야, 너는 가끔 키스를 하는데 나와 키스한다고, 농장 수의사와 키스한다고 했어, 박수를 받을 줄 알았는데, 어깨라도 두드려줄 줄 알았는데, 정작 네가 마주한 건 걱정 어린 눈빛뿐이었지, 더구나 율러의 엄마는 이게 **심각한 문제**라고 했어, 네가 아주 끔찍한 일을 당한 거라는 소식을 접한 순간 네 얼굴이 하얗게 질렸고 그래서 넌 거짓말을 했어, 꼭 한 번뿐이었다고, 네 아빠와 오빠도 알고 있다고, 하지만 그다음에 우리가 만났을 때 넌 약간 언짢은 상태였어, 난 마침내 밤이 아닌 낮에 널 만날 수 있어서 그날만을 기다렸는데 말이야, 그날 카밀리아가 두 아들을 데리고 시내로 나가준 덕분에 몰래 널 데리고 베케트의 연극 〈엔드게임〉을 보러 갈 수 있었거든, 넌 외로움을 이겨내려 애쓰는 두 사람의 모습을 좋아했어, 2차 세계대전으로 세상이 파괴된 이후, 그들은 예정된 결말로 향하는 삶을 어떻게든 살아보려 애쓰고 있었지, 너는 혼자서도 버틸 수 있어야만 누군가와 진정으로 함께 살 수 있다고 했어, 공연 도중 나는 혹시 우리를 알아볼 만한 익숙한 얼굴이 있을까 해서 주위를 둘러보고는 다시 네 얼굴을 보았어, 챙 모자와 카밀리아의 여름 스카프로 얼굴을 반쯤 가리고는 그걸 재미있어하는 너를, 아무도 널 알아보지 못하도록 내가 가져온 거였는데, 그래, 좀 우스꽝스럽긴 하더라, 네 입술에 립스틱까지 발라주었으니까, 너는 왕의 아름다운 딸 같았고, 배우 같았어, 공연이 끝난 뒤 너는 인형극 〈펀치와 주디〉를 상연하는 다른 극장으로 가더니 안쪽으로 들어가서 아이들 틈에 파묻혔고, 나는 입구에 서서 널 지켜봤어, 펀치가 우스운 장난을 치면 너는 고함을 지르며 큰 소리로 웃었고, 뭐든 도둑맞을 뻔할 때마다 누구보다도 큰 소리로 펀치의 이름을 외쳤는데, 네가 너무도 어린애라 나는 잠시 슬펐어, 나의 나약함이 널 병들게 했으니까, 하지만 극장 로비에서 함께 콜라를 마실 때, 거기 온 사람 중 네가 가장 예뻤을 때, 그 슬픔은 사라졌어, 내가 개에 관해 물었어, 베케트의 희곡에서 개가 왜 그렇게 중요한지에 대해, 너는 개가 화해의 매개체로 쓰였다면서, 햄과 젊은 하인 클로브가 벙커에서 다투다가도 개 덕분에 화해할 수 있었다고 했어, 사람들은 개를 키우면 우정이나 결혼을 지킬 수 있다고 믿는다면서, 네가 말했어, 이 연극은 광기와 부조리, 존재의 허무에 관한 얘기라고, 배우와 인형 들이 망가진 세상의 폐허 속에 있다고, 마리아 칼라스의 목소리가 주제곡처럼 쓰인 건 그 목소리 속에서 폐허를 느낄 수 있기 때문이라면서, 삶을 갉아먹는 절망과 퇴화, 끝내 서로를 찾지 못하는 두 사람의 고통이 다 담겨 있다고 했어, 그래서 내가 물었어, 〈펀치와 주디〉의 어떤 점이 그렇게 좋으냐고, 이 위대한 걸작과 비교했을 때 어떤 점이 좋으냐고, 너는 잠시 생각하더니 이렇게 대답했어, 때론 단순함이야말로 모든 걸 설명하니까요. 햄과 클로브에겐 그게 없었어요. 그 어떤 복잡함도 없는 단순함이요. 결핍을 알면 과잉을 다루기가 쉬워지죠. 우린 그 둘을 갈망할 수도 있어야 하고 그 둘을 증오할 수도 있어야 해요. 하지만 단순함은 언제나 단순함이에요. 나는 네게 웃으며 연극을 제대로 이해했다고 말했어, 너는 뿌듯해하며 콜라 잔에 입을 대고 웃더니, 1995년에 아빠와 오빠와 함께 보았던 인형극 얘기를 했어, 마르흐레이트 흐레버의 〈초록 손가락, 파란 눈〉이라는 인형극이었는데, 채소 나라 얘기였고 말하는 오이가 나왔지만, 자세한 기억은 없고 그저 어두운 실내와 흐릿한 인형 얼굴만 기억이 난다면서, 그게 너에겐 가장 좋았던 날의 기억이라고 했어, 그날 아빠가 사고 이후 처음으로 웃었고, 그래서 너와 오빠는 기뻐하며 서로 바라보았고, 그땐 다 잘될 것 같았다고, 하지만 농장은 인형극이 아니고 너의 줄을 잡고 위에서 조종하는 사람도 없어서 아쉬웠다고, 그런데 여기 와서 다시 한번 다 잘될 것 같은 그 기분을 느꼈다고 했어, 나는 흔들리는 탁자 밑에서 나의 맨무릎으로 너의 무릎을 눌렀어, 내 손이 닿는 순간 네가 움찔했지, 율러 엄마의 말이 뇌리를 스쳤던 거야, 책에 나오는 발가벗은 남자와 발가벗은 여자의 그림, 어떻게 해야 아기가 만들어지는지, 어떻게 해야 아기가 만들어지지 않는지에 관한 설명, 그 일을 하려면 서로 사랑해야만 한다고, 사랑에 빠져야 한다고 했는데, 넌 날 사랑하는 것 같지만, 사랑에 빠진다는 건 마음이 부들레이아 덤불로 변하는 거라고 율러 엄마가 말했다고 했어, 지금이 부들레이아 철이라는 건 너도 알고 있었지, 부들레이아는 7월부터 9월까지 피니까, 하지만 너의 덤불은 나의 아들이 둘의 관계를 끝냈을 때 가지가 잘려 나갔고, 가지가 잘려 나간 덤불은 나무처럼 딱딱해져서 훼손되거나 병들기 쉬웠지, 바람은 잘 견뎠지만 다시 꽃을 피울 수 있을지 자신이 없었고, 내가 너에게 키스할 때 온몸으로 퍼져가는 감각을 느끼긴 했지만 혼란스럽다고 했어, 나는 그런 느낌은 좋은 거라고, 애벌레가 천천히 나비로 변하고 있다는 신호라고 말했지만, 너는 율러 엄마의 걱정 어린 말을 떨쳐낼 수가 없었어, 그래서 연극이 끝나고 나서 나는 널 부더 호수의 조그만 물가로, 인적이 없는 곳으로 데려갔어, 나는 옷을 다 입은 상태로 물에 들어가라고 너에게 명령했어, 유명한 연출가가 방금 했던 공연을 잊게 하려고 배우들에게 얼음처럼 차가운 호수, 미국 미네소타 주 경계에 있는 슈피리어 호수에 뛰어들게 한 것처럼 말이야, 배우들은 자신의 체온을 제외한 모든 것을 잊을 때까지, 거의 저체온증에 걸릴 때까지 추위를 견디며 버텨야 했어, 그들은 헤엄을 치며 의상을 하나씩 벗었는데, 그렇게 그들의 역할은 글자 그대로, 그리고 은유적으로, 호수 밑으로 가라앉았어, 나중에 벌거벗은 채로 해변에 서서 몸을 떨면서 그들은 비로소 정화되고 새로워졌음을 느꼈지, 그들의 분신은 호수에 가라앉았고, 이제 새로운 대사, 새로운 배역을 맞이할 준비가 된 거야, 나는 네가 물에 들어가는 걸 지켜봤어, 네가 물에 잠겼고 나는 셔츠와 바지를 벗고 널 따라 차가운 호수로 들어가서 너에게로 헤엄치며 말했어, 율러 엄마의 말 따위는 잊어버리라고, 우리가 하는 일은 좋은 일이고 우리의 대본은 아무도 모른다고 했어, 하나의 연극에 연출가가 둘일 순 없다고, 두 명의 연출가는 결코 방향이 같을 수 없고 배우를 불편하게 하니까, 배우들이 무대에서 갈피를 못 잡고 돌아다닐 거라고, 혼돈에 휩싸일 거라고, 나는 조종사일 뿐 아니라 연출가이고, 결국엔 네가 원하는 방식으로 널 빛나게 해줄 사람이라고 했어, 우리가 조금 전에 본 박수 갈채는 콘서트 때 그랬던 것처럼 언젠가 너의 것이 될 거라고, 다만 관객이 더 많아질 거라고, 너는 음반을 내고 세계를 여행할 거라고 했어, 나는 너에게 선택하라고 강요했지, 나인지 아니면 금요일 저녁에 먹는 닭고기인지, 로미오와 줄리엣인지 아니면 리어왕인지 선택하라고, 질투심 많은 딸이 아버지를 미치광이로 몰아 재산을 빼앗으려 하는 이야기가 바로 리어왕이라고, 넌 힘없는 목소리로 내가 미치지 않았다고 말했지만, 나는 율러와 율러 엄마는 네가 그렇게 믿게 만들 거라고 했어, 넌 힘없는 목소리로 날 선택하겠다고 했지만 나는 안 들린다고 했어, 안 들린다고, 그러자 네가 호수에 대고 외쳤지, **커트, 난 당신을 선택할 거예요, 난 당신 거예요, 난 줄리엣이에요.** 나는 너의 허리를 감싸며 화물선이 부더 호수에 남긴 파도 위로 널 안아 들었어, 너, 나의 사랑스러운 작은 물쥐, 나의 거부할 수 없는 푸토, 우리는 모래밭에 누워 몸을 말렸어, 나는 율러 엄마의 걱정에 대해 아직 네게 남아 있는 의심을 입맞춤으로 지웠지, 그리고 네게 물었어, 부들레이아 덤불에 꽃이 피어나는 걸 느낄 수 있냐고, 넌 고개를 끄덕였지만 네가 거짓말한다는 걸 알았어, 네가 덤불의 열매를, 너 자신의 열매를 가장하면서 사랑에 빠진 척하고 있다는 걸 알았지만 난 그걸 보고 싶지 않았어, 어차피 조만간 일어날 일이라고 생각했지, 그때 네가 주머니에서 콘돔을 꺼냈어, 당근에 씌웠던 콘돔인데 기념으로 간직하려고 네가 얼른 벗겨냈던 거였어, 너는 진흙 묻은 콘돔을 들고 심각한 목소리로 우리 두 사람을 위해 그걸 간직하고 싶었다고 말했고, 나는 그걸 한 걸음 더 나아가도 괜찮다는 일종의 초대로 보았어, 그래서 내가 물었지, 보니와 클라이드는 언제, 어디서 사랑을 나누냐고, 그

답이 구름에 있다는 듯 네가 하늘을 보았고 나는 손끝으로 너의 입술을 쓸었어, 네 입술이 열리자 나는 검지를 안으로 밀어넣어서 너의 뺨 안쪽과 어금니를 따라 훑었지, 너의 혀가 내 손가락을 감았고 내가 손가락을 뺐을 때 네가 대답했어, **새가 첫 비행을 마치고 나면요.** 나한텐 불공평했어, 내 사랑스러운 자기, 짜증이 나더라, 더는 기다릴 수가 없어서 짜증이 났어, 네가 또다시 그 한심한 새 얘기를 꺼냈잖아, 그때 내가 했던 행동은 비열했어, 거짓말을 했거든, 그 일을 치르고 나면 너에게도 남자애의 갈퀴가 생길 거라고, 내가 씨를 뿌려주면 감자처럼 거기서 싹이 자랄 거라고 했어, 그러자 너의 눈이 반짝이기 시작했지, 처음엔 약간 미심쩍을 수밖에 없던 게, 엘리아는 한 번도 그런 얘길 한 적이 없었거든, 하지만 넌 엘리아가 개구리와 그 짓을 했다는 것 자체가 사실이 아닐 수도 있다고 생각했어, 괜히 샘나게 하려고 그런 말을 한 걸 수도 있다고, 왜냐하면 네가 엘리아에게 자세히 설명해달라고, 어떤 느낌이었냐고, 아팠냐고, 피가 났냐고 물었을 때, 엘리아는 나른한 미소를 짓고는, '해리 포터' 시리즈 전체를 몇 마디 말로 설명할 수 없는 것처럼 이것도 말로는 도저히 설명할 수 없다고 했거든, J. K. 롤링의 소설을 좋아하는 팬으로서 너는 그 말뜻을 이해했지만, 아니, 엘리아는 결코 작은 갈퀴에 대해 얘기한 적이 없었어, 하지만 어쩌면 너도 다른 사람에게 말하지 않고 그 달콤한 비밀을 너 혼자 간직하고 싶을지도 모르겠다면서, 이런 기회를 제안해줘서 고맙다고 했어, 옷이 다 마르자 네가 갑자기 시편 51편의 한 구절을 읊조리더라, 너의 눈가가 촉촉했어, 하나님이여 내 속에 정한 마음을 창조하시고 내 안에 정직한 영을 새롭게 하소서. 넌 그 구절을 사랑했지, 그래, 너 역시 흔들리지 않는 영을 원했고 그것도 당장 원했어, 나는 흔들리지 않는 영이란 없고 영혼이란 건 항상 변하는 거라고 말했어, 마치 매일 다른 소식을 전하는 일기예보 같은 거라서 한결같을 수 없다고, 그러자 넌 비참한 표정을 지었어, 그래, 정말 비참한 표정으로 단호하게 말했어, 변하지 않는, 흔들리지 않는 영을 가진 사람을 안다고, 너도 그렇게 될 수 있다고, 그래서 나는 고개를 끄덕였어, 그리고 말했지, **물론이야, 넌 네가 원하는 건 뭐든 될 수 있어, 네 마음은 부더 호수보다 맑으니까,** 그제야 네가 안심하며 웃었지, 우리는 차를 몰아 헷도르프로 돌아갔고 나는 농장에서 안 보이는 골목 모퉁이에 널 내려주었어, 넌 다가오는 주말이 괜찮을 것 같다고 했어, 그땐 보니와 클라이드가 한 일을, 클라이드가 발기부전이 아니었을 때 한 일을 할 수 있을 것 같다고, 아빠가 목초지에 울타리를 칠 때 돕고 나면 그 뒤론 별일이 없다고 했어, 너는 조심스럽게 물었어, 그게 아프냐고, 무슨 말인지 알 거라고, 나는 고개를 저으며 거짓말을 되풀이했어, 그리고 약속했어. 그 일을 치르고 나서 스타방에르에 가자고. 넌 믿을 수 없다는 표정으로 날 바라보다가 신이 나서 허공에 주먹을 날렸지, 그래서 내가 말했어, 갈퀴 약속 이전에 먼저 만나서 달리기를 하자고, 너는 고개를 끄덕였고, 나는 15유로짜리 새 선불카드를 네 손에 쥐여주었어, 너는 고맙다는 듯 기어 스틱 너머로 몸을 숙여 내게 입을 맞추었어, 넌 프랭크 재파의 음악을 들었는데, 네가 들은 게 정확히 뭐였는지 모르겠다면서, 가사가 기괴하고 우스꽝스러웠다고, 뭐가 뭔지 하나도 모르겠더라고 했어, 곡 전환이 너무 많아서 미쳐버릴 것 같았다고, 그런데도 '마더리 러브Motherly Love'만큼은 마음에 와닿았고 공감할 수 있었다면서 그 구절을 불렀지, 마더스Mothers'에겐 사랑이 넘쳐, 그들이 널 미치게 하지, 사람들은 우리에 대해 이러쿵저러쿵 떠들어대지만 외로워하지 마, 슬퍼하지 마, 우리에게 맡겨줘, 너에게 필요한 건 마더의 사랑. 그렇게 네가 멀어지는 모습을 바라보았어, 아본들란 대로를 따라 제방 쪽으로 걸어가는 모습을, 넌 반쪽짜리 판석은 피해서 걸었어, 너의 발이 온전한 블록에만 닿도록 조심했지, 넌 반쪽짜리 판석을 밟으면 불운이 찾아온다고, 그래서 흔들리지 않는 영을 갖지 못할 거라고 생각했어, 지금 너에게 가장 필요한 게 바로 그거였으니까, 하지만 나는 알고 있었어, 불운은 거리의 판석에 있는 게 아니라, 어느 날 네가 착륙에 실패할 때 찾아오리란 걸.

•　　프랭크 재파의 밴드 이름이기도 하다.

30

착유실에서 나눈 우리의 첫 대화를 종종 떠올려, 네가 '워릭 애비뉴'라는 노래 얘길 했던 그때를. 가끔은 네가 실제로 그 얘길 했는지 확신이 없어서 내 기억을 의심하게 되거든, 왜냐하면 그 노래는 우리가 함께한 그 여름에서 삼 년이 지난 뒤에야 세상에 나왔는데, 네가 어떻게 그때 그런 얘기를 할 수 있었겠어? 나중에 밝혀진 바에 의하면 더피의 눈물은 연기가 아니었어, 더피는 노래하는 도중 감정에 복받쳤지만, 촬영기사가 촬영을 계속했고, 결국 더피가 그 장면을 사용해도 된다고 허락한 거였더라고, 어쨌든 대체로 사람들은 이별 뒤에 눈물을 흘리기 마련이니까, 역에서 혼자 택시를 타면서 그 사람 때문에 울지 않겠다고 말하지만, 원하건 원하지 않건 눈물은 기어이 흐르고야 말지, 때로 사랑은 소나기 같아서 가을바람과 함께 억수같이 쏟아붓지, 하지만 훗날 이런 얘기를 너한테 할 순 없었어, 두 사람 사이가 찢어지면 심장까지 찢어진다는 얘기도, 돌고래는 자살을 감행할 수 있는 극소수의 동물 중 하나라서 스스로 바다 밑바닥으로 가라앉고 거기서 심장이 터져서 죽는다는 얘기도, 그 어떤 얘기도 너에게 할 수 없었어, 법원이 우리의 모든 접촉을 금했으니까, 소위 권력을 가진 사람들은 결코 이해할 수 없었지, 그들은 조사 기록을 뒤적였고, 분노했으며, 날 정신이상으로 몰았고, 재판이 열리기 전에도 여러 차례 공문을 보냈어, 사건 번호 뒤에 **성범죄**라는 끔찍한 단어까지 붙여서 말이야, 그래서 나는 네가 처음 건넨 말이 무엇이었는지 기억하려 애썼어, 난산으로 태어난 송아지 얘기였는지, 아니면 라디오에서 흘러나오는 노래 얘기였는지, 가끔 그런 생각도 했어, 그해 여름 내가 음악에, 음악의 열기에 너무 취했던 건 아닐까 하는, 라디오에서 비지스의 '하우 딥 이즈 유어 러브How Deep Is Your Love'와 록시 뮤직의 노래들, 믹 재거와 데이비드 보위의 '댄싱 인 더 스트리트Dancing in the Street' 같은 곡이 많이 나왔거든, 그래서 어느 순간 너의 첫 대사는 전혀 다른 말이었을지도 모른다는 생각이 들기 시작한 거야, 네가 처음 건넨 말은, 만약 카를라 브루니와 믹 재거가 헤어지지 않았다면, 사르코지는 프랑스 대통령이 되지 못했을 거란 얘기였던 것 같아, 사르코지가 표를 많이 얻긴 했지만, 사실 사람들은 브루니의 목소리를 듣고 싶던 거였고 브루니의 매력과 미모를 원하던 거라고, 사람들은 그런 아내를 둔 대통령이라면 신뢰할 수 있다고 생각한 거라고, 아니, 전부 다 브루니의 코 때문이었다고 네가 말했지, 브루니가 코 성형을 하지 않았더라면 믹 재거 눈에 띄었을 리가 없고, 결국 두 사람은 사귀지 못했을 거고, 그랬다면 모든 게 달라졌을 거라고, 그런데 그 얘기였다고도 확신할 수는 없는 게, 그 사건도 그해 여름에 일어난 일은 아니었거든, 사르코지가 대통령이 된 건 그 이후의 일이었어, 물론 사르코지가 브루니라는 가수를 그전부터 눈독 들이고 있었을 가능성도 있겠지만 말이야, 어쨌건 한 가지만은 분명했어, 네가 카를라 브루니와 그녀의 프랑스 **샹송**을 사랑한다고 말했던 거, 맞아, 그건 확실해, 너는 그 노래들이 달콤하고 꿈결 같다고 했어, 비록 가사가 좀 위협적이고 음산하긴 했지만, 너도 그 여자처럼 되고 싶다고, 그 여자처럼 예뻐지고 싶다고 했어, 내 눈엔 네가 훨씬 더 매력적이었는데도, 네가 착유실에서 실제로 그런 말을 했다면 나는 네게 물었을 거야, 브루니와 재거의 나이 차를 어떻게 생각하냐고, 그러면 넌 대답했겠지, 연애의 감정은 나이 차를 모른다고, 아기 예수 클리프도 너보다 훨씬 어렸다고, 나는 너보다 손 일곱 개 정도 나이가 많다고 말했지만 너는 어깨를 으쓱했지, 너에게 지독한 수학 학습장애가 있다는 걸 알고 있었어, 너는 모든 번지수와 전화번호를 헷갈렸고 엉뚱한 집 초인종을 누르거나 율러가 아닌 낯선 사람에게 전화를 걸기도 했지, 그러다 보니 전화 걸기를 더 싫어하게 되었는데, 그러면서도 가끔은 뉴욕의 누군가와 연결되기를 바랐어, 그래서 알 파치노의 절친이라고 거짓말을 하고 태연하게 요즘 맨해튼은 어떠냐고 묻고 싶어했어, 그러니 숫자도, 손 일곱 개를 합쳐야 하는 삼십오 년이라는 시간도 너에겐 아무 의미도 없었겠지만, 나에게 35라는 숫자는 브로민이라는 원소의 원자번호였고, 국왕이 국정을 수행할 수 없을 때의 대처 방안에 관한 헌법 조항이었으며, 내가 알렉상드르 뒤마의 《몬테크리스토 백작》을 읽느라 보낸 시간의 합이었고, 요르단의 어느 주 도로명이었고, 너와 나 사이의 거리이기도 했지, 일 년은 1킬로미터를 뜻했고 그건 미친 거리였어, 저도 인정합니다, 존경하는 판사님들, 베케트의 연극을 보고 나서 나의 그 작고 소중한 짐승과 함께하는 삶을 상상하다니, 미친 짓이었어요, 여러 연예인이 그러고도 무사했는데 나라고 못 할 건 없다고 생각했어, 처음 한 말이 뭐였는지 누가 먼저 말을 걸었는지는 중요하지 않았어, 중요한 건 내가 너와 함께하고 싶다는 거였지, 나는 너와 함께 우리 사랑의 낙원인 피아트를 타고 전세계를 여행하고 싶었어, 매일 새로운 자연보호구역에서 깨어나 자동차 짐칸의 매트리스에 누워 초원이나 산맥을 바라보면서 너의 입에 딸기를 넣어주고 싶었어, 우린 여러 도시를 다녔겠지, 헷도르프에서 벡슬리히스로, 마더월로, 그리고 네가 이름이 마음에 든다는 이유로 노스 래나크셔의 주도로 차를 몰겠지, 저녁이 되면 빳빳하게 풀 먹인 냅킨을 무릎에 놓아주는 근사한 레스토랑에 들어가겠지, 넌 바지가 더러워지는 것보다 냅킨이 더러워지는 걸 더 걱정하겠지, 사람들은 모두 우리가 휴가를 온 아버지와 딸이라고 생각하겠지만, 난 우리가 함께 있을 수만 있으면 아무래도 상관없었을 거야, 물론 내가 너에게 중대한 거짓말을 했단 걸 알아, 남자애의 갈퀴를 갖게 될 거라고 했고 스타방에르에 갈 거라고 했지, 하지만 내가 너와 그곳에 가고 싶다고 한 건 거짓말이 아니었어, 버리고 떠난 사람을 만나기 위해서이기도 했지만 나 역시 나의 삶에서, 나의 진료실에서, 카밀리아에게서, 내 아들들에게서 벗어나고 싶었어, 그들을 사랑하지 않아서도 아니고 일이 지겨워서도 아니었어, 아니, 나는 동물을 사랑했고 나의 두 아들을 사랑했지만, 너로 인해 눈이 멀었던 거야, 너는 내가 모든 걸 등지고 너와 함께 훌쩍 떠나고 싶게 만들었어, 천장을 바라보며 누워 있는데, 헐거워진 커튼레일 위 틈새로 기다란 빛이 흘러들어 천장을 밝히고 있었어, 내 옆에는 코를 고는 몸뚱이가 있었지만, 나는 아본들란 대로 모퉁이에서 날 기다리는 널 차에 태우는 상상을 하고 있었어, 협박용 여행 가방과 함께 날 기다리고 있는 너를, 아빠에게 작별 인사를 하지 못해 조금 슬퍼하는 너를, 왜냐하면 날아가는 것과 떠나는 건 조금 다르니까, 만약 네가 날아간다면 너의 아빠는 그저 헐거운 나사와 볼트만 걱정하면 됐겠지만, 네 여행 가방이 사라진다면 그건 심각하잖아, 그렇게 되면 너의 설계 자체를 걱정하겠지, 그런데도 어쨌든 넌 도로변에 서 있었고, 결석자로 가득한 헷도르프에서 멀어질수록 너는 더 행복해졌어, 나는 여행을 짧게 느껴지게 해줄 젤리를 한 봉지 샀는데, 네 아빠가 널 데리고 제일란트에 갈 때 사주던 것과 똑같은 종류였지, 너는 감초 맛 신발 끈 젤리를 만족스럽게 빨았고 나는 네 무릎에 손을 얹고는 이제부터 내가 너의 배달부라고 말했어, 처음 차

275

를 세웠을 때 차 뒷좌석에서 너의 허벅지 안쪽에 입 맞추는 상상을 하고 있는데, 천장이 점점 더 시커멓게 변하더니 먹물 방울이 침대로, 흰 시트로 똑똑 떨어지는 거야, 옆을 돌아보니 카밀리아가 사라졌고, 아마 그때부터 내가 꿈을 꾸기 시작했나 봐, 네가 너의 앨범 〈커트12〉에 수록된 곡 '스타방에르'를 흥얼거리는 소리가 들렸거든, 카밀리아가 집을 비울 때마다 그 곡을 들었어, 소녀는 노래하네, 오오 스타방에르, 거의 다 왔어, 거의 다, 하지만 아직은 아니야. 우리는 차를 타고 집으로 가네, 하지만 젖소 없는 집이 무슨 집일까, 떠나고 싶은 열망이 없는 집이, 날아가고 싶은 열망이 없는 집이 무슨 집일까. 잉크가 침대를 검게 물들일 무렵 나는 악몽으로 빨려 들어갔어, 섬뜩한 어린 시절의 기억 속으로, 어머니가 부엌 탁자에 누워 검은 치마를 허리까지 걷어 올리고 다리를 쫙 벌리고 있는 거야, 입은 반쯤 벌리고 신음하고 있었고, 그 옆에 가만히 서 있는 아버지가 보였어, 그런데 갑자기 어머니의 다리 사이에서 조그만 피투성이 괴물이, 천천히 몸을 빼내는 거야, 악몽 속에서 어머니는 송아지를 낳았어, 눈을 감고 태어난, 음산할 정도로 조용한 기형 송아지, 나중에야 그게 죽은 채로 태어난 내 여동생이었다는 걸 알았지만, 꿈에 내가 본 건 분명히 송아지였어, 어머니 몸에서 반쯤 빠져나온 채 매달려 있는 송아지, 녀석은 너무도 조용했고, 나는 이 글을 쓰는 지금에야 그게 얼마나 심각한 사건이었는지 비로소 깨닫고 있어, 죽은 아이를 낳는다는 건 곧 죽음을 낳는 거잖아, 이제 다 끝났다고 생각하고 있는데, 어머니가 내게 가까이 오라고 손짓하더니 피투성이 송아지를 먹으라는 거야, 농담이 아닙니다, 법원 공무원 여러분, 어머니가 그렇게 말했어요, 그때부터 나는 더는 내가 아니었어, 나는 어린 나 자신을 위에서 내려다보았고 내가 송아지의 살에 이를 파묻는 모습을 보았어, 앞니에 피가 묻었고 옷에 핏방울이 튀었어, 나는 내가 내 여동생을 먹는 모습을 보았고, 어머니가 내게 말했어, 내가 돼지 새끼라서 이 아이가 생명을 갖지 못한 거라고, 그건 영원히 내 잘못이라고, 아버지를 보려 했지만 내 눈에 들어온 건 어머니의 다리 사이에서 반쯤 잡아먹힌 그 짐승뿐이었어, 이렇게 되길 바란 건 아니었다고 내가 더듬거렸지만, 어머니는 계속 내가 탐욕스러운 돼지라고, 처먹을 줄밖에 모르는 놈이라고, 시체나 뜯어 먹는 놈이라고 했어, 나는 울면서 잠에서 깼고, 잉크가 묽어질 때까지 울었어, 마음을 진정시키기 위해 네 생각을 하려 했지만, 송아지, 아, 그 송아지.

31

베아트릭스 여왕은 완벽한 어머니상의 왕좌에서 추락했어, 여왕은 너무 바빴고 애초에 너에게 너무 야심 찬 목표였던 데다, 드라겐스테인 성이 헷도르프에서 너무 멀다는 게 이유였어, 하지만 그때만 해도 카밀리아가 여왕의 후계자가 될 줄은 몰랐어. 사건은 4월 30일에 일어난 게 분명했는데, 네가 빌럼 알렉산더르 왕자에게 꽃을 달아주던 그날, 카밀리아가 네 곁에 있어주었거든, 그날 아침 네가 얼마나 긴장했는지 카밀리아가 눈치채고는 이따금 너의 어깨에 손을 얹고 다정하게 꽉 움켜쥐었어, 널 모성으로 대하거나 모성의 손길로 어루만져준 사람은 누구든 네 마음속에 한 자리를 차지했지만, 카밀리아는 그중에서도 가장 아름답고 가장 영광스러운 자리, 황금색 팔걸이가 달린 붉은색 왕좌를 차지했어, 네가 디스크맨으로 노래를 듣거나 크랜베리스의 노래를 틀어놓고 상상 속 공연을 펼칠 때마다 맨 앞줄에 앉는 사람은 내가 아니라 카밀리아였어, 카밀리아는 자식의 공연을 보며 뿌듯해하는 엄마처럼 박수를 쳤지, 하지만 현실에서 카밀리아는 모든 면에서 약간 적대적이었어, 어떤 식으로든 더는 너와 얽히고 싶어하지 않았지, 넌 즉위식을 거행할 준비가 되었는데 정작 당사자는 즉위식을 거부했고 너의 나라를 다스리기를 거부했어, 카밀리아는 너의 모든 질문에 마치 공식 행사에서 리본을 자르듯 길을 터주는 역할을 원치 않았어, 사실 네가 그리워한 건 카밀리아 자체라기보다는 카밀리아 내면에 존재하는 엄마였어, 네가 나의 아들을 보러 우리 집에 왔을 때 네가 본 그 엄마, 너는 나의 아들이 짜증을 낼 정도로 아래층에서 얼쩡거리다가 위층 아들 방으로 올라갔고 옷을 입은 채 어설프게 몸을 비벼대는 너희들의 소리가 새어 나가지 않도록 음악을 크게 틀어놓았지, 그러니 너는 상상할 수 있는 모든 방법을 동원해서 카밀리아와 화해하려 했어, 오전 8시부터 찾아와 문을 두드리는 일이 많았는데, 그러면 카밀리아가 가운 차림으로 문을 열어주었지, 그러지 않으면 네가 우리 사이의 일을 떠벌려서 내 아들과 온 동네 사람이 알게 될까 봐 두려워서였어, 하지만 이젠 끝이라고 카밀리아가 말했어, 앞으론 널 학교에서만 볼 거라고, 자기는 그저 너의 선생님일 뿐이고 그 이상의 의미는 없다고, 그러니까 이젠 너도 다 잊고 너의 삶을 살라고, 넌 그 말을 참 싫어했지, 사람들이 너 **자신의 삶**을 살라고 말하는 것 말이야, 너의 삶은 늘 다른 사람의 것이었거든, 너의 삶은 네 아빠의 것이었어, 네 아빠는 너의 관리자인 동시에 운영자였어, 하지만

279

네 아빠는 너무도 부주의해서 손실과 이익을 제대로 볼 줄 몰랐고 둘 중 하나가 다른 하나보다 더 크다는 걸 인지하지 못했어. 너는 아빠가 아닌 다른 누군가에게 너의 삶을 관리받고 싶어했지, 네 안의 공허를 채워줄 누군가에게, 그래야만 네 안에서 날뛰는 공허를, 너 자신을 사랑하지 못하는 데서 오는 공허를 직접 메울 필요가 없을 테니까, 너와 카밀리아는 그간의 일에 관해 대화를 나누었고 카밀리아는 네 오빠의 메시지 이후, 그 한 번의 입맞춤 이후 우리가 만나지 않았다고, 전부 다 끝났다고 생각하고 있었어, 내가 돼지 공장에 갔다가 집에 돌아왔을 때, 두 사람이 부엌 식탁에 나란히 앉아 있었고 그래서 나도 앉았어, 일부러 너보다 카밀리아에게 더 가까이 앉았어, 아무 일도 없었다는 인상을 주고 싶었지, 하지만 속으로는 널 서재로 데려가 무릎에 앉히고 싶었어, 나의 사랑스러운 푸토, 곰 같은 내 체취로 널 취하게 만들고 싶었어, 대화가 끝날 무렵 내가 널 배웅하겠다고 하자 넌 그럴 필요 없다고, 나가는 문이 어디인지는 너도 안다고 했어, 그런데도 내가 한사코 우겼는데, 결국 카밀리아가 분통을 터뜨리며 소리를 질렀어, **애가 괜찮다잖아!** 그때 멈췄어야 했어, 카밀리아의 입에서 그동안 축적된 온갖 오물이 처음엔 나에게, 그다음엔 너에게 쏟아졌을 때, 그때 멈췄어야 했어, 우리가 작별을 고했을 때, 엔딩 크레딧이 올라가고 카밀리아가 널 열네 살짜리 여자애가 아닌 어른으로 대했을 때 그때 멈췄어야 했어, 카밀리아는 널 어린 창녀라고 비난했고 나는 텅 빈 오렌지주스 컵 뒤에서 네가 몸을 웅크리는 걸 보았어, 넌 참으려 애썼지만 눈물이 기어이 뺨을 타고 흘러내렸지, 그 순간 나는 너의 복숭아색 피부를 핥고 싶다는 생각뿐이었어, 내가 너의 눈꺼풀에, 젖은 속눈썹에 키스하면 넌 다시 웃고 키득거리며 나한테서 돼지 냄새가 난다고 할 텐데, 그러면 나는 널 달래려고 멧돼지 음경 얘길 하겠지, 멧돼지 음경은 암돼지의 자궁경관에 파고들 수 있도록 코르크 따개 모양으로 생겼다고, 그 얘기로도 널 위로할 수 없으면 그땐 스타방에르에 관한 거짓말을 늘어놓겠지, 나는 버리고 떠난 사람을 만나고 나면 아이슬란드에 가자고, 레이캬비크의 남근박물관에 가자고 했어, 인터넷에서 찾아보니 그 박물관은 1997년에 세워졌는데 세계에서 가장 많은 음경 표본을 보유하고 있었어, 포르말린에 보존된 표본만 이백팔십 점에 달했지, 거기엔 대왕고래의 것도 있고, 현미경으로 봐야 할 정도로 작은 햄스터 것도 있어서 매년 수천 명의 관광객이 방문했어, 넌 무척 좋아하면서 혀로 입술을 쓸어내릴 테고, 카밀리아와 카밀리아가 쏟아낸 분노나 욕설은 새카맣게 잊겠지, 넌 그 박물관 홈페이지를 여러 번 들어가고 즐겨찾기에도 추가하겠지, 거기서 돼지의 코르크 따개도 보겠지만, 고래의 그것과 아이슬란드 올림픽 핸드볼 선수단 전원의 그것을 본뜬 모형이 단연 압권일 테지, 박물관에서 여전히 인간 표본을 찾고 있는데 죽으면 자신의 갈퀴를 기증하겠다고 유언장에 쓴 사람이 두어 명 있다고 하겠지, 너는 북극곰의 고추를 갖고 싶다면서 박물관에 가는 날까지 못 기다리겠다고 할 테고, 나는 네가 **나의** 박물관을 방문하는 날을 생각하지 않을 수 없겠지, 네가 나의 지퍼를 내리고 나의 뿔 가지를 풀어주고, 오, 그것을 구속에서 해방시키고 너의 달콤하고 어린 손길로 어루만져줄 그날을, 하지만 그런 식으로 널 위로할 순 없었어, 카밀리아가 있는 지금은, 마침내 카밀리아가 진정하더니 냉동고에서 풍선껌 코가 달린 광대 모양 아이스크림 세 개를 꺼내왔어, 우리 모두 마음을 식힐 필요가 있다면서 말이야, 우리는 불편한 침묵 속에서 아이스크림을 먹었고 그동안 너의 눈물이 계속 볼을 타고 흘렀어, 나는 네가 얼마나 어리고 예쁜지 다시 한번 느꼈어, 너는 녹아내리는 광대 아이스크림을 손에 쥐고 앉아 있는 매혹적으로 슬픈 아이였어, 너의 생각이 〈그것〉으로 흐르고 있다는 걸, 네가 아이스크림을 즐기지 못하고 있다는 걸 알았어, 왜냐하면 넌 더는 광대를 좋아하지 않았고 그래서 영화 속의 '그것'을 먹는 기분이 들었고 그 고통은 여전히 네 안에 살아 있었으니까, 하지만 너는 씩씩하게 베어 물고 핥으며 아이스크림을 끝까지 먹었어, 카밀리아는 앞으로는 안 오는 게 좋겠다고 했고, 너는 고개를 끄덕이며 붉은 풍선껌을 힘없이 씹다가 풍선을 불었어, 네 얼굴을 다 가릴 정도로 커다란 풍선을, 너의 슬픔이 빨간 구름이 될 때까지, 어느 순간 픽 하고 풍선이 터졌고, 풍선껌 절반이 네 머리카락에 달라붙어서 결국 카밀리아가 가위를 가져왔어, 내가 널 아련한 눈빛으로 보는 걸 카밀리아가 본 게 분명했어, 카밀리아의 눈동자에서 다시금 불길이 타올랐거든, 너의 머리에서 껌을 잘라낸 다음 널 우편함까지 데려다주면서 카밀리아는 결국 참지 못하고 더 독한 말을 뱉었어, **날 사랑한다고 믿었던 두 사람이 어떻게 나한테 이럴 수 있어.** 너에겐 너무 끔찍한 일이었어, 너는 그 뒤로 며칠 밤을 뜬눈으로 지새웠고 몇 번을 더 찾아왔지만, 카밀리아는 널 받아주지 않았어, 그 뒤로 넌 카밀리아에게 길고 긴 편지들을 보냈지, 미안한 마음을 담은 온갖 노랫말로 가득한 편지였어, 그중에는 시 한 편이 담긴 편지도 있었는데, 뤗허르 코플란트의 〈떠난다는 것〉이었어, 넌 그 시를 출력해서 책상에 붙여두었어, 그게 바로 너의 심정이었거든, 또다시 누군가가 떠나고 있었고 또 한 명의 여왕이 왕좌에서 물러나고 있었어, 그 뒤로 너는 라이너 마리아 릴케를 발견했고 그의 시도 한 구절 인용했어, **사랑하는 사람을 다치게 할까 두려워하는 것만큼 비참한 감옥은 없다.** 나중에 넌 릴케의 시에 관해 얘기했는데, 어떤 건 놀라우리만치 아름답지만, 어떤 건 완전 형편없다고 했어, 〈자살자의 노래〉라는 시는 싫다면서 너무 형편없고 얄팍하다고 했어, 자살에 대해 시를 쓰면서 삶을 음식에 비유하다니, 맛은 그런대로 괜찮지만 피가 되지 않는 음식에 비유하다니, 더구나 자신이 먹는 것을 중단했으며 적어도 앞으로 천 년 동안은 음식을 조절할 거라는 말로 시를 끝맺다니, 자살의 노래에 익숙한 사람은 그런 단순한 발상 따위 하지 않을 거라고, 그런 무의미한 비교는 하지 않을 거라고, 그들은 음식을 생각하기보다는 오히려 자신이 잡아먹히는 것 같은 기분을 느낀다고 했어, 반면 《말테의 수기》는 훌륭하다고 했지, 너는 그렇게 새로운 언어를 발견했어, 헤릿 아흐테르베르흐, 아나 엔퀴스트, 파블로 네루다, 샤를 보들레르의 언어를, 그렇게 네 영혼이 갈망하는 것을 발견했고 그게 너무 버거워지면 다시 로알드 달의 세계로 기어들었어, 그즈음 너는 《보이》*를 읽기 시작했는데, 부분적으로 노르웨이를 배경으로 하고 있었고, 51페이지에 로알드 달이 매년 여름 방문하던 노르웨이의 흑백 풍경 사진이 있었지, 너는 그 사진을 보며 상상했어, 제일란트가 아닌 그곳으로 휴가를 가는 상상을, 물론 제일란트도 광활하고 아름다웠지만 너의 마음은 여전히 스타방에르를 갈망했어, 버리고 떠난 사람이 있다고 알려진 그곳 말이야, 나는 네가 읽는 시 속에서 무언가를 발견했는데, 그건 바로 네 마음이 들어가 쉴 곳이었지, 성경이나 시편에 나오는 섬뜩한 이야기들과는 전혀 다른, 이를테면 시편 137편의 네 어린 것들을 바위에 메어치는 자는 복이 있으리로다 같은 글과는 전혀 다른 것이었지, 너는 카밀리아에게 여러 통의 편지를 보냈어, 심지어 꽃다발까지, 그래, 꽃다발까지 보냈어, 하지만 카밀리아는 그걸 받자마자 쓰레기통에 처넣었어, 악마의 꽃은 바로 시들어버릴 거라면서, 우리 중 누구도 알지 못했지, 그게 끝이 아니었단 걸, 그 상황이 계속되리란 걸, 너는 광대 아이스크림 막대를 주머니에 슬쩍 넣었다가 침대 밑 수집품에 보태었고 그 막대는 나중에 법정에서 증거물로 쓰였어, 카밀리아가 너를 멀리할수록

---

*　로알드 달의 자전적 에세이.

나는 너를 더 붙잡을 수 있었지, 훗날 나는 〈커트12〉의 '광대 아이스크림'을 반복해서 들었고, 판사들은 손가락을 흔들며 그 노래의 한 대목을 지적했어, 광대 아이스크림이 비처럼 쏟아지는 뮤직비디오를, 그리고 이 가사를, 바로 그날 모든 게 달라졌어요, 그 아이가 내 안에서 사라졌어요, 풍선껌의 단맛이 사라지듯이, 날 광대 아이스크림이라 부르지 말아요, 내 사랑, 날 녹여버린건 그 암울한 여름이었어요, 당신이 아니었어요, 당신이 아니었어요.

32

사 년 전 2001년 9월 11일 오전 8시 45분, 아메리칸 항공 11편 보잉 767-223ER 여객기가 로어 맨해튼 세계무역센터 북쪽 타워에 충돌했을 때, 비행기 탑승객 중에는 영화 〈사이코〉에서 노먼 베이츠를 연기했던 배우 앤서니 퍼킨스의 아내이자 배우 베리 베런슨도 있었는데, 바로 그 순간 너는 받아쓰기로 **재앙**이라는 단어를 쓰고 있었다고 했지, 정말이라고, 바로 그 단어를 쓰고 있었다고 했어, 마침표를 찍는 순간 사고가 나서 북쪽 타워가 불길에 휩싸였고, 2차 세계대전 이후 처음으로 서방 세계의 안전이 위협받는 상황이 되었고, 그로부터 이십 분 뒤 아메리칸 항공 175편이 남쪽 타워에 충돌했다고, 너는 마치 뉴스 진행자처럼 이 사실을 줄줄이 나열했어, 1993년에도 세계무역센터 지하 주차장에서 자동차 폭탄이 터졌는데, 범행을 저지른 자들은 하나의 타워가 다른 타워 위로 도미노처럼 쓰러지기를 바랐다고, 그때가 잃어버린 아이가 떠난 지 꼭 한 달째 되는 날이었는데, 트윈 타워는 그대로 서 있었지만 너희 집에서 도미노가 쓰러졌다고 했어, 바테르드라헤르스버흐 길의 사고 이후, 텔레비전 프로그램 〈도미노 데이〉에서처럼 쓰러졌다고, 9·11이 일어나던 해, 그 프로그램에서 처음 도미노를 쓰러뜨린 사람은 카일리 미노그였고 그해의 주제는 '세계를 잇는 다리'였지, 너는 그 테러에 관한 여러 음모론을 들먹이면서 어떤 건 사실이고 어떤 건 사실이 아니겠지만 한 가지는 확실하다고 했어, 두 번째 비행기는 존재하지 않았다고, 왜냐하면 네가 교실에서 만년필로 마침표를 찍고 연습장을 덮는 순간, 너의 말에 따르면 초등학교 건물이 통째로 흔들렸고, 네가 하늘로 날아올라 뉴욕으로 날아가서 오전 9시 3분에 남쪽 타워와 충돌했다는 거였어, 그래서 내가 말했지, 두 번째 비행기가 찍힌 영상이 있다고, 그 비행기에 타고 있던 승객 전원이 사망했다고, 너는 화를 내며 울부짖었어, 그건 다 조작된 거라고, 왜냐하면 어린애가 건물에 날아와 충돌했다고 하면 아무도 믿지 않을 테니까, 설령 믿는다 해도 사람들이 희망을 잃을 테니까, 사람들은 그 사실을 절대 받아들이지 못할 거라고, 그래서 두 번째 비행기가 있었다고 얘기를 지어낸 거라고 했어, 이미 첫 번째 비행기가 충돌했기 때문에 그게 더 납득할 만한 설명이었고 받아들일 수 있는 설명이었다고, 하지만 그건 사실 너였다고, 네 몸속에 아직도 그 충돌의 충격이 남아 있고 유리 파편이 살에 박혀 있다고 했어, 나는 이십 분 만에 뉴욕까지 날아가는 건 불가능하다고, 애초에 사람은 날 수가 없다고 말했어, 내가 너의 말에 의문을 제기하거나 반박할 때마다 너는 더 강하게 우겨댔지, 우리는 수로를 따라 잉크색 간척지를 달렸고 너는 내게 첫 번째 비행기에 탔던 두 명의 테러리스트가 이미 데이팅 사이트에 예고를 했다고 말했어, 자신의 프로필에 뜨거운 여름이 될 거라고 쓰고 숫자 19를 썼는데, 그게 납치범의 인원수였다고, 하지만 사실은 '서머20'이라고 써야 했는데 그래야 네 생일과 일치하기 때문이라고 했어, 그들이 널 인원에 포함하지 않았던 건 네가 약속을 잘 못 지키는 애라서 그렇다면서, 넌 가끔 누구와 놀고 싶어하다가도 마지막 순간에 마음을 바꾼다고, 온갖 기대의 무게로 초조해져서 차라리 오빠와 함께 제방에 움막을 지으며 놀고 싶어진다고 했어, 언젠가 20이라는 숫자와 함께 공격을 감행하리란 걸 너는 늘 알고 있었는데, 아기 예수 클리프에게 첫 공격을 감행한 2월 4일도 4라는 숫자에 2가 들어 있었다면서 2 곱하기 2는 4이기 때문이라고 했어, 그게 2000년도에 일어난 일이고 거기도 20이 있었다고, 그래서 생일이 다가오면 늘 기분이 좋지 않았다고 했어, 욕실의 달력이 4월로 넘어가면 마치 잊어버릴까 봐 두렵다는 듯 네 아빠가 적어놓은 네 이름을 보는데, 너의 다음 행보가 뭐가 될지 몰라 걱정된다고 했어, 네가 세상에 나온 날은 역사상 가장 추운 4월의 날로 기록되었는데, 얼마나 추웠는지 모든 게 삐걱거렸어, 히틀러만 그날 태어난 게 아니었어, 루이 나폴레옹도 그날 태어났지, 그리고 1999년에는 미국의 콜럼바인 고등학교에서 학생 둘이 열두 명의 동급생과

교사 한 명을 총으로 쏘아 죽였는데, 때로는 너도 학교 총격범
이 될까 봐 두려웠다고 했어, 중학교 때 학교 불량배들을 눈
으로 계속 좇았는데, 그러다가 걔들이 제발 그만 좀 쳐다보라
고 너에게 애원한 적도 있었으니까, 한번은 너의 생일이 부활
절과 겹쳤는데, 그게 2003년이었고 그때 예수가 또다시 죽었
어, 평상시에도 해마다 그게 반복되는 게 이상하다고 생각하
긴 했지만 그해에는 특히 더 기이했던 게, 네가 케이크에 꽂은
열두 개의 촛불을 껐을 때 예수도 함께 꺼져버렸다고 했어, 물
론 그 무렵 넌 이미 예수가 다시 살아나리란 걸, 그에겐 여러
개의 목숨이 있어서 결코 **게임 오버**가 되지 않으리란 걸 알고
는 있었지만 말이야, 그 사실이 널 안심시켰어, 누구나 살면서
몇 차례의 십자가형을 겪고 또 몇 차례의 부활을 겪는데, 그래
서 때로는 잠자리에 들면서 다시는 일어나지 못할 것 같은 생
각이 든다고, 장례를 기다리는 시신으로 침대에 누워 있을 것
같은 생각이 든다고 했어, 네가 처음 죽고 싶다고 생각한 건
열한 살 때였고, 그때 네가 가장 좋아하던 인어공주 아리엘이
그려진 스웨터를 입고 있었는데, 갑자기 그 스웨터를 입기엔
네가 너무 컸다는 생각이 들었지, 그때부터 스웨터가 간지럽
고 불편하게 느껴졌어, 넌 그날 종일 창피해서 두 손으로 가슴
을 가리고 다녔고 그 뒤로는 다시는 그 옷을 입지 않았지, 너
는 그렇게 서서히 아이의 모습을 잃어갔어, 디즈니 스웨터를
입고 있지 않을 때조차 너는 너 자신이, 자라고 또 자라는 너
의 몸이 창피했어, 마치 담쟁이덩굴처럼 멀리멀리 뻗어나는

몸을 멈출 수가 없었지, 너는 매일 헷도르프에서 몇 개의 마을을 지나야 하는 중학교로 자전거를 타고 등교했는데, 학교에서 도로를 포장하는 법 같은 것도 배웠지만 정작 네가 달려야 했던 길은 진흙탕이거나 모래밭이었어, 자전거를 타고 헷도르프에서 벗어나는 순간 놀고 싶은 아이, 은신처를 짓고 싶은 아이, 레고로 성을 쌓고 싶은 아이는 사라졌고, 대신 넌 애브릴 라빈이나 카를라 브루니가 되었어, 허리를 반듯하게 펴고 눈가에 뭉친 마스카라를 손끝으로 문질러 닦았지, 우리가 검은 물가의 벤치에 나란히 앉았을 때 네가 웃으며 잠옷을 들추더니 이렇게 말했어, **이제 시작이에요.** 내가 휴대전화 불빛을 너에게 비추어 보았지만 너의 가슴은 여전히 창백하고 밋밋했어, 그래도 난 뭔가 보인다고 말하고는 그 분홍색 조그만 밸브들을 입에 넣고 빨았어, 너는 간지럽다며 키득거리고 웃었고 내가 키스하는 동안 네가 좋아하는 스웨터 얘기와 그날의 공격 얘기를 했지, 트윈 타워가 무너진 뒤에 샤워하고 학교로 돌아갔더니, 선생님이 심각한 표정으로 무슨 일이 있었는지 설명하고는 희생자들을 위해 다 함께 기도하자고 했어, 수업이 끝난 뒤에 너는 쪽지를 써서 선생님에게 건넸어, **제가 그 비행기예요, 제가 했어요.** 선생님은 쪽지를 읽고도 무슨 뜻인지 이해하지 못했어, 다만, 선생님은 자신을 탓하는 마음은 언제나 텅 빈 육체를 찾게 마련이지만 넌 사랑으로 가득 차 있다고 했지, 하지만 넌 말하고 싶었어, 넌 너무 텅 비어서 너 자신의 말과 다른 사람의 말이 전부 다 네 안에서 울린다고, 잠자리에 들기 전에 그날 있던 일을 전부 다 되짚어볼 수밖에 없었는데 그건 그날 일어난 모든 일이 속에서 너무 심하게 울렸기 때문이라고, 너는 헤마 마트의 소시지롤에서 누군가 소시지만 빼먹은 것처럼 텅 비었다고, 자전거를 타고 루크버흐 길을 따라 헷도르프를 가로지를 때면, 헷도르프는 한편으론 널 사랑으로 채웠고 또 한편으로는 널 두렵게 했어, 헷도르프는 여자애가 마치 새 자전거처럼 어느 때고 사라져서 영영 돌아오지 못할 수도 있는 곳이었고, 수십 개의 창문 뒤에서 비행기가 건물에 충돌할 수도 있는 곳이었어, 몇 날 며칠 동안 너의 머릿속에서 사이렌 소리와 사람들 비명이 울려 퍼졌어, 목사는 뉴욕을 위해 기도하겠다고 했지만 정작 네가 하고 싶던 건 예배 시간에 일어나 다 네 잘못이라고 외치는 거였어, 유리 파편 때문에 생긴 상처를 보여주면서 넌 납치된 게 아니었다고, 그건 누구의 명령도 아닌 너 자신의 의지였다고 외치고, 예배당 복도 중간에 무릎을 꿇고 앉아 체포되기를 기다리고 싶었지, 하지만 넌 아무 말도 하지 않았어, 묵상 시간에 일어서지 않았어, 그랬다간 아빠가 너무 괴로워할 테니까, 네 아빠도 집사였고, 집사의 의무 중 하나는 자녀를 올바르게 키우는 거였거든, 바울이 디모데에게 보낸 편지에도 나와 있잖아, 아빠는 아마도 집사에서 물러나야 할 테고, 집사를 그만두는 순간 악마에게 넘어가기가 더 쉬워지는 건 누구나 알았으니까, 넌 그런 양심의 가책까지 떠안고 싶진 않았고 그래서 침묵을 지켰어, 대신 넌 편지를 썼지, 하나님께 한 통, 악마에게 한 통, 둘 중 한 통은 동네

우체통의 지역 우편물 투입구에 넣었어, 하나님이 헷도르프에 살고 있다고 확신했기 때문이었어, 넌 하나님이 캄피나 버터 밀크 광고판이 있는 바빌론스테이흐 골목에 살 거라고 짐작했어, 그 이름과 그 광고가 하나님에게 너무 잘 어울린다고 생각했는데, 왜냐하면 너희 반 착한 애들은 전부 다 버터밀크를 마시고 나쁜 애들은 저지방 우유나 전지 우유를 마시기 때문이었어, 게다가 겨울이 되면 스케이트 클럽에서 그 골목 옆 목초지에 물을 채워 스케이트장을 만들었는데, 넌 저녁 시간에 하나님이 무덤 파는 사람들 틈에서 빙글빙글 돌고 있다고 확신했어, 다음에 구덩이에 들어갈 사람이 누군지 의논하는 거였지, 악마에게 쓴 편지는 기타라고 적힌 투입구에 넣었어, 내가 널 무릎에 앉히고 뭐라고 썼냐고 물었을 때 넌 이렇게 대답했어, 하나님에게는 질문을 했고 악마에게는 대답을 했다고, 나는 네 말을 하나도 이해하지 못했지만, 그래도 고개를 끄덕였어, 그래서 내가 조심스럽게 물었어, 네가 9·11과 아무 관계가 없다는 걸 알고 있냐고, 나의 천사, 넌 그렇게 야만적인 아이가 아니라고, 너의 눈이 흐릿해지는 것을 보았어, 너의 몸이 마치 축사에서 며칠째 죽어 있던 반추동물처럼 딱딱해졌지, 네가 속삭였어, 아무도 네 얘길 진지하게 들어주지 않는다고, 하지만 상관없다고, 언젠가는 다 보상할 거라고, 뉴욕과 화해할 수만 있다면 카밀리아와도 화해할 수 있을 거라고, 나는 네가 다시 행복해지는 모습을 보고 싶었고 들뜬 아이의 목소리를 듣고 싶었어, 그래서 휴대전화 불빛 아래 피에르 보나르의 그림을 보여주었지, 널 위해 특별히 출력해서 트레이닝바지 주머니에 넣어온 거였어, 보나르는 자신의 연인 마리아 브루생이 나체로 욕조에 앉아 있는 그림을 주로 그린 프랑스 화가였는데, 마리아는 마르트라고 불렸고, 결핵을 앓아서 세균공포증이 있었어, 그래서 목욕을 자주 했지, 나는 보나르가 그림을 팔고 나서 그날 밤 바로 그 손님의 집에 몰래 들어가 그림을 수정했다는 얘길 들려주었어, 더 낫게 수정한 거였지, 보나르는 결코 만족할 줄 몰랐거든, 넌 그 얘기를 좋아했고, 우리 모두가 보나르 같다고 소리쳤어, 다만 우리는 남의 집에 침입하는 대신 우리 자신의 집에 침입해서 인간으로서 우리 자신을 낮게 수정하는 거라고, 어제는 아름답게 보이던 것이 오늘은 흉해 보일 수도 있다고 그래서 그림을 고치는 거라고 했어, 그런데 이 작업은 끝이 없다고, 그래서 우리가 날마다 달라 보이는 거라면서 이렇게 말했어, **이건 희망적인 일이에요, 커트, 왜냐하면 우리는 우리 자신의 가장 충성스러운 고객이고, 가장 강박적인 수집가거든요, 자신을 들여다보는 일에 결코 지쳐선 안 돼요, 그건 진짜로 길을 잃는 거니까요.** 너는 우리가 모두 보나르와 같다고 반복해서 말하고는, 다만 어떤 사람의 손길이 좀 더 단호할 뿐이라고 했어, 너는 벤치에 올라섰고 너의 흰 잠옷이 저녁 바람에 펄럭였어, 너는 마치 배우처럼 선언했지, 너는 너 자신의 수집가이자 도둑이라고, 너는 너를 도둑이라 부르기를 좋아했어, 그 말이 네가 그토록 갈망한 논리적 근거를 제공했거든, 비록 그 논리도 훔쳐온 것이긴 했지만 말이야, 너는 늘 네가 존재할 권리를 훔쳤어, 나는 너를 내 쪽으로 끌어당겨 너의 두 다리를 나의 허리 양쪽에 세웠어, 나는 네 다리에 입술을 눌렀고 점점 더 위로 올라가 너의 팬티를 혀끝으로 밀었어, 검은 기러기들이 요란하게 울었고 바람이 거세어졌어, 네가 속삭이는 소리를 들었다고 나는 거의 확신했어, 네가 광대 아이스크림이라고 속삭이는 소리를, 그래, 넌 진하고 부드러운 광대 아이스크림이고 나는 널 녹여야만 했어.

33

    법원 공무원들이 내게 수달을 좋아하냐고, 그 족제빗과 동물을 좋아하냐고 물었어. 나는 수달은 아름다운 생명체라고, 그래, 아름답다고 했어, 나는 오랫동안 수달보호협회에 기부를 해왔고 그 사람들이 일을 잘한다고 말하며 질문을 회피했지, 그러자 그들이 왜 하필 그 개체를, 수달을 해쳤냐고 물었어, 왜 너의 환상을, 내 사랑스러운 자기의 환상을 더럽혔냐고, 여전히 순수하고 때 묻지 않았던, 너무도 아이답고 순수했던 너의 환상을 더럽혔냐고, 대체 왜 그랬냐고 물었어, 그리고 또 물었지, 수년간 포획 상태로 있다가 갑자기 야생으로 풀려난 어린 수달의 생존 확률을 아냐고, 수달이 보호종이고, 잃어버린 아이처럼 교통사고로 빈번하게 희생되고 있으며, 그들에게 두 번째로 큰 위협은 서식지 파괴라는 걸 아냐면서, 내가 너의 서식지를 파괴했고 널 위태롭게 했다는 거야, 넌 그 뒤로 몇 차례 더 잘못된 사람의 품에 안겼는데, 그건 네가 어느 순간부터 선과 악을 구분하지 못하게 되었기 때문이라고 했어, 스승 렘브란트의 영향이 상당히 두드러지게 나타나는 호베르트 플링크의 그림처럼, 그림에서 창세기 속 눈먼 이삭은 야곱을 장자인 에서로 착각하고 그를 축복했지, 야곱은 이삭을 속이기 위해 염소 가죽을 팔에 두르고 있었어, 너 역시 계속 잘못된 사람에게 축복과 사랑을 주었고, 네가 참 아름답다고 말했던 성경의 개정 공식 번역에 의하면, 넌 **곡간의 기름진 것, 밀과 가라지, 겨자씨를** 악마에게 내어주었지, 법원 공무원들이 내게 묻더라, 수달이나 새나 '개구리'로 변신하는 너를 보면서 어떤 환상을 품었냐고, 물론 그들은 변태적인 대답을 기대했겠지, 더러운 대답을 원했겠지, 파헤칠 만한 무언가를, 입술을 축이며 내 그럴 줄 알았다는 듯 얼굴을 찌푸리고 서로를 바라볼 수 있는 무언가를 원했겠지, 절인 올리브처럼 둥둥 떠 있는 그들의 하찮은 조그만 눈동자를 보면 알 수 있었어, 나는 네가 수달이 되어서 내게 해부해달라고 속삭이던 때를 떠올렸어, 메스로 허벅지를 긋던 너를, 다른 사람이 피 흘리지 않도록 스스로 피 흘리던 너를, 마취 상태의 망아지처럼 내 품에서 축 늘어진 너에게 내가 얼마나 탐욕스럽게 달려들었는지를, 그때 너는 잠시 죽어 있었고 죽음은 너에게 너무도 잘 어울려서 난 슬퍼할 필요가 없었어, 그날 이후 나는 자주 그 장면을 떠올렸어, 내 곁에 무기력하게 누워 있던 너를, 오, 그 망아지를, 그럴 때면 그 아이 같은 목소리를 그리워하게 되었지, 그날의 사건이, 나의 몸으로 너의 몸을 때리던 그 열정이 너에게 흐릿한 기억으로 남아 있다는 건 훗날에야 알았어. 넌 그때 어두운 풍경 속 먼 어딘가에 있었지만, 욕정에 미친 내 목소리를 들었다고 했어, 너는 죽었다고, 널 절개하겠다고 외치던 나의 목소리를. 너의 앨범 〈커트12〉에 수록된 곡에서 네가 그 순간을 언급했는데, 거기서 넌 수달이 아닌 바닷가재였지. 바닷가재에게 알코올을 부으면 바닷가재가 자신을 찔러 결국 죽는다는 글을 네가 어디선가 읽었기 때문이었어. 그날 오후 나는 알코올성 요오드액으로 너의 다리 상처를 소독했어. 바닷가재에게 알코올을 부으면 자기 자신을 찌른다지. 너는 내게 알코올을 부었고 나는 나 자신을 찔렀어. 나는 바닷가재였던 거야. 세상에, 넌 나에게 무얼 부었니. 너의 불길은 나의 파멸이었어. 나는 죽었지만 고통을 못 느끼기엔 너무도 살아 있었지. 나는 바닷가재. 세상에, 넌 내게 무얼 부었니. 카밀리아가 집에 없을 때 나는 그 노래를 몇 번이고 들었어. 널 그리워하는 내가 바보 같았고 그러면서도 화가 났어. 그토록 순진하게 나 자신의 덫에 또다시 걸려들고만 나에게 화가 났어. 어린아이들은 늘 불빛을 좇는 나방처럼 내게 이끌렸고 나와 놀고 싶어했지, 늘 그랬어. 하지만 너 말고 다른 아이를 내 두 손에 잡아본 적은 없었어. 대부분의 나방처럼 너도 불빛을 달빛으로 착각했고, 놀고 싶어했고, 또 사랑을 원했어. 나는 손바닥을 열었고 너는 내 손바닥에 내려앉았지, 침착하게, 그리고 두려움 없이. 나는 널 붙잡아두고 싶었어. 너의 날개가 얼마나 연약한지 알았으니까, 눈물 한 방울에도 다시는 못 날게 될 수 있다는 걸 알았으니까. 하지만 난 손바닥을 오므렸고 네 몸이 부러지는 소리를 들었어, 어떤 곤충을 죽여야 하는지, 또 어떤 곤충을 조심스레 밖으로 날려 보내야 하는지 우린 결코 알 수가 없지, 잠자리를 일부러 죽이는 사람은 없지만 모기나 나방을 짓이기는 건 별로 개의치 않잖아, 나는 널 붙잡아둘 수 없어서 널 뭉개버렸던 거야, 널 온전하게 지켜주기 위해서가 아니었어, 아마밭에서 개구리가 되어서 서서 오줌 누던 널 생각했어, 그때 넌 다정하게 말했지, 네 갈퀴를 보고 싶으면 부탁을 해야 한다고, 그래서 나는 부탁했고 너는 잠옷을 걷어 올렸어, 나는 너무 훌륭하다고, 내가 본 것 중 가장 아름답다고 말했어, 그리고 물었지, 네 갈퀴를 만져보고 싶지 않냐고, 내 말에 넌 당황했어, 넌 단지 서서 오줌을 누고 싶었을 뿐이었거든, 동물의 왕국에서 가장 힘센 동물들이 자신의 힘을 과시하듯이, 너는 꼬마 천사들처럼, 클리프처럼, 갈퀴를 갖고 싶던 것뿐이거든, 넌 그게 박물관의 소장품 같은 건데 소장품은 만질 수 없다고 했어, 그래서 내가, 나는 조종사이자 영화감독일 뿐 아니라 박물관 큐레이터이기도 해서 나만은 만질 수 있다고, 손상은 없는지, 가치가 얼마나 되는지 살펴봐야 한다고 했어, 나의 손을 너의 팬티 속으로 밀어 넣을 때 네가 초조하게 물었어, 이제 진짜 갈퀴는 못 갖게 되는 거냐고, 나는 사슴뿔이 벨벳에 덮여 있고 만들어지는 중이라고 했어, 하지만 커다란 갈퀴가 네 안에 들어갔다 나오기 전엔 모습을 드러내지 않을 거라고, 오, 내가 널 완전히 망가뜨렸어, 너는 귀여운 소년들보다 더 멀리 오줌을 갈길 수 있다고 말하며 입술을 깨물었고 나는 맞장구를 쳤어, 넌 아프리카에 닿을 정도로 오줌을 갈길 수 있다고, 아프리카의 가뭄을 해소할 수도 있을 정도라고 말이야, 너는 잠시 숨을 들이켰고 그러자 네 안의 수달이, 네 안의 '개구리'가 모습을 드러냈고 너는 잠시나마 너도 우리 중 한 명이 된 것 같은 기분을 느꼈어, 하지만 이내 무너져버렸지, 너는 수줍은 듯 바지를 치켜올리더니 다시 하늘을 나는 새로 돌아갔어, 법원 공무원들이 내게 소중한 물건을 떨어뜨린 적이 있는지, 그때 어떻게 반응했는지 묻더라, 그래서 어머니의 비싼 도자기 그릇을 떠올렸어, 쨍그랑하고 깨지던 소리와 화해의 팬케이크, 그리고 그 뒤로 일어난 일을, 아버지가 돼지 두어 마리를 사러 국경을 넘어갔다 돌아오면서 선물로 사다주었던 유리 스노볼도 떠올렸어, 내가 그걸 떨어뜨리고 얼마나 못 견디게 슬펐는지를, 그 안에 든 눈송이가 사실은 눈송이가 아니라 잘게 부서진 도자기 조각이라는 걸 알고 얼마나 슬펐는지를, 훗날 나는 2002년도 영화 〈언페이스풀〉에서 리처드 기어가 연기한 주인공이 아내의 애인을 스노볼로 죽이는 장면을 보았는데, 그 뒤로 악몽 속에서 나는 그와 똑같은 방식으로 내 어머니를 죽였어, 법원 공무원들은 그 악몽에 독수리처럼 달려들었어, 내가 어머니를 죽이는 꿈을 꾸었다고 분노에 차서 끄적였지, 그리고 물었어, 스노볼이 깨어졌을 때 그토록 괴로워했으면서 이 조각에는, 너의 조각들에는 왜 아무런 죄책감도 느끼지 않았냐고, 나는 너를 치유하고 싶었다고, 널 사랑했다고 말했고 그들은 코웃음을 쳤어, 그래, 코웃음 치면서 이렇게 묻더라, 전에도 어린애를 사랑한 적이 있냐고, 나는 고개를 끄덕였어, 그렇다고, 몇몇 아이를 욕망한 적이 있다고, 하지만 늘 자제했다고, 자제하지 못한 건 오직 너, 나의 푸토뿐이었다고, 그들이 물었어, 소를 수정시킬 때 어떤 기분이냐고, 소의 엉덩이에 손을 집어넣을 때 어떤 감정을 느끼냐고, 이 변태 놈들, 나는 차가운 느낌이라고 말했어, 겨울에는 얼어붙은 손을 녹일 수 있어서 그나마 따뜻하다고, 그 이상의 느낌은 없다고, 하지만 난 그들이 무슨 얘길 하려는 건지 알고 있었어, 8월 21일 여름방학 마지막 날 얘기를 하려는 거였지, 나의 땀이 너의 벗은 배 위로 떨어지고, 내 움직임에 매트리스가 출렁거리고, 베아트릭스 여왕의 포스터가 우리 옆으로 떨어진 그날, 마치 이 끔찍한 광경의 목격자가 되기를 거부하겠다는 듯 여왕의 얼굴이 바닥으로 향한 채 떨어졌지, 나는 너에게 문제가 있다는 말로 그들의 주의를 돌려보려 했어, 너에게 아주 심각한 문제가 있다고, 네가 히틀러, 프로이트와 대화를 나누고 메시지로 내게 **그것**을 하겠냐고 물었다고, 그들이 눈썹을 치켜올리더니 그래서 뭐라고 대답했느냐고 묻더라, 나는 이렇게 말했어, 나의 영혼은 나약하다고, 나는 사람들이 원하는 것을 주는 걸 좋아한다고, 그러자 그들이 물었어, 너에게 음경을 주겠다고 약속한 게 사실이냐고, 스타방에르와 아이슬란드 여행을 약속한 게 사실이냐고, 그러면서 첫 번째 증거물인 쪼그라든 수달의 음경을 꺼내놓았어, 나는 네가 아픈 아이라고, 네 침대 밑에 온갖 수집품이 잔뜩 있다고 말했어, 내 사랑, 널 그런 식으로 말하고 싶진 않았지만 그 사람들이 내가 그렇게 말하게 만들잖아, 난 무기력했어! 네가 환상 속에서 산다고 말했어, 나는 네가 꾸며낸 세계의 일부일 뿐이라고, 전부 다 네가 꾸며낸 일이고 메시지를 주고받은 것만이 유일한 현실이고 다른 건 기억이 안 난다고 했어, 그래, 하나도 기억이 안 난다고 했어, 그들은 나의 큰아들과 카밀리아, 네 아빠까지 불러서 심문할 참이었지만, 그건 전부 다 나중에 일어난 일이었어, 그땐 아직 여름이었고 나는 법원과 그들의 숨 막히는 심문에 대해 아무것도 알지 못했어, 그들 중에 커피를 한 잔만 마시면 화장실에 가야 하는 사람이 있다는 것도 몰랐고, 주먹으로 탁자를 치면서 진실을 말해야 한다고, 이건 중대한 혐의라고 소리를 지르는 사람이 있다는 것도 몰랐어, 너의 앨범을 들어봤는데 아주 단단히 잘못됐다고, 네 일기를 확인해봤는데 자두 얘긴 대체 뭐냐고, 자두를 좋아하냐고, 자두를 어떻게 먹냐고, 나를 심하게 몰아세웠어, 그들은 내 큰아들에게 내가 그의 또래 아이들을 좋아한다고 말해 겁을 주었고, 아들이 부모가 이혼할까 봐 두려워하게 만들었어, 이 상황에 적극적으로 개입하지 않은 카밀리아를 비난했고, 카밀리아는 묵비권을 행사했어, 그들은 나를 잘게 부수어놓았지, 하지만 그해 여름 난 여전히 너와 함께였고 모든 게 좋았어, 네 생각을 하지 않고는, 진료실 문을 닫고는 눈을 감고 네 생각을 하며 나락으로 빠져들지 않고는 단 한 시간도 지나가지 않았어, 나는 우리의 만남을 손꼽아 기다렸고, 갈퀴 시간이라고 메시지를 보냈고 너 없이는 살 수 없다고 말했어, 무슨 옷을 입었 냐고 물었고, 또 서서 오줌을 누었냐고 물었어, 그러고는 소독 용 물티슈로 몸을 닦았지, 법원에서 남자애들의 갈퀴에 대한 너의 집착에 대해 캐물었고, 네 아빠는 너의 몸이 얼마나 죄로 가득한지에 대해 너에게 긴 편지를 썼어, 네가 네 몸보다 차라 리 과자를 더 아낀다면서, 네가 가정을 파괴했다고, 혐오스럽 다고, 다 네가 자초한 일이라고, 더는 교회에도 나오지 말라고 했지, 너는 소독된 하얀 방에 무기력하게 앉아 있었고, 유니폼 을 입은 여자가 네게 물었어, 네 몸을 만진 적이 있냐고, 어떤 기분이었냐고, 내가 만졌을 때 기분이 좋았냐고, 너는 어깨를 으쓱했고 여자는 그것을 네로 이해했어, 여자가 너의 동물 변 신에 대해 낱낱이 캐물었지만, 그건 훨씬 더 나중의 일이었어, 어쨌든 그해 여름 우리는 함께였고, 넌 나의 지도였으며, 나는 내가 가고 싶은 곳을 분명히 알았어.

34

　너는 그렇게 누워 있었어, 나의 가벼운 전우, 나의 작은 에로스. 나는 오후 늦게 너를 수영장에서 태워 테헨란트 자연보호구역의 숲으로 차를 몰았어, 오래된 소나무 사이에 피아트를 세워놓고 짐칸을 열고 앉아 새매 한 마리, 제독나비 두어 마리, 뿔박새 한 마리가 날아가는 걸 지켜봤어, 염소로 소독된 너의 머리카락에 코를 박고 사랑스러운 작은 수영선수인 너를 나의 기억 깊숙한 곳으로 들이마셨지, 나는 이제 갈퀴 시간이라고 말했어, 내 사랑스러운 자기, 그래, 이제 갈퀴 시간이라고, 나는 주위를 둘러보며 아무도 우릴 못 봤다는 걸 확인한 다음 짐칸의 문을 닫았어, 넌 차가운 메모리폼으로 채운 하얀 매트리스에 누워 극장 조명이 어두워지고 영화가 시작되기를 기다렸지, 나중에야 나는 나 자신에게 물었어, 그때 너는 앞으로 무슨 일이 일어날지 알고 있었을까, **그것**이 무얼 뜻하는지는 알고 있었을까, 왜냐하면 너는 가만히 누워만 있었고 옷을 벗을 생각조차 하지 않았거든, 나는 앞으로 닥칠 일에 대한 기대로 머리가 빙글빙글 돌았고 그래서 베케트의 황당한 대사를 읊었어, 나는 열병을 앓듯 그 순간을 꿈꾸었고, 널 준비시키지도 대본을 건네지도 않았어, 단지 이걸 하면 네가 갈퀴를 갖게 될 거라고, 아주 멋진 갈퀴를 갖게 될 거라고만 했지, 네가 남자애와 여자애 사이에서 흔들리고 있다는 걸, 내가 상황을 더 악화시키고 있다는 걸 잊었어, 네가 혀로 입술을 핥았고, 나는 다시 해보라고 했어, 너는 이번에는 좀 더 연기하듯이, 마치 자두즙이 묻은 것처럼 입술을 핥았지, 그날 오후는 너무 더웠고 내 몸이 불같이 뜨겁다는 걸 깨닫기도 전에 나는 이미 땀을 흘리고 있었어, 나는 리넨 셔츠를 벗어 차 안쪽 고리에 걸었어, 셔츠가 구겨지면 카밀리아에게 설명해야 하니까, 고리 옆에는 너바나의 포스터가 있었는데, 네가 커트 코베인을 바라보며 말했지, 그가 워싱턴 주 애버딘에서 자랐는데, 고등학교때 정신이 온전치 못한 여자애와 처음 관계를 맺어서 그 뒤로 모두가 '저능아랑 잔 놈'이라고 놀렸다고, 그게 너무 견디기가 힘들어 어느 날 기찻길에 누웠는데 그날따라 기차가 다른 선로로 달리는 바람에 살 수 있었다고, 그래서 참 다행이라고 했어, 그러지 않았다면 아무도 그를 몰랐을 거니까, 그가 원하던 게 바로 그거였는데 말이야, 모두가 그를 알게 되는 거, 네가 성공을 갈망하는 것처럼 그 역시 성공을 갈망했다고 했어, 너는 실제로 철길에 누워본 적은 없지만 장난감 철길에 누운 적은 있다면서, 그때 나무 기차가 네 몸에 부딪혔기 때문에 철로에 누워 있는 게 어떤 느낌인지, 어떤 생각이 떠오르는지는 안다고 했어, 제정신으로는 철침목과 금속 레일이 척추를 짓누를 때 철로에 가만히 누워 있을 수가 없다면서 그래서 네가 가장 좋아하던 네덜란드어 버전 주기도문을 인용했다고 했어, 존재의 근원이시여, 나를 흔드는 것 속에서 당신을 뵈옵나이다, 당신께 이름을 드리고 삶 속에 자리를 드리나이다, 당신의 빛을 제 안에 엮으시어 쓰임 있게 하소서. 너는 특히 첫 줄과 쓰임이 있게 하소서를 마음에 들어했고 사람들이 널 저능아라고 부르지 않길 바랐는데, 왜냐하면 반 친구 중 몇 명은 네 정신이 온전치 않다고 생각했기 때문이었어, 그들과 너무 다르게 행동했으니까, 나는 지금부터 일어날 일은 절대 아무에게도 말하면 안 된다고 했어, 비밀로 지켜야만 가능한 일이라고, 이 여름은 우리 둘 사이에만 머물러야 하고, 너는 수영장에 다니는 귀여운 소년 한 명과 숲속에서 혹은 탈의실에서 처음 했다고 말해야 한다고, 넌 고개를 끄덕였고 내 말을 이해했어, 너는 다음 날 아침 일찍, 개학 첫날이 시작되기 전에 그 일이 일어날 거라고 했어, 사료 저장고에서 날아오를 거라고, 그 말을 하는 너의 얼굴은 기쁨에 빛났지만, 당시 나는 그 말이 무슨 뜻인지 알고 싶지 않았어, 그 말을 귀담아듣기엔 너무 욕망에 불탔지, 나는 기차를 선로에서 이탈시킬 부서진 플랜지*였어, 땀이 이마에서 매트리스로 떨어졌어, 나는 청바지를 벗어서 반듯하게 개

•   기차 바퀴 안쪽의 돌출된 테두리로, 기차를 궤도에서 벗어나지 않게 붙잡아주는 부분.

어놓고, 축축한 트렁크 팬티를 내리고 부풀어 오른 나의 갈퀴를 보여주었지, 나는 발정 난 사슴이었고 오직 네 안으로 사라져버릴 생각뿐이었어, 내가 너에게 옷을 벗으라고, 나의 갈퀴를 보라고 명령했어, 너는 율러 엄마의 책에서 이미 그림을 본 상태였지만 이것은 흑백사진보다 위압적이었지, 내가 오줌 눌 때 네가 잡고 조준하던 것과도 달랐어, 너는 눈을 감더니 너무 오줌이 마렵다고 웅얼거렸고 나는 네가 거짓말을 하고 있다는 걸 알았어, 그래서 거짓말해선 안 된다고, 오줌을 누지 않아도 '개구리'가 될 수 있다고 했어, 너는 그게 머릿속에 떠오르는 유일한 생각이라고 했어, 비록 최근엔 너의 생각이 더 멀리까지 갔지만 말이야, 너는 〈베이사이드 얄개들〉의 주인공 잭이 되는 상상을 하고 있었어, 〈베이사이드 얄개들〉은 베이사이드 고등학교에 다니며 온갖 모험을 하는 아이들 이야기를 다룬 텔레비전 시리즈였지, 아니면 율러나 엘리아의 엄마가 오줌 누는 걸 도와주었던 너의 반의 어느 귀여운 소년이 되는 상상을 했지, 그 엄마들이 너의 천사 같은 갈퀴를 두 손으로 잡고 네가 조준하도록 돕는 상상, 방광이 터지기 직전 마지막 순간 그들이 널 구해주는 상상, 그들에게 구원받는 기분은 좋았다고, 정말 좋았다고 했어, 너는 네가 하는 행동이 뭔지 정확히 알지는 못했지만, 그런 상상을 하며 베개나 테디베어에 몸을 밀착했지, 그러고 나면 실제로 화장실에 가야 했는데, 너는 그때 누는 오줌이야말로 그날의 가장 멋진 오줌이라고 속삭였어, 너의 고백에 내 몸이 달아올랐어, 나는 천천히 위로 움직여 너의 다리 사이에 키스하고는, 너는 내가 아는 가장 흥분한 '개구리'라고, 가장 멋지고 귀여운 소년이라고 속삭였어, 내가 너의 몸속에 나의 혀를 밀어 넣었고, 나는 완전히 자제력을 잃었어, 너의 맛은 너무도 달콤했고, 너무도 너의 맛이었어, 너에게 키스한 뒤 나의 갈퀴를 네 몸속에 밀어 넣으면서 이것보다 더 누군가와 가까워질 수는 없다고 했어, 기억하라고, 이게 누군가와 가까워질 수 있는 유일한 방법이라고, 나는 발정 난 사슴이었어, 나는 너를 찔렀고 그때 네가 어떻게 반응했는지 더는 기억나지 않네, 너는 나의 먹잇감이었고 내가 널 갖고 놀았어, 너를 마구 찔러대는 동안 네가 점점 축 늘어지는 걸 알지 못했어, 너는 수술대에서처럼 축 늘어졌어, 나는 나의 땀이 네 목 위로 떨어지는 것만 알았어, 땀방울이 진주 목걸이처럼 너의 목을 둘렀고, 얼마 후 내가 갈퀴를 네 몸에서 빼내는 순간, 베아트릭스 여왕의 포스터가 헐거워지더니 우리 옆으로 떨어지는 거야, 나는 여왕을 생각하고 싶지 않았어, 아니, 여왕은 아니었어, 나는 널 사랑한다고 말했고 이를 악물고 너의 배에 정액을 쏟아냈지, 넌 두려운 눈빛으로 그것을 바라보다가 이내 매혹되었어, 이제 그건 서서 소변 보는 것과 함께 너의 새로운 관심사가 될 터였어, 나는 숨을 헐떡이며 너의 곁에 털썩 누웠고 너는 서서히 생기를 되찾았어. 네가 말을 해주길 기다렸지만, 너는 말이 없었어, 너의 뺨이 나의 땀으로, 나의 이슬로 젖었다고 생각했는데 나중엔 내 생각이 맞았는지 의문이 들더라, 혹시 네가 울었던 걸까, 침묵이 너무 길어지자 내가 가방에서 소 젖통을 닦는 천을 꺼내 정성스럽게 너의 배를 닦았어, 그다음엔 수의사 장갑 밑에서 콜라 한 병과 스머프 풍선껌을 꺼냈지, 나는 탄산을 들이켠 다음 풍선껌을 뜯었어, 풍선껌에 들어 있던 판박이 스티커를 보여주었더니 슬프고 멍했던 너의 눈빛에 생기가 돌았어, 나는 그걸 네 팔뚝에 꾹 눌러 붙인 다음, 스티커가 흠뻑 젖을 때까지 핥고 또 핥고 나서 잠시 그대로 두었다가 종이를 떼어냈어, 너는 피부에 남겨진 그림을 보더니 그게 스머프 중 가장 허영심이 많은 허영이 스머프라면서, 너도 허영이 스머프처럼 거울을 자주 본다고, 거울에 비친 네 모습을 보고 황홀할 때도 있지만 자주 우울하다고 했어, 너는 조그만 파란 껌을 씹었고, 나는 방금 일어난 일에 대해 너에게 묻고 싶은 게 너무도 많았지만 감히 묻지 못했어, 그래서 나는 너에게 레다와 백조 이야기를 들려주었지, 제우스는 매혹적인 레다와 미친 듯이 사랑에 빠졌고 레다와 사랑을 나누고 싶었지만 레다가 계속 거절했어, 레다에겐 이미 틴다레오스 왕이라는 배우자가 있었거든, 제우스는 레다의 거절을 못 견디고 백조로 변했어, 아름다운 백조로, 그는 백조의 모습으로 레다를 사로잡았고 레다는 별이 빛나는 하늘 아래에서 백조로 변신한 제우스와 사랑을 나누었지, 이후 레다가 한 개의 알을 낳았는데 거기서 폴리데우케스와 헬레네, 두 아이가 태어났어, 너는 숨죽이고 그 얘기를 들었어, 내가 너에게 물었지, 레다가 왜 신들의 왕인 제우스와는 섹스를 안 했으면서 백조와 섹스했는지 아냐고, 나는 너의 두 손을 잡고 네 손끝에 키스하면서, 백조는 큰 음경을 가졌다고, 백조는 음경을 가진 몇 안 되는 새 중 하나라고 했어, 고래만큼 크진 않지만 분명히 인간의 음경보다 몇 센티미터는 더 길고, 레다는 바로 그 점에 반한 거라고, 더구나 백조는 유혹과 욕망, 영원한 충성을 상징한다고 했어, 그러자 네가 물었어, 얼마나 기다려야 네가 수달이나 개구리로 변하냐고, 너는 혹시 뭐가 보일까 해서 네 아랫도리를 보았어, 나는 백조와 똑같다고, 그건 네 몸속에 감추어져 있다가 네가 사랑을 나눌 때 나타날 거라고 했어, 그러자 네가 물었지, 그게 정확히 어떻게 하는 거냐고, 사랑을 나눈다는 게 정확히 뭐냐고, 나는 네 몸속으로 나를 밀어 넣었어, 이번에는 더 격하게, 더 굶주린 듯이, 나는 더는 T. S. 엘리엇 시에 나오는 '텅 빈 사람'이 아니었어, 나는 백조였고 사슴이었어, 내가 너를 채웠어, 나는 네 안에 있었어, 나의 가벼운 동지, 함께 있을 때 우린 외로운 담배들이었어, 널 취하게 하려고 미리 찾아둔 릴케 시를 내가 실제로 인용했는지는 나도 잘 모르겠어, **그의 깃털에 처음 기쁨이 스며들었고, 신은 그녀의 무릎에서 진정한 백조가 되었네.** 네가 살짝 입을 살짝 벌리는 걸 보았고, 혀로 입술을 누르는 걸 보았어, 이빨 사이에 끼인 파란 스머프 껌을 봤어, 나는 미친 듯이 몸을 흔들었고, 너를 내 타락의 심연으로 끌고 가면서 이게 바로 사랑을 나누는 거라고, 오, 우리가 해냈다고 말했어, 나는 알지 못했어, 내가 사랑을 몰아내고 있었다는 걸, 너의 몸에서 그나마 남아 있던 사랑마저 내가 몰아내고 있었다는 걸, 오, 나는 얼마나 사랑을 접주었던가.

35

　나는 몽롱함의 위안을 단물처럼 들이켰어. 또다시 악몽의
고문실에 갇혀 스노볼로 엄마를 공격하고 나면, 몽롱함을 갈
망했고 탐욕스럽게 들이마셨지, 하얀 눈송이와 깨어진 유리
조각 밑에 어머니가 누워 있었고, 미친 듯이 옆자리를 더듬어
보면 침대는 차가웠고 텅 비어 있었어, 일기장과 키스 사건 이
후 카밀리아는 소파에서 자는 일이 잦아졌는데, 카밀리아의
부모님 사진과 나무 십자가, 다이애나 비의 사진을 놓아둔 제
단 옆에서 얇은 이불을 덮고 잤어, 다이애나 비의 사진이 왜
거기 있는지 이해가 안 갔지만, 카밀리아는 다이애나를 무척
높게 평가하는 것 같았어, 내가 소파에서 자겠다고도 해보았
지만, 카밀리아는 한때 우리가 서로 사랑했던 침대, 우리가 두
아들의 씨앗을 심은 침대에서 벗어나고 싶어했고, 나는 침구
의 바다에 혼자 누워 숨을 고르려 애썼지, 전날을 떠올려보려
했지만, 하늘이 내린 가장 특별한 존재, 우리가 하나가 되었다

는 생각에 두려움을 느껴야 할지 환희를 느껴야 할지 알 수 없었어, 그 일이 내 안에서 불러일으킨 미소와 기쁨은 내 어머니가 파괴했으니, 어머니는 내 방 침대 가장자리에 앉아 있었어, 나는 열네 살이었고, 어머니는 내가 무슨 수작을 부리고 있는지 다 안다면서, 내가 매트리스 밑에 숨겨둔 킴 칸스의 사진을 봤다고 했어, 나는 성욕이 왕성한 사춘기 소년이었지, 어머니가 내 침대로 올라왔고 어머니에게서 팬케이크 냄새가 풍겼어, 어머니는 트렁크 팬티 위로 나를 만지거나 나에게 내 몸을 만지라고 명령했지, 내가 오직 어머니만 생각해야 한다고 했어, 나는 킴 칸스 같은 여자에게서 위안을 찾는 일이 점점 줄었고, 어린 여자애들, 아이와 여인의 경계에 있는 여자애들만 안전하게 상상할 수 있었지, 내가 환상의 주인공이 되지 않고 구경꾼이 되는 법을 그때 배웠어, 구경꾼에 머무는 한 나는 더러울 수도 죄를 지을 수도 없었으니까, 아무 짓도 안 하는 거니까, 안 그래? 그저 보고만 있는 거니까, 가끔 반 친구들이 서로 끌어안고 뒹구는 상상을 할 때 황홀경을 느꼈지만 나 자신을 두고 상상하진 않았어, 그래서 나의 첫 경험은 실망스러웠지, 흥분을 느끼긴 했지만 그게 다였거든, 누군가가 날 만지는 순간 나는 내 몸에서 이탈했어, 나는 고소공포증이 있는 서커스단 소년이었어, 아이들에 대한 갈망은 점점 더 커졌어, 자신의 욕망에 대한 그들의 부주의함, 유쾌한 소심함, 곧바로 기대와 엮지 않는 어설픈 몸짓을 갈망했어, 성적 발달단계에서, 그리고 육체적 성숙도에서 나는 그들보다 앞서 있지 않았지만, 어느덧 나는 서서히 나이가 들었고 여자애들은 여전히 어렸지, 그들은 열세 살에서 열여섯 살 사이의 영원에 머물렀어, 나는 금발 가수의 사진을 모았고, 뉴크리스티 민스트럴스*의 노래를 끝없이 들었고 나중에는 1971년에 나온 킴 칸스의 첫 앨범 〈레스트 온 미〉를 들었어, 부디 그게 효과가 있기를, 내가 다른 방향으로 자랄 수 있기를 바라면서, 하지만 어머니가 나의 침대로 들어와 날 더듬으면서 내가 얼마나 더러운지, 얼마나 죄가 많은지 얘기했고, 그럴 때 내가 할 수 있는 일이라고는 어른을 증오하는 것뿐이었어, 어머니의 차가운 결혼반지가 내 갈퀴를 스칠 때, 내가 할 수 있는 일이라고는 또다시 구경꾼이 되는 것뿐이었어, 어느 날 나는 킴 칸스의 사진을 돼지똥과 귤껍질과 함께 퇴비 더미에 던져버렸어, 스물여덟 살쯤 되었을 때 나의 욕구는 더욱 절박해졌고, 나는 공원으로, 해변으로 가서 이제 막 사춘기의 문턱에 선, 이제 막 그들 자신의 육체를 발견하는 그 아찔한 격정의 골짜기에 들어선 어린 생명체들을 보았지, 그들의 몸짓은 우아한 여인의 몸짓과 천진한 아이의 장난 사이를 오갔어, 나는 그들을 바라보다가 집에 와서 욕구를 풀고는 다시 구경꾼이 되었어, 그 무렵 몇 해 동안 여자와의 육체적 접촉이 전혀 없던 나는 집으로부터, 돼지로부터, 어머니와 어머니의 화해의 팬케이크로부터 멀리 도망쳤어, 나의 욕망이 절박하면서도 두려웠고, 그래서 내 또래의

---

* 킴 칸스가 솔로 가수로 성공하기 전 보컬 멤버로 잠시 활동했던 포크 그룹.

누군가를 찾아 나선 거야, 일종의 치유로, 일종의 보호막으로, 내 진짜 감정을 숨겨줄 외투로, 그리고 그때 카밀리아를 만났어, 반추동물에 관한 실습을 진행하기 위해 중학교에 갔다가 그 학교 교사였던 카밀리아를, 카밀리아에겐 만나는 사람이 있었지만 우린 곧바로 마음이 통했어, 그녀라면 내 삶을 공유할 수 있을 것 같았고 이 끔찍한 욕망에서 날 해방시켜줄 수 있을 것 같았어, 카밀리아가 나의 킴 칸스였어, 카밀리아는 남자친구와 헤어졌고 우리는 사랑스러운 두 아들을 낳았어, 둘 다 아들이라 얼마나 다행이었는지, 하지만 나의 욕망은 잦아들지 않았고, 내가 방문하는 농장마다 늘 어린 님프들이 있었어, 그들은 깔깔거리며 나를 쫓아오거나 내 무릎에 앉고 싶어 했지, 나는 슈퍼히어로인 척, 근사한 수의사인 척했어, 세월이 흐르면 그들의 시선은 또래에게로 향했고 나는 슬퍼하며 그들을 보내주었지, 그럴 때마다 다시 서커스단 소년으로 돌아간 기분이었어, 고소공포증 때문에 무대에 오르지 못하는 아이, 하지만 넌 달랐어, 내 사랑스러운 자기, 너의 관심은 줄어들기는커녕 더 커졌으니까, 너는 그동안 내가 아끼던 다른 여자애들과 달랐어, 너는 특이했고 혼란에 빠져 있었고, 그러면서도 너무 사랑스러웠어, 그 모든 것이 널 거부할 수 없는 존재로 만들었지, 넌 거침없으면서도 수줍었고, 아마도 나는 너와 함께 있을 때 처음으로 구경꾼이 아닌 참가자가 되었던 것 같아, 너와 날 따로 떼어 생각할 수 없었고 처음엔 그래서 혼란스러웠어, 들판을 뛰어다니는 널 보면 당혹스러웠고 풀숲에서 널 갖고 싶었지, 농장에서 커피를 마시다가도 네가 갑자기 문설주를 기어 올라가 까마귀처럼 위에서 우리를 내려다볼 때면, 네가 내려와 내 무릎에 앉아주기를, 그래서 커피가 식어버리기를 간절히 바랐어, 너는 야생동물 같았고 나는 널 길들일 참이었어, 너와 함께 있을 때면 열네 살의 내가 되살아났고, 그 아이가 힘차게 내 뼈 사이로 비집고 나왔어, 그 아이는 누군가가 보아주길 원했어, 사춘기를 다시 겪는 것만 같았고 너와 함께 모든 것을 발견하고 싶었어, 널 해치고 싶지 않았어, 사랑스러운 나의 푸토, 단지 더는 나의 욕망을 다스릴 수 없던 것뿐이야, 욕망은 내 안에서 오랜 시간 무르익었고, 네가 청소년기에 접어들어서도 내게 흥미를 잃지 않자 너를 더 숭배하기 시작했지, 하지만 전날 밤 내 악몽의 고문실에 너는 나타나지 않았고 축산 농부가 또 나왔어, 그는 밧줄에 매달려 있었고, 나는 눈송이 밑에 누워 있는 어머니 옆에 서 있었어, 축산 농부가 헛기침을 하더니 자기 소가 전부 다 살처분당할 거라고 했어, 그의 말투는 전염병이 돌아서 그의 가축이 살처분당하던 그날과 똑같았어. 흰 보호 장비를 착용하고 장화를 신고 총을 든 사람들이 농장 주변을 돌아다니고, 라켄벨더르 젖소가 차례로 무릎 꿇고 쓰러지던 그날 말이야, 나는 무슨 말이든 하고 싶었어, 분위기를 풀어줄 말을, 하늘은 칠흑처럼 검었고 온통 절망으로 가득했어, 아마도 내가 그날의 공기를 폐로 흡입해서 그 축산 농부가 자꾸만 내 꿈에 나타나나 봐, 그 일이 꿈이기를 바랐고 바다의 격랑 같은 것이기를 바랐어, 거기서 빠져나가려면 몸을 흐름에 맡겨야만 하는 어떤 것 말이야, 저항할수록 살아서 빠져나올 확률은 희박해지지, 그래서 나는 바닥으로 가라앉았어, 스노볼 받침대를 손에 든 내가 보였고 받침대에 피가 묻어 있었어, 꿈속에서 나는 어릴 적 어머니에게 말할 때처럼 속삭였어, 어머니는 내가 어머니 혹은 엄마라고 부르는 것을 용납하지 않았고, 그래서 나는 마담이라고 불러야 했지, 마담이 죽었다고 축산 농부가 말했어, 내가 그 여자를 살해했다고, 나는 고개를 저으며 아니라고, 비록 마담이 잔인하긴 했지만 그래도 난 마담을 사랑했다고 말했어, 하지만 붉게 물든 눈송이가 보였고 축산 농부가 말했어, 똑같은 일을 너무 자주 상상하다 보면 때론 그 일이 현실이 된다고, 내가 가엾다는 생각이 들 때마다 나는 끝도 없이 그 상상을 반복했어, 어린 남자애였던 내가 가엾다는 생각이 들 때마다 고아가 되는 상상을 했어, 그런데 이제 마담이 죽었고 나는 진짜 고아가 된 거야, 악몽 속에서 그다음 순간, 나는 어느 목초지에 서 있었는데 도랑 건너편은 헷도르프와 들판과 채소밭이었어, 내가 삽을 들고 땅을 파고 있었어, 마치 무덤을 파는 것처럼, 나는 땅을 파고 또 팠고, 그러다가 어느 순간 누군가가 이젠 그만 파도 된다고 했어, 이 정도면 충분히 깊다고, 내가 구덩이 밖으로 나왔더니 농부가 나를 도와 어머니를 구덩이에 눕혔고 우리는 어머니의 몸에 흙을 뿌렸어, 검은색 치마 정장 위로 흙이 툭툭 떨어지는 소리가 들렸어, 발로 흙을 다지고 있는데 농부가 내게 줄 게 있다는 거야, 깜짝 선물이라고, 그가 푸르스

315

름한 손으로 작업복 단추를 몇 개 풀더니 안주머니에서 병아리를 꺼냈어, 부활절 병아리, 틀림없는 부활절 병아리였어, 병아리는 본래 크기로 돌아와 있었고 농부가 병아리를 내게 건넸어, **병아리를 닭으로 만들 수만 있다면 다 괜찮을 겁니다.** 나는 병아리를 품에 안았고 농부의 안주머니에 있던 병아리는 따뜻했어, 나는 녀석을 꼭 끌어안았어, 병아리를 품에 안고 무덤가 풀밭에 누워 있는 내 모습이 보였어, 태양이 내 얼굴을 비추었고 나는 한동안 지은 적 없던 미소를 지었지, 잠에서 깨어났을 때 몸의 통증은 한결 누그러든 상태였고, 숨이 좀 가쁘긴 해도 더는 이불 속에서 땀 흘리며 몸부림치지 않았어, 스노볼의 이미지가 여전히 모든 것을 압도하고 있어서 마음을 가라앉힐 무언가가 필요했어, 그런데도 나는 방금 내가 꾼 꿈을, 농부가 한 말을 곱씹으며 그렇게 가만히 누워 있고 싶었어, 하지만 네가 날 기다리고 있다는 걸 알았고, 그래서 운동화를 신고 집에서 빠져나와 인적 없는 거리를 달렸지, 병아리가 여전히 내 가슴 위에 있는 것만 같았어, 그땐 몰랐어, 고가도로 아래 네가 없으리란 걸, 아마밭에서도 널 찾을 수 없으리라는 걸, 네가 사료 저장고에서 날아올랐다는 걸, 네 날개의 나사와 볼트가 제대로 조여지지 않았다는 걸, 네가 땅에 곤두박질쳐서 망가지고 말았다는 걸.

36

너는 농장 차가운 돌바닥에 반 시간을 미동 없이 누워 있었어. 네 아빠가 널 발견하고는 쇠스랑을 내팽개치고 다친 송아지를 안듯 널 안아서 가축용 트레일러에 눕힌 다음, 트레일러에 연결된 낡은 빨간색 매시 퍼거슨 250을 몰고 시내 병원으로 최대한 빨리 달렸지. 네 아빠는 교통신호를 어겼고 운전대를 잡고 신에게 기도했어. 너는 눈을 커다랗게 뜨고 지푸라기 위에 누워 있었어. 눈에서 푸른 빛이 사라졌고 너는 한마디도 할 수가 없었어. 그들이 널 검사했고, 머리뼈 하부에 살짝 금이 가고, 빗장뼈가 부러졌으며, 갈비뼈 몇 개에 타박상이 있다고 했어. 훗날 너는 인터뷰에서 그 사건이 〈커트12〉를 만들 수 있던 이유 중 하나라고 설명했지. 마치 로알드 달이 비행기 추락 사고 이후 책을 쓸 수 있던 것처럼. 하지만 그때 넌 폐허가 된 몸으로, 수술대 위 수달처럼 누워 있었어. 첫 대사를 내뱉기까지 이틀이나 걸렸지. 넌 이렇게 말했어, **날개 달린**

자는 길들여질 수 없다. 그다음엔 당연히 휴대전화를 달라고 했고, 네 아빠와 오빠에게 다시는 그런 짓을 하지 않겠다고 약속했어, 한 번뿐이라고, 1995년에 스미스 크리스프가 과자 봉지에 플리포라는 딱지를 넣었다가, 벨기에에서 어느 여성이 그게 목에 걸려 질식사하는 사고가 나자 곧바로 중단한 것과 비슷하다고, 때로는 사고가 한 번 나야 그게 얼마나 위험한지 안다고, 바보 같은 짓이었단 걸 이젠 안다고 했어, 속으로는 이게 마지막이 아니라는 걸 알고 있었지만 그래도 그렇게 말했어, 오빠와 아빠는 안도했고. 네가 다시 말할 수 있게 되어서 기뻐하면서도 정작 너에게 별로 말을 많이 걸진 않았어, 너는 엄청난 속도로 말을 쏟아냈지, 플리포를 발명한 잔드블릿 씨는 억만장자가 되었지만, 조그만 인형이 들어 있는 구슬을 만들려다 전 재산을 날렸다고 했어, 인형 제조 과정에서 온갖 문제가 생긴 데다 요즘 애들이 구슬에 별로 관심이 없어서 그렇게 되었다고, 요즘 아이들은 큰 구슬에도, 갈색 줄무늬 구슬에도, 그냥 구슬에도, 점박이 구슬에도, 고양이 눈 구슬에도, 소용돌이 구슬에도, 양파껍질 구슬에도, 아주 작은 구슬에도, 그 어떤 종류의 구슬에도 관심이 없다고, 그래서 잔드블릿 씨는 무료 급식소에서 끼니를 때우면서 여전히 이상적인 구슬을 꿈꾸고 있는데, 온갖 불운을 겪었어도 인간은 여전히 단 한 번의 성공을 꿈꾼다는 걸 생각하면 기분이 좋아진다고 했어, 네 오빠와 아빠는 고개를 끄덕였지, 너는 초등학교 시절 처음으로 좋아한 귀여운 소년에게 고백한 일을 떠올렸어, '코스터르 보험·부동산'이라고 찍힌 노란 포스트잇에 나와 사귀지 않겠냐고 쓰고, 그 위에 플리포 한 움큼을 스카치테이프로 붙여서 건넨 기억, 마치 그걸로 그 아이를 매수하겠다는 듯이, 그때 넌 그게 사람을 대하는 방법이라고 생각했어, 네가 좋은 것을 주어야만 그가 너의 친구나 남자친구가 되어줄 수 있다고 생각했어, 나는 그날 아침의 사건을 아들에게서 전해 들었고, 너의 추락 소식은 분뇨 냄새처럼 온 동네에 퍼졌지만 그게 비행 시도였다는 건 아무도 몰랐어, 다들 네가 그냥 풍경이나 보려고 사료 저장고에 올라갔다고 생각했지, 이 동네 사람들은 누구나 이곳 풍경을 좋아해서 그게 이상하다고 생각하는 사람은 없었어, 다만 그게 자살 기도였다는 소문은 돌았어, 잃어버린 아이를 따라가려고 저장고에서 뛰어내린 거라고, 가족의 죽음은 언제나 어느 정도의 해악을 남기는 법이니까, 사흘 뒤 네가 내게 메시지를 보냈어, 비행기가, 새가 고장 났다고, 엔진에 문제가 생겨서 뉴욕행을 연기했다고, 카밀리아와의 화해도 미뤄야겠다고, 나는 네 아빠와 오빠가 네가 갈아입을 옷을 챙기고 젖을 짜기 위해 집으로 돌아간 틈에 널 만나러 갔고, 망가진 천사처럼 흰 병상에 누워 있는 너를 보았어, 목에 건 붕대에 한쪽 팔이 걸쳐져 있었지, 율러와 엘리아가 그 위에 하트를 그린 다음 LU, NLYG라고 썼더라, 메신저 용어로 **사랑해**Love You와 널 **절대 놓지 않을 거야**Never Let You Go를 뜻하는 말이었는데, 너희는 뜻도 모르면서 늘 서로에게 그 말을 보냈지, 너의 병실은 텔레비전과 욕실이 딸린 일인실이었어, 나는 등 뒤에 감추고 있던 풍선을 꺼냈어, 벅스 버니가 그려진 풍선이었는데, 벅스 버니가 어서 낫길 바래!라고 적힌 하트를 들고 있었어, 훗날 그 글귀가 네 데뷔 앨범의 한 곡이 되었지, 축사 뒤 사료 저장고에서 날아오른 일을 담은 여러 곡 중 하나였지만, 그 곡에는 주로 내가 널 찾아간 그날 저녁의 이야기가 담겨 있었어, 훗날 나는 그 노래의 가사를 자주 떠올렸는데, 그럴 때마다 내가 괴물 같다는 생각이 들었어, 그렇습니다, 존경하는 판사님들, 그 노래를 들을 때면 제가 괴물이 된 것 같았어요, 나는 씩씩하게 날아올랐지만, 널 두고 떠나고 싶지 않았어, 벅스 버니가 말했지, 어서 도망쳐, 최대한 빨리, 하지만 내 날개는 작동하지 않았어, 작동하지 않았어, 난 추락했어, 하지만 추락했어도, 그게 끝이라고 생각하진 말아줘, 추락은 결코 끝이 아니야, 더는 날고 싶지 않을 때, 그제야 쾅 하고 떨어지는 거야, 나는 그 대목을 반복해서 들었어, 하지만 그때 병원에서 내가 침대 난간에 풍선을 매달아주었을 때, 넌 환한 미소를 지었지, 침대 옆 조그만 탁자에 으깬 환자식이 담긴 그릇이 놓여 있었는데, 당근 몇 조각을 겨우 알아볼 수 있었어, 내가 보기엔 입에도 안 댄 것 같았어, 나는 말없이 의자에 앉아 숟가락을 들고는 환자식을 떠서 화물처럼 네 쪽으로 가져갔어, 넌 그걸 역겹다는 듯 보았지만 숟가락을 입술에 대자 결국 입을 열었고, 나는 화물을 입안으로 넣었어, 그릇이 빌 때까지 그 과정을 반복했어, 어린애한테 하듯 떠먹여주는 걸 네가 좋아할 줄 알았지, 난 네가 연약해질 때가 좋았어, 네가 고열에 시달렸을 때, 헤라르트 레버의 소설을 읽어주면 너는 마치 헝겊 인형처럼 내게 기대어왔지, 그래서 나는 그때도 너에게 옆으로 좀 비켜달라고 하고는 침대 커튼을 친 다음 네 곁에 누웠어, 간호사가 불쑥 들어오지는 않냐고 물었더니 8시에 두 번째 회진이 있는데 그전에는 오지 않는다고 했어, 덕분에 〈베이사이드 얄개들〉 재방송을 볼 수 있다고, 너는 그 드라마에 푹 빠져서 살았는데 열다섯 살의 잭 모리스를 유독 좋아했어, 마크폴 호셀라르라는 네덜란드계 미국인 배우가 그 역을 연기했는데 그가 너무 멋지다고, 너무 잘생겼다고 한숨 쉬듯 말했지, 너의 친구 율러와 엘리아는 A. C. 슬레이터를 더 좋아했어, 마리오 로페즈가 연기한, 좀 더 남자답고 근육질인 애 말이야, 걔들은 잭이 아직 너무 어리다고 했어, 또래 남자애들은 다 어리고 유치하다면서 성인 남자에게 더 끌렸지, 걔들은 자기들이 다 컸고 성숙하다고 생각했고, 학교 운동장을, 그리고 삶을 마치 천하무적이라도 된 듯 활보하고 다녔지, 하지만 넌 잭이 잘 생겼다고 생각했고 잭이 되고 싶어했어, 그가 될 수 있다고 생각했어, 넌 아마 잭도 아름다운 뿔 가지를 갖고 있을 거라고 말했는데, 왠지 네가 잭에 대한 환상을 품고 있는 듯한 느낌이 들었어, 나보다는 그와 함께 있고 싶어하는 듯한 느낌, 나의 질투심 때문이었는지, 아니면 너의 관심이 네 또래 귀여운 소년에게 옮겨가는 것에 대한 두려움 때문이었는지는 알 수 없었어, 어쩌면 그래서 너의 배에 손을 얹었던 걸까, 갈비뼈의 타박상 통증 때문에 네가 몸을 움츠렸지만 나는 네 반응을 무시하고 환자 가운 사이로 손을 넣었어, 나는 엄지손가락을 걸어 너의 팬티를 살짝 끌어 내리고는 환자식의 으깬 채소가 묻은 손을 너의 몸속에 넣었지, 넌 그러지 말라고 웅얼거렸고 다리를 오므리려 했지만 나는 듣지 않고 거칠게 너의 다리를 벌렸어, 반항하기에 너는 너무 연약했고 다쳐 있었어, 나는 잭이 잘생겼을지는 몰라도 나만큼 널 이해할 순 없을 거라고, 나만큼 널 사랑할 순 없을 거라고 했어, 내 손에 따뜻하고 끈적한 무언가가 흐르는 걸 느낀 뒤에야 나는 뭐가 문제인지, 네가 왜 다리를 꼭 오므렸는지 알았어, 시트를 젖혀보니 피바다였어, 넌 정말로 산산이 부서진 거였어, 넌 성한 팔로 얼굴을 가리고 어깨를 들썩였어, 눈물이 팔걸이 붕대에 떨어졌고, 나는 처음으로 수치심을 느끼는 네 모습을 보았어, 극도의 수치심을 느끼는 네 모습을, 너의 몸에 대해, 우리에 대해, 우리가 하는 일에 대해, 그제야 팬티에 댄 생리대가 보였어, 세상에, 네가 여자애로 살아가느라 겪어야 하는 변화와 힘겹게 싸우고 있다는 걸 나는 몰랐어, 너는 피를 흘려야 하는 이유도 몰랐고 의논할 사람도 없었어, 한 번은 학교에서 터졌는데, 못된 애들이 아무에게나 피로 만든 달을 보고 싶으면 저길 보라며 너의 가랑이를 가리킨 적도 있었지, 넌 재킷을 허리에 묶고 창백한 얼굴로 교장실에 가서 아프다고 말하고 조퇴를 신청했어, 집으로 돌아온 너는 청바지를 세탁기에 넣고, 괜히 기분이 좋은 척하며 아빠에게 수업이 취소됐다고 말하고 방에 틀어박혀 무기력하게 누워 있었어, 네가 눈을 감을 때마다 피로 그린 달이 떠올랐지, 난 말해주고 싶었어, 수치스러워할 필요 없다고, 단지 빨간 액체일 뿐이라고, 하지만 난 그 피가 왜 수치스러워야 하는지 이해하지 못했고 많은 여자애들이 그 피를 상처에서 나는 피와 다르다고 생각한다는 걸 몰랐어, 그건 여자애들이 오직 홀로 치르는 전쟁이었고 그 전쟁에서 상처 입는 사람은 오직 그들 자신뿐이었지, 그건 매달 새로 나는 상처였고, 나는 이해하지 못했어, 그래서 로알드 달도 추락했을 때 울지 않았을 거라고 했어, 제가 너무 서툴렀습니다, 존경하는 법원 공무원 여러분, 내가 너무 서툴렀어, 널 잃을지도 모른다는 두려움 때문이었어, 네가 서서히 내 품에서 멀어질지도 모른다는 두려움, 그래서 남근박물관 얘길 하며 네 기분을 풀어주려 했지, 거기 가면 분명히 백조의 음경도 있을 거라고, 그런데도 너는 계속 울었고, 그때 내가 뭐에 씌었는지 끝내 널 이해하지 못했어, 아마도 나는 너의 환상이 되고 싶었나 봐, 비록 유치하고 순진한 생각이었지만 말이야, 나는 너에게 서서 소변을 보는 것 말고 네가 또 무얼 할 수 있는지 보여주겠다고 했고 너는 계속 훌쩍이며 울었어, 나는 너의 배에 닿지 않도록 조심하면서 양쪽 무릎으로 너의 몸 위쪽으로 꿇어앉은 다음 지퍼를 열고 내 뿔 가지를 꺼내 숟가락처럼, 화물처럼 너의 입술에 댔어, 너의 입술이 열릴 때까지, 나는 너의 눈물을 닦으며 네가 원하는 게 바로 이거라고 말했어, 입을 어떻게 움직여야 하는지 너에게 속삭였고 이런 건 청소년 잡지에서도 본 적이 없을 거라고 했어, 하지만 훗날 너는 말했지, 초등학교 마지막 해에 어느 귀여운 소년이 그런 얘기를 속삭인

적이 있다고, 그때 여자애들은 웩! 징그러워! 하고 소리쳤고 귀여운 소년들조차도 그때는 그게 더럽다고 생각했다고, 나는 네가 혼란스러워하는 걸 봤어, 너의 눈에서 바다가 뚝뚝 떨어지는 걸 봤어, 그래서 나는 네가 잘하고 있다고, 훌륭하게 하고 있다고 말했어, 하늘이 내린 가장 특별한 존재, 나는 로알드 달의 용어를 빌렸어, 어마무시하다고, 으리번쩍하다고, 다 널 안심시키기 위해서였지, 나는 그렇게 내 허리의 불꽃을 해소한 다음, 간호사들이 널 보러 왔다가 피바다를 보기 전에 병원을 떠났어, 넌 몸이 좋지 않다고, 병원 음식을 다 토할 것 같다고, 수달과 '개구리'까지 다 토할 것 같다고 했어, 피아트를 몰고 병원을 떠나면서 나는 플리트우드 맥의 '집시Gypsy'를 틀었어, 네가 좋아하는 밴드였지, 나는 운전대를 꽉 잡았어, 눈물로 얼룩진 너의 얼굴이 자꾸만 떠올랐어, 오늘 이후 널 영영 잃을 것만 같은 절망감에 나는 점점 더 미쳐갔어, 그래서 밤 11시쯤, 너에게 메시지를 보냈어, 이제 끝내자고, 이제 우린 헤어져야 한다고, 아, 내가 무슨 짓을 하는지 나는 정확히 알고 있었어, 네가 바로 답장했거든, 넌 그런 식으로 행동해서 미안하다고, 날 잃고 싶지 않다고 했어, 내가 널 붙잡으려고 잃어버린 아이의 고통을 이용하고 있다는 걸 나는 알고 있었어, 하지만 너의 경이로움 없이 나는 살 수가 없었어, 넌 내가 가장 좋아하는 송아지였어, 나는 너에게 사랑한다고, 나는 너의 커트라고 썼어, 너의 답장을 계속 읽었고, 기쁨의 미소를 짓지 않을 수 없었어, 너는 보니 타일러의 1977년 노래 '잇츠 어 하트에이크It's a Heartache'의 한 구절을 보냈어, **팔이 부러질 정도로 그를 사랑해.** 그러나 그 기쁨은 오래 가지 않았어, 집에 도착해서 거실로 들어섰을 때, 카밀리아가 빨간색 소파에서 부들부들 떨고 있는 거야, 뭔가 잘못됐다는 걸 바로 알아차렸지, 집 안 가구가 숨을 죽인 것 같았고 카밀리아는 거미줄에서 먹잇감을 기다리는 거미처럼 앉아 있었어, 카밀리아는 손에 종이 뭉치를 들고 있었는데, 알고 보니 우리가 MSN으로 주고받은 메시지를 출력한 거였어, 스마일 표시가 지나치게 많은, 내가 보낸 괴물 같은 질문과 대답들, 널 내 것으로 만들려는 서글픈 시도들이 거기 다 담겨 있었지, 내가 컴퓨터를 켜놓고 나간 거야, 너의 메시지를 모아둔 **가장 사랑하는 존재**라는 파일이 거기 있었어, 카밀리아가 그 파일을 열었고 한 자 한 자 읽었어, 전부 다, 여러 번 읽었고 거의 토하기 직전이었어, 내가 들어서는 순간 카밀리아는 내 눈을 똑바로 쳐다보았어, 내가 수의사 가운을 벗어 의자에 걸 때까지, 카밀리아의 살기 어린 눈동자가 날 지켜봤어, 카밀리아의 결론은 짧고도 명쾌했어, 미동도 없이, 섬뜩할 정도로 침착하게, 카밀리아가 말했어, "너 걔랑 잤지."

37

존경하는 법원 공무원 여러분, 암소의 발정기가 너무 드물거나 너무 잦으면, 영양상태나 생활환경, 난소 이상이나 감염 여부를 살펴야 한다는 걸 저는 너무도 잘 알고 있었습니다. 동물들이 발정기인지 아닌지 판단할 때 가장 중요한 요건 중 하나가 바로 생활환경이야, 바닥이 너무 미끄러우면 어린 암소들이 펄쩍펄쩍 뛰지 못하기 때문에 신호를 놓치게 되거든, 아, 그런데 이를 어쩌면 좋아, 네가 있던 그 바닥은 얼음처럼 미끄러웠는데 나는 신호도 확인하지 않은 채 병원에서 너에게 주사를 놓아버렸어, 내 소중한 생명체, 네가 뛰고 싶긴 했지만 딱히 나와 뛰고 싶은 건 아니라는 사실도 외면한 채로, 너의 집 바닥은 잘못되어 있었고, 모든 게 죄악이었고, 뛰고 싶은 너의 욕망에 대해 아무도 얘기하지 않았지, 너는 그 욕망을 주로 너의 방이나 집 밖에서 표출했어, 네가 아직 건유기 암소처럼 몸을 비비기만 할 뿐 그 이상으로 가지 않는 단계에 머물러 있었다는 걸 나는 알지 못했어, 나는 너에게 프로스타글란딘을 주사했어, 배란을 촉진하기 위해 소에게 쓰는 그 약 말이야, 물론 널 수정시키려던 건 아니었어, 내 사랑, 하지만 너의 순수한 음란함을 내 안의 성숙한 욕망과 뒤섞었고 너의 신호를 외면했어, 그래야 너에게 침투할 수 있을 테니까, 그래야 내 사랑을 너에게 주입할 수 있을 테니까, 이건 진실입니다, 존경하는 재판부 여러분, 그 사건 이후 제가 삶을 개선하기 위해 노력했다는 건 아셔야 해요. 나는 MSN 계정을 지웠고 며칠 동안 고가도로 밑에도 가지 않았어, 카밀리아 곁에 최대한 붙어 있으면서 한 번 더 기회를 달라고 애원했어, 비록 내가 모순투성이여도 가족을 잃고 싶지 않았고, 나의 구원과 나의 보호막을 잃고 싶지 않았거든. 카밀리아가 자기 부모처럼 이혼의 진흙탕 싸움을 원치 않는다는 것도 알았어, 카밀리아는 아이들에게 그런 상처를 주고 싶지 않았으니까, 그래서 난 최선을 다했어, 카밀리아가 가장 좋아하는 라즈베리 넣은 죽을 매일 아침 끓여주면서 완벽한 남편처럼 행동했어, 어떻게 그런 짓을 할 수가 있냐고 카밀리아가 분노에 차서 소리를 질러도, 날 소아성애자, 아동 성추행범, 쥐새끼 같은 놈이라고 불러도 가만히 있었어, 카밀리아가 알고 싶지도 않은, 혹은 알아도 감당하지도 못할 질문을 내게 퍼부을 때조차도, 카밀리아를 위해 귤을 수십 개 까주었어, 카밀리아는 우리가 어떤 식으로 했는지, 얼마나 오래 했는지, 네 안에 사정했는지 물었고, 내가 사실을 확인하거나 설명할 때마다 귤 조각이 섞인 욕설을 발사했어, 업무용 차 짐칸의 매트리스 얘기는 하지 않았어, 그냥 뒷좌석에서 일어난 일이라고만 했는데, 카밀리아가 그 얘길 큰아들한테 전했고 너와 나 사이에 뭔가 있다는 걸 알게 된 아들은 다시는 뒷좌석에 타지 않겠다고 했어, 자신의 첫 여자친구와 아빠 사이에 무슨 일이 있었는지 알게 된 이후, 제 아빠가 제 또래 여자애와 그 짓을 했다는 걸 알게 된 이후, 아들은 점점 더 내게 날을 세웠어, 카밀리아는 네가 어떤 속옷을 입었냐고도 물었는데, 카밀리아의 팬티를 너에게 주었단 얘긴 하지 않았어, 팬티에 달린 소녀풍의 리본 장식을 보면서 내가 환희에 몸서리쳤단 얘기도, 아니, 그 얘기도 하지 않았어, 나는 카밀리아가 울게 내버려두었어, 카밀리아가 다 포기했다가 도 한 시간 뒤 이 수렁에서 벗어날 작전을 짤 때도, 희망적인 해결책을 제시할 때도, 그냥 그러도록 내버려두었어, 카밀리아가 컵을 던지면 유리 조각을 치웠고, 언제 발길질을 할지 모르는 말에게 다가가듯 조금씩 다가가려 노력했어, 하지만 모든 노력이 결국엔 싸움으로 끝났어, 카밀리아는 내가 울타리를 들락거리는 들쥐가 아닌지 거듭 묻더라고, 나는 어린애를 사랑한 건 이번이 처음이라고 거짓말을 했어, 부분적으로는 진실이었지, 왜냐하면 내가 너에게, 사랑스러운 작은 푸토에게 느낀 감정은 어떤 아이에게도 느껴본 적 없는 감정이었으니까, 나는 이젠 정말 끝이라고 생각했고 너 없이도 견딜 수 있을 거라 믿었어, 더는 널 해치고 싶지 않았어, 네가 허물을 벗고 제비꼬리나방처럼 아름답게 날아오르기를 바랐어, 적당한 거리를 두고 널 지켜볼 생각이었어, 자전거를 타고 수영장에서 집으로 돌아가는 널 따라가지 않겠다고, 식당에서 하이드 익셉션과 함께 공연해도 관객이 되어 널 바라보지 않겠다고 다짐했어, 네가 금요일마다 생크림케이크를 사러 가는 제과점에서 율러와 엘리아를 만나더라도, 혹시 네가 지난 주말에 귀여운 소년과 키스했는지 캐묻지 않을 생각이었지, 때로는 침대에 누워서 혹은 혹은 샤워를 하면서 네 생각을 했어, 나의 뿔 가지를 감싸던 너의 입술을 다시 느꼈고, 너를 향한 그리움이 너무 사무쳐서 느닷없이 카밀리아에게서 홱 돌아눕는 것으로, 무엇 때문에 괴로운지 무엇을 갈망하는지 말하지 않는 것으로, 나의 과거와 나의 악몽을 말하지 않고 침묵하는 것으로 카밀리아를 화나게 했어, 무슨 노랠 들어도 네 생각이 나더라, 가사에 밑줄을 그을 때도 머릿속에서만 그었고 거기서 멈추었어, 솔직히 정말 끝이라고 생각했고, 너에게 이 이상의 고통은 주지 않을 생각이었어, 그런데 네 아빠가 갑자기 프랑스 샤롤레로 떠난 거야, 고기가 맛있고 외양이 마음에 든다며 크림색 육우를 몇 마리 사기 위해서였지, 네 아빠는 도요타 어벤시스에 가축용 트레일러를 달고 길을 나섰어, 너와 네 오빠는 남아서 농장을 지키기로 했는데 그게 아주 재앙이었어, 갑자기 집안의 기강이 무너졌고 너의 집은 매일 밤 네 오빠의 장발 친구들로 북적였어, 술, 마약, 섹스가 난무했고, 너는 어린이 기쁨의 정원에 누워 있었지, 종일 보았던 공포영화 때문에 두려웠고 사료 저장고 추락 사고에서 여전히 회복중이어서

329

학교도 갈 수 없었어, 제때 젖을 짜주지 않아서 소들이 우는 소리가 들렸어, 녀석들은 젖이 퉁퉁 불은 상태로 목초지를 돌아다녔고 네 오빠가 매일 밤 다른 여자애와 뒹구는 소리가 들렸어, 네 오빠는 하와이안 피자와 군것질로 끼니를 때웠지만 너는 점점 덜 먹고 점점 더 달렸어, 젖 짜는 시간이 지나고 친구들이 맥주 상자를 들고 시끌벅적하게 등장하면, 너는 신발을 신고 나가 간척지를 달렸어, 멍든 갈비뼈와 부러진 빗장뼈가 아파서 멈출 수밖에 없을 때까지, 어두워져서 영화 장면들이 머릿속에서 되살아나고 〈아메리칸 사이코〉에서 크리스천 베일이 연기한 패트릭 베이트먼이 전기톱을 들고 덤불 속에서 불쑥 튀어나올 것 같을 때까지, 너는 베네덴페일스테이흐 골목에서 실종된 소녀를, 1984년 어느 날 밤 주방에서 벌어진 몸싸움을, 그때 매트에 떨어진 핏방울을 생각했어, 호레만 목사와 맞은편 14번지에 살던 남자와 이 지역 출신 심리치료사는 납치범 혹은 납치범들이 헷도르프에 살고 있다고 주장했지, 심리치료사는 젊은 시절 수지 쿼트로처럼 생겼다는 그 여자애를 종종 칼럼에서 언급했어, 그들은 범인이 현관 열쇠가 어디 있는지도 알고 있었고 그날 밤 수지를 완전히 제압했다는 점을 근거로 들었어, 그 뒤로 전국의 여러 신문이 누구도 말하려 하지 않는 폐쇄적 공동체에 관한 기사를 쏟아냈지, 그로부터 몇 년 뒤에 돌린 설문지에는 마을 사람 오백삼십 명 중 절반도 답하지 않았다는 보도도 있었어, 사람들은 늘 온갖 종류의 소음을 듣지만, 유독 그날 밤엔 모두가 완전히 귀가 먹은 것 같았어, 현관에 쇠창살을 단 사람도 있었어, 범인이 또다시 침입할까 봐 두려워서였지, 심지어 경찰조차도 범인이 인근에 살 가능성이 상당히 높다는 말을 조심스럽게 흘렸어, 너무도 가까이 살고 있어서 납치를 해도 아무도 못 봤던 거라고, 그 사건에 대해 뭐든 알게 된 사람들을 위해 비밀 고문으로 임명된 의사가 네가 태어나던 해에 산악 등반을 하다가 사고로 죽었고, 호레만 목사가 그 바통을 이어받았어, 세월이 흐르면서 심리치료사를 지목하는 손가락이 많아지자, 그가 수지의 집 맞은편에 살던 이웃과 함께 수색팀을 꾸려 수지를 찾겠다고 나섰어, 그는 범인이 누군지 알고 있고 곧 밝히겠다고도 했지, 테헨란트 자연보호구역에서 들판에서, 쓰레기 매립지에서 발굴 작업이 진행됐고, 점술가들도 헷도르프를 찾아왔지, 마을 사람들은 개를 산책시키는 일조차 할 수 없었어, 심리치료사는 범인이 자기한테 편지를 보냈다면서 거기 참회의 시 한 구절이 적혀 있었다고 했어, 시편 6편의 한 줄이었지, **내가 탄식함으로 피곤하여 밤마다 눈물로 내 침상을 띄우며 내 요를 적시나이다.** 심리치료사는 이름을, 혹은 이름들을 곧 밝히겠다고 자신의 칼럼에서 약속했지만, 그 자신이 용의자로 몰리자 슬그머니 물러났다는 게 너의 생각이었어, 수지의 아버지도 그렇게 생각했지, 수지의 아버지는 네가 다닌 초등학교 관리인이었는데, 매주 금요일 너는 그와 함께 전기 계량기를 확인했고, 교사들에게 커피를 가져다주는 심부름을 하기도 했어, 그럴 때면 특별한 존재가 된 것 같은 기분이 들었지, 넌 그를 무척 좋아했어, 여리고 다정한 남자였고, 늘 미소를 머금고 여교사들 커피에 설탕을 하나씩 더 넣으면서, 이러면 좀 덜 깐깐해질 거라며 윙크를 했지, 너는 간척지와 들판을 달렸어, 갈비뼈에 손을 얹고서, 마치 살인자가 뒤에서 바짝 쫓아오는 것처럼, 집에 도착하면 두려움에 몸을 떨며 샤워기 아래 섰지, 그다음엔 이불을 뒤집어쓰고 오빠가 가장 좋아하는 밴드의 요란한 음악을 들었어, 미국에서 온 크리스천 록밴드 오디오 아드레날린이었는데, 비트는 좋았지만, 너무 쿵쿵거려서 하나님마저 겁을 먹고 도망칠까 봐 걱정될 정도였어, 넌 그 어느 때보다 외로웠어, 아빠가 다시는 돌아오지 않을 것 같았어, 버리고 떠난 사람처럼 짐을 싸서 떠난 것만 같았지, 아래층에서는 물건 부서지는 소리가 들렸고 대마초 냄새가 진동했어, 너는 마음을 가라앉히려고 네가 가장 좋아하는 동화책으로 숨어들었어, 하나 크란의 《사악한 마녀 이야기Verhalen van de Boze Heks》였는데, 너는 그 동화 속에 사는 상상을 했어, 산토끼와 고슴도치, 검은 새와 올빼미와 함께 숲속에 사는 상상을, 그 책을 읽고 또 읽었지만 지루했던 적이 한 번도 없었고 그 책을 읽을 때면 안전하다고 느꼈지, 하지만 책을 덮고 침대맡 불을 끄면 또다시 프로이트와 히틀러와의 대화 속으로 빠져들었어, 네 아빠가 프랑스로 떠난 뒤로는 더 심해졌는데, 마치 그들이 부모 역할을 대신하는 것 같았지, 그들은 책상 모서리에 걸터앉아 그날 하루 있던 일을 너와 함께 짚어보며 문제점을 짚어주었어, 너는 그들과 너의 외로움을 의논했고, 남자애들의 갈퀴에 대한 갈망까지 털어놓았지, 프로이트는 생각에 잠기며 그 문제에 주의를 기울이더니, 유럽 두더지와 큰 기니피그, 그리고 점박이하이에나의 암컷이 가짜 음경을 갖고 있다는 얘길 해주었어, 겉으로 보기에는 갈퀴를 가진 것 같지만 그 속에 자궁과 난소가 있다고, 임신을 시킬 수는 없고 가짜 음경 뒤에 수정과 출산을 위한 구멍이 있는데, 그곳으로 소변도 보고 교미도 한다고 했어, 프로이트는 점박이하이에나가 갈퀴를 가진 건 지배를 위해서라면서, 가장 먼저 가장 좋은 먹이를 차지해서 새끼를 먹이기 위해서라고 했어, 그게 종족 유지에 좋고 그게 없으면 머지않아 멸종할 거라고, 어쩌면 너도 그런 것일 수도 있다고 했어, 강하고 힘센 사람이 되고 싶어서, 그리고 생존을 위해서 갈퀴를 원하는 것일 수도 있다고, 아빠와 오빠 틈에서 자라다 보니 가장 약한 존재가 되고 싶지 않았을 거라고, 왜냐하면 그들 두 사람은 너와는 다른 관계를 유지하고 있었고 종종 남자들끼리 하는 얘기라며 대화에서 널 소외시켰거든, 네가 피를 흘리기 시작한 뒤로 네 아빠는 네가 부서질까 걱정된다는 듯 거칠게 몸을 부딪치는 장난을 멈추었고, 널 어떻게 다루어야 하는지 모르는 듯했어, 그래서 넌 갈퀴를 갖게 되면 소속감을 느낄 수 있을 거라고, 강해진 기분이 들 거라고 생각한 거지, 그래, 그 집착은 걷잡을 수 없이 커졌고 너는 어느 순간 다른 생각은 하나도 할 수가 없었어, 들판을 어슬렁거리는 종마를 보면, 종마의 성기가 포피 밖으로 드러나 있기를, 그래서 제대로 볼 수 있기를 바랐어, 네가 바란 건 그거였어, 여자 선

생님이나 친구들 엄마가 네가 서서 소변을 볼 수 있게 도와주
는 꿈을 계속 꾸었고, 프로이트의 설명 따윈 듣고 싶지 않았
어, 어떻게든 갈퀴를 갖고 말겠다고 다짐했어, 훔쳐서라도, 저
금통을 깨뜨려서라도 갖고야 말겠다고, 프로이트에게 화를 내
기도 했어, 꺼지라고, 당장 나가라고 소리를 질렀어, 너는 친
구들보다 히틀러를 더 자주 네 마음에 들여놓았고 너의 내면
에서 일어나는 전쟁을 그와 의논했지, 넌 어디선가 그런 글을
읽었어, 1차 세계대전 중 히틀러의 콧수염 때문에 방독면이
밀착되지 않아서 그가 목숨을 잃을 뻔했다는, 네가 그에게 죽
음 직전까지 가면 어떤 기분이냐고 물었더니 그가 대답했어,
그게 어떤 기분인지는 너도 이미 알고 있다고, 수영장에서 부
력판 밑으로 들어갔을 때와 포대 자루에 들어가서 도로에 드
러누웠을 때를 떠올려보라고, 너는 천천히 고개를 끄덕였어,
그렇다고, 너도 안다고 했지, 너는 또 그에게 물었어, 당신은
왜 동물은 사랑하면서 인간은 증오하냐고, 왜 고기를 안 먹었
냐고, 자살하기 전에 당신의 개 블론디에게 독약 캡슐을 먹여
서 러시아군에게 넘어가지 않도록 한 걸 후회하냐고, 그랬더
니 그가 대답했어, 동물은 사람을 거부하지 않고 독일셰퍼드
는 충직하다고, 자기는 수없이 거절당했고 더는 견딜 수가 없
었다고 했어, 그의 개 블론디는 그의 마음을 완전히 사로잡았
고 평생 여러 독일셰퍼드를 길러봤지만 블론디 같은 개는 없
었다고 했어, 그러자 네가 그에게 말했어, 동물을 사랑하는 사
람에겐 분명 인간적인 면이 있을 거라고, 그런데 그는 슬퍼 보

였어, 증오로 가득 찬 사람은 자기 내면의 인간성이 들춰지는 걸 원하지 않지, 그건 그를 취약하게 만들고 취약함이야말로 가장 무서운 원자폭탄이니까, 안에서부터 모든 것을 파괴하는 원자폭탄, 비록 아직 어리긴 해도 넌 그 정도 원리는 이해하고 있었어, 명성에 대한 너의 갈망에 대해서도 히틀러와 실랑이를 벌였는데, 때로 교회 신도석 사이의 통로를 걸을 때면 모두가 널 바라보며 칭송하는 것 같다고 했어, 특히 농장의 젊은 남자들이 고개를 돌려 널 볼 때 그렇다고, 그럴 때면 강해진 기분이 들고 언젠가 세계적인 뮤지션이 되는 상상을 하면서 소리 높여 찬송가를 부른다고 했어, 그러자 히틀러가 졸려하며 하품하더니, 늦었다면서 이젠 잘 시간이라고 했어, 아침에 눈을 뜨고 갈퀴가 자랐는지 보려고 속옷 안을 들여다보았지만 이내 실망하며 멍하니 천장만 바라보았지, 그러고는 어떤 음식을 **먹지 말아야** 할지 생각했어, 넌 좋아하지만 몸에는 좋지 않은 음식의 목록을 작성했어, 네가 스스로 그런 결정을 할 수 있다는 것만으로도 마음이 가라앉았지, 그러고 나서 내게 메시지를 했는데, 지금 당장 스타방에르에 가고 싶다고, 당장 와서 날 태우고 가줄 수 있냐고 했어, 나는 피아트를 몰고 고가도로 밑으로 가서 널 기다렸고 거기서 너에게 말했어, 그건 불가능하다고, 우린 스타방에르에 갈 수 없다고, 그러자 너의 예쁜 눈에 눈물이 가득 고였고 네가 날카로운 목소리로 울부짖었지, 약속하지 않았냐고, 버리고 떠난 사람을 만나고 그다음엔 아이슬란드의 남근박물관에 가기로 하지 않았냐고, 너는 분노로 이성을 잃었어, 너의 조그만 몸에 차곡차곡 쌓였다가 뼈 사이로 스며 나오는 슬픔에 이성을 잃었어, 바로 그 순간, 너 없이도 살 수 있을 거라는 확신은 사라져버렸지, 그렇게 사라져버렸답니다, 존경하는 법원 공무원 여러분, 욕망의 물살을 거슬러 헤엄치려 그렇게 애를 썼건만, 어쩔 수가 없더라고요, 나는 차 문을 열고 피아트를 빙 돌아 너를 끌어내렸고, 수확을 마친 아마밭으로 데려가서 파헤쳐진 흙바닥에 앉았어, 나는 너를 내 무릎에 앉혔어, 그리고 아마는 키가 120센티미터 정도 되어야 수확할 수 있는데 눌러주기 전에는 눕지 않는다고 말했어, 내가 널 스타방에르에 데려간다면 그건 너무 어린 나이에 수확하는 거라고 먼저 자라야 한다고 했어, 그랬더니 네가 그럼 언제쯤 갈 수 있냐고 물었고 나는 네가 만족할 만한 대답을 찾다가, 성인이 되면 갈 수 있다고 했어, 너는 입술을 삐죽이며 시무룩해졌지, 사 년이라는 시간이 영원처럼 길게 느껴진다고, 나는 너를 눕히고 싶어 죽겠다고 속삭였고 널 땅바닥으로 밀어서 눕혔어, 너의 머리카락에서 대마 냄새가 났어, 넌 프로이트를 쫓아냈다면서, 그가 온갖 이론을 떠들어대는데 제정신이 아니라고 했어, 난 잘했다고 하고 너에게 키스했고, 너는 키스에는 몇 칼로리가 들어 있냐고 물었어, 내가 키스는 칼로리를 소모할 뿐이라고 했더니 네가 내 입으로 혀를 밀어 넣었어, 내가 네 몸을 올라탔을 때 네가 작게 신음했는데, 그건 오빠 방에서 여자들이 내는 소리를 따라 한 거였어, 넌 그것도 네가 해야 하는 일의 일부라고 생각했지, 내가 팔꿈치를 짚고 너에게 농장에는 별일 없냐고 물었고, 너는 시선을 피하며 오빠와 함께 보내는 시간이 정말 재미있다고 말했어, 정말 재미있다고, 아빠가 별로 보고 싶지 않다고, 날아오르는 연습도 더 많이 할 수 있어서 좋다고, 소들은 괜찮다고 했어, 네, 소들은 괜찮아요.

38

네 오빠는 더는 고양이 흉내를 내지 않았어. 너는 차라리 야옹거리는 소리라면 천 번은 더 들을 수 있었지. 네 몸을 뻣뻣하게 하던 그 소리라면 말이야. 스탠드를 켜고 화난 표정으로 침대 가장자리로 몸을 숙이면, 밑에서 웃고 있는 네 오빠의 얼굴이 보였어. 네 오빠는 주먹으로 매트리스 받침대를 밀면서 웃었어. 수지 얘기를 들먹이며 누구든 범인이 될 수 있다고 널 겁주는 것보다는, 한 달에 한 번 와서 동네를 돌아다니며 구두수선이 필요하냐고 묻고, 헌 구두를 새것처럼 만들어놓아서 모두가 '구두쟁이'라 부르는 그 친절한 남자가 범인일 수도 있다고 말하는 것보다는 차라리 야옹거리는 편이 나았어. 네 오빠는 또 언젠가는 수지가 감자처럼 땅에서 파헤쳐질 수도 있다고 했어. 혹은 뒤트루 사건*처럼 어딘가에 숨겨져 있을지도

* 1990년대 중반 벨기에서 마르크 뒤트루가 어린 여자들을 납치 감금한 뒤 성폭행하고 살해한 사건.

모른다고, 그런 얘기를 들으면 네가 얼마나 무서워할지 네 오빠는 알았어, 너는 다시는 완두콩 통조림을 가지러 지하실에 내려갈 수 없었고, 앞으로는 절대 물건을 훔치지 않겠다고 다짐했어, 누군가가 그 물건을 그리워할 수도 있으니까, 물론 플리포 딱지나 동화책을 아이와 비교할 순 없지만, 처음엔 작은 물건으로 시작해도 갈수록 커다란 전리품을 가져오게 된다는 걸 알았거든, 분노에 휩싸이거나 대마초에 취하면 네 오빠는 널 죽이겠다고, 아주 끝장내버리겠다고 했고, 그래서 넌 점박이하이에나처럼 가짜 음경을 갖게 되길 더 간절히 바랐어, 그러면 멸종되지 않을 테니까, 너는 냉동실에서 꺼내 접시에 놓아둔 시나몬롤을 보았어, 서서히 해동되는 시나몬롤을 바라보면서 그걸 먹을지 말지 망설였어, 넌 그걸 좋아했지, 매주 목요일 마트에서 그걸 파는 사람이 무척 친절했거든, 늘 초콜릿 아몬드 비스킷을 덤으로 주었는데, 거기에다가 크림을 잔뜩 바르고 견과를 뿌려서 주었어, 하지만 넌 그걸 계속 창밖 빗물받이로 던지고 있었지, 더는 그걸 먹을 수가 없었고 네 아빠가 아는 것도 원치 않았는데, 이제 그걸 좋아하지 않는다고 말해서 마트 아저씨를 실망하게 하고 싶지도 않았거든, 비스킷이 뱃속에서 요동치는 기분이었고, 넌 너의 뱃속이 차라리 블라르콥 젖소가 방목되는 여름날의 마른 도랑 같았으면 좋겠다고 생각했어, 머지않아 빗물받이가 막혀버렸고 물이 빠지지 않았지, 네 아빠가 낙엽이나 플라타너스 씨앗 따위로 막혔나보다 생각하고 사다리를 놓고 올라갔는데, 막상 거기서 발견한 건 온갖 종류의 제과점 비스킷이었지, 네 아빠는 곰팡이 피고 버석거리는 비스킷을 양동이에 담아 퇴비 더미에 쏟아버리고는, 못마땅한 표정으로 네 또래 아이 중에 굶는 애도 있는데 너는 창밖으로 음식을 내버리고 있냐고 했어, 그리고 그때부터 널 예의 주시했지, 커피를 마실 땐 네가 커스터드 크림을 다 먹을 때까지 지켜봤어, 넌 눈물을 글썽이며 목이 멘 상태로 깨작거리다가 운동화를 신었지, 굶주린 눈빛으로 얼굴 주위를 맴도는 파리 떼를 바라보는, 배가 불룩한 아프리카 아이들을 생각하지 않으려 애썼어, 마트 아저씨가 준 아몬드 비스킷 하나를 위해서라면 무슨 짓이든 했을 그 아이들 말이야, 하지만 그건 나중 일이고, 그때 네 아빠는 여전히 프랑스에 있었고 시나몬롤이 다 녹았을 때 넌 그걸 도로 냉동고에 넣어버렸어, 쇠고기, 아이스크림, 건포도빵 사이에, 넌 그 과정을 반복했어, 얼렸다 녹였다, 먹을까 말까를, 네 오빠는 마약 때문에 갈수록 예측 불가능한 사람이 되어갔어, 한순간 행복에 겨워 다정했다가 다음 순간 화를 버럭 내서 도무지 종잡을 수가 없었어, 8월의 그날, 네 아빠가 집을 비운 지 닷새째 되던 날 넌 결국 신문에 나고 말았어, 네 오빠와 친구들이 아빠가 가장 아끼는 황소 뷜레박에게 장난삼아 엑스터시 알약을 먹였거든, 소시지롤에 숨겨서 주었는데 그걸 먹고 황소가 미쳐 날뛴 거야, 입에 거품을 물고 엄청난 기세로, 네 오빠와 친구들은 웃으며 그 광경을 지켜보았어, 운동을 하고 난 뒤라 이마에 땀이 맺혀 있었고 목에는 수건을 두르고 있었지, 황소가 느닷없이 몸을 돌려 거친 눈

340

으로 그들을 향해 돌진할 줄은 몰랐어, 몇 집 건너에 살던 네 오빠의 친구 요리스는 미처 황소를 피하지 못했고 거대한 뿔에 들이받혀 황소와 벽 사이에서 짓눌려 죽고 말았지, 황소가 쓰러졌고, 그 옆에는 숨이 끊어진 요리스가 있었고, 축사에 죽음과도 같은 정적이 감돌았어, 구제역 때문에 가축이 살처분되던 그날처럼 숨소리마저 얼어붙은 정적이었어, 넌 울타리 뒤에 얼어붙은 채로 서 있었고 서서히 정적이 절망으로 변해 가는 걸 보았어, 운동을 해서 근육이 부풀어 오른 몸에서 서서히 공기가 빠져나갔고 요리스의 몸에서 피가 솟구쳤어, 그때 네가 내게 전화했고 또다시 죽음이 찾아왔다고 말했어, 그리고 웅얼거렸지, 요리스가 망가졌다고, 막스 펠트하위스의《개구리와 작은 새》에 나오는 새처럼 완전히 망가졌다고, 나는 카밀리아에게 상황을 설명했고, 카밀리아는 솔직하게 말해줘서 고맙다며 주저 없이 과일 바구니에 있던 자동차 키를 집어들었지, 농장으로 차를 몰고 가는 동안 나는 네 아빠에게 전화를 걸어 끔찍한 소식을 전했어, 네 아빠는 목이 멘 듯한 목소리로, 마치 입에 털파리가 가득 찬 것 같은 목소리로 말했어, 최대한 빨리 돌아오겠다고, 그래도 며칠은 걸릴 거라고, 그동안 네 오빠와 널 돌봐줄 수 있겠냐고, 너의 집으로 가는 길에 카밀리아와 나는 단 한 마디도 나누지 않았어, 카밀리아의 삶을 완전히 뒤집어놓은 그 아이를 우리가 함께 구하러 가는 길이라는 사실에 대해 일절 말하지 않았어, 카밀리아는 며칠째 잠을 제대로 못 잤고 여러 번 두통에 시달렸지, 농장으로 들어섰을 때 끔찍한 난장판이 우릴 기다리고 있었어, 네 오빠는 내게 한마디도 하지 않고 카밀리아에게만 말을 걸었지만 우리가 도착해서 안도하는 기색이 역력했어, 우리가 친구들을 진정시키고 경찰을 불렀거든, 요리스의 부모님을 찾아갔고 이웃 사람 몇 명과 함께 황소를 도로변으로 옮겨놓고 수거되도록 조처했어, 카밀리아가 일찌감치 문을 연 카페테리아에서 감자튀김을 사 왔어, 어쨌든 먹어야 했으니까, 카밀리아는 너와 함께 농장을 치웠는데, 너를 거의 보지 않고 필요한 말에만 짧게 대답했어, 경찰이 가고 나서 우리는 잔디밭에 앉아 정적 속에서 감자튀김을 먹었어, 잃어버린 아이의 사고 직후와 똑같았지, 나는 너와 눈을 맞추려고 노력했어, 나의 아름다운 푸토, 내가 네 곁에 있다는 걸 보여주고 싶었고 우리 사이가 여전히 괜찮은지 확인하고 싶었어, 하지만 넌 접시에 놓인 감자튀김을 무심히 보다가 겨우 세 개만 집어 먹었지, 반면 너의 오빠는 핫도그 두 개와 튀긴 국수 과자를 순식간에 해치웠어, 마침내 내가 입을 떼고 네 오빠에게 말했어, 네 잘못이 아니라고, 엑스터시 알약을 먹인 건 정말 미친 짓이었다고, 완전히 미친 짓이었지만 일이 그런 식으로 손쓸 겨를도 없이 사달이 날 줄 네가 어떻게 알았겠냐고, 요리스와 황소의 죽음을 네 양심으로 짊어질 수는 없다고, 그때 네 오빠가 정원 의자를 거칠게 밀치더니 제방 쪽으로 걸어가서 담배를 피웠어, 어쩌면 울었을지도, 왜냐하면 네 오빠는 그 뒤로 더는 파티를 열지 않았거든, 수년간 소를 들이지 않은 낡은 축사에도 들어가지 않았어, 축사

한구석을 개조해 붉은 페인트로 벽에 '발전소'라고 쓰고 친구
들과 함께 바벨을 들던 곳이었지, 더는 여자를 집으로 부르지
않았고 농장 일에만 전념했어, 네 아빠가 돌아올 때까지 그로
부터 며칠 동안 카밀리아와 내가 너희를 돌보았어, 사실 나는
그 상황이 무척 만족스러웠어, 나는 너와 가까이 있었고, 카밀
리아는 가장 깊은 분노와 상처, 무력감을 잠시나마 잊고 망가
진 새들에게 주의를 돌린 것 같았거든, 물론 우리 둘만 남겨두
는 일은 단 한 순간도 없었고, 나는 그게 두 사람 모두에게 좋
은 일이라고 생각했어, 두 사람 모두에게 이런 배려가 필요했
지, 하지만 네 상태가 점점 나빠지고 있는 줄은 몰랐어, 너는
농장을 비틀거리며 돌아다녔고, 종잇장처럼 야위었고, 허공에
대고 큰 소리로 떠들었어, 우리가 먹을 것을 가지고 가면 너와
네 오빠는 가장 기괴한 영화를 함께 보고 있었는데, 예를 들면
〈힐즈 아이즈 2〉 같은 영화였어, 미국인들이 뉴멕시코 사막
을 가로지르는 도중 버스가 고장 나서, 미국 정부의 핵실험 때
문에 돌연변이가 된 마을 주민들에게 밤마다 습격당하는 이야
기, 넌 손가락 사이로 텔레비전을 보면서 감히 움직일 엄두도
내지 못했어, 어쩌다 살짝 고개를 돌리기만 해도 소뿔에 들이
받힌 요리스가 떠올랐으니까, 네 아빠가 늘 다정하게 말을 걸
어주던 뷜레박도 보였지, 뷜레박이 교미하고 나면 네 아빠는
녀석의 옆구리를 쓰다듬어주었어, 그날의 사고가 자꾸만 보
였고 그래서 너는 영화를, 사막의 돌연변이들을 끝까지 다 봤
어, 하지만 그럴수록 두려움은 커져만 갔고 그 주에는 고가도

로 밑에도 나타나지 않았어, 발이 아프다고, 이스터 섬만큼이나 커다란 물집이 잡혔다고 했어, 난 심술이 났고 의심이 들었어, 그래서 결국 네게 메시지를 보냈지, **개소리!!!** 그래, 개소리라고 했어, 느낌표도 몇 개 붙여서, 누구든 너에게 화를 내면 네가 못 견딘다는 걸 알고 있었거든, 그럴 때마다 버리고 떠난 사람에 대한 너의 무력감과 분노가 되살아났으니까, 그 사람은 여전히 스타방에르에, 혹은 케이트 부시와 함께 벡슬리히스에 있었고, 그녀가 넘어지면 네 안의 무언가가 무너졌고, 그녀가 다치면 너도 고통을 느꼈어, 그때 넌 겨우 세 살이었지만 떠나던 날 그녀가 입은 드레스를 너는 여전히 기억하고 있었어, 그녀는 아침에 떠나면서도 푸른색 이브닝드레스를 입었지, 마치 저녁도 함께 가져가는 것처럼, 그날 이후 저녁은 예전 같지 않았어, 더 어두웠고, 학교 연극에서 네가 입은 양털 복장처럼 빈틈없이 너를 감쌌지, 그때 마리아가 너 때문에 알레르기가 도졌던 것처럼, 저녁이 되면 넌 늘 그런 기분이었어, 누군가에게 알레르기를 일으키는 것 같은 기분, 그래서 어둠이 무대에 오르고 하루가 막을 내리면 너는 무대 가장자리에서 구경만 했지, 너는 어둠을 무서워했어, 네 아빠가 농장 뒤쪽에 공사용 램프를 설치해놓아서 가지치기한 버드나무가 한 폭의 그림처럼 보여도 무서워했지, 그래서 그 메시지를 보내고 나서 다시 미안하다고 덧붙여 보냈어, 요리스의 장례식 때 보자고, 너에게 줄 깜짝 선물이 있다고, 네가 좋아할 거라고, 매일 저녁 카밀리아는 두 사람 몫의 음식을 더 만들었어, 그 조그만 괴물에게 음식을 해 먹이다니 내가 미쳤다고 중얼거리면서도 말이야, 카밀리아는 돌봄과 분노 사이에서 흔들렸고, 아마도 우리 사이의 사랑을 음식으로 없애버릴 수 있다고 생각했는지도, 하늘이 내린 가장 특별한 존재, 그래서 매일 저녁 우리는 스파게티 냄비나 라자냐 접시를 뒷좌석에 싣고 농장으로 갔어, 나는 네 오빠와 함께 소들을 돌보았고, 카밀리아는 너와 함께 집을 정리하면서 숙제를 물어보고, 네가 쓴 로알드 달 에세이와 학교 신문에 낼 기사를 봐주었어, 그런데도 카밀리아는 때때로 자동차 뒷좌석에서 벌거벗고 있는 우리의 모습을 떠올렸고, 화가 나서 널 창녀, 악마의 아이라고 불렀고, 네가 쓴 에세이를 혹평했어, 로알드 달이 이 글을 읽으면 그레이트 미센든에 있는 무덤에서 벌떡 일어나겠다면서, 사실 로알드 달은 아이들을 좋아하지 않았다고, 《마녀를 잡아라》를 보라고, 《악어 이야기》를 보라고, 조그만 인간을 싫어하지 않았냐고, 특히 너 같은 애들을 싫어했다고 했어, 카밀리아는 네가 추스르도록 돕기는커녕 널 찢어발겼어, 자기 자신이 찢어발겨진 것처럼, 네 에세이의 여백에만 빨간 글씨를 휘갈긴 게 아니라 네 의식의 여백에도 휘갈겼어, 그럴수록 너는 어떻게든 카밀리아의 환심을 사려 애썼지, 네가 한 짓이 그렇게 심각한 결과를 초래할 줄 너는 몰랐던 거야, 왜냐하면 너희 반 애들이 다 그 짓을 했는데, 어떤 사람하고 하면 괜찮고 어떤 사람하고 하면 벌받고 파탄이 나는지 너는 아직 몰랐던 거야, 너의 몸이 아무에게나 내어줄 수 있는 게 아니란 걸 너는 몰랐어, 너는 사랑을 1학년 때 만든 식물 표본으로 여겼어, 최대한 많이 모아서 압착기로 눌러 말리는 것으로, 너는 그중 하나의 꽃이었고, 누군가의 손에 눌려 불멸이 되고 싶었어, 그렇게 되기 위해서라면 뭐든 할 수 있었지, 나는 서서히 너를 눌러 너에게서 즙을 짜냈어, 너의 모든 사랑스러움을 전부 다, 그 금요일에 나는 나사를 옥죄어 너의 자유를 빼앗았어, 샤롤레에서 네 아버지가 돌아오기 전날이었어, 우리 네 사람은 제방 위 개혁교회에서 열린 요리스의 장례식에 참석했어, 호레만 목사가 추도사를 했고, 나는 네 옆자리에 앉아서 네 엉덩이에 닿은 내 엉덩이가 타들어가는 걸 느끼고 있었지, 네 오빠는 망가진 채 네 옆에 앉아 있었고, 카밀리아의 손이 그의 등에 놓여 있었어, 너는 카밀리아의 손을 흘금거렸어, 마치 질투하듯이, 그 다음엔 공동묘지 회관에서 커피와 마른 케이크를 먹었는데 네가 사람들 틈에서 빠져나가는 걸 봤어, 나는 요리스의 부모님과 얘기하느라 나에게 신경 쓰지 않는 카밀리아를 흘금 보고는 널 따라갔어, 넌 잃어버린 아이의 무덤 앞에 서 있었고 재킷 주머니에서 케이크 한 조각을 꺼내 한꺼번에 입에 욱여넣었어, 씹지도 않고 볼을 빵빵하게 부풀린 채, 묘지 관리인들이 문을 닫아야 한다고 할 때까지 너는 그렇게 서 있었어, 묘지 관리인들이 죽은 사람은 날아가지 않는다면서, 언제든 다시 오면 된다며 집에 가라고 널 설득했고, 너는 침엽수 옆에다 입에 있던 걸 전부 다 쏟아낸 다음 자갈을 발로 차서 덮었어, 너는 네 오빠에게 죽음은 당뇨병 환자일 거라고, 그래서 혈당 스파이크에 시달릴 거라고 말했었지. 그렇게 우리는 다시 장례 행렬과 함께 더휠스트 농장으로 걸었어. 이글루 축사를 머리로 들이받는 목마른 송아지들에게로. 네가 꼭 한 번 뒤를 돌아보는 걸 봤어. 나의 챔피언. 네가 아픈들란 대로 꼭대기에 다다를 때까지 기다렸지만, 카밀리아가 내 손을 잡고 나를 자기 차로 끌었어. 빨간색 르노 트윙고로. 그날 이후 너는 그 차를 볼 때마다 몸서리를 쳤지. 검은색 피아트도 마찬가지였지만 말이야. 카밀리아가 단호하게 속삭였어. 이젠 정말 끝이라고. 저 아이를 우리 삶 밖으로 밀어내야 한다고. 나는 고개를 끄덕였어. 이게 훌륭한 엔딩 같았거든. 책이나 영화에서 자주 보는 엔딩. 가랑비와 우산들이 보이는 묘지에서의 마지막 장면. 하지만 이렇게 널 보낼 순 없었어. 여기서 끝낼 수는 없었어. 우리는 검은 정장 차림으로 집으로 돌아왔고, 나는 옷깃에 남아 있던 케이크 부스러기를 털어냈어. 머릿속엔 오직 한 가지 생각뿐이었어. 지금 우린 잘못된 방향으로 가고 있어. 돌아와, 제발, 돌아와!

39

나는 절망의 고요함을 노련하게 연기했어, 어리석음의 폭풍이 몰아치기 직전의 고요함이랄까, 나는 헷도르프의 모든 동물을 무덤으로 데려가거나 무덤에 가지 않도록 지켜주는 유쾌하고 선량한 수의사였어, 페니실린과 항생제, 소염제, 발굽 긁개가 들어 있는 가방을 들고 어디든 달려갔지, 목에는 언제나 청진기를 두르고 있었고, 나는 그걸 너의 밋밋한 가슴에 대고 어떻게 하면 너의 심장이 한 박자를 놓치고 어떻게 하면 다시 뛰는지 들어보는 게 좋았어, 어딜 가든 농부들이 따스하게 날 맞아주었어, 구제역이 돌던 시절에는 좀 달랐지만 그건 이미 오래전 일이었지, 비록 그 일을 결코 잊지는 못하겠지만, 그날의 잔상을 우리 마음속에서 결코 지워낼 수는 없겠지만 말이야, 빌더 야허르스 공원의 전쟁 기념비에는 울고 있는 여인과 얼굴을 가린 여인의 조각상이 있는데 그들이 앉아 있는 받침대엔 '잊지 않도록'이라고 새겨져 있었어, 지난 5월 넌 그곳에 가서 헷도르프 출신의 2차 세계대전 희생자들 이름 옆에 도살당한 소들의 귀표 번호를 적어놓았어, 가장 어린 전쟁 희생자는 아홉 살이었지, 마을 사람들 모두가 빌더 야허르스 공원에 모이는 전쟁 기념일이면 너는 전쟁 희생자들뿐 아니라 죽은 소들까지 생각했어, 소들에게도 꽃을 바치고 싶다고 했지만 네 아빠가 그건 좀 과하다고 했어, 너는 국가를 목청껏 따라 불렀고, 구의원이 렘코 캄퍼르트의 시 〈저항〉을 낭송할 때면 숨죽이고 귀를 기울였어, 너는 캄퍼르트라는 시인에 대해 들어본 적이 없었지만 그날 이후 사랑하게 되었고, 그가 쓴 시를 전부 다 찾아 읽었어, 이 분간 묵념할 때는 혹시라도 기침이 나올까 봐 걱정했고, 트럼펫 소리를 기다리며 긴장한 채 서 있었지, 전쟁을 잘 상상할 수가 없을 텐데도 너는 참 많은 것을 상상했어, 너의 상상력은 너무도 방대해서 어느 때고 갑자기 참호에 들어갈 수도 있었지, 영화 〈쉰들러 리스트〉〈다운폴〉〈인생은 아름다워〉를 여러 번 보아서 참호 속의 두려움을 느낄 수도 있었고 그 속으로 사라질 수 있었어, 얼마나 깊이 빠져들었는지 묵념 도중 집 뒤에 숨어 있는 독일군과 연합군을 보기도 했어, 그러던 어느 날 누군가가 죽은 소 목록을 지운 거야, 소의 고통을 전쟁 희생자의 고통과 비교할 수 없다는 게 이유였지, 그래, 농부들은 서서히 회복되었고 다시 날 반기기 시작했어, 농부의 아내가 커피를 타주거나 맥주를 내주었고, 나는 가축들을 보살폈어, 자궁이 탈출한 상태로 목초지를 돌아다니는 양을 보면 농부에게 알려줄 수 있었고, 어떻게 조처해야 하는

지도 알았어, 하지만 내가 가장 아끼는 탈출한 생명체에 관해
서만큼은 아주 형편없었는데, 그게 바로 너였어, 하늘이 내린
가장 특별한 존재, 너의 겉모습만 봐도 네 상태가 좋지 않다는
걸 모두가 알았지, 사람들은 잠옷 차림으로 간척지를 달리는
너를, 점점 더 야위어가는 너를 보았어, 네가 걸을 때 뼈가 덜
그럭거리는 소리가 들린다고 말하는 사람도 있었어, 마치 사
료를 가득 퍼낸 삽을 흔드는 것처럼, 사람들은 손으로 차양을
만들고는 멀리 안개꽃과 야생화 사이를 뛰어다니는 너를 보았
고, 고개를 저으며 황혼에 인적 없는 들판을 뛰어다니는 건 미
친 짓이라고 했어, 납치해달라고 부탁하는 꼴이라고, 네가 이
미 나의 것이라 납치당할 일은 없다고, 내가 한시도 너에게서
눈을 떼지 않을 거라고 말할 수가 없었어, 널 향한 미친 사랑
과 굶주림을 다스리는 일에 내가 실패하고 있다는 걸 알았어,
나는 내 안에 존재하는 괴물과 아버지를, 천국과 지옥을 분리
하지 못했어, 침대에 누워 너의 전화번호만 보았지, 전화번호
위쪽에는 이렇게 적혀 있었어, '작은 새'. 때로는 너의 음성사
서함을, 너의 목소리를 듣고 싶어 전화를 걸었고, 전화를 끊으
면 우리가 주고받은 메시지를 뒤적이며 붙잡을 만한 무언가
를, 너도 나와 같은 마음이라는 증거를 찾았지, 하지만 난 알
고 있었어, 너에게 사랑은 사탕과도 같다는 걸, 너무도 간절히
원하지만 배가 부른 순간, 달콤함에 속이 울렁거리는 순간 바
로 잊어버리지, 내가 널 아프게 하고 있다는 걸 나는 몰랐어,
너는 더는 사탕 생각을 하지 않았고, 신데렐라란 대로의 제과

점에서 버터 사탕, 새콤한 감초 사탕, 마시멜로, 하트 모양 사탕을 담아오지 않았어, 너무 야위어서 안을 수조차 없을 지경이 되었고, 나의 품엔 빈 공간이 너무 많았지, 훗날, 아주 먼 훗날, 그해 여름을, 그리고 내가 저지른 악랄한 짓들을 돌아보았고 재판부가 나에게 형을 선고했어, 그 사건은 여러 신문과 텔레텍스트의 노란 글자로 보도되었지, 훗날 〈커트12〉에 수록된 '다정한 불리'라는 노래를 들었는데, 요리스의 죽음과 장례식, 이틀간 길가에 방치되었다가 수거 차량이 와서 수거하기까지 더위에 부패한 황소에 관한 곡이었어, 프랑스에서 돌아온 네 아빠는 너희 둘에게 한마디도 하지 않았어, 버터나 사과 시럽을 건네달라는 말처럼 꼭 필요한 말 외에는 말이야, 네 아빠는 네가 부엌 조리대에서 당근을 저울에 달아서 하루에 1킬로그램씩 씹어 먹는 모습을 지켜보았어, 너의 피부와 눈동자 흰자가 서서히 주황색으로 변해가는 것을 보다 못해, 네 손목을 움켜잡고 고개를 젓다가 축사로 사라졌지, 때로 네 아빠는 헛간 의자에 고개를 숙인 채로 앉아 있기도 했어, 네가 헷도르프를 떠나겠다고, 날아갈 거라고 말했을 때처럼, 널 단단히 고정해둘 무언가를 찾기 위해 미친 듯이 나사와 볼트를 뒤지던 그때처럼, 나는 '다정한 불리'를, 신시사이저의 쓸쓸한 선율을, 그 가사를 다시 들었어, **황소와 소년은 죽었고 내 머릿속엔 오직 한 생각만 맴돌았지, 케이크를 먹지 마, 케이크를 먹지 마, 두려움은 동굴이 아닌 커다란 집을 좋아하니까.** 너는 나의 가벼운 사람, 나의 동지였어, '다정한 불리'를 들을 때면 눈물이 났는데, 너 때문이기도 했고 빌레박과 요리스의 죽음 때문이기도 했지만, 난간에 목을 매고 죽은 축산 농부, 내가 도울 수 없던 그 농부 때문이기도 했어, 어젯밤엔 그가 갑자기 내 침대 위 카밀리아의 자리에 나타난 거야, 그는 가슴에 손을 포개고 누워서 훌륭한 매트리스라고, 적당히 탄력이 있다고 말했어, 베개도 푹신하면서도 과하게 푹신하진 않다고, 아주 훌륭한 침대라고, 그는 충혈된 눈으로 날 바라보다가 옆으로 돌아누우며 말했어, 바테르드라헤르스버흐 길의 사고는 내 잘못이 아니라고, 잃어버린 아이가 친구를 쫓아가려고 갑자기 길을 건넜고 좌우를 살피지 않았다고, 충격이 너무 강해서 땅에 닿기도 전에 죽었고 내가 차를 몰고 그냥 지나간 건 일종의 불안 반사였을 뿐 그 이상도 이하도 아니었다고 했어, 그 길이 좀 위험하다는 걸 누구나 안다면서, 안전을 위해 잔디 블록을 깔았지만 멍청한 놈들이 잔디를 뭉개고 차를 몰고 지나가버린다고, 잃어버린 아이와 친구들이 제대로 못 살핀 것뿐이라고, 나는 누운 상태로 훌쩍였어, 훌쩍이면서 말했어, 어쩌면 그래서 내가 널 그렇게 사랑했나 봐, 나 때문에 네가 망가졌으니까, 나 때문에 버리고 떠난 사람이 스타방에르로 가버렸으니까, 축산 농부가 시퍼런 손을 들더니 내 뺨에 흐르는 눈물을 닦아주었고 나는 그에게 미안하다고 말했어, 구해주지 못해 미안하다고, 그날 동료들에게서 구제역 때문에 농부들이 자살했다는 얘기를 들었는데도 내가 외면했다고, 땅콩버터 샌드위치에만 정신이 팔려있었다고 했어, 가축을 안락사시키는 일은 종종 했지만 사람을 죽음에서 지켜내는 방법은 알지 못했다고, 가축들이라면 내가 도울 수 있고 그들에게 필요한 게 정확히 뭔지 알지만, 하지만 농부에 대해서는, 아니, 알지 못한다고, 어떻게 대처해야 할지 전혀 몰랐다고 했어, '다정한 불리'를 들을 때마다 요리스와 황소를 돌보던 내 모습이 보여, 정작 내가 보살펴야 했던 사람은 너와 너의 오빠였는데, 잃어버린 아이 때와 똑같은 상황이 벌어지고 말았지, 죽은 자들이 공연을 장악했고 그들이 끝없는 박수갈채를 받았어, 그래, 맙소사, 우리는 손바닥이 부서져라 박수 쳤어.

40

　호레만 목사와의 목요일 교리문답을 마치고 나서, 너는 미리 챙겨놓은 가방을 들고 처음으로 더휠스트 농장을 떠났어. 너는 율러와 '개구리'와 함께 여름날 폭우를 헤치고 자전거를 달려 개혁교회 옆 사택으로 갔어. 목사의 아내가 젖은 청바지를 말려야 한다며 한사코 자기 옷을 입으라고 해서, 너와 '개구리'는 너무 벙벙한 바지를, 율러는 너무 큰 치마를 입고 소파에 앉았지. 셋 다 몰골이 얼마나 우스웠는지 웃음을 멈출 수 없었고, 잠언을 읽는 도중 엉덩이ass라는 단어가 나와서 또 웃었어. **말에게는 채찍이요 나귀ass에게는 재갈이요 미련한 자의 등에는 막대기니라.** 눈물이 뺨을 타고 흐를 정도였어. 호레만 목사는 키득거리지 않고 읽을 수 있을 때까지 그 구절을 반복해서 읽으라고 했고, 여기서 'ass'는 그저 당나귀일 뿐이라고 설명했어. 너는 네 번의 시도 끝에 차분하게 그 구절을 읽을 수 있었지. 너희는 교회 옆에 있던 아이스크림 차에서 아이스크림을 사 먹고 나서 자전거를 타고 집으로 돌아왔어, 그때 네 아빠가 샤롤레에서 돌아온 뒤 처음으로 너에게 말을 걸었는데, 그게 고래고래 소리를 지른 거였어, 그래서 너는 떠났어, 네 아빠는 제방 위에 서서 대체 네가 어디로 간 건지 궁금해하며 어둠 속을 바라봐야 했어, 네 아빠는 새벽 1시까지 네가 돌아왔는지 확인했고, 잠 못 이루고 뒤척이다가 어느 순간 걱정에 사로잡혔지, 네 아빠는 오빠가 거의 먹지 않는 게 네 탓이라고 했어, 네 오빠가 크노르 양념을 뿌린 오이 몇 쪽만 먹는다고, 헐렁한 청바지를 엉덩이 밑으로 늘어뜨리고 막대기처럼 돌아다니는데, 그게 다 널 따라 하는 거라고, 네가 시작했으니까 네 잘못이라고 했어, 네 아빠는 쟁기로 너의 뼈를 갈아엎으면서도 알지 못했어, 네가 요리스를, 황소를, 잃어버린 아이와 버리고 떠난 사람을 애도하고 있다는 걸, 너와 나 사이의 일이 너를 더 힘들게 하고 있다는 걸, 간흡충처럼 내가 너의 몸에 침투했다는 걸, 여전히 그 상황이 진행 중이란 걸 알지 못했어, 우리 사이에 정확히 무슨 일이 있었는지 네 아빠는 감히 묻지도 못했어, 그러던 어느 날, 텔레비전에서 게임쇼 〈딜 오어 노 딜〉을 보다가 네가 무심히 그 얘길 했고, 네 아빠는 하마터면 심장마비를 일으킬 뻔했지, 진행자가 힌트를 줄 때 네가 말했거든, 나랑 그걸 했다고, 실제로 했다고, 무슨 뜻인지 알지 않냐고, 상자가 열리는 순간 진행자가 미친 듯이 환호했고, 네 아빠는 예네버르*를 한입에 털어 넣고는 신발

* 네덜란드와 벨기에의 전통 증류주.

355

무더기 뒤에 숨겨둔 먼지 쌓인 쇠 지렛대를 집어 들었어, 원래는 침입자나 도둑, 여호와의 증인, 혹은 여자애들을 납치하려는 자를 쫓아내려고 가져다 놓은 거였지, 하지만 네가 아빠를 막았어, 너는 예네버르가 촉발한 아빠의 분노를 말로 누그러뜨렸어, 그러고는 다시 아빠와 함께 〈딜 오어 노 딜〉을 보았지, 네 아빠는 칵테일 땅콩을 담아놓은 그릇에 무심하게 손을 뻗었고, 맛도 느끼지 못하고 그걸 씹었어, 하지만 그 상자가 열린 순간, 네 마음의 뚜껑도 열려버렸어, 너는 율러 엄마의 반응을 생각했고, 아빠가, 오빠가, 카밀리아가, 모두가, 너와 나의 일에 어떤 반응을 보였는지를 생각했어, 그러면서 서서히 깨달았지, 네가 생각한 것처럼 그게 정상적인 일이 아닐 수도 있다는 걸, 반 아이들이 은근히 널 부추겼다는 걸, 내가 서서히 너를 그쪽으로 몰았다는 걸, 그 많은 사랑노래는 우리 이야기가 아닌 다른 사람들 이야기일 수도 있다는 걸, 그날 〈딜 오어 노 딜〉을 보며 네가 고백하기 전에도 네 아빠는 오빠가 야위어가는 게 네 탓이라고 비난했어, 히틀러가 점점 네 정신을 지배하고 있다는 걸, 프로이트가 그나마 균형을 잡아주고 있다는 걸 네 아빠가 알 리 없었지, 하지만 너의 내면은 이미 전쟁중이었고, 뉴욕행 비행은 점점 가까워지고 있었어, 하나님이 너의 몸을 창조하셨고 너의 몸은 성령의 사원이라고 아빠가 말했어, 시편 139편에 그렇게 적혀 있다고. 내가 주께 감사하옴은 나를 지으심이 심히 기묘하심이라 주께서 하시는 일이 기이함을 내 영혼이 잘 아나이다. 내가 은밀한 데서 지음을 받고 땅의 깊은 곳에서 기이하게 지음을 받은 때에 나의 형체가 주의 앞에 숨겨지지 못하였나이다. 도움이 필요한 아이처럼 매일 그분을 찾아가야 한다고 네 아빠는 말했지만 너는 점점 더 거리를 두었어, 네 아빠는 노란 크노르 양념 통을 숨기고 오빠에게 강제로 음식을 먹이려 했어, 먹지 않으면 다시는 블라르콥 젖소를 못 만지게 하겠다 했고 농장 일을 돕는 것도 금지하겠다고 했어, 네 오빠의 움푹한 뺨을 절망이 채웠고, 네 아빠는 널 손가락으로 가리키며 벼룩투성이 길고양이를 데려오듯이 네가 굶는 버릇을 집안으로 들여왔다고 했어, 그래서 너는 계단을 쾅쾅거리며 올라가서 가방을 챙긴 다음 현관문을 쾅 닫고 집을 나선 거야, 네 아빠가 제방에 몇 시간이고 서서 걱정으로 미쳐갈 줄은 몰랐지, 네 아빠는 혹시 네가 돌아올까 봐 현관에 불을 켜두었어, 농장이 밤의 가운을 걸치고 턱 밑까지 단추를 채우면 네가 무서워한다는 걸 알았으니까, 그는 몇 번이고 일어나 네 방문에 귀를 대고 네가 돌아왔는지 확인했어, 너는 폰델링언버흐 길을 따라 테스타멘트스트라트 거리 방향으로 걷다가 즈베메르스카더 둑길로 향했어, 인생이 초등학교 때 보았던 자전거 시험 같으면 좋겠다고 생각했어, 엄마들이 회전교차로나 골목마다 접이식 의자에 앉아 있다가, 네가 팔 자세를 바르게 유지하면 웃어주던 그 시험 말이야, 그럴 때면 모든 긴장과 두려움이 사라졌지, 어느 길로 들어서도 괜찮았어, 엄마들이 챙 모자를 쓰고 무릎에 책을 펼쳐놓고는 계속 그 자리에 앉아 있다가 네가 지나갈 때 고개를 들었거든, 가끔은 커브를 잘 돌았다고, 그래, 아주 잘했다고 외쳐주기도 했고, 바람이 세다고 일러주기도 했지만 대체로 잠자코 웃기만 했는데, 그럴 때면 합격할 확률이 높았지, 하지만 이제 너는 칠흑 같은 어둠 속을 혼자 걸었어, 얼마 후 모페드를 탄 남자애가 널 따라잡았는데, 너는 그를 '쥐'라고 불렀어, 틈이 벌어진 앞니 두 개 때문이었지, 아름다운 '쥐'였어, 넌 그의 모페드 뒤에 올라탔고 그와 밤을 보냈어, 너는 그렇게 낯선 이의 품에서 잠들었어, 아침을 먹고 나서 '쥐'가 널 집으로 데려다주었고, 너는 꿰뚫는 듯한 아빠의 시선을 느끼며 건포도빵 한 봉지를 다 먹었지, 네 아빠는 네가 마치 뭐에 씐 것처럼 빵을 게걸스럽게 먹는 모습을, 이로 빵을 뜯는 모습을 보면서도 가만히 있었어, 네가 건포도만 한 눈물방울을 떨어뜨리면서 죽고 싶다고, 배가 꽉 찬 느낌이 세상에서 가장 끔찍하다고 소리칠 때까지, 그제야 네 아빠는 널 잡고 자신의 더러운 작업복 쪽으로 힘껏 끌어당겼어, 뼈가 부러질 정도로 세게, 하지만 넌 상관없었어, 부러질 테면 부러지라지, 네 아빠가 죽으면 안 된다고 중얼거렸어, **죽지 마라**, 아마도 네 아빠는 너의 목구멍을 철사끈으로 동여매고 싶었을 거야, 세균이 일절 못 들어오게 완전히 밀봉하고 싶었을 거야, 지금 생각해보면 그건 2005년 9월 11일의 예행연습이었어, 집을 떠나 하룻밤을 보낸 너는 이제 영원히 날아갈 수 있다는 걸 알았지, 너는 가방을 도로 문 뒤에 놓고 오빠 방으로 갔어, 그리고 네 오빠에게 끔찍할 정도로 앙상하다고 말했어, 여자애들은 마른 남자 안 좋아한다고,

네 오빠는 어깨를 으쓱하고는 게임기 화면만 멍하니 바라보았지, 너는 그걸 일종의 경쟁으로 여겼어, 오빠가 너보다 더 말라가고 있었고 너는 오빠에게 상처를 주고 싶었어, 누구도 널이겨선 안 되었으니까, 굶주림에서조차도, 너희 둘은 마치 맹금류처럼 접시를 앞에 놓고 앉아서 서로가 뭘 먹고 뭘 안 먹는지 살폈어, 너는 고가도로 밑을 평소보다 더 빠르게 지나 간척지를 달렸는데, 고가도로 밑 아스팔트에 내가 큰아들의 흰색스프레이를 훔쳐서 '사랑해'라고 낙서를 해놨거든, 비에 씻겨내릴 때까지 몇 주 동안 그대로 있었는데, 너는 율러와 엘리아와 함께 용돈으로 옷과 히트곡 모음 시디를 사기 위해 자전거를 타고 시내에 나갈 때마다 뚱한 표정으로 앞만 바라보며 그글씨 위를 지나갔어, 너는 쉴 새 없이 '쥐' 얘기를 하면서 그의모든 것을 낭만적으로 포장했는데, 그 글씨도 '쥐'가 썼다고했고 친구들은 한숨을 쉬며 너무 낭만적이라고 했어, 그를 만난 다음 날, 너는 그와 말스트롬 강에서 노 젓는 배를 탔는데,노를 젓기 전에 먼저 양동이로 물을 퍼내야만 하는 보트였어,너는 칠흑처럼 검고 반짝이는 머리카락을 가진 '쥐'에게 너와사귀겠냐고 물었어, 수련 사이로 노를 저어 말스트롬 강 한복판, 코닝얀스잔트 모래밭 바로 옆에서 그렇게 물었지. 그가 좋다고 했고 너는 마치 남근박물관에서 가장 희귀한 표본을 발견한 것처럼 속으로 환호했어, 갈퀴에 대한 네 갈망을 그가 해소해주길 바랐고, 아, 그보다는 백조를 몰아낼 수 있기를, 내가 널 놓아주기를 바랐지, 오, 하늘이 내린 가장 특별한 존재,

우리가 서로의 것이라는 걸 너는 정말 몰랐던 걸까? '쥐'는 그저 네가 날 지우기 위해 잠시 이용했을 뿐인 지나가는 사람이었다는 걸 너는 정말 몰랐던 걸까? 너는 농장 인부들이 마당으로 들어올 때 '쥐'가 너의 손을 잡아주는 게 좋았고, 목초지에 그와 함께 누워 있는 게 좋았어, 너는 너의 몸이 실제로 쟁기라고 생각했어, 너의 몸은 쟁기이고 수확은 '쥐'가 한다고, '쥐'가 널 영원토록 채워줄 거라고 생각했어, 너는 남자친구가 생겼다면서, 진지하게 만나는 중이라 더는 날 볼 수 없다고 했어, 그 말의 이면에서 나는 버려짐의 골짜기를 감지했어, 나는 널 골짜기로 밀칠 수도 있었고 거기서 구해줄 수도 있었지, 그래서 네게 말했어, 마지막으로 한 번만 더 보자고, 정말 꼭 한 번만 더 보자고, 너는 망설였고 나는 계속 밀어붙였어, 백조는 갑자기 짝이 사라지면 죽기도 한다고 말하자 네가 동의했어, 물론 넌 동의할 수밖에 없었지, 너는 스티븐 킹의 《그것》의 한 구절을 보냈어, **어쩌면 결국 중요한 건 이야기 자체가 아니라 이야기를 들려주는 목소리인지도.**

41

고가도로 아래의 넌 마치 다람쥐원숭이 같았어. 고운 털 사이로 뼈가 보일 것만 같은 그 사랑스럽고 보드라운 생명체 말이야, 후줄근한 잠옷을 몸에 걸치고 있었지만 그래도 숨 막히게 아름다웠어, 나의 사랑스러운 푸토, 그래, 넌 아름다웠어, 학교로 돌아간 기분이 어떤지, 빗장뼈는 어떤지 내가 물었어, 사람들이 보아주길 원한다면서, 명성을 꿈꾼다면서 왜 그렇게 바짝 마르고 싶어하냐고, 그러면서 창세기의 일화를 들려주었지, 일곱 마리 살찐 소와 일곱 마리의 야윈 소 이야기였어, 사람들은 여전히 이 은유를 사용하는데, 풍요의 해가 오면 행복해하고 안도하지만, 야윈 소를 좋은 것에 비유하는 사람은 없다고 했어, 아니, 사람들은 야윈 소를 잡아먹는다고, 껍질과 뼈까지 전부 다 죄책감도 느끼지 않고 잡아먹는다고, 그런데도 사람들은 마르고 흉한 모습이 되고 싶어한다고 말하고는 너도 그렇게 흉해지고 싶은 거냐고 물었어, 너는 어깨를 으

361

쓱하며 무기력하게 날개를 퍼덕이더니, 아빠, 오빠와 함께 매년 여름 제일란트에 갔을 때 흐레이프스케르커의 어느 레스토랑에 갔는데, 저녁을 제대로 먹기 위해 종일 아무것도 안 먹었다고 했어, 지금도 그와 똑같이 적절한 때를 위해 배고픈 상태를 유지하고 있는 거라고, 비록 이제는 제일란트로 휴가를 가지 않고 외식할 일도 없지만, 엘리아가 초등학교 때 상자에 사탕을 모아두었다가 어느 암울한 날, 온갖 근심 걱정을 사마귀처럼 지져서 없앨 수 있던 어린 시절의 어느 암울한 날 한꺼번에 다 먹어버린 것과 똑같은 거라고, 하지만 나이가 들면 걱정도 점점 더 깊어진다고, 엘리아는 너희 셋 중 가장 먼저 사람이 죽음을 원할 수도 있다는 걸 깨달은 아이였어, 그때만 해도 넌 말도 안 된다고 생각했지, 사람이 어떻게 최악 중 최악을 갈망할 수가 있냐고, 넌 엘리아가 죽고 싶어하는 건 죽음이 뭔지 몰라서일 거라고 생각했어, 말하는 부엉이 장난감 퍼비를 한 번도 가져본 적이 없어서 그걸 갖고 싶어하던 때처럼, 그래서 내가 너에게 다시 물었어, 너는 왜 굶는 거냐고, 너는 모른다고 했어, 그때 나는 몰랐어, 네가 너 자신을 정찰하던 중 재능을 발견했다는 걸, 그건 뭐가 너의 몸에 들어올지 말지를 통제하는 힘이었지, 나는 그 재능이 내가 병원으로 널 찾아가 너에게 정액을 주입했을 때, 네가 그것을 피할 수 없던 것과 연관이 있다는 것도 몰랐어, 네가 갈수록 숙제를 안 한다는 얘기를 카밀리아에게 들어서 알고 있었어, 넌 참 공부를 열심히 하던 아이였는데 말이야, 한 주는 수의사가 되고 싶다고 하다가,

또 그다음 주엔 고고학자가 되고 싶다고, 아니 그보다는 고생물학자가 되는 게 더 좋겠다고, 공룡 화석을 포함한 화석을 파내는 사람이 되면 더 좋겠다고 하던 너였는데 말이야, 너는 무언가를 파내는 걸 좋아했지, 그 조그만 머릿속에서 넌 참 많은 걸 파냈어, 가장 아름다운 보물을 파냈고 때론 가장 비극적인 것을 파냈어, 하지만 그 모든 게 그 안에 감추어져 있었어, 카밀리아는 네가 숙제를 안 하는 이유가 그렇게 하면 카밀리아에게 특별 지도를 받을 수 있고 그렇게 다시 친해질 수 있어서라고 생각했어, 하지만 카밀리아는 절대 그럴 생각이 없다면서, 네가 학교 신문에 내기 위해 수달 해부에 관한 이상한 글을 썼다고 했어, 그래서 그 글을 퇴짜 놓고 다른 얘기를 써보라고, 좀 더 밝은 얘기를 써보라고 했다고, 하지만 넌 그게 밝은 이야기라고 우겼고 카밀리아는 그 글이 너무 유혈이 낭자해서 게재할 수 없다고 했지, 그 순간 너는 교실을 뛰쳐나가서 구내식당으로 갔어, 너는 구내식당에서 친구와 함께 점심시간에 크로켓을 튀기고 주당 5유로와 함께 크로켓 하나를 넣은 빵을 받고 있었거든, 카밀리아는 네가 우리 사이에 있던 일을 떠벌릴까 봐 걱정했어, 겨자소스를 나눠주면서 우리의 비밀까지 나눠줄까 봐, 하지만 난 네가 침묵하리란 걸 알았어, 그게 안에서 곪아도 말하지 않으리란 걸, 네가 어딘가 단단히 잘못됐다고 카밀리아가 다시 한번 말했어, 나는 카밀리아를 의심의 벽장에서 끌어내며 말했지, 사춘기일 뿐이라고, 열네 살짜리 여자애는 물고기도 아니고 새도 아니라고, 고가도로 아래에서 너는 다시 날개가 작동한다고 말했어, 그 어느 때보다 강해졌다고, 곧 뉴욕으로 날아갈 건데 완벽하게 준비됐다고 했어, 나는 너를 내 품으로, 트레이닝바지 아래 부풀어 오른 나의 뿔 가지 쪽으로 끌어당겼고, 네가 말했어, 커트, 가끔은 내가 아직 살아 있는지 잘 모르겠어요. 어쩌면 사료 저장고에서 뛰어내렸을 때 내가 이미 죽었고 지금은 천국에 있는 건지도 몰라요. 넌 병원이 두 층으로 이루어져 있었다고 했어, 한 층은 아직 살아 있는 사람을 위한 곳이었고, 다른 한 층은 죽을 사람을 위한 곳이었다고, 각 층의 사람들은 무슨 일이 있어도 다른 층 사람을 마주쳐선 안 되는데, 그렇게 하지 않으면 지구인들이 엄청난 충격을 받기 때문이라고 했어, 그래서 네가 따분해져서 복도를 돌아다니기 시작했을 때도 아무도 만나지 못했는데, 그러던 어느 날 암에 걸린 아이들을 위한 과자 수레를 보았다고 했어, 넌 과자를 하나 훔칠까 생각했지, 블루베리 머핀, 트윅스, 그냥 마시멜로 아니면 초콜릿을 바른 마시멜로 중 하나를, 하지만 결국 코에 튜브를 꽂고 있는 경우가 많아서 네가 튜브 아이들이라고 불렀던 그 아이들에게 실망을 줄 수가 없어서 그냥 걸어갔다고, 종일 기다렸던 달콤한 간식이 사라져버리면 그 아이들이 얼마나 실망할지 생각하니 도저히 그럴 수 없었다고 했어, 넌 거기서 지구인을 한 명도 만나지 못했다면서, 심즈 게임을 할 수 있는 게임방으로 가는 복도는 마치 천국으로 가는 관문 같았는데, 게임방에는 푹 파묻힐 수 있는 빈백 소파도 있었고 앉으면 윙윙거리며 진동하는 안마의자도 있었다고 했어, 배틀십 같은 보드게임도 있어서 튜브 아이들의 배를 많이 격파했다고, 아니, 넌 거기가 천국이었다고 확신했어, 하지만 넌 그 뒤로 다시 지구를 떠돌기 시작했는데, 그동안 저지른 악행을 속죄해야 하기 때문이었지, 너는 어디에선가 읽었다면서, 피레네 산맥의 양봉업자가 죽으면 다른 누군가가 가서 죽은 사람이 기르던 모든 벌에 검은 점을 찍어준다고 했어, 벌 한 마리 한 마리에 잉크로 표시한다고, 넌 그 얘기에 지독히도 아름다운 뭔가가 있다고 느꼈고, 너도 점이 찍히고 싶다고 했어, 네가 애도하고 있다는 걸 사람들이 알았으면 좋겠다고, 요리스와 황소뿐 아니라, 잃어버린 아이와 버리고 떠난 사람, 그리고 때때로 너 자신을 애도하고 있다는 걸 사람들이 알았으면 좋겠다고, 왜냐하면 너는 자꾸만 따분해져서 날마다 다른 세계의 다른 버전의 네가 되기 때문이라고, 그래서 내가 말했어, 내가 너에게 표시해주고 싶다고, 내 사랑, 넌 천국에 있던 게 아니고 머리뼈 골절 때문에 가끔 혼란스러웠던 거라고, 하지만 넌 고개를 저었어, 지구인들은 종종 천상의 존재를 알아보기도 하는데, 천상의 존재들은 자기 죄를 이해하고 속죄하고 빚을 갚을 때까지 평상복 차림으로 거리를 돌아다닌다고 했어, 피에르 보나르의 아내처럼, 하나님도 세균을 두려워하셔서 깨끗하고 상처가 아문 자들만 그분의 나라에 들어갈 수 있다고, 너는 밤마다 초록색 비누로 몸을 박박 문지르지만 그래도 네가 여전히 더럽다고 느꼈어, 9·11의 잔해와 카밀리아의 슬픔이 너에게 달라붙어 있었지, 너는 사수였고 네 손에 남아 있는 화약이 보였어, 그래서 네가 죄를 씻어내면 하나님이 갈퀴를 만들어주시기를 바랐어, 네가 하나님께 유일하게 부탁한 것이 그거, 갈퀴 하나였으니까, 그렇게 되면 하나님도 좀 안심할 수 있을 거라면서, 갈퀴 달린 애들은 납치되는 일이 적기 때문이라고, 걔들은 무모해서 교통사고로 더 많이 죽는다고 했어, 하지만 넌 도로가 얼마나 위험한지도 알고 있었지, 너는 포획된 수달이었고 천상의 존재라 차에 치여도 다시 일어날 수 있었어, 하나님이 게임 오버 기능을 꺼두셨기 때문이었지, 하나님은 자신을 찾아온 사람들 모두에게 그렇게 했고, 너에겐 셀 수 없이 많은 삶이 있었어, 빚을 다 청산하고 나서 잃어버린 아이와 만날 수 있었는데, 잃어버린 아이는 즈베메르스카더 둑길 장난감 가게 앞에서 널 기다리고 있었어, 너희는 제과점으로 걸어갔고, 제과점 간판에는 이렇게 적혀 있었어, **사람의 땀과 하늘의 하나님을 통해 옥수수에서 빵이 부풀어 오르네.** 너희는 설탕을 뿌린 에그 케이크 두 개를 사서 빵집 앞에 앉아서 먹었지, 너는 잃어버린 아이가 농장 거실에 걸려 있는 사진 속 모습과 똑같았다고 신이 나서 외쳤어, 천상의 존재에게 좋은 점이 있다면 그들이 늙지 않는다는 거라고 했지, 네가 슈거 파우더를 들이마시는 바람에 기침을 시작했는데, 그것 때문에 너희 둘 다 웃었어, 너는 그동안 무슨 일이 있었는지 다 얘기해주었고, 둘이 헷도르프 거리를 돌아다니다가 기억이 떠오를 때마다 잠깐씩 멈추었어, 마을에는 아이들 사이에서 '섹스 아파트'라고 불리던 조그만 아파트촌이 있었는데, 왜 그렇게 불리는지는 정확히 알 수 없지만 아파트 건물이 3층이고 침실들이 겹쳐 있어서 그런 것 같았어, 닭들이 저녁에 한데 모여 앉듯이 사람들도 동시에 누웠으니까, 그렇게 여섯 명이 포개진 채로 누웠고 그런 건물이 네 동이었으니까 그게 바로 섹스 아파트였던 거지, 그중 한 건물의 정원에서 너와 율러는 고양이 모양의 감초 사탕이 가득 들어 있는 상자를 발견한 적이 있었어, 너는 보물이라도 발견한 듯 자랑스럽게 그걸 율러의 아빠에게 보여주었는데, 율러의 아빠가 그걸 사무실로 가져가버렸어, 사탕에 뭐가 들어 있을지 모른다면서, 어쩌면 마약이 들어 있을지도 모른다면서 말이야, 하지만 넌 확신했지, 율러의 아빠가 그걸 혼자 다 먹어치운 거라고, 한참 뒤 섹스 아파트 맞은편에 지적장애인 시설이 들어섰는데, 너는 그들을 두더지라 불렀어, 그들 중에 근시가 많았기 때문이었지, 두더지들은 일요일이면 교회에 앉아 침을 흘리고 꼼지락거렸는데, 너는 그들이 무서우면서도 동시에 그들에게 끌렸어, 고양이가 자기를 싫어하는 사람의 무릎에 기어오르는 것처럼 말이야, 그러던 어느 날, 어느 두더지가 네 옆에 바짝 붙어 앉더니 널 꽉 끌어안았어, 뒷자리에 앉아 있던 사람들이 웃는 소리가 들렸지만 너는 얼어붙었지, 그래도 그 뒤로 두더지들이 덜 무서워지긴 했어, 참 착한 사람들이었거든, 너는 잃어버린 아이와 함께 너의 초등학교 앞을 걸었어, 네 인생에서 가장 행복한 시절을 보낸 곳이어서 넌 그 시절을 그리워하며 초등학교를 돌아보곤 했지, 세제 냄새가 나는 갈색 타일도, 장난

꾸러기 요정 로빈 이야기를 멋지게 들려준 3학년 선생님도 그리웠어. 그런데 그 이야기는 훔칠 수가 없었어. 이야기는 선생님 머릿속에 있었고 선생님을 코트 주머니에 넣을 수는 없었으니까. 너는 잃어버린 아이에게 너의 온갖 모험에 대해, 희귀한 포켓몬 카드처럼 네가 사랑하고 또 수집했던 귀여운 소년들의 비밀에 대해 얘기했어. 너희는 탁구대에 드러누워 하늘을 보았는데, 너는 그에게 대체 뭐에 홀려서 그렇게 위험한 길을 주위를 살피지도 않고 건넜냐고 묻지 않았어. 대신 그가 물었지. 내 자전거는 어떻게 되었냐고. 그래서 네가 자전거는 하나도 망가지지 않아서 결국 아빠가 헷도르프의 누군가에게 주었다고 했어. 그가 아기였을 때 신던 신발에 아빠가 은색 스프레이를 뿌려서 벽난로에 올려두었다는 얘기도 했어. 교회에는 누군가가 죽었을 때 울리는 세 가지 종이 있는데, 남자를 위한 종, 여자를 위한 종, 아이를 위한 종이라고. 그중 아이를 위한 종은 소리가 경쾌해서 쉽게 알 수 있다고 했어. 잃어버린 아이의 장례식 때 그 작은 죽음의 종이 내내 울렸고, 그 후로도 오랫동안 그 종소리가 네 머릿속에서 불쑥불쑥 울려 퍼졌다고도 말했어. 그렇게 누워 있는데 학교 종이 울렸고, 너희는 앞으로 좀 더 자주 만나자고, 꼭 그러자고 약속했어. 네가 그를 끌어안았는데 그에게서 곰팡내가 나지 안 나고 데오도란트 냄새와 뽁뽁이 냄새가 조금 나서, 그에게 무슨 일이 일어나지 않도록 하나님이 지켜주실 거라고 확신할 수 있었지. 나는 고가도로 밑에서 네 얘기를 들었고, 나는 네가 천상의 존재가 아니라고 다시 한번 말했어, 하지만 넌 그 말을 들으려 하지 않았어, 어쩌면 넌 정말 차라리 죽고 싶던 건지도, 나는 너의 손을 잡고 고가도로 옆 아마밭으로 들어가는 문으로 향했어, 너에게 바닥에 누우라고 명령한 다음 너의 바지를 발목까지 내렸어, 너는 '쥐'와 사귀는 중이라고 말했지만 나는 '쥐'는 널 사랑하지 않는다고, 내가 사랑하는 것처럼 널 사랑하지 않는다고 말했어, 나는 너의 다리를 강제로 벌리고 너를 찔렀어, 내 허리의 불꽃을 너에게 밀어 넣었고 이게 바로 살아 있는 느낌이라고 말했어, 너무 어두워서 네 얼굴을 볼 수 없었어, 네 얼굴이 고통으로 일그러지는 걸 볼 수 없었어, 너의 등이 돌멩이에 긁혔고 나는 그렇게 너의 껍질을 벗겼어, 예고 없이 너의 새로운 버전을 드러냈어, 그날 밤늦게 너는 거울 앞에 서서 등 뒤의 찰과상을 살펴보았고 잠옷을 퇴비 더미에 던져버렸지, 다음 날 네가 나에게 이모티콘 하나 없이 메시지를 보냈어, 이젠 끝이라고, 이제 넌 계피 없는 시나몬롤이라고, 비록 네 가슴속 나비들은, 그 비늘 덮인 날개를 가진 생물들은 가슴속에서 잠잠하지만, 너에겐 다급히 해야 할 일이 있고 방해받고 싶지 않다고 했어, 새는 누구도 더는 다치게 하고 싶지 않다고, 레다와 백조 이야기를 듣고 난 뒤로 당신이 진짜 새라는 건 너무도 잘 알고 있지만, 부디 이해해주길 바란다고, 키스, 이건 당신의 사랑스러운 자기가 보내는 작별 인사라고.

42

 메시지를 받고 비참해할 시간이 별로 없었어. 격한 감정에 휩싸여 너에게 전화를 걸어 네가 쓴 건 다 헛소리라 말하고, 네가 나 없이 못 산다고 믿게 만들고, 네가 굽힘근 힘줄이 짧은 송아지라 앞다리에 체중을 싣지 못한다고 말하고 싶었지만 그럴 겨를이 없었어, 그날 9월 11일의 아침은 처음엔 아무 일 없이 지나갈 것만 같았지, 막내가 DJ 노먼 vs 다크레이버의 히트곡의 점프하는 춤동작을 내게 가르쳐주고 있었거든, 그런데 자기 차를 청소하고 나서 기분이 좋았던 카밀리아가 나의 피아트까지 청소하겠다고 나서면서 유쾌한 기분을 완전히 잡쳐버렸어, 카밀리아는 짐칸부터 청소를 시작했는데 거기서 끔찍한 물건을 발견한 거야, 이인용 매트리스와 거위 솜털 베개를, 카밀리아는 쓰러지지 않기 위해 자동차 문을 붙잡아야 했어, 가로세로 3미터짜리 사랑의 둥지, 벽에 붙어 있는 베아트릭스 여왕과 커트 코베인의 포스터, 매트리스와 그 위에 지퍼를 열어 펼쳐놓은 침낭, 그리고 그 주위에 놓인 티라이트 양초 들을 눈으로 보고도 믿을 수가 없었지, 카밀리아는 얼어붙은 듯 그 자리에 서 있었어, 진공청소기 호스를, 그 포효하는 짐 승을 손에 들고서 눈앞의 광경을 섬뜩할 정도로 세밀하게 눈 에 담는 순간, 카밀리아의 내면에서 성난 용 한 마리가 솟구쳐 올랐어, 카밀리아는 헐떡거리는 짐승을 발로 잠재웠지, 나는 서재에 앉아서 둘째의 우스꽝스러운 점프를 보고 있었는데 계 단을 올라오는 발걸음 소리만으로도 뭔가 잘못됐다는 걸 알았 어, 혹시 며칠 전 고가도로 밑에 있던 우릴 누가 본 건 아닌지, 아니면 네가 몸이 너무 야위다 보니 커다란 비밀을 더는 감당 할 수 없어서 카밀리아에게 전화해 전부 다 털어놓은 게 아닌 지 미친 듯이 머리를 굴렸어, 그로부터 반 시간도 채 안 되어 서 나는 불을 뿜는 카밀리아와 함께 쓰레기 수거장으로 향했 어, 카밀리아는 내가 매트리스를 내다 버리는 걸 직접 눈으로 봐야겠다고 했어, 내가 더럽고 타락했다고, 아동 성추행범이 라고 했고, 나는 내가 널 사랑한 건 사실이지만 이젠 끝났다고 했어, 안 그래도 매트리스를 버릴 생각이었다고, 카밀리아가 내게 물었어, 여기서 몇 번이나 했냐고, 이게 세상에 알려지면 어떤 형을 받는지 아느냐고, 걔는 겨우 열네 살이라고, 세상에 열네 살짜리 애를! 카밀리아는 화가 나서 대시보드를 내려치 고는 날 경멸한다고 소리 질렀어, 쓰레기장에 거의 도착했을 때 나는 트윈 타워 공격을 생각하지 않을 수가 없었어, 그게 꼭 사 년 전 일이었으니까, 그리고 1946년 오늘에는 블랙 튤

립 작전*이 개시되어서 네덜란드 내의 모든 독일인이 추방되었고, 너는 풀밭에 누워 미국에 변명의 말을 늘어놓으며 네 머릿속 히틀러를 추방했어, 더는 그가 필요하지 않아서 그를 다른 나라로 보낸다고 했지, 훗날 〈커트12〉에 실린 곡 '추락과 블랙 튤립'에서 너는 이렇게 노래했어, 미안해, 미안해, 건물들, 비행기들, 사람들, 이 세상 모든 걸 쉽게 고친다 해도 악은 멈출 수 없어, 이젠 네가 나의 머릿속에 없으니, 약속할게, 앞으로는 뭐든 더 잘하겠다고, 미안해, 미안해, 건물들, 비행기들, 사람들. 네가 풀밭에 누워 있을 때 나는 '스피릿 인 더 스카이Spirit in the Sky'가 들판에 울려 퍼지는 상상을 했어, 노먼 그린바움의 1969년 곡, 네덜란드 라디오에서 매년 톱2000에 드는 곡이었지, 그때 난 알았어, 위험이 잦아들었다는 걸, 하지만 카밀리아와 나에게만은 예외였어, 나는 우리 머리 위에 매달린 칼을 보았어, 내가 매트리스를 차에서 끌어 내렸어, 그 위에서 내가 널 망가뜨렸지, 그 위에서 내가 널 무자비하게 찔러댔지, 나는 매트리스를 수거장으로 끌고 갔고 카밀리아는 차 안에서 그 광경을 바라보며 흐느꼈어, 수거장 직원이 재활용할 수 있을 정도로 건조한 상태인지 물건을 확인했고, 그가 고개를 끄덕이자 집게가 마치 네 아버지의 크림색 샤롤레 소처럼 매트리스를 들어 올리더니 버림받은 채 누워 있는 다른 매트리스 옆에 내려놓았어, 어떤 매트리스는 반으로 접힌 상태로 세워져 있어서 입

---

* 2차 세계대전이 끝난 직후 네덜란드 정부가 독일 국적이나 독일계 시민을 국가의 적으로 규정하고 강제 추방하거나 재산을 몰수하려 한 정책.

꼬리가 처진 입처럼 보였어, 오래된 갈색 매트리스도 있었고, 골지 주황색 매트리스도 있었고, 무슨 얼룩인지 도무지 알 수 없는 커다란 얼룩이 있는 매트리스도 있었어, 나는 구제역 사태를 생각하지 않으려 애썼어, 사람들은 이 매트리스 위에서 죽었고, 밤새 울었고, 사랑을 나누었고, 좋은 대화를 했고, 꿈을 꾸었고, 겁에 질려 깨어났고, 기도했고, 미래를 결정했고, 헛된 계획을 세웠지만, 이제 매트리스들은 파괴되기를 기다리고 있잖아, 우리의 마지막 연결 고리를 버려야 한다는 게 괴로웠어, 나의 작은 챔피언, 카밀리아는 침낭도 안 쓰겠다고 했어, 네가 발가벗고 누웠던 건 어느 쪽으로든, 바로 쓰건 뒤집어 쓰건 원치 않았어, 나는 피아트에 올라타서 창밖의 매트리스를, 내 매트리스를 포함한 매트리스들을 바라보았어. 나의 매트리스는 화살처럼 곧았고 카밀리아의 입술처럼 가늘었지, 무슨 말을 해야 할지 알 수 없었어, 지금까지 우리 사이에 이런 정적이 흐른 적은 없었거든, 너무 고요해서 룸미러에 매달린 행운의 부적이 마치 누구를 바라봐야 할지 모르겠다는 듯 빙글빙글 도는 소리까지 들릴 지경이었어, 내가 갑자기 중얼거리기 시작했어, 내 어머니에 대해, 악몽에 대해, 난간에 목을 맨 축산 농부와 땅콩버터를 끊은 이유에 대해, 나는 다 얘기했고 다 쏟아냈어, 숨이 찼지만 멈추지 않았고, 카밀리아를 잃기 싫다고 울면서 말했어, 그 아이를 사랑했지만, 정말로 사랑했지만, 이젠 불가능하다는 걸 알았다고, 이젠 진짜 알았다고, 내가 카밀리아의 무릎으로 손을 뻗었지만 카밀리아는 피했고 나의 손은 어디서도 환영받지 못하는 파리처럼 기어 스틱에 내려앉았어, 하지만 카밀리아는 내가 말하도록, 내가 울도록 내버려두었어, 얘기를 마치고 나서 나는 지난 몇 주 동안 카밀리아가 얼마나 늙었는지, 카밀리아의 눈빛이 얼마나 슬픈지 보았어, 눈가에 전에 없었던 주름이 잡혀 있었어, 마치 누군가가 주름을 새겨놓은 것처럼, 그 순간 나는 결혼식 날 그녀에게 읽어줬던 이사야서 구절을 떠올렸어, 너희가 노년에 이르기까지 내가 그리하겠고 백발이 되기까지 내가 너희를 품을 것이라, 내가 지었은즉 내가 업을 것이요, 내가 품고 구하여 내리라. 생각해보니 나는 카밀리아를 매트리스처럼 다루었던 거야, 카밀리아는 재활용하고 너로 바꾸려 했던 거야, 하지만 난 몰랐어, 내가 네 위에 결코 편하게 누울 수 없다는 걸, 넌 구멍이 너무 많았고 우린 항상 쫓겼어, 우리의 사랑을 이해하지 못하는 사람들에게, 성난 법원 공무원들에게, 네 아빠와 오빠에게 쫓겼어, 나는 너의 순수함과 천진함을 이용해서 사랑받는 기분을 느꼈고, 우리 관계가 평등하고 균형 잡혔다고 믿었어, 내가 너에게 오직 상처만을 주었다는 걸 믿을 수 없었어, 나는 나의 권위를, 세상에 대한 지식을 남용했어, 함부로 가짜 피난처를 제공했고, 함부로 너를 너무 꽉 안았어, 너를 고분고분한 동물로 여겼어, 가르치거나 치료할 수 있는 송아지로 여겼어, 그리고 그 시간 내내, 나는 잃을 게 없다고, 나는 포기할 게 없다고 생각했어, 하지만 상실은 바로 내 곁에 앉아 있었지, 이층 침대에서 코를 골았고 내 서재를 빙빙 돌았어, 나는 그것들이 내게 어떤 의미였는지 몰랐고 오직 너만 보았어, 내 사랑스러운 푸토, 비록 카밀리아에게 다시는 이런 일이 없을 거라고, 달라지겠다고, 사랑한다고 약속했지만, 널 향한 감정은 충동적이고 무모한 것이었고, 매트리스가 재활용되는 게 다행이라고 말했지만 나의 육체는 여전히 나약했어, 나는 결국 잠시 후 너에게 전화를 걸어 스티로폼처럼 삐걱거리는 목소리로 눈물 어린 메시지를 남겼어, 마지막으로 작별 인사를 하고 싶다고, 나란히 서서 오줌을 누자고 했어, 네가 그걸 너무 좋아했으니까, 그 이상은 없다고, 그저 오줌을 누고 작별 인사를 하자고, 그게 다라고 했어, 그리고 얼마 후 작은 새에게서 전화가 왔고, 아무 생각 없이 전화를 받아보니 네 아빠였어, 그 순간부터 모든 일이 순식간에 벌어졌어, 그 통화 이후 경찰이 우리 집 문을 두드리더니, 너와 나 사이에 무슨 일이 있었는지 캐물었어, 나는 애써 침착하게 행동했지, 네가 오래전부터 힘들어했다고, 카밀리아와 내가 너를 돌보고 있었고 네 아빠는 널 제대로 돌보지 않았다고, 네가 고소를 원치 않았기 때문에 경고로 끝났지만, 나중에 법원의 소환장이 현관 매트에 도착했지, 〈커트 12〉가 발표된 지 꼭 일 년 만이었어, 그들이 너의 앨범과 일기를 중요한 증거자료로 채택했고, 나는 아무것도 기억이 나지 않는다고 했어, 물론 거짓말이었어, 내 사랑, 하지만 그게 나와 내 가족을 지킬 수 있는 유일한 방법이었어, 나는 결국 직장을 잃었고, 최소 이 년의 징역을 살게 되었고, 이 글은 전부 다 감방에서 썼어, 쓰고 싶지 않았지만 써야만 했어, 날 위해서, 그리고 카밀리아를 위해서, 법원 공무원들을 위해서, 그리고 어쩌면 널 위해서, 언젠가 네가 이 글을 읽게 된다면 내가 널 진심으로 사랑했다는 걸 알 수 있도록, 너에 대한 나의 감정은 잠깐 차트에 올랐다가 사라지는 여름날 히트곡 같은 게 아니었다는 걸 알 수 있도록 말이야, 그 감정은 진짜였고 진실했어, 신문이 온통 우리 얘기로 도배되었지, 제목은 친절하지 않았고, 주로 열네 살 여자애와 사랑에 빠진 수의사 얘기, 네가 일기에서 날 커트 씨라 부르며 깍듯이 대했다는 얘기, 우리가 극장에 갔던 얘기, 스티븐 킹의 〈그것〉이라는 영화로 내가 미성년인 너의 뇌에 손상을 입혔다는 얘기, 피크닉에서 나눈 첫 키스와 내가 휘핑크림 사이로 너를 맛보았다는 얘기였어, 너, 너, 너, 전부 다 나왔고 나는 계속 기억이 나지 않는다고 했어, 내 변호사는 네 일기가 사랑에 심취한 십대의 열정적인 판타지일 뿐이라고 주장했어, 법원 공무원들은 침대 매장에 가서 네가 일기에 쓴 매트리스를 정확히 내가 언제 샀는지, 얼마나 부드러웠는지, 베개가 바다오리의 솜털로 채워져 있다는 걸 알았을 때 네가 얼마나 슬퍼했는지를 확인했어, 넌 법정에 나타나지 않았어, 넌 헷도르프를 떠났고 그들은 도시의 엉뚱한 학생에게 소환장을 보냈어, 널 변호해줄 사람은 공무원 말고는 아무도 없었지, 수달과 쪼그라든 음경 뼈와 자두씨에 관한 황당한 얘기가 떠돌았어, 나는 감방에서 라디오에서 흘러나오는 너의 노래를 들으며 미소를 지었어, 비록 네 개의 벽에 갇힌 신세였지만, 어쩌면 마음 한구석에서 내가 갇혀 있다는 것에 안도했는지도, 그게 너에게서 벗어날 수 있는 유일한 방법이었으니까, 네가 날아가게 할 유일한 방법이었으니까, 그 해 여름을 뒤적여보는 것은 지옥 같은 일이었습니다, 존경하는 판사님들, 너무 지옥 같아서 때로는 돌아버릴 것 같았어, 나는 먹지도 못했고 잠도 못 잤어, 교도소 의사가 아리피프라졸을 고용량으로 처방하더라, 내가 며칠 동안 사랑을 부르짖었나 봐, 가끔은 내가 널 죽였다고 생각하기도 했어, 진짜 그랬다고 생각했어, 내가 무덤 파는 사람이고, 테헨란트 자연보호구역에 구덩이를 파고 널 묻는 모습을 보았거든, 의사는 지나간 일을 자꾸 끄집어내지 말라고 했지만 나는 계속 끄집어냈어, 덕분에 이제 여러분은 원하는 걸 손에 넣게 되었잖아요, 증거 말이에요. 내 나약함의 증거, 내가 훌륭한 아이였던 너에게 마수를 뻗었다는 증거, 내가 너에게 매달렸다는 증거, 내 무능함의 증거, 나는 새로 시작하고 싶지 않아, 아무것도 지우고 싶지 않아, 이건 내가 써야만 했던 글이야, 이건 수의사와 하늘이 내린 가장 특별한 존재에 관한 글이야, 이건 널 위한 글이야, 훗날 돌아보면서, 내가 널 사랑했는지 궁금할 때 네가 볼 수 있는 글이야, 왜냐하면 난 언어의 한계를 넘어서는 수준까지 널 사랑했거든, 널 망가뜨리고 싶지 않았어, 널 온전하게 지키고 싶었어, 어머니의 도자기 그릇처럼 널 산산조각 내고 싶지 않았어, 하지만 내가 너무 서툴렀고, 내가 너무 무모했어! 용서를 구하고 싶진 않아, 난 용서 따위는 믿어본 적이 없어, 단지 보여주고 싶었어, 네가 누군가에게 진정으로 사랑받을 수 있다는 걸, 비록 이제 막 피어나기 시작한 너에게 나의 사랑은 감자 수확기와도 같았겠지만 말이야, 너의 작은 몸으로 감당하기엔 기계가 너무 거칠고 크다는 걸 알았어야 했는데, 그저 날아오를 수 있도록 널 격려했어야 했는데, 널 건드리지 말았어야 했는데, 나비를 만지면 나비가 다칠 뿐이라는 걸 알았어야 했는데, 나는 점점 더 널 다치게 했고, 네가 그토록 두려워하던 일이 결국 일어나고 말았지, 수지처럼 너도 결국 납치당했고, 나는 널 나의 소유물로 여겼어, 물론 그 일을 수지가 실종된 사건과 비교할 수 없겠지만, 사람은 때로 무언가를 도둑맞는 게 너무 두려운 나머지 정작 자신을 지키는 걸 잊어버리지, 호레만 목사가 범인은 자수하라고 말한 뒤로, 마을 사람들 모두가 서로를 의심의 눈초리로 바라봤어, 목사는 뭔가를 알면서도 침묵하는 자는 영원히 저주받을 위험을 감수하는 거라고 말했어, 최후의 심판일에는 모두가 하나님 앞에서 해명해야 하고, 하나님은 자비를 베풀지 않으실 거라고, 그 모든 의심의 눈초리는 또다시 누군가가 강탈당하고 있는데도 보지 못했어, 너는 온갖 물건들을 슬쩍하면서도 정작 너 자신을 낚아채는 사람을 보지 못했어, 그해 여름 나는 너를 낚아챘어, 나의 의도를 설명하기가 너무도 힘들다는 게, 나의 행동이 다른 사람들에게 그토록 엄청난 혐오를 유발했다는 게, 그리고 그런 혐오를 일으켜 마땅한 일이었다는 게 참 괴롭네, 추수 전에 작물을 뽑아내선 안 되는데, 내가 한 짓이 바로 그거였어, 내가 그걸 뽑았어, 뿌리째 뽑았어, 그리고 그 속에 나의 이를 박았어. 나는 처음부터 아이와 여자 사이에서, 소녀와 귀여운 소년 사이에서 떠도는 너를 보았어. 갈퀴에 대한 어린아이다운 너의 갈망을 영원히 더럽혔어. 이미 내가 알고 있는 것들을 보여주고 싶었어. 네가 *스스로* 발견해야 한다는 걸 몰랐어. 너의 찬란함에, 천사 같은 성품에 눈이 멀어 널 어린아이로 보지 못했어. 넌 나의 큰아들보다 두 살이나 어렸고, 나는 더는 그 시절의 내가 아니었는데도 열네 살에서 더 나아가질 못했어. 한 번도 경험해보지 못했기에 싱그러운 사춘기의 사랑을 그리워하던 그 아이에서 더 나아가질 못했어. 그 아인 매일 밤 두려움 속에서 잠자리에 들었어. 어머니의 손길이 이번엔 어디로 향할지 몰랐으니까. 너에게서 회복을 보았어. 치유를 보았어. 그때 놓친 걸 만회하고 싶었어. 나는 여자를 사랑할 수 없었어. 남자가 되지 못했으니까. 여전히 아이였고, 너와 함께 있으면 나도 아이일 수 있었어. 너는 내가 뭐든 가능하다고 믿게 만들었어. 칠 년에 한 번 일어난다는 세포의 재생이 나에게도 가능하다고 믿게 만들었어. 나는 네 안에서 어려질 수 있었어. 하늘이 내린 가장 특별한 존재. 내가 널 파괴하고 있다는 걸 알지 못했어. 어쩌면 알고 싶지 않았는지도. 나는 마치 눈을 가린 들판의 종마 같았어. 자동차나 파리를 보지 못하게 눈을 가린 게 아니라, 진실을 보지 못하게 가린 거였지. 너에게 이 편지를 쓰는 동안, 감방 침대 가장자리에 내 어머니가 검은 정장을 입고 앉아 있었어. 어머니가 침대에 앉아 있지만 나는 어머니의 광기에 휩쓸리지 않고 목청껏 소리를 질렀어. **젠장,**

379

나가! 어머니는 그 뒤로 돌아오지 않았어, 교도소의 경비가 삼엄한 탓도 있겠지만 어쨌든 어머니는 떠났고, 나는 긴 시간이 흐른 뒤 마침내 치유된 기분이 들었어, 병아리와 축산 농부도 사라졌어, 그들은 여전히 내 머릿속 어딘가에, 엔진 케이블 사이 어딘가에 있겠지만 이제는 날 괴롭히러 오지 않아, 법원 공무원들은 말했어, 이게 바로 성장으로, 개선으로 나아가는 길이라고, 나의 몸에서 그 남자애를 몰아낼 필요는 없다고, 그 아이를 이해하기만 하면 된다고, 나의 아름다운 푸토! 그래서 네가 날 이해해주길 바라, 그래야 언젠가 너도 너 자신을 이해할 수 있을 테니까, 그래야 너 자신을 탓하지 않을 테니까, 절대로 그러지 마, 너는 호흡기 세포융합 바이러스에 감염된 송아지였고, 난 그걸 외면했어, 그래, 이 이야기의 끝은 추워, 너무 추워서 널 떨게 할 거야, 하지만 이것이야말로 너와 내가 공유하는 유일한 끝일 거야, 왜냐하면, 나의 사랑스러운 자기, 여윈 소가 살찐 소를 삼켰으니 그럴 수밖에, 하지만 그건 나중 일이고, 그 전에 우린 쓰레기 수거장에 갔고, 우리의 매트리스를, 우리 사랑의 낙원을 고물처럼 그곳에 버렸어, 탈진한 상태로 집에 도착했을 때, 카밀리아는 소파에 눕기 전에 유딧 헤르즈베르흐의 시 〈노래〉를 나에게 건넸고 나는 그 시를 빠르게 읽었어, 천천히 읽을수록 파괴력이 클 테니까, 카밀리아는 편두통을 가라앉히려고 얼굴에 수건을 덮은 채 소파에 누웠고, 썩은 고기를 먹는 짐승들이 멀리서 우릴 지켜보고 있었지, 나는 서재로 가서 너에게 전화했어, 전화를 누가 받을지 몰랐어,

나는 헤드폰을 끼고 다이어 스트레이츠의 1980년 앨범 〈메이킹 무비스〉에서 '로미오 앤드 줄리엣Romeo and Juliet'을 틀고 여덟 번째 절의 가사를 반복해서 들었어. 내가 하는 일이라고는 우리가 함께였던 그때의 널 그리워하는 것뿐. 내가 하는 일이라고는 여전히 그 리듬을 타고 그 친구들과 노는 것뿐. 내가 하는 일이라고는 라임의 창살 사이로 너에게 키스하는 것뿐. 줄리엣, 나는 언제든 너와 함께 별이 될 수 있어. 그다음엔 최근에 가장 좋아하는 노래인, 플리트우드 맥 출신 가수 스티비 닉스의 '토크 투 미Talk to Me'를 들었어. 마지막 가사를 듣는 순간, 휴대전화 화면에 작은 새가 떴어. 네가 아니라 네 아빠였고 그로부터 두 시간 뒤 초인종이 울렸지. 낯선 남자들의 낮고 굵은 목소리가 아래층에서 들렸어. 그들이 현관 매트에 신발을 닦는 소리도 들렸어. 나는 도로 헤드폰을 끼고 눈을 감았어. 그래, 눈을 꼭 감았고 그 뒤로는 완전한 암흑이었어. 마치 서서히 잠식해오는 황혼을, 혹은 갓 태어난 송아지를 마주 보고 선 것 같았어. 그해 여름은 무덤 파는 사람들이 엄숙하게 땅속에 안장했어. 스티비 닉스의 목소리가 점점 잦아들었어. **말을 하라고 하지만**talk to me 너무 많이 해선 안 되었어. 그 전화와 경찰의 방문 이후에도, 사납던 그 여름, 나는 너를 두 번 더 보았어. 한 번은 슈퍼마켓에서, 콘플레이크와 선드라이 토마토병 사이로 보았고, 또 한 번은 초등학교 체육관에서 열린 소동물협회 연례 행사에서 보았어. 너는 아빠와 '쥐'와 함께, 반들반들하게 단장한 원앙새와 산비둘기, 기니피그, 흑기러기의 우리를 지났어. 나는 잠시

가슴이 뛰었지. 마그네슘 소금, 똥, 비누 냄새 속에서도 너의 냄새를 맡을 수 있었거든. 그래, 너의 달콤한 냄새를. 내 천상의 존재, 나는 사람들 틈에 숨어서 너를 보았어. 너는 그날 오후의 끝 무렵에 열린 퀴즈 대회에 참가했는데, 다음의 성경 구절이 어디서 나오는지 맞히는 퀴즈였지. **감추인 것이 드러나지 않을 것이 없고 숨긴 것이 알려지지 않을 것이 없나니.** 노란 테두리 깃털을 가진 흰 관모 닭의 울음소리 위로 맑고 반짝이는 너의 목소리가 들렸어. 그 닭 중 한 마리는 네 오빠의 것이었는데, 네 오빠가 가장 아꼈던 그 닭이 아름다운 깃털과 튼튼한 다리, 머리 위 빳빳한 관모 때문에 챔피언으로 뽑혀 엄청난 찬사를 받았지. 비록 일주일 뒤 울타리 문에 깔려 죽고 말았지만 말이야. 어쨌든 너는 그 자리에서 우리의 사건 번호를, 우리의 여름을 폭로했어. 그리고 네 앨범의 숫자를 외쳤어. 나의 불같은 도망자, 나의 찬란한 생명체, 너는 이렇게 대답했어. 12장, **누가복음 12장 1절에서 3절.** 그리고 너는 맥주 상자와 합판 몇 개로 만든 무대로 걸어가서 무대에 펄쩍 뛰어오르더니 상을 받는 대신 등을 대고 누웠어. 《개구리와 작은 새》에 나오는 그 날개 달린 짐승처럼. 넌 아름다웠고, 죽었어. 그래, 넌 완벽하게 죽은 척했어.

Mijn Lieve Gunsteling

이진

이화여자대학교에서 문헌정보학을 전공하고 광고대행사에서 근무했으며 1995년부터 번역 일을 하고 있다.《디트랜지션, 베이비》《메두사》《매혹당한 사람들》《비행공포》《미니어처리스트》《사립학교 아이들》《페러그린과 이상한 아이들의 집》등 백여 권의 책을 번역했다.

가장 사랑하는 존재

1판 1쇄 인쇄 2026년 3월 18일 **1판 1쇄 발행** 2026년 4월 13일

지은이 뤼카스 레이네벌트 **옮긴이** 이진

발행인 박강휘
편집 백경현 류효정 **디자인** 박주희
마케팅 박유진 이수빈

발행처 김영사
주소 경기도 파주시 문발로 197(문발동) 우편번호 10881
등록 1979년 5월 17일 (제406-2003-036호)
구입 문의 전화 031)955-3100 **팩스** 031)955-3111
편집부 전화 02)3668-3289 **팩스** 02)745-4827 **전자우편** literature@gimmyoung.com
비채 블로그 blog.naver.com/viche_books
인스타그램 @drviche @viche_editors **X(트위터)** @vichebook
ISBN 979-11-7332-505-2 03850 책값은 뒤표지에 있습니다.

비채는 김영사의 문학 브랜드입니다.